心向阳光
HEART TO SUNSHINE

毛宏伟◎著

北方联合出版传媒（集团）股份有限公司
春风文艺出版社
·沈 阳·

图书在版编目（CIP）数据

心向阳光 / 毛宏伟著. —沈阳：春风文艺出版社，2022.10
ISBN 978-7-5313-6336-1

Ⅰ.①心… Ⅱ.①毛… Ⅲ.①随笔—作品集—中国—当代 Ⅳ.①I267.1

中国版本图书馆 CIP 数据核字（2022）第 167466 号

北方联合出版传媒（集团）股份有限公司
春风文艺出版社出版发行
沈阳市和平区十一纬路 25 号 邮编：110003
http：//www.chunfengwenyi.com
沈阳市第二市政建设工程公司印刷厂印刷

责任编辑：仪德明	助理编辑：余 丹
责任校对：陈 杰	印制统筹：刘 成
装帧设计：孙克宏	幅面尺寸：167mm×234mm
字　　数：420 千字	印　　张：28.25
版　　次：2022 年 10 月第 1 版	印　　次：2022 年 10 月第 1 次
书　　号：ISBN 978-7-5313-6336-1	定　　价：68.00 元

版权专有　侵权必究　举报电话：024-23284391
如有质量问题，请联系电话：024-23284384

序　言

　　要真正做到"吾日三省吾身"是很不容易的，是需要下大功夫的，需要沉下心来，持之以恒地去做。写作既是一种思考，是一种静心的途径，也是一种与心对话的方式。通过写作，自己能够站在一个旁观者的角度，客观地看待自己，从而做出总结与思考，并以此指引自己前行。

　　近几年，自己一直在坚持写作与思考，每天早上抽出一些时间坐在桌前，写一篇文章，记录一下自己的生活，拓展一下自己的思路，然后再安排一下自己的工作与生活，这也让自己能够理清思路，保持一种良好的工作和生活状态。写作也帮助自己提升了管理自我的能力，能够让自己坚持早起，培养一种好习惯，做到惜时如金，乐观进取，从零开始，不断学习，真正成为自己幸福的创造者，成为能够掌握自己命运之人。

　　人一定要做到自律、自省、自悟，要学会不断地调整自己的身心，深入思考人生的意义到底是什么，自己应该有一个什么样的人生，应该如何去规划自己的人生道路。如果一个人不能充分地认识到此点，那么这个人就彻底没有希望了。如果每天没有目标，没有追求，没有方向，没有活力，那样的人生将毫无乐趣可言，没有了前行的目标和方向，也就没有了任何的希望与收获。所以，我们还是要保持一种斗志昂扬的状态，对于自己的工作和生活要有所规划、有所思考、有所总结，要给自心以滋养，给自己以指引，让自己每天都有所收获。这一收获不仅仅是物质上的收获，更重要的是精神上的充实，能够让自己重获新生。有了规划与总结，有了目标与方向，人也就有了对于人生的另一番理解，就能够分辨出什么是好、什么是坏，什么是悲、什么是喜，人也就变得更有智慧了。坚持写作，保持自律，心向阳光，勇敢前行，让自己的人生更有意义、更有价值。

2022年9月

目 录

001/自我管理
003/真实之美
005/无愧于己
007/梳理心情
009/孝顺父母
011/精神文化
013/重视健康
015/西昌之旅
017/时光易逝
019/书写人生
021/安守现在
023/尝试之心
025/修正自我
027/家庭生活
029/总结生活
031/改变习惯
033/养儿不易
035/心有所依

037/内心指引
039/学会反思
041/感恩家人
043/调整心态
045/心态平和
047/客观待己
049/规划人生
051/思考人生
053/时光感慨
055/产业规划
057/实现价值
059/感恩因缘
061/奋斗人生
063/伴儿成长
065/调适自己
067/致敬母亲
069/清净自心
071/心绪平和

073/成就自己
075/安守自心
077/学习交流
079/感恩生活
081/客观认知
083/用心生活
085/成功心态
087/参悟人生
089/学无止境
091/自律人生
093/感恩惜福
095/培养自信
097/包容残缺
099/父母之爱
101/人生经历
103/合作共赢
105/不断成长
107/认识变化
109/敞开心扉
111/时光变化
113/一路前行
115/价值人生
117/继往开来
119/学习先辈
121/与心对话
123/精神力量

125/找到内因
127/内心定力
129/灾难无情
131/分享内心
133/情绪管理
135/积极心态
137/珍惜平凡
138/集体力量
140/提升心性
142/改变心境
144/科学规划
146/优势互补
148/把握规律
150/学习人生
152/改变习气
154/身心健康
156/防范意识
158/善待自己
160/引领自己
162/直面逆境
164/生活之义
166/醒悟自心
168/相信自己
171/接纳自己
173/尊重规律
175/正确认知

177/人生之味	232/人生之梦
179/调整情绪	234/家之情怀
181/学习孩子	236/把握自己
183/真的自己	238/生活有度
185/内心引领	240/认知平凡
187/正知正见	242/变化之缘
189/挑战自己	244/不求完美
192/发挥优势	246/立足现在
194/坚持写作	248/找到美好
196/育儿有感	250/找寻安乐
198/全面认知	252/认知烦恼
200/坚定信心	254/践行美好
202/生活之美	256/雪夜感悟
204/今日感悟	258/雪天洗礼
207/解放自己	260/守静妙理
209/与心相伴	262/人生环境
211/选择人生	264/辩证看待
213/放下执念	266/真正拥有
215/全面分析	268/心向阳光
217/静心安乐	270/认识生活
219/深秋感怀	272/当下即福
221/生命动能	274/美好人生
223/感念拿督	276/爱在身边
226/管理自心	278/把握人生
228/经营家庭	280/内心力量
230/重视生活	282/强大自心

284/理解生命	336/人生之惑
286/静的妙用	338/管理自己
288/事无圆满	340/静心之妙
290/深化认知	342/元旦随感
292/学会适应	344/警觉之心
294/无愧今生	346/人无完人
296/完成目标	348/集体力量
298/为人而乐	350/总结生活
300/难得遇见	352/找到方向
302/打磨自心	354/心意所使
304/心路历程	356/希望之境
306/壮大企业	358/真的人生
308/生命之舟	360/认识完美
310/感恩父母	362/动感生活
312/自我拯救	364/创造心境
314/融合发展	366/接受自心
316/乐观生活	368/写的奇迹
318/自我超脱	370/时光成就
320/创新人生	372/人与环境
322/反省生活	374/节日思念
324/自心收获	376/自由天地
326/身心调养	378/随性生活
328/静心偶感	380/学习生活
330/与心相随	382/生活之悟
332/不断成长	385/学会教育
334/坚定方向	387/生活选择

389/自我改造　　　　416/真诚交流

392/记录生活　　　　418/平衡心念

394/思考生活　　　　421/有序生活

396/健康成长　　　　424/善于学习

398/写的意义　　　　427/变化人生

401/学习之宝　　　　430/客观以待

404/追忆感怀　　　　433/安顿生活

406/相遇相安　　　　435/研究生活

408/环境之妙　　　　437/心念力量

410/感恩回望　　　　440/改造人生

413/回归真实

自我管理

　　早睡早起的确是一种好的生活习惯，这两天我在努力调整自己的作息，力争做到早睡早起。但时不时还会有一些小插曲，比如有时晚上看手机，不知不觉会看到很晚，内心顿感不安，马上强迫自己放下手机上床休息。由此看来，改变某种习惯并不是一件容易事，往往需要我们花很多时间持续地加以调整和培养，但无论多么不容易，我们也要努力去改变，唯有改变，才会有不一样的状态，才能发现新的自我，才能让自己获得新生。

　　回想去年的自己，有很长一段时间都是在"半梦半醒"的状态下工作，经常熬夜到了凌晨，早上还要按时起床，整日头昏脑涨、腰酸背痛，大脑不听使唤，还要集中精力去完成一天的工作。毕竟是人到中年，不再年轻，自己的精力、体力都不如年轻时那样好，连续熬夜就会导致次日昏昏沉沉，浑身不舒服，在这种状态下处理问题，就容易出现决策上的失误。这确实是一种不良的生活习惯。如果说熬夜能让我们的工作时间延长的话，那么这种延长是拿自己最宝贵的时间换取的。如若我们能够早睡早起，精力自然充沛，工作效率更高，就会取得更多、更大的成绩。

　　因为在作息上不够自律，对时间管理不够科学，晚上玩手机的时候表现得很精神、很兴奋，但一到白天就会精神萎靡、不在状态。人体是一个科学的统一体，也是一个平衡体，我们要保持这种平衡，才能保持健康的状态。一旦打破了这种平衡，我们的身体就会出现各种状况。现实之中，有很多成就卓越之人，往往就是因为忽视了健康，没有养成好的生活习惯，打破了身体的平衡状态，从而年纪轻轻就身患疾病，严重的甚至不幸离世，这是令人非常痛心和惋惜的。所以说，时间管理是生命管理中的一门大课题，没有科学的时间管理，就不会在生命管理方面取得好成绩。没有了好的身体，一切都将成为空谈，所谓的成就皆会成为过眼云烟。看一个人，看他对自己的时间管理得如何，就可以预知他的成就与发展，就能够知晓他对自己和家人是否尊重。试想，如果一个人对自己的身体都不尊重，那他又怎么会尊重和关爱别人呢？可以说，那份尊重与关爱往往就体现在自我管理之中。

真实之美

  每天用文字把自己的想法记录下来,把想说的话表达出来,这是对内心的一种纾解,也是对心灵的一种提升。有些事情,光凭想是想不出来结果的,唯有动笔把它记录下来,并进行细致的分析和总结,这样的思维才是全面的、深刻的、系统化的。正如一个不规范的运作方案,只有经过不断的修改和完善,才能够使其规范化。想和说是不一样的,说和写也是不一样的,最高的标准应该是"能想会说,能说会写",这样才是全面的。当然,若是"能写会唱"就更好了。也许这种要求高了一点,但如果我们能懂得其中的精髓,就会有意想不到的收获,就会发现自己所潜藏的巨大能量,就会收获一个全新的自我。每个人都是"潜力股",只要我们善于挖掘自身的能量,就一定能够创造奇迹。每个人都如同一座火山,在特定的时期会迸发出巨大的能量。有时,我们所展现出的能量会让自己都感到惊奇。那就是心的力量。心灵是指引我们行动的基础,是规划我们命运的司令部。但心之能量的发挥并不是随意展现的,而是需要激发的,需要有灵性的引领,需要我们去做一些具体的工作,那就是要用我们的心灵之笔写出内心的感受,写出人生的智慧。

  有时候,我们会担心害怕,这种心理导致了我们故步自封,影响了我们愤然前行,淹没了我们的美好想象。没有了生机与活力,没有了希望与信心,没有了进步与发展,这样的人生还有什么意义?生而为人,就是要点燃自己的创造之火,就应该努力把控自己的命运,真正成为自己的主人，能够无怨无悔地去做事，让人生不留遗憾，让生命获得极大的自由，让自己真正找到自己，真正发现自己，真正成为自己的伯乐，成为自己人生的引路人。这样的人生才是有意义的，才是无憾的。有时，我们对于事物的认识不够全面，只是单方面地看待一个事物的出现，往往会非此即彼、非好即坏、非美即丑，非黑即白，这是一种单极化的思维。社会上的每一种存在都有其合理性，都是应该出现的产物，都是它必然的呈现，没有什么应该和不应该，只有它出现和不出现，出现了就是现实存在的。我们要好好地包容自己，理解自己，引领自己，做最真实的自己。因为真实才能打动人心，真实才是最大的美与善。愿人生思维不受限，愿美好快乐常相伴。

无愧于己

很喜欢图书馆的氛围,大家坐在宽敞明亮的图书馆里,翻阅着报纸、杂志、书籍,还可以坐在桌旁写下几段文字,给心灵带来些许安慰,带来片刻的安静与温馨,这种感觉是非常美妙的。如今,这种感觉已经离自己很远了。还记得刚从政法学院毕业的时候,一有闲暇,就到图书馆去读书、学习,仿佛那是自己的主业。每天到图书馆里坐坐,在那里能够学习很多的知识,能够获取很多的信息,能够让自己的内心得以平复,摆脱焦躁与矛盾的状态,找回平和、静美、幸福之感。虽然那时几乎处于"赤贫"的状态,但却是"身无分文,心忧天下",每天都在考虑一些不切实际的问题。当时自己曾想过,如果能够整天在图书馆看书,只要饿不死就行,这该是一生中多么大的享受哇!

曾经的记忆一直萦绕在心头,时至今日依然保留着那份美好与单纯。从河南省图书馆到绿城广场,再到郑州大学,每一处都留下了美好的记忆,那是青春年华之时的奋然一搏,是对美好事物的热切向往,是对今后人生满怀的憧憬。当时只想着如何能够马上就业,让自己在省城站稳脚跟、谋得一个职位,能够长期留在这座大城市里,接触更多的人和事,从而充分地施展自己的才华,发挥自己的能力,这样就能够骄傲地做一个省城人,期待着衣锦还乡、报答父母。那时,自己便下定决心,无论省城再苦再累也不回老家,一定要混出个模样再回去,这是一种虚荣,更是一个农村孩子最真实的想法,就是期待一个更广阔的新天地,有一个新的起点，让父母以己为傲。这一朴素而真实的想法一直支撑着自己，无论遇到多大的困难，都要咬牙挺住，不能叫屈叫冤，因为一切都是自己做的规划和决定，自己才是自己人生命运的引领者。的确，没有给自己留后路，毅然辞去了教育体制内的公职。一心只想出去闯荡，硬着头皮也要坚持下去，闯下去，无论遇到什么问题，什么磨难，也决不退缩，只有前行、前行，再前行，去创造自己的美好未来。

　　近三十年的人生经历，没有取得大的成就，目前仍处于奋斗之中，但还是小有成就的，至少没有被困难吓倒，没有被磨难击垮，没有丧失奋进之志，多年来一直坚持坚守，这也是对自己最满意的地方。当然，也有很多的不足，还需要不断地锻造、不断地努力、不断地改变、不断地提升、不断地进步，如此，方能让人生圆满自在，方能成就自我，无愧于己。

梳理心情

　　每天都在与自己的内心交流，在现实和过往之间寻找一种平衡，在错综复杂的人世中寻找真情与感动，在平淡无奇的生活中寻找快乐与温暖。心在转，人在转，人随心转，常幻常变。在真我与假我之间不停地分辨，判断哪个才是真正的自我，如何才能找到真正的自我。生命就是在这看似平淡的日子里，找到令自己念念不忘之处，找到自己的内心安守之处，让内心感知到幸福与快乐。没有什么可以永远引领自己的东西，唯有自己的内心才会与自己永远相随。内心的世界是丰富而平静的，又是波澜壮阔的；是苦痛而纷杂的，又是无比安乐的。也许，那瞬间我们感受到的快乐与幸福，需要我们要用一年或是几年、几十年的时间去追求才可以得到，才能够达成自己的心愿。没有什么能够与自己的内心相比，因为它博大无私，比大海还宽阔，比天空还蔚蓝，有了如海似天的胸怀，我们还有什么做不到的呢？还有什么不能够包容和接受呢？这一切都是自己的内心所锻造的。

　　我们对自己内心的理解是深厚的，它是我们的力量和希望，是我们的信心和向往，是我们努力奋飞的翅膀。越是对自己的内心把控得好，越能够真正地成就自己，越能够达到梦想之境，越能够真正地拥有自己，拥有更多的快乐。所有的福乐都是内心的映照。内心想开了，那一切也就拥有了。内心有根了，那一切就有了基础。以前自己不成熟，总是奢求过多，奢求更多的利益，奢求更多的服务，奢求让已有的好上加好。

实际上，对于外在的期望值越高，就越是难以割舍，就越是有诸多的得不到，而得到后也怕失去，患得患失成为自己的枷锁，一步步陷入困扰与痛苦的深渊，自己不再是自己，自己成了外欲的奴隶，成了所谓财富的仆人，甚至成为自己的敌人。

所有的不开心，都是与所谓的得到与得不到、收获与失去有关，这种拥有心、功利心会压得人喘不过气来，完全没有了那份洒脱和自在，没有了轻松与无畏，没有了快乐与圆满。一个人整日愁眉苦脸、忧心忡忡，生怕自己遇到危难，生怕自己失去已得到的东西，然这些东西给自己带来的负累和压力远比没有得到时多得多。所以说，很多事情我们悟透了，想明白了，那么一切也就释然了。

孝顺父母

　　昨天回鄢陵老家，中午与杜总一行见面，饭后与员工们开视频会，感觉时间过得真是快，转眼间日落西山，太阳已渐渐地隐没在冬日的黑夜之中，赶紧开车回老家村里。近些日子，父母在操持着老家老宅的翻盖。虽然盖房子整体包给了施工部门，但毕竟盖房子是农村的一件大事，他们二老端茶送水，也做一些力所能及的事情，时不时地再做一些"指导"。对于这么大的工程，他们二老非常上心的。多年来他们的愿望就是把老宅翻盖，能够让儿女们顾恋这个家。家里本不缺房子，城里买的房子，还有老家的老二楼。尽管不缺，他们还是要了了这份心愿，所以攒足了劲儿，把老宅翻盖，并且要盖好。施工单位设计了农村前所未有的欧式小洋楼。回到老家，我看到光是图纸就一大摞，欧式风格设计精美，钢架结构。自己暗暗地佩服老人们的想象力和这般用心的劲头。

　　是呀，这些年农村也在紧跟时代的发展，有了新的变化，老人们有如此的热忱，我们兄弟姊妹也只能遂了二老的心愿，让他们开心快乐，有所寄托。的确，老人们他们的想法就是要稳固家业，把房子盖起来，也是给儿女们的一份永久的资产。同时盖好房子，在村里也有面子，因为对老人家来讲面子更重要，别人家能盖成漂亮的小二楼，我们能盖得更好，这样内心的自豪感会更强。我考虑，父母的心思就是通过盖好房子，能够让儿女们常回家看看，能够有一个更好的住处，能够永远记挂着老家。同时，我们兄弟姊妹都能够常回老家团聚，其乐融融，老人家看在眼里，乐在心里。一个家庭的团圆与和谐是老人家们最大的安慰与福乐，也是最大的成就感。我能够理解父母的良苦用心，能够感知到二老的那种追求家庭美满幸福的炽热心愿，也是非常赞成的。虽然盖之前也给他们二老分析过，认为盖那么多房子没有什么大的用处，但从另一个角度去考虑这个问题，自己就完全释然了。能够尊重老人的决定，听从老人的教导，让老人家开心快乐，那么我们做儿女的也就开心快乐了。感恩父母，感念亲情。

精神文化

　　昨日中午，在许昌与李主席、丁院长等几位许昌书院的领导餐叙，就许昌书院儒商学院的筹备工作进行了进一步的交流，这是一件非常重大的、非常有意义的工作。工作内容很多，需要充分发挥大家的积极性、主动性，需要做细致而充分的准备，争取尽快地结束筹备工作，如期召开许昌孔子书院儒商学院的成立大会。大家对此事做了深入细致的研究、探讨与安排。非常感谢李俊恒主席、丁雪林院长及各位书院领导的信任、支持与鼓励，推荐我为许昌书院儒商学院筹备组组长。我感到责任重大，自认才疏学浅，恐难胜任，加之自己本职工作繁杂，没有那么多的时间和精力，几次推辞，但诸位领导还是一致举荐。既然大家都那么信任，就恭敬不如从命，努力地把筹备工作做好。

　　要团结各方面有识之士，尤其是有志于传承中华国学、中国传统文化的企业家们，争取让他们积极参与，能够为弘扬中国传统文化出一把力；同时以传承中华国学来塑造独有的企业文化，进一步提升员工素养，提升团队意识，也为企业的整体发展提供文化教育支撑。这的确是一件符合现代社会发展的大的工程，也是一项宏大的事业，确是一件非常有意义的事情。

　　做人要有素养，做企业要有情怀。一个人如果没有内涵，没有精神品质，没有文化素养，没有道德品质，那就是一个低俗之人，是一个没有品质、品位之人，是一个没有发展潜力之人，必然是一个对社会没有什么大的价值之人。人之为人，就是要不断地完善自我，通过规范自我、管理自我、提升自我，创造出人生更多更大的价值，这样我们才能成就一生，圆满一生。做企业也是如此。一个企业，要有精神文化的引领，要塑造良好的企业文化，要让每一位员工都知晓企业的发展宗旨，引导员工将自我的发展与企业的发展、社会的发展相联结，打造高品位的企业文化、产品文化，以文化来塑造团队，以文化来引领发展。

重视健康

今日，开启西昌卫星基地卫星发射观礼之旅，乘飞机到成都机场转机，再飞到西昌，预计到西昌时间是晚上九点半。航程漫漫，但也很是惬意，天气晴朗，旅途顺利，坐在成都候机大厅，静安无事，还是想着把今日没写完的文章写出来，让自己的心旌平和，让自心有个安放之处。每天都有新的收获，才能感到轻松无比。

在机场休息时，与张跃民书记共量血压，他经常携带血压仪，以便随时掌握自己的血压情况。血压值是人体健康的重要指标，是需要我们非常重视的。我一直对自己的身体很有信心，认为自己的血压不会有问题，因为以前也量过，基本都是在80—120之间。但是此次测量血压时，高压在150左右，这显然是不正常的。几次测量，最低也维持在145左右，低压则在85以上，看起来确实有些偏高了。回想近日身体和精神状态确实不是很好，经常会感到头晕脑涨、精力不足、身体疲乏，有时甚至感觉头上像是顶着一个大锅盖一样。这些症状都是自己不良的生活习惯导致的，尤其是近期应酬较多，经常饮酒，经常熬夜，且缺乏运动，所以症状也较为明显。

的确，人一上了五十岁就会有明显的身体变化，如若自己不重视起来，身体肯定会出现这样或那样的问题。毕竟已年过半百，肯定跟年轻时期不一样了，如若长期维持在一种不良的状态之中，日久天长就会出现这样或那样的问题，甚至会出现重大的危险。还是要学会科学地调理自己的身体,这是一项系统工程。管理好自己的身体是一项重大的任务,也是生命赋予自己的重大责任。如果一个人连自己的身体都管理不好,那他还能做什么呢?又如何给自己和家人带来幸福,如何为社会做出更大的贡献呢?

　　回想起来,现实之中的确有些例子,让人很是震惊。一些人在年富力强、事业如日中天之时,身体出了问题,甚至于突然之间就失去了生命,给亲人和朋友带来了莫大的悲痛。这些事例也是在警醒我们,要对自己的健康有高度的重视。也许,青春年少时,或是孤身一人时,还意识不到这些。但人至中年,有了家庭、事业、亲人、儿女,便有了更多的责任。如果出现了健康方面的问题,自己又该如何去尽到自己应尽的责任呢?我们还是要对自己的身体健康重视起来,要用科学的方法来管理自己,不断修养自己的身心,让自己身体更健康、心情更愉悦、心态更平和,让幸福快乐永远与己相伴。

西昌之旅

今日，乘列车从西昌返回。原本已经买好了机票，结果又将机票退掉，改乘火车。这样虽路途漫漫，时间较长，但可以让自己浏览沿途的风光，领略不同的景色，感受不同的心境。川蜀大地真是风光旖旎，山河俊美，那青葱郁郁、高耸入云的大山，那清澈见底、湍流如潮的河水，都不禁让人惊叹。

生命需要有不同的经历，需要有不一样的内心感知，这样我们的生活才会更加丰富，我们的人生才会留下不同的记忆。列车在崇山峻岭中穿行，在一个个隧道里疾驰而过。我们一行四人在同一个包厢里，时而畅谈一番，时而安然入睡，时而放眼窗外，时而静默沉思。这的确是一种别样的体验。在这一旅程中，我也不禁惊叹于时代的伟大，惊叹于祖国的伟大，惊叹于人民的伟大。列车能够在大山中穿行，需要经过开山、破土、钻洞、架桥等庞大的工程，可以说，我们今天能享受到如此的便捷与舒适，是一种莫大的福气。正所谓"前人栽树，后人乘凉"，正是有了众多"前人"的牺牲和奉献，才有了我们今天的安逸与幸福。所以，我们应该心怀感恩，珍惜这一份来之不易的幸福；同时也要向前辈们学习，为别人的幸福贡献力量。

昨日，在西昌参观了彝海结盟红色圣地。在彝海结盟展厅中，我们学习了解到了那一段历史。当年，中国工农红军在异常艰苦的情况下，团结彝族同胞，宣传革命政策，争取了前进时间，实现了战略转移，为中国工农红军顺利北上创造了条件。这一段历史具有非常重大的意义。刘伯承与彝族沽基家族首领小叶丹会谈，刘伯承介绍了红军的宗旨、任务、纪律，宣传了主张彝汉平等的民族政策。小叶丹表示愿与刘伯承结为弟兄，随后举行了庄重的结盟仪式，并商讨成立中国彝民红军沽基支队。结盟后，先遣队进入彝民聚居区，刘伯承将"中国彝民红军沽基支队"队旗和一批武器赠送给小叶丹，小叶丹亲自组织彝民护送红军过境。彝海结盟为红军执行党的民族政策、正确处理民族问题提供了宝贵经验。

的确，革命的胜利是老一辈无产阶级革命家浴血奋战、不畏牺牲、团结奋斗的结果，同时也是充分发动人民群众，争取和赢得各族人民群众全力支持的结果。有了革命的指引，有了科学的方式，有了对各族人民风俗文化的尊重，就有了团结一致的力量，就有了战无不胜的法宝。

一路走，一路想，一路畅谈，在雪山上，在阳光下，在大山之间，在河水之间，留下了美丽，留下了感动。

时光易逝

今日把自己关在房间一整天，开视频会、打电话、看新闻、回微信、在阳台上做锻炼……可谓忙得不亦乐乎。不知不觉天就暗了下来，心里非常着急，因为今天的"作业"还没有完成，即文章还没有写出来就已是入夜时分了，且感觉到还有很多该做的事没有完成。

的确，一天的时光很短，转眼之间就已结束，正如我们一生的时光一样，短暂而易逝。不知不觉，青春时光即已渐行渐远，留下的只有一声声叹息。如今，已步入中年，成了"大叔""大爷"级的辈分。五十年的光阴就这样不知不觉地过去了，真是快得令人难以想象。有时候，我会感到腰酸背痛、腿脚酸沉、身体乏力，这些症状的出现也让自己意识到了年龄的增长，这就是我们无法违背的自然法则。人生就这样悄然进入了下半场，不禁思考：如何让人生的下半场更加精彩？如何让生命创造出更大的价值？如何在人生旅途中发现更多更美的风景，不辜负每一寸光阴？这些都是人生给出的考验，是需要我们去认真面对和思考的课题。如若还是整日碌碌无为、无所事事，那样的人生是很悲哀的。

每天的时光都是难能可贵的，是天地的恩赐，也是我们提升自我、创造价值的最佳时机。我们不能辜负每一寸光阴，要珍惜每一天，去创造最大的价值。我们无法阻挡时光的脚步，过往的时光已经不会再来，但我们还有当下的时光，还有机会去创造更多的辉煌，让人生大放异彩。要为自己有限的生命注入阳光，让自己能够不断地发光发热，要成为自己人生的引领，成为后辈子孙的榜样。唯有努力，才能不负大好春光；唯有奋斗，才能活出生命的意义。

　　虽然自己坐过很多次飞机，但每当飞机起飞之时，内心还是会有畏惧之感。当飞机飞入天空，就会感觉像是没有了根一样，就会想到很多的无常之事，内心紧张得不得了，莫名的恐惧笼罩在心头，浮想联翩，想到家人，想到事业，想到自己曾经拥有的一切，越是想象，越是恐惧，越是感叹人生无常。有时下了飞机，就感觉像是重生了一般，告诫自己要珍惜每一天的幸福生活，好好地待人，好好地待己，好好地规划余生，好好地珍惜时光。

　　一个人，如何让自己的人生不留遗憾，如何让自己的内心感到轻松和安逸，如何给自己带来更多的安乐和幸福，如何真正成为自己的主人？这一切都要从现在的修身、修心做起，全身心地投入，全身心地付出与爱，全身心地创造与奉献，拥抱生命最大的荣光。

书写人生

　　书写心灵不是一种压力，而是一种快乐，如果我们把书写当作是一种压力的话，那么写作本身就没有实质性的意义了。书写是一种抒发，是一种记忆，是一种历史的承载。有了最真实的书写，人就有了灵气，就能够发现真实的自己，就会把自己的生命看得很透，就会拥有更多值得回忆的画面，就会得到重生，找到真正的永恒。写作，表面上看似枯燥无味，实质上是兴趣盎然、风趣横生、内容丰富。在自己的写作天地中，犹如骏马奔腾在广阔的草原上，天高地阔、自由自在、无拘无束，在天地间尽情地挥洒，真的是找到了属于自己的自由与奔放，是那样的惬意、充满快乐。

　　的确，写作给予我们的东西很多，它能够把粗浅的认知变得深入细致，能够真正发现事物的原貌，能够把自己的思路重新理顺，能够让自己突破迷茫、清晰地看到远方，能够知晓和领悟人生的真谛，在人生的道路上越走越开阔，越走越明亮。如若我们不能静下心去写作、去思考、去发现，整日生活在粗浅的认知和无聊的重复之中，那么人生还有什么意义呢？生命的意义又是什么呢？我们不是为了活着而活着，我们活着就是为了找到自由，能够主宰自己的命运，能够认识外面的世界，能够让缤纷的世界装在自己的心中。然而现实毕竟是现实，我们往往会对现实低头，往往会身不由己，往往会受外力的影响，好像为了生活得更好，我们就应该怎样，不应该怎样，有时自己不能够有一个最真实的表达。

这样，人生在短暂的时光中，瞬间消耗殆尽，再也没有机会和生机去面对自己。

要学会思考，学会活在自己的天地中，去感受人间的至真至纯的美好，不再受金钱与财富的左右，真正成为一个自由之人，一个能够发光发热之人，这是我们人生的追求。我们要在平凡的生活里找到希望，在生活中有自己的追求，能够把个人的喜好与社会发展相结合，能够创造出更多的有利于他人的成就，这样的人生才是最有价值和有意义的。每个人，在这个世界上只是非常渺小的一粒沙，只是在宇宙中、海洋中一滴小小的水珠，也许短短几十年就会到另外一个世界，所有应该的不应该的事物都会烟消云散。我们要勇于面对一切，所有的存在既是因缘也是过往，要感谢陪伴自己一生之人，要感谢自己所见到的、认识的、不认识的所有的人。在这个世界上，你能够见到他们，那即是人生最大的幸事，因为所有的认识都是一份缘分，都是值得我们珍藏的过程。学会记忆，学会收藏，让生命呈现丰富多彩的荣光，让自己能够为社会、为他人，多做出些有意义的事情来，能够留下一些记忆，那已经是很满足了。

所以，写作即是人生的写照，是记录真实、留下记忆最好的方式，通过记录能够让我们的每一天都丰富精彩起来，能够让生活更加有趣味，更加充满活力。感恩生活，感谢记录，感谢写作，让我懂得了人活着的意义，懂得了人生最真实的意义。

安守现在

早晨，沏上一杯茶，坐在桌前，打开轻音乐，书写一段文字，的确是一种美的享受。放眼望窗外，天慢慢地亮了起来，大街上的车辆渐渐多了起来，城市逐渐从夜的梦境中醒来，正以崭新的容貌迎接这新的一天。新的一天业已来临，我们都将经历这新的一切，会有新的奇迹的出现，会有新的美好的展现，也会有新的难忘的经历。这一天是弥足珍贵的。可以说，没有这新的一天就没有过往，就没有将来，就没有了生命的延续，就没有了一切的可能。

珍惜今天就是珍惜这一生，就是珍惜这来之不易的人生之缘。有多少人期盼能够有一个自由自在的天地，有多少人渴望自己能够主宰自己的生活，能够成为自己的主人，能够拥有真正的自己。这一切是多么的来之不易。这其中有家人的温暖，有朋友的支持，有长辈的关怀……如此安宁幸福的生活，不正是自己曾经期盼的吗？也许，现实之中我们还会有许多的困惑，有许多难以解决的矛盾，有许多让自己愁肠百转之事；也许我们还有未能实现的理想，还不能真正地放飞自我，在广阔的天地中自在前行。但毕竟我们还在前行，还在创造，还在发现，还在不断地努力。前行无止境，发展无止境，创造无止境，这种进步是我们的一种期盼，是自我的一次修炼和提升。生命存在的意义不正是如此吗？不就是去找到让自我奋飞的新的征途吗？不就是寻找新的跨越吗？努力让生命再次启航，让人生更加丰富多彩，用付出给自己和他人带来更多的光明和更美好的未来，这就是人生的意义之所在。

我们有时会希望马上就实现自己的理想，达到自己的目标，拥有想要的一切，这是一种奢望，是一种贪心，是一种太过理想化的信念。还是要学会包容一切，客观地理解自我，扎扎实实地做好眼前之事。学会用真诚之心去感知现在，学会说自己的话，学会写自己的字，学会走自己的路，不要去与人相比较，不要去比才气、比财富、比现实的拥有，要学会与自己的过往相比较，从而获得自我的提升和进步。学会一切从实际出发，真正表现出自我的个性来。任何人都无法替代自己，无法代替自己生活，也无法代替自己前行。每个人都有其自身的特质，有自己独具的优势，有属于自己的人生之路，我们没有必要去与别人相比较，我们唯一要做的就是学会自我鼓励、自我尊重和救助，有了这些，就有了前行的法宝，就有了战胜一切艰难险阻的勇气和信心。尊重自己，安守现在，你就是你自己的主人。

尝试之心

　　我有一种尝试之心，什么事都想要尝试一下，如若不然就会心有遗憾，念念不忘。生活中，我们难免会遇到一些苦恼与困厄，会不知道如何去调整自己的心绪，不知道如何让内心平和下来，不再为失败的尝试而心生悔意。但是，如果我们只是沉溺于悔恨之中，不能够及时调整心态，就会产生极大的困扰，对自己的人品和能力产生怀疑，哪怕再去做其他事情，也会没有了前行的勇气和信心。所以，我们要学会调整自己的心念，哪怕面对挫折与失败，也要勇敢以对，给自己以正确的指引，让自己走出迷茫，走向成功。

　　很多时候，因为心念不同，我们会产生不一样的行为，也可以说是"心有所想，行有所为"。我是一个想到哪儿就要做到哪儿的人，总是希望把自己所想的事情做好、做完，并且会不断地在探索中总结原因，不断深入地了解事物，从而让自己真正成熟起来。这种尝试之心有时会让自己陷入莫名的恐慌之中，让自己产生矛盾和纠结之感。有些事情是必须去做的，有些是内心的欲望驱使自己去做的，有些是外在的因素强迫自己去做的，不管是哪种形式，所有的行为均是在主观认知下的行动。细思起来，很多事情还是有其盲目性的，我们要明辨真伪，要规避该规避的，以免给自己带来更多的困扰和麻烦。要重视做事的方式方法，学会保护自己，学会克制，学会引导，要用最美好的事物来引领自己，要选择让自己性灵提升、智慧增长、内心充盈的事物，去除那些低级趣味，学会守真守心，让心灵更净化，让生活更美好，让人生无悔，让价值提升。

要珍惜宝贵的时光，把精力和心力集中到事业的发展和心性的提高上，要培养良好的生活习惯，爱护自己的身体，培养自己的性情，让爱、付出、光明与己相伴，展现人性的伟大和生活的美好，让人生的每一天都充满光明快乐。我们每天都应该抽出一定的时间进行反思，进行自我生活的总结，不断地创造、学习与奉献。这样，我们的人生才是有意义的人生。如果仅仅是为了满足私欲，每天想的皆是鸡鸣狗盗之事，那样人就只会成为一个低俗之辈，是不可能有什么大的成就的。所以，我们还是要去做一些有益身心之事，关爱奉献、乐己达人，活出品味，活出志趣，活出高雅人生。

修正自我

要时时警示自己，不断地沉淀与反思，能够明晰地分辨和判断，并能够管控和引领自己的言语和行为，不能总是由着自己的感觉走，要学会分析和归类，学会去伪存真，学会扬清抑浊，真正形成对自我的良好控制和管理。如果我们真正做好了对自我的控制和管理，那就是真的成功了。我们往往自信满满，也有很多的修炼，可一旦遇到特定的环境，遇到了特定的时间、特定的人，就会变得不由自主，变成了外境的奴隶，成为欲望的败将，成为让自己都不认识之人，甚至成了一个毫无理性可言之人。一个人若没有了理性的支撑，没有了自我的管理，那就不能称为完整之人，就是一个相对残缺之人，就是一个相对不成熟之人。人的特点就是能够管理自己，有一个坚定的信仰，知晓自己的人生去处。有了这些，你的内心就有了力量，就有了向上的勇气，不管遇到什么问题，遭遇到什么样的危险，抑或是被欲望之魔所牵引，都能够勇敢面对、自我解脱，这才是真正的大英雄。

管理自己是一门大的学问，也是一个系统工程。它需要时间和耐力，需要信心和勇气，需要不断地完善和提升，需要自我的批评与调适。也许，不会马上就能有一个好的结果，也许会有反复和波折，会出现前功尽弃的现象。但如果能够横下心来，与自己的陋习决裂，与自己的贪欲一刀两断，用善德来引领，不断地通过修正自我，让自己有一个崭新的面貌出现。这就是人生最大的收获。

生活的过程就是读懂自己的过程，就是不断完善自我的过程，是一个不断修正身心、提升心智的过程。我们不要哀叹于过往，不要为昨日的无知与愚痴而悔恨不迭。我们要注重于现在，注重于眼前的改变，注重于对自我的重新塑造，这就是最真实的进步。正是因为昨日的愚痴才有了今日的聪慧，正是因为昨日的莽撞才有了今日的礼教，正是因为昨日的实践才有了今日的完善。一生之时光眨眼即逝，人总归还是要留下些精神品质，留下些永不磨灭的东西。

家庭生活

  这两天回锦州与家人团聚,一起静待新春的来临。孩子们非常兴奋,女儿每天都要缠着我出去玩。虽然锦州的天气不像想象的那么寒冷,但比起中原来说也还是冷了许多。加之疫情的原因,所以能不出门儿就不出门。当然,能够抽出时间和孩子们在一起,的确是一件非常难得的高兴的事儿。因公务繁多,自己天南海北地奔忙,平日里也是无暇顾及孩子,家里的事情由爱人和岳母来打理。虽然前段时间有保姆,近期还有二姨、二姨夫来全职帮着带孩子、做家务,但毕竟孩子们生性好动,总免不了有这样和那样的事情,这些都需要由爱人来统一"调度"。

  家务事看似简单,但也不简单,大事小情、吃喝拉撒,真可谓是锅碗瓢盆交响曲,烦琐非常,热闹非凡。孩子的事情无小事,老大女儿要学习,老二儿子要时刻监护,都是重要的不能疏忽的工作。原来,自己感觉家务事没有什么,真正实际去做就知晓了其中的艰辛,看似平凡、平淡无奇,实际上工作很是繁重。家里有了爱人的科学合理的安排,有了孩子们的健康成长,不断进步,我就有了聚焦工作、安心工作的时间和精力,就有了全身心投入工作的可能性。

  这次离家已近一个月了,因是临近春节,想着刚好把节前的工作做完。加之疫情还未结束,也不便来回走动,能够在一处把年前该做的事情做完,这样内心清静,就可以安心地过新春佳节了。回到家里,总是想给孩子一些补偿,尽量多陪陪孩子,孩子想要什么东西尽可能地满足他们。将近6岁的女儿，一看到我回来就兴奋异常，因为她终于可以尽情地玩了，可以尽情地要自己的礼物了，可以像出笼的小鸟一样放飞自己的天性了。儿童淘气堡、滑冰场、玩具店、小小跑车场……逐个体验，玩得非常尽兴。

  孩子的天空是澄澈的，是无碍的，是天真的，就如同一块洁白的画布，如何自由描摹，全在于自己内心的导引。放飞孩子的天性，发挥孩子的创造性和自主性，培养他们的自理能力，这的确是非常重要的。我们大人往往会用自己的理解、自己对心性的管束来要求孩子，这是不合时宜的。教育孩子要尊重天性，循序渐进。要培养孩子的自立意识，从小就要锻炼和培养他们独立思考和实践的能力，以便他们能够自己理解事物、处理事情，让孩子在自由的天空中飞翔，在独立的天地中成长。

  家庭是社会的细胞，是社会的单元，是我们拥有幸福和快乐的地方，是创造爱、培养爱、发现爱的地方，是我们一生温暖的港湾。好的家庭一定是好的人生的保障。

总结生活

现实生活是不完美的，但每个人心中总有一种对美的追求，这正是我们感觉生活痛苦的根源。每天都会有喜怒哀乐的呈现，都会有这样和那样问题的出现，会有很多不尽如人意的地方。比如说，近几天回锦州家里，与孩子们在一起玩耍，既想让孩子轻松、活泼地享受生活，尽可能地满足孩子们的要求，带他们尽情地游玩，但同时又担心孩子养成不良的习惯，会养成这样或那样的不良喜好。在管与不管之间，在收与放之间，如何把握平衡确实是一门学问，需要自己潜下心来认真研究。我们不要小看带孩子，带孩子是需要学问的。会带的，能够把孩子带得很好，培养成才。不会带的，会导致孩子不爱学习、不懂礼貌，培养出一个"废才"。所以，作为父母真的需要上课，需要做功课，需要重新学习。

除此之外，工作和生活也是如此。如何科学地安排工作，如何把日常的生活打理得井井有条，同样是学问。近一年来，由于生活、工作的安排不尽人意，让自己不由自主地沾染了不好的习气，养成了不良的作息习惯。很多时候还是对自己有些放任，很多的事情都会由着性子来做，对于所谓的禁忌全然不在乎，失去了生活的准则，思想和行为有时会处于一种失控的状态。不能坚持锻炼身体，不能合理安排作息，经常熬夜，睡眠时间不足，导致经常感到头脑昏沉，身体疲乏，状态不佳，精力不济。这些都是需要调节的。虽然，2020年疫情肆虐，对生活和工作产生了影响，但总体来说，还是有不少的收获，比如对不必要的机构进行了裁减，重新调整规划排兵布阵、精兵简政、团队优化科学有效，年度的航天发射任务已完成，生产销售任务基本完成，这些都是可喜可贺的成就。总之，有成就也有不足，有收获也有失去。新的一年里，希望我们都能获得更大的提升、更大的进步。

改变习惯

　　习惯是很难改变的，改变习惯需要勇气和毅力，需要去了解习惯改变的重要意义。近几日，春节在家也算是彻底放松，完全没有了时间的观念，除了每天带孩子，就没有了其他安排，晚上就成了自己的自由世界。晚上看护孩子的任务就落在了爱人、岳母和姨、姨夫身上。的确，带孩子是一件非常辛苦的事情，需要放下自我，伏下身子来倾听孩子的声音，否则总是站在大人的角度之上，是不可能理解孩子的。孩子是"麻烦"的，但最麻烦的是自己能不能真正理解孩子，尊重孩子的天性。往往，自己带孩子没有耐心，不能尊重孩子，没有领悟孩子的意图，不会去做孩子的引导工作，对于所谓孩子的"无理"要求不能够予以疏解。人一旦没有了耐心，就不可能把事情做好，就会有这样或那样的莽撞之举，就会让家变得鸡飞狗跳，就会让爱远离，定要戒之慎之。

　　莽撞和不理智是激化矛盾的诱因。孩子有孩子的天性，我们要学会理解，学会引导，学会冷处理。每一个家长都要学习带孩子的艺术，这关系到孩子的健康成长。如若我们用大人的观念和思维，用成年人的要求去对待孩子，那就是不科学的。孩子的成长不是"一帆风顺""一马平川"的，在不同的阶段，需要慢慢调整，就像卫星变轨一样，需要在不同时期进行方向和姿态的调整，如若不调整就会偏离轨道，迷失方向。但调整也需要讲究方法，要根据特定的时间、特定的状态，做出科学的判断。思维习惯的改变是非常重要的，这放在教育孩子身上也是同样适用的。

经过一段时间的居家生活，我感觉自己的生活习惯还需加以改变，比如晚上要按时休息，不要沉迷于手机世界，不把新闻逸事看完不罢休，这样真正成为一个"手机控"。的确，在手机的世界里畅游，会给自己带来很多的新鲜感和刺激感，但同时也会给自己带来无尽的烦恼，如影响自己的心智，让自己陷入某种情绪之中，对事物的判断失去理性。这是一个光怪陆离的世界，能够让自己的心智受到迷惑，难以从世事的繁杂之中脱离出来，难以找到内心的清静与安然。这样日久天长，就会耗费很多的精力和心力，会越发地迷茫起来。如果我们不能够科学地规划时间，不能够合理地使用手机，不能够真正把有益的东西吸收，把有害的东西剔除，就会让自己陷入失控状态。这样不但浪费精力，浪费时间，还会损害健康，让生活变得一团糟，没有了生机与活力，失去了信念与希望，成为外欲的奴隶，成为外物的仆人，这样的人生不是自己想要的。每个人的时间和精力都是有限的，我们要善用时间，科学生活，改变习惯，成为自己的主人，成就精彩的人生。

养儿不易

这两天过节在家，感受着家庭的温暖与亲情。两个孩子很是可爱，女儿快六岁了，有了自己的学习习惯，有了自己的思想思维，做事情也有了自己的主见，有时还会有小脾气，脾气上来真是让你哭笑不得，甚至有些叛逆。对于我们家长来说，既要科学管教，又要尊重孩子的天性。看起来父母还真是有些不太好当。首先需要有极大的耐心和爱心，要充分地了解孩子的心理，学会疏导，学会结合孩子现阶段的生理特点科学合理地引导，要研究孩子的心理，有针对性地去培养，让他们养成良好的学习、生活习惯，以便孩子健康快乐成长。

原以为自己能够胜任爸爸这个角色，能够科学地引导和教育孩子。但现实是，自己还有很多的问题，还有很大的进步空间。首先是没有耐心，面对孩子的"无理取闹"，不能够静下心来客观面对。我们应该懂得，面对任何事情，首先要把情绪调整好，让自己有一个好的心情、好的心性，从而用榜样的力量来引导孩子。一般来说，父母有什么样的性格和习惯，孩子就会有什么样的性格和习惯。父母是孩子的第一任老师，每天的耳濡目染，都会起到潜移默化的作用。可以说，耐心、爱心是教育的根本，如若这两点把握不好，就不会把孩子教育好。从这点上来讲，自己与姨、姨父相比，还是有差距的。

平日里，姨帮着带孩子，姨父帮着做饭，有时间姨父也会帮着带老二。老二是男孩，今年刚两岁半，正是淘气的时候，确实是不好带，整日上蹿下跳，一会儿玩玩具，一会儿玩沙子，一会儿要吃东西，一会儿哭闹，没有安生的时候。女儿放假在家，也要人来陪伴，并且女儿也好动，还有些小倔脾气，你让她干啥，她偏不干啥，弄得大人们忙前忙后，疲惫至极。自己有时也是吃不消。孩子很可爱，但耍起"驴"来真是让你啼笑皆非。养儿不易，不仅仅是经济方面的原因，就是这样的闹腾劲，可能很多人就受不了，不知如何是好。孩子是"活物"，他们跑来跳去，爬高上低，少小顽劣，不懂危险，大人既要让孩子们玩得开心，又要考虑他们的识字学习，同时最重要的是注意安全，不能磕了碰了，保证孩子在安全的前提下去玩，去释放他们的天性，这就要求时刻不能分神，大人的神经时刻是绷紧的，不能有任何的闪失。看护孩子真是一项复杂的任务。

　　的确，带孩子要保持一个好的心态，除费心力、精力、体力，还要始终让自己处在精神高度集中的状态下，并且要有充沛的体力。特别是临近中午时分，因入睡较晚，困意袭来，就无法认真带孩子。加之孩子吵闹，又不敢放手，这是最痛苦的阶段，也是最需要小心的时刻。这时自己的情绪也会发生变化，变得没有了耐心，焦虑而又暴躁。这一点自己还需要向二姨父学习。他总是能够耐心教孩子，能够静下心来陪孩子，始终如一，不急不躁。总之，带孩子、教孩子并不容易，需要我们付出全身心，细致入微地去关照和培养，并且还要注意自己的言行，学习育儿知识，提升自己的素养，科学地调理好自己的作息，这样才能够有充沛的体力和精力去带孩子。父母是天下对儿女最无私、最用心之人，向父母致敬，感恩父母的养育之恩。

心有所依

今天是大年初五。初五又称"破五",是恭请财神之日,是财神爷出巡的日子,很多地方都会举办迎财神的活动。上午我与两个孩子玩了一会儿,到楼下放了一挂鞭炮,表示下接财神的恭敬之礼。然后,便开车来到了锦州古塔公园祭拜古塔。锦州辽塔坐落在大广济寺前,也在古塔公园之中,该塔始建于辽道宗清宁三年(1057年),是为收藏皇后所降的舍利子而建。该建筑实心砖密檐式,身高57米,塔身八面,每面都雕有一佛助侍、三个宝盖和两位飞天。古塔建筑宏伟、庄严、俊美,是辽西最高的古建筑,是京沈途中唯一在列车上能够望到的辽代高塔。它具有很高的历史和艺术价值,是辽宁省级文物,是锦州市的地标建筑,也是古塔区的标志。

今天天气清冷,三四级的北风,吹来了阵阵的寒意,就连那拍摄时间很短的手都快冻僵了。尽管是这样,内心还是很欢愉的,恭敬绕塔,合掌为礼,弯腰致礼,嘴里念念有词,祈求全家能够平安、吉祥、和睦、幸福。这是一种心愿,也确是自己内心的期盼。每个人都会在这欢庆佳节之时为家人、朋友献上一份真挚的祝福。今天早起,内心就有去古塔公园绕塔的心愿,果然能够实现,这也是了了自己的一桩心事。

有时候,人的感觉就是无法说清楚的,想去做什么内心就有一种马上去做的冲动。如果不去做,就总是有一种不痛快、不舒服之感,内心憋闷不已。所以,想做什么就大胆去做吧,只要是能够愉悦身心、积累福德之事，就努力去做，并把它做好。很多时候，我们会患得患失，不知道如何才能把这一天过得更加充实，不知道如何去平复自己的内心，让内心有所依，不会在生活中沉沦，如若大好的时光被白白地浪费掉了，那就太可惜了。我们都在寻找内心的寄托，都在期盼自己的家人、亲朋能够有好的心情，好的归宿，好的未来。因此，我们要积极有为，把自己的工作和生活安排得更好，给家人、朋友和自己带来福乐与荣光，这是我们内心的向往。

内心指引

内心的指引很重要，否则它总是会心猿意马，东奔西突。没有内心明确的方向，就会随波逐流。没有内心正确的指引，就会成为外物追逐的目标。没有了自己，没有了方向，那么人也就失去了灵魂。这样就会给自己带来无尽的痛苦，会让自己暴露在没有防护的悬崖之上，随时都有坠落的危险。这是对自己的极端不负责任，我们一定要戒之慎之。

很多时候，我们会认为什么内心不内心，什么目标不目标，走到哪儿就算哪儿，由着性子来，跟着感觉走，岂不是更好？何必难为自己，约束自己，自己给自己增加压力和负担呢？其实，这是极其错误的一种认知。试想，一个人若没有目标，没有方向，没有规划，能够感到轻松，能够让自己收获更多吗？能够回避一些尖锐的问题，能够将问题处理好吗？恰恰相反，越是抱着一种无关紧要的心态、无所谓地去行事之人，越是会遇到种种的麻烦和困扰，甚至于把自己逼上了绝路。

生活中的苦辣酸甜，若不亲自体验一下，就好像没有来过人世一般。人生有成功有失败，有前行有倒退，有获得有失去，所有的事情都有利弊的两个方面，要学会客观辩证地看问题，善于分析事物的前因后果，从而做出客观的判断。学会理解和包容，彻悟生命的真谛，找到人生的方向。如果一个人没有目标和方向，没有规划和执行，没有自信和自律，就不会有对自己的高度认同，那这个人就不可能有成就，就不会有真正的幸福和快乐。幸福和快乐就在于能够理解和感知到关爱，能够通过自己的付出得到自身价值的提升，能够获得大家的敬爱和尊重，能够真正体现人生的意义，能够享受到那种发自内心的欢愉。一个人能够创造价值才能够收获价值，能够给予快乐才能够获得快乐。我们都是为了快乐而来，谁都不愿意去过一个不快乐的生活，谁都不愿意让自己的人生毫无价值。人生的每时每刻都在创造和寻找快乐，每时每刻都在创造价值。若想有价值、有福乐，就要学会规划人生，确立自己的目标，通过努力去创造奇迹。如果一个人能够明了这些，也就慢慢懂得了生活，懂得了如何去做好当下。

不要指望别人能够给予你什么，要学会依靠自己，学会从自己身上去发掘。一个人如果不去努力挖掘，永远不知道自己这座矿山有多少宝藏。如果不去尝试与创造，就永远不知道自己有多强大。认为自己不行，是一剂迷魂药，是麻痹自己的毒药。好像是说一句"我不行"，就可以让自己躲藏起来，为自己的不努力开脱，给自己找台阶下。这样对自己的发展是毫无意义的。经常说"我不行"，那么人也就真的没有了自信，也就真的变得不行了。自己是自己的恩人，要学会给自己指引，让梦想照进生活。

学会反思

　　每次写作，总有一些警醒与提示，也总有一些不安与感慨，担心能不能把自己想说的话精准地表达出来，担心自己的文笔不够流畅，不能做到表情达意，这样，在展纸提笔之时，就会胡思乱想，有时反而会有些不知所云。其实，写东西还是要从真实的生活中找素材，从自我的醒悟中找欢乐，从深入的分析中找收获。一切都是似曾相识的，一切又像是重新开始。表达没有什么好与不好，语言没有什么精准与不精准，写作要的就是真实，能够真心地表达，能够坦然地面对，这本身就是一种进步。

　　每天写作之时都要思考一阵子，要进行立意和构思，然后把这一刻的收获记录下来。写作是人之心灵最好的安慰剂，是袒露内心的大舞台。写作也是一种再思考，思考自己生活中的利弊得失，从中找到一些趋利避害的有益身心的事情，更好地指导和规划自己下一步的工作和生活，并且通过不断地总结与反思，让人生之路走得更加稳健和自信。对于个人的发展来讲，这也是一件非常有意义的事情。的确，在这个光怪陆离的社会里，我们需要好好地把握自己的内心，把对人生的观察、体验与领悟统一起来，在生活中不断地提升自我，在学习中不断地完善自我。很多的事情，如若我们深入其中不能自拔，不能够全面客观地看问题，不能够发现其对自己今后的影响，就会给自己的生活带来很多的麻烦。我们考虑问题，只顾眼前不顾以后，就不能给自己创造安乐与自在、安全与吉祥，这样的人生是不明智、不理性的人生。

  人生的大事需要我们做好规划，人生的小事也需要我们谨慎对待。谨言慎行是对自己的一种爱护，也是对人生发展的基本保障。要时常反思自我，看哪些方面陷入了较为偏颇和危险之中，如若不能及时警醒就会给自己带来灾祸。如果我们不能在日常的生活中保持一种清醒的状态，就会时常犯一些这样或那样的错误，就会让小事积累成为大事，最终会导致自己人生的失败，令自己追悔莫及。

  生活的本质就是要找到快乐，要学习、了解什么是真正的快乐，什么才是对身心最大的保护，什么才是人生最大的福乐。这是一个大命题。虽然每个人都有不同的答案，但万法归宗，那就是社会的认同，那就是人生价值的体现和爱的拥有。有了这些，人生就能够畅达无碍，就能够祥和无比。追求人生的幸福与快乐，首先就要去除那些太过自我的东西，不做违背天意、违背自然之事，要学会顺天应时、积极有为、安乐守定、真诚付出，如此我们才会拥有人生的福乐。如若自私占有、贪得无厌、狭隘偏颇、争强好斗，就会给自己带来很多的危害，甚至于让自己身败名裂，惨惨戚戚，被人所唾骂，被人所指责，这是最为失败的人生。

  在现实生活中，我们要学会总结与反思，学会陶冶自己的情操，学会安守自心，学会自律自强，为他人、为社会创造价值，为自己的人生增光添彩。

感恩家人

常怀一颗感恩之心,我们就有了前行的动力,就有了对生命和人生全新的认知。人生在世,受惠于诸多人的关爱,我们才得以成长,才得以拥有生活的快乐和事业的成功。感恩是融入生命里的最强基因,它能够让我们更加伟大,能够让我们更有智慧,能够让我们拥有生活的喜乐。

父母恩重如山。孩子从呱呱坠地到长大成人,每一段都离不开父母的养育,离不开父母的关怀和爱护。父母的恩德,说也说不完。原本没有孩子时,我还没有很深的感触。一旦有了孩子,这种感触是非常深刻的,那种亲情与关爱就会不由自主地展现出来。那是血脉相连的深情,那是骨肉相连的传承,那是人间最真情的表达。那种感情是那样真切,是那样无私,是那样无畏。一个看似弱不禁风的女孩,一旦结婚生子,就可以变成"女汉子",往日的娇惯与柔弱就会一扫而光,代之以宽厚慈爱、辛勤付出。那是人性之中挚爱的爆发,是自我实现的兴奋与欣悦。这种差异连自己都会备感震惊,没有经历过的人是很难体会的。

感恩父母不应该是一句空话,我们要付出行动,要真正为父母做些什么,在日常的生活里,要多给他们一些慰藉与满足,多给他们一些真情与付出。要扪心自问:我们都为父母做了些什么?给予了他们多少真正的关心与问候?其实,无论我们再怎么做,也不及父母为我们做的千万分之一。感恩的话说不尽,感恩的心永长留。

春节期间在家待将近半个月,这也是在家待得时间较长的一次。原来总是匆匆复匆匆，每个月回锦州家里一到两次，每次在家待两天左右，就要匆匆离开去忙公务。虽然我在外工作比较辛苦，但爱人在家养育孩子更是辛苦。她是这个家的总管，每件事都要亲自调度。两个孩子年纪尚小，顽皮得很，尤其是有个头疼脑热之时，爱人就更是劳累了。白天要给孩子做看护，晚上给孩子按摩降温。有时一晚上要起来好几次，不能睡上一个安稳觉。爱人累得精疲力竭，困乏至极。对此，我也是心疼不已，感慨不已，心中充满了无限的感恩之情。感恩家人，让我在外无忧，亲情，我永记在心。

调整心态

　　生活之中，我们需要时常调适自己的心态和情绪，让自己保持一种无忧无碍、平和安然的状态。这样无论遇到什么情况，我们都能够从容不迫，不急不躁，淡然处之。这是一项艰巨的系统工程，需要经过一个长期的自我调适的过程。每个人都有自己的情志，都有自己情绪化的表现，都有对于人、事、物的看法，都会在生活中经历喜乐苦悲、荣辱得失，内心也会随着外在环境的变化而变幻不定。尤其是遭遇一些突变之时，情绪会产生极大的波动。时而畅快无比，喜上眉梢；时而痛苦悲伤，愁肠百结；时而志得意满，豪情万丈；时而失意彷徨，惊慌失措。情绪的变化也会通过外在表现出来，好的时候是"春风得意马蹄疾"，坏的时候是"满目疮痍苦连连"。情绪的波动会直接影响一个人的生活，甚至会影响一个人的健康。如果我们不能够很好地调节，就容易出现各种各样的问题，会把我们引入到生命的至暗时刻，让我们痛苦不堪、压力山大，感觉生活没有了希望，好像是天要塌下来了一般，内心惊恐不已，痛苦不已。

　　一直以来，我还没有完全摆脱情绪化的束缚。轻松愉悦之时，感觉天是蓝色的，草是绿色的，一切都是那么的惬意美好；压力来袭之时，就会内心压抑，心情极差，脾气暴躁，动辄发火，且不能及时调整自己的情绪，工作中遇到不满意之事，就会大发雷霆，甚至会说出某些"狠话"。好在自己还能够做出反思，能够尽快让自己心情平复下来，尽力让自己去说服自己，去理解自己，去调整自己。

现实中，没有人能够随时随地地指引你，只有依靠自己来调整自己、规划自己、突破自己。要培养自己管理情绪的能力，通过不断地反思，找到左右自己情绪的根源。学会宽容地待人待己，合理安排生活和工作，把自己从痛苦的深渊中拯救出来，找到安放心灵的地方，融入不同的环境中去感受不同的生活，让生活丰富多彩一些，这样就能够心有所依，心有所向。

有时，我们越是压抑自己，越是想与痛苦隔开，就越是会陷入其中难以自拔，那样还不如静下心来正视这种苦痛。要学会分析它，学会与它和解，与它和平相处。把这些困扰当作是锻炼自己心性的大好机会，通过面对和处理这些困扰，让自己真正成熟起来。现实生活就是一个大课堂，是我们陶冶心性的大熔炉，而这些困扰就是我们不断提升心性的阶梯。我们要看到事物积极的一面，调整好自己的心态，让自己做到心平气和，这样才能够找到最真实的自己。困扰与生活是相伴相生的，只有与困扰和解，我们才能让自己远离痛苦，才能发现一片全新的天地。每件事情的出现都是必然要发生的，都有其内在的渊源，都有其积极的意义。调整心态，平复心情，提升心性，我们才能拥有一个全新的自我。

心态平和

　　生活中，每一天的安逸与平和都是一种福报，都是善因善果的展现。人生艰难，我们免不了会在生活中遇有这样那样的困扰，要妥善处理生活中的各种关系，调整好自己的身心，安排好家庭与事业、单位与社会的诸多事物，让自己时刻保持最佳的状态，以充足的精力去面对工作和生活。无论是顺境还是逆境，无论是快乐还是痛苦，无论是得到还是失去，我们都要无所畏惧、坦然面对，在修炼身心的道路上不断前行，让自己百炼成钢。

　　珍惜现在拥有的一切，对自己的拥有怀有感恩之心，为自己的拥有而点赞。的确，通过这些年的奔波劳累，收获颇多。目前事业较为平稳，企业发展较为顺畅，基础条件已基本具备。无论是品牌建设、生产运营，还是市场拓展，都有了一定的成熟度，硬件、软件都已基本具备。企业管理方面，培养出了骨干队伍，能够做到责任分明、各负其责，团队建设稳步发展，产业发展规划清晰明了，市场运营规划日益健全，等等。这些成绩都是可喜可贺的，是值得我们珍惜的。

　　在产业发展中，从无到有，从小到大，保持稳健前行的确是很不容易的。多年来，靠着大家的一股韧劲和坚持力，不断地开拓前行，不断地创新发展，才取得了如今的成绩，这是值得我们骄傲的。当然，在产业发展的过程中还存在着很多的问题，有很多的不足之处，还需要我们继续加以完善。只要我们坚定团结，不断前行，就没有解决不了的问题，就没有克服不了的困难，就没有完成不了的任务。

人，一定要敢于面对一切，把自己应负的责任担当起来，真正做到不推卸、不退缩、不抱怨、不放弃。一切在于坚持，在于自信，在于进取。这些是我们发展中最重要的心理基础，也是我们事业成功的最佳保障。没有这股干劲，没有这颗不变的初心，我们就不可能获得事业的成功。

每个人都是团队中最重要的一部分。感恩我们团队的每一个人，正是因为有了你们的存在，有了你们的付出，企业的发展才得以稳步前行。

客观待己

要客观地看待我们所遇到的每个人、每件事，要了知所有的遇见皆是因缘，所有的呈现都是必然。无论对人对事，我们都要怀有一颗包容、接纳之心。即便是对自己，也要好好地接纳，也要好好地理解和包容。生活中，我们除了与别人较真儿之外，有时也会与自己较真儿，认为自己有这样或那样的不对之处。比如我自己，总是感觉自己缺少自信，缺少前行的勇气，尤其是有些难以改变的坏脾气，这样就会心生很多的烦恼，就会封闭自己。对此，自己也很是无奈。总之，这些都是不知道如何去引导自心所致。

所有现象的出现都有其原因，这个因就是我们的起心动念，其中包括喜爱与愤恨，包括接纳与排斥，这是我们行事的动因，也是我们在自己内心中种下的认知的种子。就是说，内心之因早已形成，待到把它融入某种场景之中，这颗内心的种子便犹如遇到了阳光、雨露和肥料，就会生根、发芽、开花、结果，就有了其最终的呈现。所有外在事物的出现，都体现了因果关系，是有其因必有其果的呈现。

有时候，我们会有一种超越自我、突破自我的冲动，认为自己能够特立独行，认为自己无所不能，最终则跌入失败的泥潭之中，然后就会怨天尤人，内心的情绪得不到疏解，就会形成恶性循环，就会将一个人的"免疫功能"消磨殆尽。从此，这个人便没有了自信和勇气，没有了朝气和欢乐，整日郁郁寡欢，认为自己是个一无是处之人，不敢再站在人前去展示自己，没有了前行的动力和胆量。所以说，有些冲动对自己的伤害是很大的。实际上，这也是一种极端化的思维状态。我们还是要客观地看待自己，要了解自己的优势与劣势，善于发掘自己的优势，找到自己最擅长的方面，并在这个方面不断努力，这样才能做出成绩来。即便不成功，也无怨无悔，因为我们努力过了，给自己积累了许多的经验。而这一次的失败也能够让我们认识到，自己还有很多的路要走，不能放弃，不能止步不前，还要继续前行。客观待己，相信自己，勇往直前，做自己真正的主人。

规划人生

今天是正月十七，元宵佳节已过，这就意味着春节假期已经结束了。该整理一下心情，专心致志地投入到工作中去了。

早晨起来，坐在书房里隔窗放眼窗外，天空有些阴沉，细雨蒙蒙，小区的道路上湿漉漉的，汽车上也挂满了水珠。静下心来，满杯水，平复一下自己的内心，规划一下一天的工作和生活，思考一下下一步的发展。自己深深地意识到：只有在心境平和的前提下，才能有好的方法，好的规划。

我们生活的每一天都是人生之中最重要的时刻，都是值得我们珍惜的，都应该有科学的规划和安排，如若走到哪儿说到哪儿，走到哪儿算到哪儿，毫无计划，那么我们的人生就不会有好的收获。也许，有的时候计划没有变化快，但无论如何我们也要有计划。生活在于调剂，人生在于计划，有计划的人生才会充实丰满，有计划的人生才能有所成就。

时光匆匆而过，而我们习惯于一成不变的生活，习惯于按照老的思维去为人处世，习惯于束缚在原有的圈子里。认为，有些改变是没有必要的，认为，老老实实在一个地方工作，尽享轻松之乐是最大的幸福，是我们最应该珍惜的。按照原有的人生规划，按照既有的生活工作习惯及环境去生活是无可厚非的。但如若，我们想要有一个新的认知，一个新的领域的发展，有一个全新的自我，那么我们就要努力改变自己，将自己的生活调整到更好，让自己在广阔的空间里发展，能够不断地接受新知识，学习新知识，让自己忙起来，动起来，活跃起来。如若我们每天只是柴米油盐酱醋茶，每天只是在固定的一个小圈圈里打转转，就没有对自己人生更大的提升，那样的人生是很单调乏味的，是没有意义的。我们要学会不断地调整、调剂自己的生活，把看似普通的生活调整得不普通，让它丰富多彩起来。要知晓每一天的到来，都是天地的恩赐，都是我们莫大的幸事，时光对于我们来讲是最大的财富。我们要真正地拥有财富，使用财富，能够将它转化成为不朽的价值，那才是生活的真实意义所在。

　　所谓的不朽，就是超越了现在基本物质需求的、能够给社会和他人带来积极影响的、能够让人们获得快慰的永远不变的东西。这才是精神的升华、品质的升华，这才是不朽的价值、不朽的人生。

思考人生

　　时光过得真快呀，转眼之间2021年的春节已过完了。我们要重新规划年后的工作和生活，要把我们的每一天都安排好。前两日，在许昌与许昌孔子书院的几位院长座谈交流，共同探讨规划下一步儒商学院的成立事宜。同时也抽空静下心来对自我进行一下梳理，无论是视频会议、研讨会议，还是自己"闭关"思考，都是要把我们的工作和生活做一个很好的安排。不仅如此，还要调整自心，让自己懂得有一个好的身体状态，好的心理状态，能够依托这种好的状态去面对诸多的人、事、物。要用自心去感悟所有，与周围的一切环境达到和谐相融的状态，不拘泥于一点不能自拔，能够让自己的心态日益成熟，用一种更全面，更客观的眼光去看待一切。

　　其实，很多的事情并不是我们表面所看到的样子，还有其内在深厚的东西，任何事情的来临不只是阳春白雪，抑或是洪水猛兽，我们要保持一颗中正澄明之心去看待一切，不要钻入死角而无法走出。要学会接纳了解，要从中发现其最积极的因素，要找出其中的规律，要知晓事情的原委，要能够通达人性，要相信每一种呈现皆有其内在的渊源，是一种必然的存在。要学会客观看待，学会包容，学会理解，学会与其相融相生。那种互相仇视，互相隔阂，互相敌对，互相否定是要不得的，是没有意义的，是毫无价值可言的。

　　人要充分认识到自己的价值，要充分体现自己的价值，要管理好自我，一份好的自信，一种好的状态比什么都重要。人生苦短，不要被无谓的事情所影响，不要被所谓的占有和欲念所熏染，清净无染，轻松自在，找到人生中的快乐与自由才是根本。能够在有限的时光中为别人多做些事情，才能真正让自己快乐，成就他人，帮助他人，才能成就自己。要多做一些有益的事情，给这个世界带来更多的价值，从而让自己的人生无怨无悔。心满意足，快乐自在，就是人生最大的福乐。

时光感慨

　　每天早上起来整理一下思绪，调节一下心情，回顾一下自己的昨天，这也是一种习惯。养成这种习惯，对自己的生活与内心也是大有裨益的。昨日，一整天都处在迷迷糊糊的状态之中。因前夜喝酒加之熬夜，抱着手机又看了很长的时间。饮酒伤肝，熬夜伤神，加之其他不良的习惯，导致整个人的精神就垮了下来。的确，如果这些坏的生活习惯不加以改变，自己的身心就会受到很大的伤害。工作生活的状态和质量就会大打折扣。反思自己的行为及思维的确存在着很多的问题，确实需要马上进行调整和改正。

　　人至中年，的确与年轻时不能同日而语了，那时每天都在"摸爬滚打"之中，不知畏惧，不知退缩，不知疲累，有时真是兴之所至就会玩命似的去做。那时真是凭着年轻人的那种血气方刚，凭着身体状态较佳，同时单身一人没有牵挂，一切都是由着性子去做，没有任何的负担，就是一个字——"闯"。现在随着年龄的增长、身体状况和心理状况的改变，身心都发生很大的变化。平日里就有了诸如身体困乏、精力不济、心态疲惫、情绪反复、易急易怒等状态的出现。对这些改变，有时也会有自我麻痹，不认为自己的状态不行，不承认年龄对自己的影响，但客观来讲，承认不承认事实即是如此。时光是一把无情的刀，那是"刀光剑影、刀刀致命"，每个人都会在这时光的消磨中产生身体和心理的变化，我们要客观地正视这一点。

三十年弹指一挥间。前几日与师范同学相聚，看到同学们都是青春已逝，两鬓染霜，有的还有一些疾病，确是感触良多。自己也在暗自发问，为什么不能够像歌中唱的那样：永远是年轻、永远是阳光呢？当然，这也就是一种想象罢了。真正的改变不仅仅是时光，而是我们的心态。我们要去接受我们的现在，去珍惜我们的现在。把现在的每一天当作一生之中最宝贵的珍藏。在这一天之中去做更多有益于身心、有益于社会、有益于他人的事请，让时光延长，让生命拓宽，让人生的价值展现，那么我们就获得了人生的福乐与自在。

产业规划

昨日下午，陪同财经政法大学王校长、刘老师及几位领导在鄢陵考察，并就鄢陵产业整体发展进行了交流，尤其是对鄢陵宇航食品产业的发展做出规划与指导。要充分发挥北京神飞航天应用技术研究院的科技研发、专家团队的优势，借助宇航级食品标准的颁布推广之契机，大力发展宇航级食品产业，用更高的产业标准来规范企业的发展，同时充分发挥宇航级标杆企业的带动作用，以高标准、严要求，来提升企业产品的生产水平，为企业的整体发展升级赋能，从而满足国民大众日益提高的消费层次需求，为广大消费者提供优质的、安全的、有科技附加值的、更优秀更健康的好产品。

这是一种责任，也是我们一直以来努力的方向。产业的发展离不开科技的引领，依托科技的力量，不断提升产业发展的层级，从而让企业的发展跟上时代的发展，跟上市场的需求。要坚持不懈练好企业的内功，从而使企业能够长远发展。做任何事情，我们都要讲求长远性，必须有坚持发展、不断拓展的决心与信心，不能有短期的思维，不能做短线的交易，我们要做长久的生意，要站得更高、看得更远，要稳扎稳打，不贪功求快，如此这般，企业才能具有长久发展的生命力。

很多时候，在产业发展中没有持续力，没有后劲，总认为企业发展应该快一点，更快一点，片面的追求企业的效益，不能够明了企业发展之本是科技创新，是科学规划，是规范管理。如果我们为快而快，只着眼于眼前效益，企业就不可能有长远的发展，更不可能做强做大。任何一个新兴产业的发展都要耐下心，认真分析研究，做好精心布局，明了发展目标方向，踏踏实实地做好产业管理的基本工作。发展这条道路，没有捷径可走，只有稳步前行；没有偷奸耍滑，只有务实创新；没有停滞不前，只有坚持发展。相信通过我们的不断努力，定能够将宇航级食品产业发展得越来越好，让宇航民用科技得以生根、发芽、开花、结果。

实现价值

昨夜一场春雨送别残冬，洒满雨水的道路湿漉漉的。早上虽然还是云雾朦胧，但空气清新，微风拂面虽感觉丝丝凉意，但也不像前几日那样寒冷。城市从睡梦中慢慢醒来，洗漱完毕，坐在桌前书写一下自身的感受。

人，每天都在感受之中理解和体验人生，在不断地适应不同的环境。因为环境不同，所遇到的人和事物不同，产生的心境也会不同，我们总是想把自己置身于非常轻松、愉悦、无碍的状态之中，但总会有这样和那样的不轻松，每天都在自我的纠结和无序的生活中，寻找能够让自己心安平和的时刻。但有时，面对平和安静还觉得不是非常适应，还是想去做些什么，去发现和探索不一样的事物和场景，去适应不同的环境非常矛盾。

有时我在想，人的确是一个矛盾的综合体，常常不知怎样安放自己这颗"驿动之心"，就会显得很慌乱，不能平静。自己也非常清楚，对于所有外在的人、事、物，也许自己的理解还很浅薄，还不够深入，还不能够与之和谐相处。面对其不断的影响，有时有自己的主见，有时难以出篱，总之这些都是生活中苦恼之因。要努力学会适应和改变，把内心调试得平和坦然，游刃有余，每天都能够用积极的心态去面对所有，能够珍惜生命中难忘的每一天。

一天的时光，实在是太短了，短得有时自己都没有感觉就过去了。

好像觉得这一天对自己来讲是手到擒来，没有遇到什么困难，并感觉生活不就是这样一天天地过吗，没有什么稀奇古怪的地方。对于这一天不必太过纠结，今天不好也无所谓，反正还有无数个今天。这种思维一旦形成，就会对自己的"今日"没有了珍惜之情，就会对自己疏于要求，就会让自己放松下来。放松是好事儿，同时也不完全是好事。人往往会受到内心的引导，放松了就会每天无所事事、无所作为，就会把美好的光阴虚度。正如苏联作家奥斯特洛夫斯基所说："人的一生应当这样度过：当一个人回首往事时，不因虚度年华而悔恨，也不因碌碌无为而羞愧；这样，在他临死的时候，能够说，我把整个生命和全部精力都献给了人生最宝贵的事业——为人类解放而奋斗。"我们还是要把自己的身心调整到一个好的频段，积极地安排好自己生活的每一天，把这一天当作一生来过，让这一天过得更加快乐、更有意义，创造出这一天的价值来。

感恩因缘

感恩常在心灵之中，能够引领心灵达到更高的境界，若没有感恩之心，正如江河无源，草木无根一般。只有每天都怀揣感恩之心面对所有，生命才会得到滋养，人生才有了意义。有时候，我们不能左右我们的心态，不知道自己的人生道路将向何方，在人生的迷茫和无序中苦苦挣扎。不了解自己，不知晓别人，没有了目标，没有了方向，没有了规划，没有了动力，人生犹如一台周而复始、不停运转的机器，重复着同一个动作，没有停下来的机会，不知晓自己所做的一切意义何在，这是对人生美好时光的一种浪费。

每天要做出规划，要有前行的方向和目标，要把自己融入为社会、为他人创造价值上面来，能够发自内心地感恩现在的所有。要相信，现在的所有皆是天地人恩德所赐，不是我们自己的智慧有多么之高，不是我们能力有多么之大，所有的成就和失败，均是天、地、人因缘和合的产物，都是生命火花的展现，都是对所有一切的珍惜和关爱，只有关爱和珍惜才是我们赢得人生幸福的法宝。人世间，如若离开了这些，我们将失去所有，人活着也便没有了意义。在生活中，要不断地审视自己，哪些没有符合珍爱的本意，哪些是对别人的伤害，哪些是自己应该修正的，哪些是自己应该继承的，都是我们要认真考虑的。对于自己的起心动念，要认真总结和反思思想行为，要给予别人关爱和付出，不能只为自己的享乐，而失去了对别人的关心，失去了道德和信义，那样只会使自己更加痛苦。相信，人人皆有欲念，但这种欲念，要符合社会评价标准和不损坏别人利益为前提，并且能够使自己的心性得提升，让自己的生活更加完美。我们要能够探知生活的本源，用客观的眼光去看待事物，用平衡的心态去对待一切，不骄不躁、平和以对、不回避、不逃脱、不懦弱，相信因果的力量，相信仁爱的力量。学会科学地规划自己的人生，不断地从生活里汲取营养，做一个有益于他人、有益于社会之人。感恩世间、付出真心，拥有一个情义厚重的人生。

奋斗人生

　　有时我在想,一个人能够静下来坐在桌旁,写上一段文字,回顾、总结、反思一下自己的过往,能够无所牵挂、安然平和、无忧无虑、心情坦然地面对所有,这的确是人生一大福乐。回想一路走来,自己该拥有的都已拥有,一双儿女活泼可爱,健康成长;事业平稳向前,日益发展;父母身体健康,精神愉快。自己也是在不断地提高,不断地进步,这的确是好事连连,快乐无边。然这一切的来临,有时自己也难以置信,犹如梦中一般。虽然不能成功突然降临,但拥有了这么多,应该感恩天地,感恩所有。

　　自己并没有什么更多的好的福行,离成就的距离还有很远,离奋斗的目标还有距离。但车已发动,在稳步前行,胜利与成功也确实让我们欣喜莫名,这一切与创业初期相比,不知是好了多少倍,现在能够逐渐科学地安排自己的生活,能够带领团队去做一些事情,不像刚开始,什么事都要亲力亲为,什么事都要自己劳神费力,现在的一切都在朝着有序而规范的方向发展。

　　的确,自己能够感受到生活的和美与清静,也能够感知到生活的快乐与幸福,这些都是来之不易的,都是经历了多少风霜雨雪换来的。多少次的犹豫彷徨,多少次的暗自神伤,多少次的惊险无常。自己也曾无比疲惫,有时也很灰心失望,也会暗自地问自己:为什么做这件事情会这么的难?怎么才能让自己平和静然、无忧无虑、事业发展、收获满满?

每当遇到某些危险困难，就会有很强的失落之感，不知道如何左右自心，不知道自己的人生道路应该如何规划。那种无奈与失落、纠结与茫然，让人备受煎熬。有时，面对突如其来的困难与压力，也是非常焦虑，那种失败与痛苦之感，会把内心搅得七上八下、乱七八糟。面对困局之时，只能是自己给自己打气，只能是自己给自己增加信心，只能是用精神和意志力来引领自己，让自己重新振作起来。回想困难时刻，是亲朋好友们的热情帮助与鼎力支持，让自己度过了一个又一个的寒冬，让自己满怀信心，敢于开拓，去打开另一片新的天地。对此，自己的感悟极为深刻：那就是不管遇到什么样的困难，我们都不要回避，都不要退缩，都不要畏惧，要积极地寻找出路，要能够与那些有经历、有经验、有能力、有内涵的领导和朋友在一起探讨，大家就会有说不完的话，就会有做不完的事，眼前顿时就有了光明，脚下自然就有了道路。感恩相知相识的每一位朋友、亲人，正是因为有了你们，才有了我的现在，正是因为有了你们的支持，才让我有了更大前行的动力。感恩天地，感恩一切，感恩有你。

伴儿成长

　　日子在一天天流逝，转眼之间春节后上班已有二十三天了，感觉时间过得实在是太快了。想孩子的时候，与两个孩子视频聊聊天儿，孩子们也都非常高兴，主动地跟我说话。尤其是女儿，更是能够表达自己的喜好，能够跟我贫贫嘴，给自己争取更多的礼物。不到三岁的儿子可真是生性顽劣，上蹿下跳，完全没有老实过，听说孩子脚上有"火"，这回自己真的是领教了。这两天岳母发来视频，儿女们已经能够完整地唱一首歌儿了，且唱得非常认真。同时，近期还学会了"蹦迪"，孩子们踩着音乐的节奏摇头晃脑，左右踢踏，很有节奏感，俨然成了小小的舞蹈家。看着孩子们快乐成长，我也是欣喜万分。自己常年在外，两个孩子全靠爱人、岳母，还有姨、姨父的帮忙照料，有了他们对家的操持，自己才得以轻松地面对工作，才能够有所思、有所想、有所做，才有了更多的精力去考虑事业的发展。

　　家庭是一个温暖的港湾，家庭是一个责任的平台，每个人都要在享受家庭亲情之时，要有对家的贡献与付出，尽到自己应尽的义务和责任。要感恩家人们的亲情与支持，感激孩子们给我们带来的欢乐。尽管说孩子们会哭会闹，大人们有操不完的心，但孩子们也给予我们莫大的宽慰，给予我们希望和快乐，给予我们很多意想不到的东西。有时，跟孩子们在一起学习和玩的过程中，我们知道了什么是天真和天性，什么是兴趣和快乐，什么是耐心与包容，什么是慈爱与呵护，这些都是孩子们给予我们的，我们也在与孩子们一起成长。有了孩子，就知道了，这个世界上还有这么博大之爱，还有这么深厚之情，还需要我们做出这么大的牺牲。尤其是，每当孩子有了头疼脑热、身体不适之时，爱人真是彻夜难眠，整个晚上都要给孩子做按摩，累得精疲力竭、困乏至极，不管孩子怎样哭闹，还是那样细致入微。为孩子默默坚守，默默付出，这便是母爱的伟大，这便是母爱的力量。仔细想来，人生就是一场爱的旅行，是付出爱、拥有爱、珍惜爱的旅程。

调适自己

近几日，在北京每天都是迎来送往，甚是热闹，好友相见，甚是欢喜。生活和工作中，与每一个人相见都是长时期修来的福缘，都是我们最大的财宝。当然，与朋友们在一起总是免不了要喝几杯，兴之所至免不了就会开怀畅饮，就没有了量的把控，就会让自己有些头晕目眩，失去了控制。其实，总是想不喝、少喝，但一到了饭局就失去了控制，看起来，人还是会受环境和氛围影响的。尽管环境真的能够影响人、捉弄人，但自己还是要学会适当地掌控自己，能够很好地掌控自己之人是一个伟大之人，能够很好地引领自己之人是一个成功之人。要学会调适生活，能够在收与放、张与弛之间找到一种平衡点，能够学会科学的规划与引领自己，学会分配自己的时间与精力，只有这样我们才能感受到人生的乐趣，才能对自身的管理更上一个新的台阶。

近段时间以来，自己往往忙于杂务，没有科学的安排生活作息，不能够保证睡眠的时间，这样第二天就会表现出困乏至极，哈欠连连，如若长此以往，就会给自己的身体造成很大的伤害。要对自我进行科学的管理，要注重节制，要遵循健康的规律，要学会自律自检，凡事做到适可而止，拥有新的生活方式，让自己能够获得身心的健康与愉悦。

很多时候，我们会在特定的氛围和环境之下迷失自己，没有清醒的思维，没有清醒客观的认知，就很容易导致情绪冲动，就会犯一些难以挽回的错误，就会给自己的身心带来影响。有时候的确是，看似一个小小的失误就会导致很大的损失，一个小小的错误就能够带来灾难性的后果。这些一定要引起我们的高度重视。如若我们恣意而为不计后果，往往就会因为一些小的失误和错误，影响自身的健康和事业的成功，甚至会导致一系列严重的后果。因此说，无论何时，无论身处何种环境、何种氛围，我们都要头脑清楚地、理智地面对一切、处理一切，努力锻炼把控自己能力，提高自己的自制力。

　　近期，的确有些放任自己，想干什么就去干什么，想吃什么就去吃什么，喝酒熬夜，不注重锻炼，这样长期持久，就会给自己的身心带来很大的危害，自己一定要戒之慎之。要有细水长流之心态，要有努力提升之意志，生活的管理是一门大的学问，生活的管理是一本百科全书，唯有不断地钻研、探索、学习，不断努力地调试自己，才能给自己带来更多的安乐。

致敬母亲

每次回老家，老母亲都是高兴异常，忙前忙后，要给我做炒豆腐。母亲知道我喜欢吃老家的豆腐，无论是炖或是炒都是非常好吃的。有时我也怕母亲受累，就说不用忙了，但母亲知晓我的小心思，就开始张罗着做饭。年近七十五岁的老人骑上电动车跑得飞快，去买豆腐。老人知道村里面哪家的豆腐好吃，买回现做出来的热豆腐，又马上到院子前面的菜地里去拔点小青菜，再割些嫩韭菜。忙碌了十几分钟后，一盘热腾腾的香气扑鼻的炒豆腐就端上了桌。看着这美味无比，热气腾腾的炒豆腐，我的内心真的是很激动。老人家总是催着我快点吃，说凉了就不好吃了。我看到如此"盛宴"真的是按捺不住"馋虫"，便大口大口地吃了起来。吃着这美味，对老人家的感激之情油然而生、溢于言表，那份内心的甜美无与伦比。总感到老人家一辈子受苦受累应该休息休息了，但她总认为能给儿女做些什么，才是她最大的福乐。有时候我也在想，自己为老人家做得太少太少了，不能够经常陪伴老母亲，这的确是一种遗憾。自己总想着如何才能让母亲多享享福，如何能够学会老母亲待人接物的优秀品质。这些事情一直萦绕于怀，一直作为我人生向上的动力，给予我生活更多的勇气与力量。

老母亲不仅是对待自己的儿女很是慈爱，就是对村里的乡亲们也是非常真诚和友善。前日，在老家正陪老母亲聊天，村里的一位大娘来我家与老母亲闲聊，母亲担心大娘受凉，马上到屋里拿出自己的棉衣披在大娘身上，并一直推大娘再往里坐一坐，挨着门口有点冷，害怕大娘感冒。见此情景，自己深受感动。村里的人们对母亲都很敬重，不管谁家里的家务事、烦心事，只要老母亲到场，都会云开雾散、喜笑颜开。老母亲的人缘极好，邻居们都以她为楷模，有这样的老母亲，我这当儿子感到荣耀。老母亲是我最心爱的人，是我一生的榜样和力量。向母亲致敬，向母亲学习，母亲是我一生的老师。

清净自心

清明节放假，与孩子们在一起，孩子们很兴奋，我也很高兴，回想自己也是近一个月才回来，对孩子很想念。女儿已快六岁了，很懂事了。每次视频时，总是会给我讲小弟弟的故事以及同学们的事情，会做出各种怪模样的表情，并会反复地问："爸爸什么时候回来，怎么还不回来呀？"能看得出来孩子对我还是很想念的。的确，孩子慢慢地长大了，也慢慢地懂事了，看到孩子的成长和进步，我真是无比地欣喜。快三岁的儿子也上幼儿园了，听爱人说，小儿子表现很好，去幼儿园没有哭也没有闹，虽然还有些不太适应，但表现得已经很不错了。对于孩子的懂事和自理能力，我也感到很是惊喜。在孩子成长的过程中，的确会有很多我们意想不到的、难以置信的情节。就拿在手机应用里寻找儿童节目来说，儿子总是立马就能找到并正确打开，这一点令我自愧不如。

我们成年人总是认为自己比孩子聪明，但往往有很多地方我们是比不上孩子的。很多事情，是因为孩子的思维没有障碍，更清晰明了。孩子的思维不杂乱，更清新澄明、纯真无碍。思维和行为即是天性使然，所以就会记得清、记得准、记得牢。成年人的思维往往会被世事熏染和影响，经常会顾虑重重，心思复杂，从而让自己痛苦不堪，疲惫不堪。在这一点上，我们还是要向孩子们学习，把杂乱之事放下，让自己的心态平和下来，学会反思与清理，让自己的心智简单起来，内心清静起来。仔细想来，有很多事情，我们是在跟自己"较劲"，总是去想那些遥不可及的事情，每天都在琢磨如何拥有得更多，如何让自己备受尊崇，如何去防范别人。这样下来，快乐就被赶跑了，人就变得很孤独，没有了自我，变得每天戚戚然、惶惶然，失去了原本的自由，把自己搞得精疲力竭。

的确，很多的痛苦是来自于自己的思维，来自被利益和欲望熏染的那颗心。试想，整日被利益和欲望所牵引，整日在与别人明争暗斗，整天在想着如何去占有，那么如何去面对所谓的"不平"之事、"委屈"之事呢？只要有任何的风吹草动，就会让自己心绪难平、心惊胆战，这样的人生还有什么快乐和幸福而言呢？唯有放下自我，放下自私占有，放下贪欲狭隘，用一颗包容宽阔之心去待人，用客观全面之态去做事，我们才会心境平和、无忧无碍，才会找到清新澄明的自己，才能够让自己的人生幸福快乐起来。

心绪平和

　　每天都会有一些突发的事情，都会有意想不到的事情出现，我们的心情也会随之发生不同的变化。或阴或晴、或苦或乐、或悲或喜，总之变幻不定，有这样或那样的不同。在生活中，我们要学会管控自己的情绪，不能让自心放逸，若没有对内心的管理，人就会变得焦躁不安，就会有这样或那样的不冷静，如若不能够对自己的情绪进行及时的调整，就会有许多的危机和矛盾的出现。正如一块草坪如果不能及时修剪，就会杂草丛生，荒芜一片。人心更是如此，需要时时地清理内心的情绪垃圾，不能让它堆积成片，最终给人生带来更大的危险。一个人情绪的平和、心态的淡定是非常重要的，它是我们赢得成功与幸福的保证。

　　今天早上，因为对女儿的教育问题与爱人起了一些争执，我是主张让孩子适当放飞天性，让孩子玩儿一玩儿，放松放松，不要每天都逼着孩子去学习。爱人的观点则是要严格化管理，孩子必须严格要求自己，加强自我学习和管理能力。仔细想来，本来都没有什么错，关键是在于尊重孩子的内心，尊重孩子的天性，学会用引导的方式来指引孩子，不能总是站在成年人的角度去看待孩子，孩子若不好好学习，要学会引导，要平等地对待。不能做不好就以埋怨和呵斥的方式来对待。其实，本来并没有什么大的分歧，目的都是让孩子能够自立起来，让孩子有较大的知识水平的提升和自理能力的提高。可能是自己有些急躁，说话的语气重了一些，惹得爱人委屈不已。回想起来，没有控制好自己的情绪，什么事情还是以自我为中心，不能站在对方的角度来看问题，不能用更科学的方式来进行沟通。

　　养育两个孩子是一个不小的工程，爱人付出了全部的心血，身心疲累、压力很大，我也是看在眼里，疼在心里。自己常年不在家，整日忙在外，有时甚至一个月还回不了一次家，所有的家务重担都落在了爱人的肩上，的确很辛苦，自己回到家里应多给爱人帮助和理解，不应该过于情绪化，说话不讲方式，更不应该随意发火，给她的内心增加更多的负担。尽管说，对于孩子的管理认识和做法有不一致的地方，也应该心平气和、认真沟通，用耐心、包容的心态来处理问题，这样家庭才能和谐，生活才能惬意。规范自我，管理自我，调整自我，完善自我，在修心的道路上不断前行，把自己的生活安排好，让家庭生活更和谐、更美好。

成就自己

　　管住自己真的很难，但越是这样我们越要努力，因为唯有如此，我们才能让自己更安全、更快乐、更健康、更长久。的确，我们现在拼的不是短时的快乐，不是短时的辉煌，而是能否长久幸福、健康、快乐地生活。人活着，首先要有一个好的身体，好的心态，能够真心体会到人生之妙。生活的美好在于对自己的把握，把握好了就会阳光灿烂、春光明媚，把握得不好就会阴云密布、寒冷至极，所有的荣光和愉悦，均在于自己的选择，在于自己的创造，在于对自己的尊重，在于对生命的敬重，在于自己的涵养。

　　我们没有什么可与别人互比之处，没有什么可以自傲和自卑之处。生而为人，就是要找到人生的价值与意义，要有自信的满足和安乐，要有自己的创造和发现，要有自己的一份新的天地，要能够为这个社会贡献些什么。我们要存有感恩之心，要拥有一颗不变的初心，那就是为自己为他人创造更多的价值，以人为己，以己度人，要把安乐送给别人，让自己成为这个社会上有价值之人。能够受人尊重，成为社会的楷模，能够让自己的言行作为被人们所敬重，这样的生命才是最有价值的，才是我们应该努力去追寻的。如若我们每天所考虑的皆是那些衣食享乐，以及那些虚华伪饰，总是在思考那些所谓物质和那些感官的享受，那又有什么意义呢？那是不会长久的，终究会逝去的。所有外在的存在都会随着时光而流逝，唯一不变的就是那种做人的精神和气节，给别人带来精神的提升，在自己的生活中才能够做出精神的引领，才是最为珍贵的，才是我们所需要的。没有什么能够比精神的升华更重要的事情了。

要把每天的生活当作是一场修行，当作是一种忏悔，要好好地反思过去所犯过的错误，要把那些错误的思想赶跑，要彻底清理心中的荒草，要唤起内心的清静和美、净雅无染、自在和乐，能够为自己喝彩，为自己骄傲，把那些虚傲与矫饰、贪心与自我去除，能够给人间留下更多的美好，成就自己，成就别人，成为一个对社会有意义之人。

安守自心

  我们总是行色匆匆，每天像陀螺一样不停地转了又转。这是我们每天生活的真实写照。虽然乐在其中，但有时也会不知归途，不知如何能够让自己安静下来，找到最真实的自己。在此过程中，有犹豫，有徘徊，有感叹，有无奈，更多的是对于自己有着过高的要求，总是期待快乐更多，幸福更多，拥有更多，但到底什么是真正的福乐，往往不得而知。

  对于将来，虽然满怀希望，但有时也会感觉一片茫然，因为，将来的不可预知性太强，你甚至不知道明天将会是什么样子；不知道自己将何去何从，不知道能否把握住自己的身心；不知道能否完成自己既定的目标，不知道还会不会有更大的收获；不知道是喜乐还是悲伤，是失去很多，还是收获满满。总之，那种不安分之心始终会存在，内心始终都怀有一种期盼和热望，有一种能够把自己引入到福乐之地的向往与冲动。在生活中，有时我们还是会想拥有更多的东西，用更多的期盼来支配自己的内心。面对自己，有时候也会有所畏惧，害怕袒露内心，害怕别人的异样眼光，想清静安然，又想能够激越昂扬，想混迹于人世，又想能够为人所瞩目，总之，自己有时也很难搞懂自己，有时搞得自己是精疲力竭，痛苦不已，明明是雄心万丈，反而是凄凄楚楚；明明是能够马到成功，反而是困厄重重。这种矛盾之状态，不知何日是个休，如何能够还给自己一片晴朗的天空，如何能够让自己获得真正的清静与福乐？

  我们还是要安守好自己，不管外部有没有力量的助推，都要有方向和目标，都要做好自己，都要努力一路前行。唯有把自己的内心安放好，那么一切也就好了，如果内心不能够真正地安定下来，那么一切都难以安定。我们的人生，就是要不断地修正自己，不断地在矛盾之中调整，不断地在矛盾之中前行。要把自己的思维、思想和行动，调整得平和顺畅，调整得无碍无忧。唯有这样，我们才能轻松上阵，去做一些让自己更加安乐的事情，才能够让自己收获得更多。

学习交流

　　昨日，国务院国资委商业发展中心何东生副主任、央视王元勋导演、中国农业电影电视协会项目总监周末、中国教育网络电视台国学台执行总监孙静静女士、中国家谱传承发展首席专家中国中小企业产业联合发展委员会成都项目办事处主任阎晋修老师、国务院国资委商业发展中心地方经济委员会副秘书长孙迪等诸多领导、朋友相聚于许昌，共同参加许昌孔子书院世界读书日启动仪式暨许昌孔子书院儒商学院成立大会，我在这里深表感激。

　　因此次活动准备的时间较短，通知的时间又较仓促，所以担心有些领导、朋友不一定能够来到现场参加会议。抱着试一试的态度，让办公室王裕妍通知邀请大家，没想到，除了有极特殊情况的没有到来以外，领导和朋友们都悉数及时赶到了许昌，参加此次儒商学院成立大会，自己非常受感动，内心充满了感激之情。尤其是王元勋导演，推掉了这两天的签约活动，提前赶到许昌与我相见，并针对如何推动当地经济发展，如何创造性地开展产业规划布局，如何把现代营销理念与企业文化打造完美结合，提出了非常有见地的可行性方案与建议，令我茅塞顿开，心明眼亮，收益颇多，有醍醐灌顶之感。这些都是互动交流的结果，都是互相沟通、思维碰撞的收获。

　　生活就是这样，工作就是这样，能够与众多的有智慧之人在一起，互相切磋，互相学习，互相交流，是对自己最大的提高，让自己收获颇多。一个人不能整天偏狭闭塞、自以为是、孤陋寡闻、孤芳自赏，那样会对自己的发展带来不利的影响，不会有大的进步和收获。因此，我非常珍惜每一次与"智者""大家"在一起的机会，能够从他们身上汲取进步的营养，利于自己的进步和发展。在此，尤其要感谢孙静静总监，听说她把原本要参加的其他活动取消了，安排好诸多事务后，不辞辛劳连夜赶来许昌，参加本次大会，我非常感激。

很多时候，我们会感觉到，朋友们在一起真的是惺惺相惜，真诚相待，互相尊重，互相支持，没有任何的托词与客套之言，把朋友的事当作自己的事，把别人的难处当作自己的难处，能够设身处地替别人考虑，能够放下自己的事情，积极地参与，诚挚为人，一诺千金，真是非常难能可贵。与能者相交，与智者为伍，与德者相伴，相信我们的人生必将光明无限。

感恩生活

　　生活的过程就是一场感恩的过程，感父母之恩，感时代之恩，感社会之恩，感国家之恩，感师长之恩，感亲友之恩，感同事之恩，等等。我们活着的每一天都生活在感恩的世界里。感恩世界万物，这其中更是包括感恩我们的孩子，尽管养育孩子的过程，大人们要倾注全部的心血，但孩子来到我们这个家庭，给我们带来了欢笑，带来了牵挂和温暖，带来了欣喜和希望。与孩子那种血浓于水的体验，让我们学会了忍耐和坚强，学会了包容与宽厚，懂得了什么是世上的真爱，我为与孩子一生的因缘而庆幸。

　　临近"五一"假日，从郑州赶回锦州家里。昨日与爱人一起带着两个孩子又返回郑州，趁假日休息，让孩子们回老家与爷爷奶奶团聚。孩子们非常高兴，想着喂一喂奶奶养的小鸡，看一看爷爷养的小狗。在高铁上，孩子们东瞧西望，兴奋异常，一路顺利，抵达中转站郑州。想到孩子们回来一趟不容易，带着他们在郑州玩儿两天，到动物园看看动物，再去方特梦幻王国去玩一玩，让他们尽情地撒撒欢、撒撒野。爱玩是孩子的天性，多让孩子玩一玩也是尊重孩子的天性。因自己整天忙于工作，平日里不能够抽出更多的时间陪伴孩子，只能是趁着"五一"长假来与他们相伴。也许，正是这看似简单的陪伴才是孩子们最为需要的。

　　两个孩子懂事多了，六岁的女儿天资聪颖，口齿伶俐，语言表达很精准，尤其是在绘画和小发明方面见长，每次堆积木、做一些创意性的玩具都很在行，我常常自叹不如。另外，女儿画起画来非常认真，画作往往是"意境深远"，色彩运用精准自如，很有"大画家"的风范。她妈妈把她好的画作装裱起来，挂在墙上，孩子看到自己的作品很是自豪，孩子的天性得到了充分的发挥，尽情地展现了其童稚的美好世界。

  近三岁的儿子也是不甘示弱，在语言的表达上也有了较大的进步，敢于表达，也善于表达，总是说出一些令人忍俊不禁的大人话来。有的时候，他说出的话会让大人笑岔了气，他还是一脸的严肃，真是让我欣喜至极。孩子们在一天天地健康快乐成长，我们的牵挂也越来越多，随之我们内心的欣喜也越来越多。虽然陪伴孩子不是一件轻松的事情，有时会感觉很累，但累并快乐着。正是因为有这样深刻的体验，才让我们懂得了父母养育之恩的可贵，那是记忆一生的恩德，那是永志不忘的感怀，留下记忆，留下深情，让感恩与爱永留心间。

客观认知

　　生活中会有很多的缺憾，正如同一时间，你去做这个就不能去做那个，并不可能把所有的事情都做得十全十美，无懈可击，不可能不留下一点失落和遗憾。如若我们把内心与时间放在了事业上，就可能减少了与家人在一起的时间；如若我们太认真执着于某一件事情，就可能会忽略了其他的事情。感情之间也是如此。如若我们用情太过，就会患得患失，把自己的喜怒哀乐寄托在别人身上，自己也就真的失去了自己，没有了快乐。我们要客观地待己待人，能够理解自己，与自己和解，这才是正道。能够做到宽恕自己、认可自己、培养自己、包容自己，把自心安放作为正途，这样就能够理解，什么才是人生最珍贵的，最应该拥有的，需要我们能够明辨得失，需要我们有正确的选择。无论如何，心态的健全与成熟是生活的依靠，是自己赖以生存的根本，无论人生有何曲折艰险，都要有一颗清新澄明之心，真诚真挚才是生活最为真实的显现。

　　没有什么公平与不公平，没有什么偶然与必然，一切都应该以它本来的面目出现，一切皆是上天最好的安排，那种患得患失只会让自己更加纠结，只会让自己陷入一种两难的境遇之中而不能自拔，是在自己跟自己较劲，是在自己折磨自己。其实，现实中的苦并没有什么，内心之苦才是最真的苦。要明白：这个世界没有完美，没有喜乐的必然存在，关键是在于自己内心如何去面对，如若我们的内心调节好了，再恶劣的环境也是福乐之境，再愁苦之根也会连根拔除，这样，人就能够轻松自在，能够活出自己本来的面目。很多时候，我们不自信，有一种哀怨之心，有一种自卑之心，总是认为成功与幸福离自己很遥远，认为自己总是遇到逆境和问题，自己总是最失败、最倒霉的那一个，这种印象就像是一颗钉子钉在了墙面一样难以消除，正是因为有了这样的心理，把本该成功的事业给搅黄了，把千载难逢的机遇也给失去了，面对一次次的失败，原本蓬勃向上的精神也就颓废无几了。人一旦失去了对自己的信心，就会对自己、对事业的认知彻底改观，就会产生诸多的抱怨，就没有了朝气和活力，没有了信心和勇气，那么做起事来就会百事难成。我们要正确地认识自己，正确地认识别人，不要片面地与别人比，要与自己的从前比，要与自己的现在比，真正成为自己的主人，要真正成为自己不断前行的助力者，人生的福乐就会永远与己相伴。

用心生活

俗话说："好奇害死猫。"有的时候的确是这样，明知不可为而为之，明知山有虎偏向虎山行，这样的事情真是太多了。好奇是人的天性，但这种天性如若不加以控制，就会犹如决堤的洪水一般一泻千里，会让人生遭遇一场浩劫，这属实不是聪明之举。聪明之人永远都会把自己置身于安全之境，能够让自身无忧无扰、安详康泰、自由自在、福乐绵长，这就是智者之所为，也是高品质生活的境界与艺术。

只有生活在平和自由的状态之中，我们才能够享受人生的福利和人生的快乐。而去追求那些暂时的给自己带来危险的所谓享乐，那是非常不明智的做法，就犹如本来自己拥有一个大的硕果累累的果园，而偏偏好奇地去到别人的果园里偷摘几颗果子一样，这不但完全没有必要，也确实是得不偿失。生活的本身就是要有长久的健康，有长远的福乐，而不是一时一事之福，一时一事之乐，不要去追求那种低劣的不符合身份的所谓欲望的满足，而是要追求一种大爱与大美，能够展现人生的美好，能够留存长久的记忆。话是这样说，但有时的确会遇到这样或那样的诱惑，会受这样或那样的影响，时空的转换，氛围的改变，加之某一个特定的场合之中，就会无意之间"放飞"自我，无法把控自己，无法认清前行之路，就会在迷茫与无序之中迷失自我，让自己沉沦下去，最终让自己置于危险之中，这就是最愚蠢的、不明智的做法。

要学会沉下心来，让自己的内心受控，能够从一个混沌模糊的状态中清醒，让自己始终保持一种安乐自在的心境，无忧清净，无烦无扰，无挂无碍，享有人间之清净，享有美好之意境。每天的生活都是一生的缩影，我们都要用心去发现、去创造、去体验、去付出、去收获，活出人生的品位来，活出人生的价值来，每天都能够和美清新，喜乐融融，收获多多。不要让坏情绪来影响自己的心志，不要让外物来干扰自己的心境，不要让自己置于无谓的危险之中，不要失去自己原本的初心。埋葬昨日，珍藏今日，时刻准备去迎接一个崭新、灿烂、美好的明天。

成功心态

　　内心有时会在现实中放逸，会失去着落，人会变得孤苦无依、焦躁万分、欲念炽热而不得清静。对于很多事情的处理打不起精神来，陷入一种迷茫和混沌状态之中，令自己难以调整好心态。这是我们人生当中最应该引起注意的，也是最应该及时得以调整的。内心的状态决定了人生的状态，决定了自己人生的道路何去何从，决定了自己人生的成功与失败。往往，心绪与观念的不同决定了自己人生道路的不同，这种道路的截然不同，就会有不一样的命运的呈现。

　　生活的每一天，我们都在追求福乐和自由，都在追求自己想要的生活，都在追求梦想里的东西，为实现自己的人生目标，让自己享有一种不一样的生活，在努力实现自己人生最大的跨越。因此，我们会东突西撞，东奔西跑，挖空心思来实现自己的奋斗目标。可往往，越是这样就越发艰难，越是痛苦焦灼，越是难以实现。如此这般循环开来，人生就会显得一片灰暗，看不到晴朗的天空，找不到成功的出口，自己就会在哀愁和苦痛之中徘徊，完全没有了向上的勇气，也会把原本的信心与勇气消耗殆尽。如果，一个人对于自己没有了信心和勇气，就等于是放弃了人生，就真的不可能成功了。这样，就会沉沦，就会失去了尊严，就真的会把自己的人生变得越来越糟糕。失去了人生的方向，就像是失去方向的汽车一样终会翻车，就像是失去舵手的轮船一样终会倾覆，这是非常危险的事情。要想有一个美好的人生，要想实现自己人生的梦想，就要从自己的内心调养做起，从对自己内心的关照做起，要不断地修炼，让内心清新澄明，抛掉繁杂的、无序的心绪，让自己的内心安定下来，不断地去平复自己的心情。要学会清醒地看待自己，客观地看待他人，以发展的眼光看待时局，全面地分析自己，充分发挥自己的优势，舍弃那些自己不熟悉的、不擅长的工作，在自己最熟悉的、最擅长的方面发力，坚持下来，不变初心，不断完善，不断创新，这样就会逐渐找到自己成功的道路，逐渐达到自己的梦想之境。

相信自己，正直包容，坚持坚守，相信心的力量，相信创造的力量，让自己永远不失青春的活力，永远保有对自己的信心，无论何时何地都不要忘记：自己永远是拯救自己之人。依靠自己，关爱自己，培养自己，提升自己，成就自己，获得成功、圆满的人生。

参悟人生

　　我们生活在静美平和的环境之中,有自己的职业规划,有美满幸福的家庭,有健康的身体,有轻松愉悦的心情,一切都在有序平和的状态中呈现。没有诸多的不幸与烦恼,没有世事的纷扰与压力,人与人之间平等、和谐、友善、关怀,自己应该为这一切感到无比的庆幸与满足,这是自己多少年来所求得的福音,是自己多少年来追求的目标。虽然还有很多的路、很长的路要走,虽然离自己更高的目标还有一定的距离,但这已经是收获满满、幸福满满了。很多的人还没有达到如此的目标,还在艰难辛苦的奔波劳作之中,在追求一种超越来赢得自己的收获。

　　仔细想来,自己是在天地的眷顾之下才得以成熟、成长的,才得以发展和收获的。要感恩天地,感恩父母,感恩所有给予自己帮助之人。正是因为有了诸多良好的因缘,无论在精神上还是物质上,都给予自己无私的助力,给予自己更多的关爱,让自己在人生的道路上不断进步,不断收获。我们要时时怀有感恩之心,能够明了自己的成长历程,要记住以往艰苦的岁月,记住在非常困难之下努力进取的场景。在工作与生活中,能够清醒地认识自己,能够客观地看待他人,能够做到包容与互助、感恩与关爱,在这短暂而又漫长的人生道路上留下美好的影子,记忆永恒,快乐永恒。

　　近期,发现自己有些"飘",什么事情都会"任意"而为。变得没有了定力,没有了沉稳之气,对自己的生活管理松懈了许多,不该去做的也做了，不该去想的也想了，还美其名曰说是研究、是探索，是对自己人生经历的完善，既而失去了对自己人生的规划与管理。实际上，这是在麻痹自己，在给自己的"肆意妄为"找一个好的借口而已，这的确是需要加以改变的。要真正参透人生的本质，能够挖掘自身的潜能，让自己的人生更有价值，更有品位，能够真正多做出些有利于人、有利于己、有利于社会的事情来。对自己的言行要严加管束，真正做一个有涵养、有包容、有眼光、有原则之人，充分发挥自身优势，让人生的每寸光阴都能够闪光，都能够有更大的收获。

学无止境

早晨起来听一听经典讲义,能够让内心安定下来,不去想那些繁杂之事,能够与经典相交,学习其中的智慧与深意,探索明了其中的奥秘,实乃是人生最大的收获。

学习的环境随处可见,学习的氛围无处不在,无论是处于何种境遇之中,我们都要用心去关照。静下心来写下一段文字,这的确是一种美的心灵的抒发。这其中有对自我的反思,有对自我的总结,我们不要小看这小小的点点滴滴的总结,它是一种进步,会给自己的人生带来指引,能够让自己不迷失,看清前行的道路,能够感知到人生的丰富与美好,也会有比较大的收获。很多时候,我们双眼向外,我们身体各个器官的感受,皆是外在的环境与氛围,都在受一切外部事物的干扰,没有能够唤醒自己的内心,不能够形成自己内心的积淀。其实,没有内心的积淀便没有了自我,失去了自我,便丢失了前行的动力,让自己在灰暗的心境中迷失,真的就找不到自己了,不知道如何能够安抚自身,不知道如何能够调试好自己的内心,能够让自己真正地快乐起来。

我们总是会就事论事,不能够透过现象看本质,不能够用客观冷静之心待之,对于已经拥有的没有了感恩之心,没有了珍惜之情,这样就会被一时的虚华所蒙蔽。好像自己就应该放松下来,既而对于自己的要求就会松懈,没有了那份严谨,失去了学习的动力,贪欲和虚妄就会慢慢进入了内心,逐渐占领了心之高地。往往自己还未觉知,还自鸣得意,被外欲所牵，还会做出些让自己蒙羞之事，还自认为找到了快乐之源，这样就会越陷越深，最终不能自拔。失去了自己原有的本心，没有了前行的动力和激情，整日脑子昏昏沉沉，恍惚迷离，不辨真假，不分东西。这样就成为欲念的俘虏，成为欲望、占有的奴隶，最终成为人生的失败者，如此，生活在一种痛苦与纠结之中，不知道如何才能解脱，不知道何时才是出头之日。如果自己不能够觉醒，不能够从现在开始改变，还是由着性子随性而为，那就真的没有任何希望了。好在自己还有一定的觉察力、学习力，能够在先哲经典的开启之下，有较大的改变和提升，这是人生的一大幸事。

　　现实中，我们的内心总是上上下下、起起落落、东突西突、不知所终，如若我们不能够正视它，不能够有一个正确的方向，不能够有一个正确的引领，人生就会出现大的问题。学习经典，警示人生，践行美好，完善自我，创新跨越，圆满人生。

自律人生

有时难以控制和管理好自己，明明心中有对自己高度严格管理的潜意识，要求自己遵守时间，按时作息，不要过长时间地看手机等。结果，昨天还是完全没有能够遵守，肆意妄为完全没有了时间概念，失去了对自己的控制，变成了欲念的奴隶，又开启了熬夜的"魔盒"，把一切"恶习"又重新演绎了一遍。

对此，我懊悔不已，真是不可思议，不好理解，并很失落。不知道如何去安顿自己的心意，不知道如何才能去除自己的随意；不知道如何能够改变自己，如何才能真正管理好自己；如何引领自己走入正途，这些问题让我陷入了一种惶恐和失败的情绪之中。有的时候，我们真的会感到莫名其妙，有的时候，会对自己失去了信心，这是对自我的一种毁灭，也是对自己身心的一种莫大的打击。也许，这些所谓的懊恼和忧虑改变不了什么，但也确确实实地给自己提了个醒，对于自己的坏习惯的改变来说，确实是任重而道远。

我们不要认为自己小有成就就沾沾自喜，不要说自己的意志是多么的坚强，不要说自己不会重蹈覆辙，不会有反复与退步。在改变自我的道路上我们还需要提升自己的觉悟意识，能够正视自己所遇到的问题，要不断用新的知识和新的课题的研究，来重新认识自己。让自己有一个明显的感知，有一个明显的进步，真正做到理通义明，通过这种反复的变化，从中吸取教训，从心底里去改变认知。要去除心中那些杂质与怀疑，去除那些盲目的自信与自傲，代之以清净与安然，无杂与澄明，自悟与自信，安守与平和，让自己处在一种积极有为的环境之中，让自己拥有向上的力量，让自己收获满满，福乐满满，成为人生的赢家。

对于自己来讲，千万不能再有虚妄的认知，要学会能断即断，学会坚韧与坚守，明了人生的真谛，不再受外在环境的影响，不再受内心虚妄的错误指引，及时地、果敢地改变自己。真正成为人生的智者，成为自己人生的引路人。对于已逝的过往，要能够辩证去看，能够通过这种"挫败"来吸取教训，找到最积极之处，得到最好的收获。要及时地分析和研究它，认真地把握它，将坏事变成好事，能够从另一方面认识自己，认识人生。加强对生活的自律把控，加强对生活的高度管理，真正成为自己人生的主人。

感恩惜福

　　感恩现在，感恩所有。很多时候，我们感知不到这份恩德，却认为这是理所应当的，认为这是自然而得的，是自己自然拥有自己，也是必然所拥有的，没有任何的稀罕之处，并认为这是自己司空见惯的。这一切，不需要别人的帮助，不需要别人的支持也会得到，认为那些成就与获得原本就是属于自己的，没有什么可大惊小怪的，而是早就事先准备好了的。

　　其实，我们大多数人的这种思维都是极其狭隘、片面的，也是极其错误的。可以说，我们的人生即应该是一种偶然所得，是天地赋予我们的最大的恩赐。在众多的生命体中，我们人类有思维、有信仰、有文化、有能力、有情感，这已经就足够了，这就是我们的最大的恩德。并且自己身无大碍，没有大的疾患，能够精神愉快、身体健康地生活，能够拥有一份属于自己的自由和幸福。我们生活在一个安宁平和的社会之中，没有战乱与灾难，没有不安与恐惧，没有饥饿与苦痛，这些都是人生之福，都是千载难逢的机遇。我们拥有家人的关爱，拥有受教育的机会，这些都是自我拥有的开始，这些无论如何去想，都是不可多得的收获，都是人间福乐的呈现。

　　有时候，我在想：自己儿女齐全，家庭和谐美满，家人身体健康，生活安逸平和，这是多么大的人间之福哇！仔细想来，这不就是人间天堂吗？有什么能够比自己现在所拥有的更幸福的呢？自己应该感到无比的幸运和满足，应该时刻用感恩之心去面对每个人，面对每件事与物，心中时刻拥有满足之感，那种怡然时刻充盈于心，它是我们人生的福乐之源。没有什么能够与自己内心福乐相比的事情了，那是一种真心的感动，是一种自我的反思，也是一种对自我的拯救。有时，自己对于自己还不够太珍惜，还会有一种无所谓之感，认为一切是理所应当的事情，不知珍惜，不知惜福，就会做出一些令自己备感惭愧之事，不注重科学的作息，不注意身体的锻炼，有时会昏昏沉沉地度过这一天，这是一种极大的浪费，也是对自我的一种亵渎，同时也是对自己身心极大的损害，是对自己人生极不负责任的一种表现。

在生活中，要学会改正自我，不断提高自我，努力成为自己人生的领航人，成为一个惜福感恩之人，成为一个不断创造幸福、创造快乐之人，给人间、给社会增添一缕春色。

培养自信

  结束了锦州与家人团聚之行，又踏上了上班之路。回忆几日来与家人在一起的时光，感觉非常快乐与幸福，但同时又感到时光匆匆，还没来得及仔细品味，几天就过去了。孩子们越来越懂事了，该学习时学习，该玩耍时玩耍，感觉他们进步很多。女儿的画艺也越来越高了，能够在很短的时间内给我发一张画儿，构图思维奇妙，并且用色非常精准，这让我很是欣喜。为鼓励孩子画画的积极性，让孩子有较大的成就感，我提出要买女儿的画作，刚好她也想买一个叶罗丽娃娃，这样我们就击掌成交。孩子很是兴奋，笑得合不拢嘴，也非常有满足之感，并兴奋地告诉妈妈，她把自己的绘画作品卖给了爸爸，自己也终于有钱可以买礼物了，那种兴奋劲儿就甭提了。的确，我们应该理解孩子，应该给予孩子更多的尊重，能够在他们幼小的心灵里植入努力学习的理念，能够充满自信，充分认可自我，这是非常重要的。

  自己幼小之时就很是自卑，总是害怕自己出错，总是害怕失败，总是有这样和那样的顾虑，在学习上有一点的失误，就会对自己产生怀疑。越是这样，就越会想象自己失败的可怕景象，就会真的六神无主，变得惶惶然、戚戚然，不知所措。整日在自我虚设的阴影里，埋在自己设的陷阱里，难得初期。这些的确是给自己的青少年时期留下了一些阴影，做事情没有自信，往往会前怕狼后怕虎。后来真的是自己逼迫自己，让自己出去闯一闯，能够在社会的大潮中接受洗礼，在社会的实践中锻炼自己，在痛苦之中去抚慰自己，努力在失败之中再站立起来，最终找到了那种自信和自尊。虽然，还有些性格上的自闭，但总归挺了过来，通过不断地社会实践和总结，让自己重新"活"了过来，逐渐地找到了自己。的确，从自己的亲身经历中，深刻地感知到，培养孩子自信心和坚持力的重要性。自信心和坚持力是孩子将来成就的法宝，如果没有了自信心、没有了坚持力就是再高的智商，再聪明的大脑，也往往会陷入失败的境地，因为他只认可了自己的聪明，没有在自信和意志力上下功夫，这样也是成不了材的。

"人外有人，天外有天"，要想在社会上有所成就，光靠聪明是不够的，这社会上聪明人太多了，永远不要与别人比智力，要学会把智力转化为智慧，虽一字之差，但差之毫厘、谬之千里。智力，只是你所具有的最基本的条件，但你只具有智力不见得就能够成功，你还应该具有成功的大智慧。那就是要学会自尊和自信，要能够具有坚持力和忍耐力，要能够去做别人难以去做的，想别人不敢去想的，保持一个良好的心理状态，从自我的修炼上下功夫。要了解自己的优势和劣势，能够扬长避短，能够学会坚持，有较强的抗压能力，能够把压力和困难当作是锻炼自己的熔炉，当作是自己进步的阶梯。唯有如此，我们才能收获大的成就，才能让自己成功、幸福、美满。

包容残缺

时光在一天天地流逝，很想在这一天中把所有想做的事情做完做好，很想在这一天有奇迹的发生，能呈现更多美好的事物，并将这一天的美好场景挽留，给自己的身心带来更多的安乐。现实中，每天总会感觉有些苦闷和遗憾，没有非常圆满和完美之感，总会感觉这一天少了些什么，几乎每天均是带着不甘心、小遗憾而入睡。

其实，缺憾正是一种常态。现实生活中的每一天就应该是自己的一生，如若说自己的一生没有缺憾，那是不可能的，关键是自己如何去面对这一天中的种种缺憾。首先，我们要想到人生的无常，想到在这个无常的世界里什么都可能发生。就像满意与不满意、收获与不收获、成功与失败等等，都是相伴相随的。没有绝对的好，也没有绝对的坏，一切都会以它本来的面目呈现。所以，当我们遇到了种种的不开心和失落，千万不必大惊小怪，这就是生活的本质。人生的无常性。所谓的无常即是有常，所谓的残缺即是圆满，所谓的得到即是失去，所谓的偶然即是必然。我们要知晓：这就是生活的常态，看似永恒的东西，也许马上就会变化。这个世界上没有永恒，不变是不存在的，当某些条件和因缘发生变化之时，一切也都会随之发生变化，这就是人生的无常性。我们要客观地看待它、包容它、认知它、接受它。唯有如此，我们才能心安，才会给自己一种客观的解释，才会有自在与快乐的回归。有时候，我们习惯于去寻找完美，可恰恰这世间是没有完美的，完美也只能是永远藏在自己心中，只是去想一想而已，抑或可以调整下自己的思维，把一切不完美当作完美来看待而已。

现实中，我们往往会被假象所迷惑，往往会把自己的主观意愿当作是一种完美。比如说看待一个人，若是正在热恋之中的情侣，他们会把对方在自己的心目中描绘得非常完美，对方的一举一动都充满了温情与诗意，对方的一颦一笑都是完美的展现，对方的所有都是美好的。但假以时日，两个人走入了婚姻的殿堂，每天生活在一起，朝夕相处，形影不离，就会逐渐发现，对方的缺点暴露了出来，对方的思想行为、言谈举止，乃至于生活的每个细节，自己都会以挑剔的眼光去看待，这样矛盾就产生了，就会有了相互猜疑和指责。尤其，因为某件事的引发就会产生要分离之念，看到的对方一无是处，与原来的看法大相径庭，会片面地认为对方变化如此之大，他还是我认识的那个人吗？由此就会产生莫大的痛苦。其实，不是对方变了，是自己的内心变了。事物在不同的时空发生着不同的变化，关键是自己没有明了这种变化，并认为一切人事物的完美原来都是假的、不真实的。如若，一开始自己在内心之中早有准备，能够用全面、客观之心去看待一切，去除那些虚妄的、杂乱的心念，去掉那些对完美的执念，让自己的内心清晰明了，学会认识残缺与遗憾，学会包容残缺与遗憾，那么一切都会好起来，人生就找到了圆满与自在。

父母之爱

早上起来阴云密布，电闪雷鸣，一会儿就下起雨来了。昨天已买好车票回锦州，陪孩子过一个快乐的儿童节。儿子用他姥姥的视频微信留言给我，要我回来，我未加思索很爽快地答应了。孩子们天真活泼可爱，时不时回去陪陪孩子，让他们在幼小的心灵上感受到家庭的温暖，会让他们非常开心，很多时候，往往在自我的工作和生活的小圈子里打转转，会忽略了家人的感受，有时还会想带孩子是件很辛苦的活，怎么能让自己在轻松愉悦之中带好孩子。

有时，孩子有了头疼脑热，身体不适等状况，还要倍加关照，那时的心就会揪在一起，看到孩子咳嗽连连，哭闹不已的样子是很焦虑，特别着急想着如何能够让孩子快点好起来，自己和爱人皆是身心疲惫，不知道、也无法调节好自己的身心。每逢节假日回到家里，孩子们犹如整天缠在自己身上一般，寸步不离。孩子们活力四射，上蹿下跳，没有片刻休息，自己要加十二分的注意力，以防出现什么危险。有时真是会感觉到养儿不易。孩子成长的过程就是父母辛苦受累的过程，无论是幼儿时期、上学时期，抑或是成家立业之后，都会有内心的牵挂，那份心是永远不会安定下来的。总是想着孩子现在怎样了，遇没遇到问题，身体如何，生活如何，学习如何，总是有操不完的心，也许这就是家庭的本质，就是关爱与牵挂中的循环。遂想起，二老对自己不也是如此吗？老母亲总是担心我的身体，每次都叮嘱不能累着，身体为重，凡事不要太赶，要适当停下来休息休息，并叮嘱我，要常回家看看孩子，给孩子更多的关爱。

　　我非常理解老母亲的良苦用心，在她的心中唯有孩子的安乐才是自己最大的安乐。老父亲性格厚重内敛，不善于表达，但我明显地感知到他在用实际行动来诠释这种爱。连续这几个月，老人家除了到厂区给职工们做饭之外，还大兴土木。在老家老宅建着"欧式别墅"，虽面积不是太大，但造型别致，精心选料，建造细致入微。老人家把建房子作为自己内心的一种寄托，憧憬着把房子建起来，一家人住在一起，家庭和美，其乐融融，这是一种内敛之爱，是一种默默的关爱和心灵的映照。老人家用那种"此处无声胜有声"的真情，演绎着这份人间大爱。

　　"可怜天下父母心。"父母之爱是感天动地之爱，是永志不忘之爱，是刻骨铭心之爱，是永生不灭之爱。珍惜爱，付出爱，拥有爱，愿爱之甘露洒满人间，愿爱之甘露一生相伴。

人生经历

　　昨日，从郑州返回鄢陵，天气虽然炎热，一路看到收割机在田地里一垄一垄地收割着金黄的麦子，看到了夏收季节一派繁忙的景象，坐在车里的我，遂想到自己小时候割麦子挥汗如雨的场景，那是辛苦也是快乐，那是一家人的希望。

　　农民以土地为本，人们扎根于土地，依靠于土地，收获于土地，土地是全家人收入的依靠，是丰衣足食的保障，是我们得以立足于世的必备。土地是母亲，没有了土地的养育，没有了土地的承载，就没有生命存在的基本条件。回想近几年来，也许是时间上的不允许，自己没有真正地亲近这块土地，没有弓下身来做做农活儿，自己对于土地的看法也发生了变化。认为体验一下可以，但让自己去犁地、播种、施肥、浇水等等劳作，等待收获的成果，那种心愿确实淡了很多。这不仅仅因为干农活是一件非常辛苦的事，更是因为近些年来自己思维的变化，认为把时间浪费在干农活上是不值得的，干农活没有什么价值、没有什么意义。

　　仔细想来，这种想法的确是错误的，尽管表面上看干农活很简单，没有什么复杂的，没有工厂生产的工业品有更高的附加值，但这是人们赖以生存之本。春种秋收，冬种夏收，是人们生存离不开的土地的承载，如若我们懂得了劳动的意义，一切就会释然了。正是因为人类懂得了农耕的技术，才让人类脱离了茹毛饮血的时代，才让人类的文明显现出来。农耕文化的兴起，是人类文明的起源，是人类自身发展的"活教材"。有了它，人类文明才得以滚滚向前，才能够不断地创造更多、更大的奇迹。

　　自己生在农家，记得小时候的生活环境，就是漫无边际的大田野，每天放学后都要帮着家人去做一些农活，比如割草哇、喂牛哇、施肥呀、收割呀……农村生活的印记深深地扎根在自己的心里，永远不会磨灭。那时，在自己幼小的幼稚的心灵里，只知道自己家里有什么，自己又能做些什么，只知道干农活能够给家里带来价值，认为这就是生活的全部，外面的世界如何全然不知。自从踏入城市，感觉一切与自己所生活的乡村不同，感觉一切都是新鲜的，一切都是那么的新奇，一切都是自己原来所看不到的。当时自己就想：如若能够生活在城市里，那该是多么幸福的事情啊！越是这样想，就越有更多的欲求，就有了热切的期盼，就有了更多的渴望和憧憬，就想多方努力留在大城市里面，让自己的人生得到彻底的改变。在城市生活已三十多年，再仔细去品味，就有了更多的不同的感受，有了对生活更多的理解。深深地感悟到"外面的世界很精彩，外面的世界很无奈"。的确，外面的世界，有很多的繁忙与杂乱，有很多的欲念与奢望，有很多的烦恼与争执，同时也有很多的福乐与自在。

　　"酸甜苦辣皆是缘，阅尽人生三百年。"也许，我们活不到所谓的三百年，但人生的历史也是漫长的。经过多年的挣扎与磨炼，终于懂得了人生的快乐在于珍惜与付出；懂得了人生的每一道景色，每一段旅程皆是值得回味的；懂得了那些真实的人生影像，是不可复制的，是独一无二的。

　　每个人的人生都各不相同，都有自己青春奋斗的光影，都有人生不同阶段的经历，认真品味，也的确是别有一番味道。农村有农村的快乐，城市有城市的烦恼；农村有农村的艰苦，城市有城市的繁华，而每一种时空都有其存在的意义。正如，自己回到农村老家，心完全是自由的，有了内心的舒展，找到了生命的乐趣，找到了心灵之根，找到了心灵的归宿，这才是最重要的。

合作共赢

近两日，在西安广泛与院校、科研单位、社会团体及诸多企业界人士见面，共同就宇航级食品产业的发展、如何用科技的手段助推乡村振兴，展开了研讨，进行了深度的交流，达成了很多共识。可以说，宇航科技为下一步的应用与发展打下了坚实的基础。

与陕西航天育种工程研究中心郭锐教授的专家团队开展座谈，大家就宇航农业如何引领现代农业科技的发展，如何能够充分发挥航天育种科技优势，将航天育种作为区域农业育种中特殊的一种手段，进一步提升传统农业育种及种植水平，为农产品的增产增收做好优质种源的研究工作进行深入的交流，宇航农业要为现代农业的发展注入活力，同时运用现代科技手段和土壤改良技术，为提高农产品的品质与附加值做出应有的贡献。在此基础上着力进行农产品的深加工、精加工，真正将一、二、三产业融合发展，让产品的加工和市场的拓展更加深入。参照《宇航级食品企业通用规则》要求，对于传统食品工业的生产工艺流程做出升级指导，对于生产过程中的诸多环节做出科学的规划和严格的监管。针对地域特色，实施目标性、精细化的加工生产，进一步拓宽市场，为深加工食品拓展更多的销售渠道，从而满足市场日益增长的消费需求。

与西北大学食品学院岳院长及院里的专家领导进行了深入的座谈，大家对《宇航级食品企业通用规范》的顺利颁布给予了高度的评价。双方一致认为，要继续发挥各自的专家资源及产业研发优势，密切协作，就下一步系列标准的制定做好配合，认真开展宇航级食品标准的系统化制定，最终形成了宇航级食品的标准方阵。为进一步完善标准做好深入细致的工作，组建标准的管理和应用平台，把标准的技术认证工作开展起来。另外，岳院长提议建立太空益生菌研究中心，利用西北大学食品研究院的专家团队及研发设备，运用太空搭载技术与手段进行太空益生菌的研制工作。同时充分发挥秦岭、太白山的独特生物资源，尤其是有针对性地开展以木耳为主的食用菌的品种开发与研究。遵照习主席的"小木耳、大产业"的指示精神，充分运用航天搭载技术，开展太空食用菌科技成果研究，为食用菌产业发展及乡村振兴贡献力量。

昨日下午，与陕西养生协会的领导团队、副会长及单位的负责人进行了座谈，就宇航级食品产业的发展与协会领导及诸多企业家们进行了深入的探讨，发挥宇航级食品专家研发团队的技术优势，为市场的拓展提供科技品牌与支撑。会议取得了圆满的成功，在这里特别感谢李靖会长的大力支持。总之，这两天工作是高效务实的，是收获颇丰的。通过这种拜访、交流、探讨，让我们彼此之间增进了友谊，形成了互动，提高了认识，促进了合作，可谓是一次成果丰硕的西安之旅。

不断成长

　　今天是端午节假日，孩子放假在家，除了玩玩具、看动画片外，还要写作业，要把假日前试卷中错误的地方全部改正过来。这的确是有难度的作业，有些题目大人看来还是较为复杂的，还需要思考一下才能解答。意外的是孩子显得很轻松，好像没什么为难的地方。所会的题目顺利答出，不会的开始求助，要么是先放到一边，不着急答，等到其他题目都答完之后，再去求助解决，这的确是学习之道。

　　往往，我们固守于已知的体验，对于自己未知的东西会心生畏惧，抑或是会对于未知之处敷衍过去，抑或是非常固执，不把它搞清楚，似乎就不能进行下一步，一种完美主义之心就会产生，即会有不达目的誓不罢休的想法，结果把已知的、已掌握的舍弃掉了，直接导致了自己会的题没有做，不会的浪费了很多的时间，也就没有了机会再去思考和解答。的确，与孩子在一起，你会发现有很多事情是超乎想象的，是我们自认为聪明的大人所无法相比的。也许，我们认为孩子的这些小小的突出，也只是偶然罢了，没有什么实质上的超人之处，还会总是拿我们自以为的"聪明"来理解，形成固有的认知，这是非常错误的。我们要俯下身来听一听孩子所讲，看一看孩子所做，有些的确是天分使然，不是教能教出来的，是孩子的专注和自悟所收获的。有的时候，我们会发现，孩子有专注的天性，比如说，孩子在看动画片，这时你叫他的名字，尽管叫了好多声，他就是听不见，始终沉浸在动画片的精彩情节之中，孩子的内心是专注的，孩子的内心是沉静的，没有任何的杂染，没有任何的旁门左道，有的是真正地沉入其中，真正地忘了自己，忘了周围人事物的存在，可谓是真正的心无旁骛，这一点是大人们所难以做到的。

　　我们在做某件事情时，总是想这想那，想东想西，总是不能够集中注意力，总是在事物的外面打转转，而不能够深入其中，并认为自己是聪明的，是不会受任何引导和蒙蔽的。然而，这些所谓的"聪明人"都成为观察别人的"天使"，成为了知自我的"笨人"。很多时候，所谓的自悟，不是你苦思冥想想出来的，那是一种自然所形成的能力，更是一种天性使然。所以，要向孩子学习，从孩子身上找到那些自己已经失去的东西，让自己不断成长，不断完善。

认识变化

　　昨日天气晴朗，昨夜阴云笼罩，今晨起来大雨骤然而至。深感到天气奇特的、无常的变化，一如我们生活中许多事情的变化，一切都是在情理之中产生的，一切都是在酝酿之中变化的。可谓：不变是不可能的，唯变才是恒定的。

　　变化是它本该有的面目，这原本没有什么奇怪之处。但有时，我们总是一厢情愿，总想让事物的发展按照自己的轨迹去走，总是在异想天开之中找到方向，尽快达到自己的目的，达到自己所谓的目标，这显然是不正确的。就像我们追求成功，总想立即把自己的理想和愿望实现。总想能够立即真正成就自己，能够拥有自己想拥有的东西，而实质上我们离成功还有很远的距离，离我们的目标还有一段很远的路要走。俗话说"欲速则不达"，如果你一味地想马上达到，心生妄想和执念，那么面对未能实现的心愿，就会是痛苦莫名，总是感觉老天爷在与己开玩笑，总是感觉天地亏欠于己，认为自己是天底下最大的倒霉蛋，认为自己永远不可能成就，这样，信心就完全丧失掉了，就完全没有了前行的动力。人变得日益颓废，变得消极无比，日久天长就会在自己内心形成一种思维定式，认为自己就是不行，绝对不可能成就，成功和鲜花是属于别人的，这种思维是很致命的。它能够摧毁人的意志，能够泯灭人的上进心，能够让人在无所事事中毁掉自己的一生。正所谓是"温水煮青蛙"，在不知不觉中成为失败者或平庸者。我们要修正惯有的思维观念，要知晓问

107

题的本质在哪里，要知晓成功与失败的规律是什么，要知晓任何事情的变化，都是在因缘俱足的情况下所产生的。如若因缘不足，也就是条件尚未成熟，自己的积累和自然的机遇还未到来，抑或是自己还未真正把握事物发展的规律，不知晓如何才是正确的道路，抑或是积累还不够就妄下断语，这些都是极其错误的。所以，成功靠积累，成功靠机缘，成功靠耐心，成功靠思考，成功是世事变幻的综合体现。愿我们积聚能力，努力创造，不断进取，收获人生的巨大成功。

敞开心扉

　　内心之中，总是不想把每天的生活细节完全袒露出来，好像完全袒露了自己的缺点，将之公之于世，让别人了解了自己的小心思，这会让别人对自己产生不好的印象，或许会遭到耻笑一般。这的确是一种不好的想法，不好的心理。尽管说不好，但自己还很难摆脱这些缠绕，生怕自己不好的形象被别人所知晓，这样会在别人面前显得尤为尴尬。因此，自己在写作总结之时就会避重就轻，认为只有把自己好的形象充分展示，才能给别人留下一个好的印象。这种较为虚荣之心就这样伴随着自己，让自己在这种虚荣的笼罩下感觉很安稳。有时不知道如何去表达，不知道怎样去书写，就会很是纠结，也很是焦躁。这些负面情绪如若不能及时排解掉，就会变成一种隐患藏伏于心中，让自己时时都会感到很压抑，日久天长就会生出毛病来，会变得无所事事，会变得盲从无依。我们总是在人前展现出最光辉的一面，总是想躲避不好的东西出现，总是想着去掩盖什么，而不能够真诚客观地去与人相交。其实，不管是成败得失，都要用一颗真诚之心去面对，能够心与心之间去交融，能够达到知情、知心、知义，不管是喜怒，还是哀乐，都要用真实表达自己的内心世界。要用一颗包容宽厚之心涵养万物，冷静客观地看待世事万物，达己予人。做到这一点，就会真正找到了轻松，就会让自己更加喜乐。

　　大千世界每时每刻都在发生着变化，每时每刻我们的内心也会有不同的觉知，都会有千万种想法充盈于心。有时，自己不知道如何去调节，不知道怎样有序去安排，如若安排得当、调配合理那么就会喜乐无比，收获良多；如若调配不好，安排失误就会痛苦莫名，哀叹连连。人生就是一个温暖自己的过程，是一个逐渐调节自心的过程，也是一个学会安然处世的过程。学会了人生这门课，就找到了福乐的本源，找到了安身立命之处，每天都会笑意充盈、步履轻松，让自己自在圆满，无怨无忧，在人世间获得更大的安乐。而要达到这种境界的前提是，要学会客观认知自己，客观认知他人，能够看淡得失、能够付出自我，在得失之间找到平衡。要把自己淡化，要以别人为中心，能够真正替别人分忧，能够给予别人更多的安慰和喜乐。要把自己的命运与别人的命运连在一起，能够真诚地对待所遇到的每一个人，认真地做好眼前的每一件事。

时光变化

翻阅多日前的文稿，发现在郑州写稿的时间是6月3日，截至今日又过去了十七天，真可谓是"时光如水，奔腾不息"呀。任何人、任何力量都无法阻挡时光的流逝。我们每天都在忙于生活，忙于工作，显得紧张而又不安，忙得不知所措，感觉不到丝毫的轻松愉悦。有时候，甚至不知道自己将向何处去，不知道自己想要的到底是什么，内心充满了忧虑、迷茫、纠结之感。我们每天都会遇到很多的人、很多的事，遇到很多需要解决的问题。这其中有很多问题是无法在短期内解决的，但这没有什么关系，只要我们保持足够的信心和耐心，保持乐观和积极的态度，立志去改变，努力去改变，就一定能够实现自己的目标。

时光是我们生命延展的标志，时光也是我们成长的见证，时光是最公平的度量衡，时光是自我成长的加油站，要把每一刻的时光，当作是最宝贵的财富，当作是自己成长的开始。日复一日，年复一年。也许表面上看，似乎并没有什么大的进步，看似没有什么大的改变，好像天还是那个天，地还是那个地，人还是那个人。其实，我们所看到的只是假象，是用静止的眼光在看万事，是用固化的思维在看万物，这是非常短视的。要学会用变化的思维去看待一切，能够在看似不变之中发现变化，在看似静止之中看到变化。我们的世界是一个变化的世界，我们的人生是个变化的人生，变化是永恒的，不变是不可能的。我们有没有这方面的觉知，有没有深入探索和观察之心，有没有不断积累功德之心，有没有多方面、多角度去衡量之心，这些都是很关键的。现实生活中，我们有很多的无奈和彷徨，有很多的不如意之事，这会令我们产生一种悲观厌世之感，会使我们的情绪失控，好像天就要塌下来一般，自己无处藏身，又无法躲避，感觉自己像是待宰的羔羊一般。我们会感到可悲，探究悲从何来，那就是我们不善于进步，不能够明了事物的因果循环，未能用更多维度的思维看待万事万物。要学会向优秀者学习，学会参悟，学会引领，学会努力，拥有自己最美好的未来。

一路前行

　　昨晚，与众多军政各界的老首长、老领导在一起聚餐，其中有熟悉的，有刚刚认识的，大家相互交流，兴致很高，气氛热烈。恰值建党一百周年之际，大家相聚一起，共同举杯为我们伟大的祖国祝福，向我们伟大的党致以最崇高的敬意，愿我们在党的旗帜引领下，继续开拓进取，把祖国建设得更加美好，让人民的幸福指数节节高升，让每一个人都为自己是一名中国人而感到无比的骄傲。历经艰辛终成就，跨过迷障见光明。有了信仰的指引，就有了无限的创造力，就有了前行的信心和动力，就有了不断发展的原动力。我们不能停留于已有的成绩，不能一味地吃老本，更不能骄傲自满，而应该不忘初心，砥砺前行，去争取一个又一个新的胜利。尽管我们会为自己取得的成绩感到无比自豪，但还是要警钟长鸣，时刻提醒自己，不能停止前行的脚步。要客观地面对当前的形势，意识到我们的压力还是很大的，还需要不断地努力，还有很多事情需要我们去解决，还有很多困难需要我们去克服，还有漫漫的长路等着我们去走。

　　进入21世纪，世界的格局发生了巨大的变化，很多的不可预知的因素都会出现，面对国际局势的不可确定性，我们要时刻保持一种定力，要能够站得更高、看得更远，坚定信念，勇敢前行，用自己的智慧和毅力去解决所有的困难和问题，并通过攻克一个个难题，让自己的能力不断地提升，通过一次次磨砺，让自己心智更成熟，脚步更稳健，前行更快捷，发展更迅速。这就是一个国家，一个组织，一个人，所应具备的气节与品质。如果没有了这些，就没有了发展的可能，就没有了任何的成就，就没有了光明的未来。身负使命，继往开来，努力拼搏，任重道远，让我们满怀希望，满怀信心，不忘初心，一路前行，去开辟自己人生的新天地。

价值人生

科学的生活方式对每个人都是很重要的，它是我们快乐生活、享受人生的保障。如若不能够保持一个健康的生活方式，作息颠倒，身心难调，就会给自己带来很多苦痛，就会让自己难以应对生活的方方面面。一个人要有觉醒力，能够时刻把自己的身心安放作为重点，每天保持一个好的心情，保持一个好的身体状态，要保持好的睡眠，让自己能够精力旺盛，身体轻松，心情愉悦，这才是我们人生所追求的乐境。近几日过得有些浑浑噩噩，熬夜看手机的不良习惯，导致了自己疲惫不堪，眼睛干涩，腰酸背痛。加之饮酒应酬，饮食不规律，这些不良的生活习惯突然而至，让自己痛苦不堪，懊悔不已。如何让自己的生活走入正轨，的确要进行反思。

很多时候，认为自己有高度的自制力，自己所做的一切都是正确的。但是，现实会把这一切给打翻，有时让自己也会备感诧异，不知道如何才能调整好自己的内心，从自信满满到惊慌莫名，失去了自我，失去了主张，感觉到前途的渺茫，这种犹如过山车一样的转换，让自己是疲惫至极。不知道自己是犯了什么病，自己的自制力不知去了何处。又是懊恼，又是哀叹内心被搅得乱七八糟，七上八下。好在自己善调自心的信念还在，还保有清醒的判断能力，还知道孰重孰轻，知道如何去规范和调节自己，不能够使自己的虚妄之心滑得太远，知道如何逃出贪欲之网，知道要反思、要改变、要提升、要进步，知道在复杂的矛盾之中找到正途，知道要改变自己，从根本上改变自己。要学会从古圣先贤的经典之中去改变自己，要求自己学会阅读和反思，把反思和警觉作为第一要务，学会从生活之中去找到人生的真谛，实现内心的满足，人生的圆满。要科学管理时间，要珍爱身心健康，要在安然无害之中创造价值，让自己走向光明，而不是让自己沉入灰暗。光明才是生命的照耀，有了光明，就有了冲破黑暗的力量，就有了自在轻松与快乐。

　　生命的价值是自我内心的升华，要树立信念，涵养自心，保重身体，要增强前进的勇气，时刻准备好实现人生最伟大的目标。也许，现在还有些障壁无法清除，还有些欲念无法平息，还有些不正确的思维需要纠正，还有曲折而漫长之路要走，但只要我们有一颗坚韧不拔之心，有一颗光明向上之心，有一颗关爱付出之心，有一颗不断追求进步之心，就一定能够找到幸福，获得人生的大自在。

继往开来

　　近两日，全国人民都沉浸在中国共产党成立一百周年的欢庆喜悦中，每个人都带着无比的喜悦，无比的自豪，无比的骄傲，迎接这一光辉时刻的到来。百年历史，百年光辉，峥嵘岁月，见证奇迹。正是在中国共产党的英明领导之下，推翻了压在人民头上的三座大山，历经艰辛，勇于牺牲，换来了今日人民的安居乐业，生活幸福自在；才让我们知道什么是真正的解放与自由，怎样才能让自己不断地强大，怎样才能让更多的人拥有快乐和幸福。如今，一个富强、民主、强大的共和国已巍然屹立在世界强国之林，让难以置信的无数个目标得以实现，成就了无数个奇迹的诞生。在外国人看来，这简直是不可思议。能够在这么短的时间内从一个积贫积弱没有任何工业基础、没有任何科技基础的国家，一跃成为工业基础实力雄厚、工业体系健全、科技实力突飞猛进具有国际影响的大国、强国，实属不易，怎会不令每个中国人感到骄傲与自豪呢？

　　嫦娥飞天，天问探火，北斗导航，太空建站……中国人已经用他们的聪明才智，执着进取，砥砺前行，赢得一个又一个伟大的成就，成为世界各国竞相学习的榜样。如今国富民强，国泰民安，国家发展蒸蒸日上，各项事业都有了很大的突破，这是民族的骄傲，是每个中华儿女奋斗的结果。每个中华儿女、仁人志士都在为这个国家奉献着，都在用自己的双手创造着，展示了一个又一个的人间奇功。我们要为之而自豪，要为之而更加努力，让我们的国家发展得更好，让我们的事业发展得更好，成为国家的助力者，社会的改造者，世界的缔造者。

"雄关漫道真如铁，而今迈步从头越"。今天，我们不能懈怠放松，不能靠吃老本，不能躺在过去的功劳簿上，要总结以往、规划现在、展望未来，百尺竿头更进一步。要实实在在地做好眼前的事情，珍惜每天的大好时光，认真地规划自己的工作，调节自己的身心。善于学习，善于创造，善于总结，提升工作效率，加强自律意识，收获更大的成绩。多一份责任，多一份担当，多一份努力，多一份奉献，付出我们的爱心，为国家、为社会做出更多的贡献。

学习先辈

今日，全国人民都沉浸在庆祝中国共产党成立一百周年的节日盛典之中。今天上午各界人士、人民群众齐聚天安门广场，共同参加庆祝中国共产党成立一百周年庆典。活动现场场面宏大，气氛隆重热烈，天安门广场庄严、神圣、肃穆。三军仪仗队整齐划一，昂首挺胸，气宇轩昂，正步前行，五星红旗冉冉升起，中华人民共和国国歌响彻云霄。四位青年学生领诵，在场的青年学子跟诵，他们满怀豪情表达了对党的热爱，对祖国的热爱。这青年一代的心声，表达了对党最真挚的感情。

中共中央总书记、中华人民共和国主席习近平，发表庆祝中国共产党成立一百周年讲话。回顾昨天，立足现在，展望未来，讲述了中国共产党一百年来领导中国人民，筚路蓝缕，为实现中华民族的伟大复兴而奋斗不息，努力前行的光辉奋斗历程，并为国家今后的发展指明了方向。庆典会场气势宏大，程序严谨，整个庆典激动人心，扣人心弦，令人印象深刻，每个人的内心都深受震撼，这的确是一堂学习党的历史，感受党的伟大的党史教育课，也激发了我们忠于党、忠于祖国、忠于人民的赤子之心，更进一步坚定了努力进取的信心与意志。观看过此次庆典活动之后，内心的激动之情久久难以平息。历史是一面明亮的镜子，它能够照射出光明与伟大；历史是一本厚重的功德书，记载着那些忧国忧民，为国为民请命，甘洒热血，不畏牺牲的仁人志士。那些为了民族的复兴而努力前行、拼搏进取的人，历史不会忘记，人民不会忘记，共和国永远不会忘记。我们要以此为榜样，在平凡的工作岗位上做出我们的成绩。所有的理想和追求都是建立在扎扎实实的工作上，要能够在平凡中做出不平凡，在简单中做出不简单，这才是真正的伟大。

  有时，我们一提到伟大就好像是高不可攀，就好像是离我们很远，就好像是自己很难企及一样，认为自己绝不可能实现一般。其实，真正的伟大就在这点滴的平凡之中，在我们每天平凡的工作里。要想别人之未想到的，做别人之未做到的，真正做到真心努力、不畏艰难、不断创新、甘于奉献，默默无闻地工作，兢兢业业地付出。这些都是我们成就伟大的前提，也是我们不断取得成就的基础条件。在建党一百周年庆典之际，受表彰的优秀共产党员都是来自平凡的岗位，都能够践行共产党员的职责，充分展现共产党员的担当，在平凡的工作中扎实苦干，勇于奉献，为党增光添彩，为祖国和人民交上一份完美的答卷。在这举国欢庆的时节，让我们缅怀那些为党、为国、为民付出一切的英雄。我们要向他们学习，学习他们的精神，学习他们的品质，学习他们高尚的人格。成就一生，光荣一生。

与心对话

　　一个人，要学会与心对话，在与心对话中感受喜乐，在静雅平和中找到安慰。要学会自我疗愈，自我调养，自我安慰，自我增进，平复自己的内心，收获自己的健康。人之健康与长寿，在于对自我的锻炼，这个锻炼不仅仅在于身的锻炼，更重要的是在于心的锻炼。身体的锻炼我们能够明了，无论是跑步、登山、打球、游泳、打太极等多种健身的方式，我们都可以选择。但往往对于练心我们不是太注重，好像是可有可无的。殊不知，正是因为心理上出现了问题，会导致人纠结痛苦不堪，甚至于会走向绝境，导致人间的悲剧发生。往往，面对人生的重大变故，我们不能够把控好自己，而是把所有的事情绝对化看待，好像是遇到了这些事，就会使自己难以改变，难以克服，难以释怀，既而陷入一种悲观失望之中，万念俱灰，心生恐惧，逃不出心的魔咒。面对难以解决的问题，始终在旧有的圈子里打转转，而转不出心结来。就会想到逃避，甚至想到一死了之。好像唯有死亡才能逃避这些苦难，才能解决所有的问题。其实，这些都是极其错误的想法，往往越是这样，越证明自己的弱小，没有胆量，没有出息，没有能力，没有抗争之气，这样的思维是极其危险的。

　　生活中，有很多事自己难以解决，有很多棘手的事情会出现。如若我们没有坚韧之心，抗争之心，乐观之心去面对，就会陷入一种恶性循环，就会将自己引入到万劫不复之地。要培养自己的坚忍、宽厚之心，学会客观地判断，能够站得更高，看得更远，能够把自我的存在与社会的发展相联结，能够把自己的命运与社会的命运相联结。如若，能够找到人生之大义，找到那些无我无私之境，找到奉献自我之境，找到关爱与给予的人生发展之境，那么我们就会拥有无穷的力量，人之成熟与伟大就会显现出来。人生要有明确的目标，要树立宏大的志向，知道自己为何而来，知道自己将如何而去？能够驾驭自己的思维与行为，在困苦艰难之中永远保持乐观，能够明了自己能够给予别人带来什么，能够真正成为自己的主人。

　　近些年来，自己总感觉还是定力不够，没有明确自己的人生目标，不知道怎样围绕此目标而不断修正自心。内心往往被眼前的细枝末节所缠缚，若不能够及时清理这些缠缚，赶走心的魔咒，就像是一块不干净的抹布，本来就很脏，拿它来擦拭就会越擦越脏。要把内心调适好，把阳光的、温暖的、宽厚的、坚韧的、勇敢的内心培养起来，这样就会有了人生之根，做起任何事来就能够不怯不惧、平和以对、乐观大度、智慧充盈。充满光明与希望，拥有信心与勇气，收获人生幸福与安康。

精神力量

　　写作可以让我抒发自己不好的情绪，生活难免会有各种各样不如意的事情，写作就能让我忘记这些。我觉得只要是想写作，那就可以开始写作。不是每一个人写作都是为了出版书籍，所以不管自己写作功底怎么样，只要热爱就可以去写。我们写完了自己看也可以呀，不用在乎别人。开始写作只要自己有时间就可以去做，反正在我看来写作并不是严格意义上的写作，那太正规了，都是作空们的事情。作为普通人，我们只要开心就好。写作的时间是挤出来的，要随时随地把自己的真情实感写出来，是对自己心性的一种修复，也是对人生的一种回顾。很多时候，我们整天忙于俗务，无暇系统地、完整地反思自我，无法真正了知自己的内心，不知晓怎样才能让自心安顿下来，既而找到真正的自己。最美的感受在于精神的满足和升华，它能够让我们不会被眼前的现象所迷惑，感受到那些从来抓不到的东西，能够让我们获得、拥有真正的自我，这是相当美妙的事情，它是用任何东西难以换来的，是无法用金钱来买到的。

　　学会自我的反思是人生中最为重要的事情，反思的关键在于生活信念的树立，在于信心的加强，在于给予自己内心更多的宽慰。在人世间，我们都是匆匆过客，我们没有也不可能留下什么更多有形的东西，唯一能够留下的就是永远不灭的精神财富，留下众多美的回忆和人性的美好品质，这些才是真的拥有。有时候，我们不愿意回顾过去，不愿意把自己最真实的想法告诉他人，不愿意去表达自己的真情实感，善于隐藏自己，包装自己，好像唯有如此才是对自己最大的保护。殊不知，越是这样自己越会很纠结，越不能够让自己内心平和，越是对生活认知浮浅，内心也就失去了依靠。没有了倾诉的出口，人就会变得更加孤单，就会失去自我，变得犹豫彷徨，孤单落寞，就会让内心更加痛苦。人是要学会倾诉，需要有表达与分析，需要通过回顾与总结，交流与沟通来得到心灵的安慰，需要找到自我，找到方向，找到光明和希望。

　　人是万物之灵，不是无情之物，是要有精神来做依靠的。否则，人生就会显得苍白无力，没有了动力与方向，没有了信心与希望，没有了利益与目标，人就像草木一样，会失去自己的一切，这样的人是非常痛苦的。所以，我们还是要走出故步自封的自己，能够冲破心灵的障壁，获得人生的安宁。

找到内因

很多时候，自己会为自己的过失而痛苦莫名，认为自己本不应该去做某件事情，本不应该出现这样的问题，然而问题就偏偏出现在自己的眼皮底下。这是什么原因呢，自己有时也搞不清楚，也是丈二和尚摸不着头脑，也许搞清楚了，事情也就不会发生了。有时不知道到底哪里出了毛病，不知道应该如何去收场，自己会变得很尴尬，甚至会悔恨万分，痛苦万分。仔细想来，所有事情的出现都是有其原因的，都是有其内在渊源的。世上没有无缘无故的爱，也没有无缘无故的恨，一切都是由因缘而生，一切都是由因缘而灭，完全是因缘所致，完全由不得自己。我们要接受这一现实，能够明辨是非，能够深入其中去挖掘事物的本真，仔细分析事物出现的原委，了解自己，了解他人，了解万事万物，找到了问题的症结，能够集中精力去解决，就是非常庆幸的事情了。

人生在世，难免会有这样或那样的问题，难免会有不可预知的事情发生。首先，我们要在心理上去战胜它，要知晓所有问题的出现皆有内心的渊源，不要在解决问题之前产生畏惧和失落，害怕问题粘上身，害怕问题长期困扰自己的身心，成为一个顽疾而无法根除。由于这种担心，自己就会被现实中的问题弄得晕头转向，左右为难，甚至会产生很多阴暗和失败想法。我们要从自己的内心深处找到问题之所在，要经常反思：为什么会出现这样的事情，发生此类事情的原委是什么。首先要把思想搞明白，这是相当重要的，要知晓一切皆是内心的问题，内心出了问题，不能埋怨自己和他人。要学会抽丝剥茧，调整自己的内心，进而调整自己的行为，长期坚守下去，不断砥砺前行，成功与快乐将不再遥远。

内心定力

生活掌握在我们自己的手中,要学会不被外境所左右,时时把控好自心。能够把控好自心之人才是伟大之人。很多时候,我们会被自己的习惯所影响,不能够很好地管理自己,内心没有了定力,未能够彻悟世事,不知晓自己将向何方,不知晓怎样引领自己的心志,不知晓怎样找到最大的快乐。我们要学会将自己的身心安置在安然之中,让生命得到滋养,让性灵得以提升,让自己不断进步,这些都是我们人生的追求。很多时候,自己会认为多年的生活、工作阅历,培养了自己沉稳、坚毅的性格,自己的意志还是比较坚定的。能够做到遇事不慌,坦然平和以对,积极乐观向上。但有的时候,也难免会心浮气躁、虚狂骄横,甚至自己也难以接受自己。内心会变得很沮丧,失去了内心的依靠,犹如在田野中狂奔的孩儿一样,不知道家在何方,不知道路有多长,只知道向前一路奔跑。但这种向前奔跑的目的是什么呢?还是很迷茫,没有了根基,失去了前行的力量,犹如一个孤魂野鬼,永远找不到归途,这是相当可怕的。

我们必须清醒地认识到这一点,不能失去自我的主张,要还自己以清晰明澈的内心,给予内心丝丝的清凉,让它洁净无染,变得平和起来,犹如给汽车的发动机做了保养一样,精心维护,增添能量,让它动力十足,焕然一新,自己才会在心的引导之下,走向希望与福乐。很多时候,面对外面的世界,我们会眼花缭乱,会被迷惑了双眼,看不清前方的道路，会跌跌撞撞地失去了方向，这的确是非常危险的。很多时候，我们个人的道路决定了团体的道路，个人的道路决定了家庭的道路。我们身上肩负着很多的责任，肩负着很多的使命，我们活着不仅仅是为自己而活，而是为整个团队、整个家庭乃至于整个社会。可以说，自己的每一个决策，既决定了自己人生的道路，也决定了团队、家庭的道路。

因此，我们做任何事情都要周密考虑，要三思而后行，让生命之光长久点燃，照亮自己的人生之路，同时照亮别人的人生之路。能够成为自己的引路人，成为别人的希望，这是一件非常幸运的事情，更是生命价值和意义的展现。一切好像是遥不可及一样，其实一切又都是真实的客观存在。我们要学会改变心境，因为没有心境的改变，就没有人生的转变，就没有好的未来，就没有好的人生。打起精神，总结过去，立足当下，展望未来，让人生之路更加明晰，让脚下步伐更加稳健，点亮生命之光，收获美丽的人生，拥有全新的自我。

灾难无情

近两天受暴雨影响，铁路停运，自己只能留在郑州了。本想要到西安参加企业考察活动，看来难以成行了，真是人算不如天算。很多事情的出现往往会超乎我们的想象，甚至于让自己措手不及。改变行程也好，能够让自己集中于心思总结一下之前工作，科学合理地安排下一步的工作。面对问题要多方面去认识，了知其利与弊。可以说，任何事情都是利弊相间，好坏相连的，没有绝对的好，也没有绝对的坏，没有绝对的得，也没有绝对的失。若是我们想开了，理解了，那么内心就不再纠结了。

就拿这次暴雨来说吧，的确令人始料不及，总是认为不就是下场雨吗，下再大又有何妨？郑州每年这个季节都会下雨，仲夏时节阴雨连绵、大到暴雨也是常有的事，没有什么大惊小怪的。前晚从北京到郑州，一下车给自己来了个下马威，阴云密布，大雨如注，整个晚上雨一直下个不停，但是自己根本没有在意，感觉这种天气是太正常不过了。但从昨日中午开始，雨便越下越大，不再是大雨，而是暴雨如注了。

透过酒店房间的窗子往外观看，整个城市都笼罩在雨水的朦胧之中，看不清道路，看不清行人和车辆，自己所住的天鹅城大酒店，正好在两路岔口旁，能够清晰地看到岔口间的雨水越积越多，越积越深，看到汽车转弯时激起的水纹越来越大。一开始自己还好像看哈哈一般，看一辆辆的汽车能不能走过去。刚开始还不错，一辆辆车在水中慢慢平稳驶过，但随着雨水越来越深，有的车就在水中抛锚熄火了，随着水势越来越大，抛锚熄火的车辆越来越多，眼看着一辆辆车在水中动弹不得了。自己原来那种看哈哈之心骤然消失，代之以担心和忧虑，这雨什么时候能停啊，整个街道都成了"江河"，老百姓的生活怎么办哪？这时自己想到外面看一看，透透气，结果刚走到大门口便折了回来，那种雨势是你根本无法想象的。回到屋里，打开手机，便看到了诸多有关灾情的报道：在荥阳、巩义、登林这些周边县区，水情严重，危机四伏。有很多人陷在水中，大家只能互相搀扶，慢慢前行，有些人甚至还被冲入水中，情况非常危急，并有报道说，有人遇难。最令人揪心的是地铁五号线上的生死四小时，车厢内的人陷入水中动弹不得，积水已没过胸口，空气稀薄，水势还在不断上涨……尽管政府果断采取措施，派出抢险队员将乘客一个个救出，但报道说，仍有十二人不幸遇难，看到此信息，自己心绪难平。

　　水火无情，面对郑州有史以来最强的雨势，所有人都感到震惊和不可思议，我也一遍遍地反问着自己，却很难找到答案。面对此情此景，我们无论如何都要保持镇定，努力去做一些事情，力所能及地提供帮助。今天雨势渐停，街道上的泥水慢慢退去，马路上行车逐渐多了起来。我也趁着这雨停之时，到街上走一走，虽然道路还有些泥水，还有些被水淹的汽车横七竖八地停在路上，但整个城市秩序井然，人们神情轻松平和，完全没有了焦躁与不安。人们看到了希望，看到了已经醒来的城市，正在恢复它正常的运转，相信雨过天晴，人们又将回到这繁华的都市中，尽享安逸平和的生活。要记住这段珍贵的经历，记住那些舍生取义、甘于奉献之人，记住那些乐于助人、甘于付出之人，他们才是人间之英杰，才是最值得我们感恩之人。

分享内心

　　写作，对于净化心灵是一种非常好的方式方法。能够把每天的所思、所想写出来，是对自心的调养，是对自己心性的提升。坚持写作近七年了，的确已经形成了习惯，哪天没有写东西，就像是有罪一般，内心就不能安定下来，情绪就会焦躁起来。如若能够及时写作，内心就舒畅许多，也会增加了几多定力，会给内心带来几多慰藉，遇事会处之泰然，做起事情来会信心百倍，精神十足，这的确是自己的一种真实感觉。近两日因没有科学安排时间，没有按时写作，内心感觉很迷茫与慌乱。无论如何，都不能整日忙于俗务而忘掉写作，忘掉对生活的思考与整理，忘掉对内心的调适与总结，感觉这是对光阴的一种浪费，一种虚度。

　　当然，每个人的生活方式和习惯不尽相同，对自己心灵调节和提升的方式亦会不同，只要能够不断地反思和提升，不断地学习和进步，方式和方法可以是灵活多样的。就自己而言，原本自己就是一个不善交际之人，有什么想法都会闷在心里，不想与人交流。时间长了，就变成了一个相对封闭的性格，认为那些所谓的与人交流没有什么大的用处，与人的交流只是在耽误自己的时间而已，一切还是要通过自己在现实中的感悟来提升。很长一段时间，自己一直认为，把自己每天的所遇、所感写出来并与大家共同分享，是一件不敢想象之事，并片面地认为自己的事情是相对私密的，如果展现在大庭广众之下，将会是一件很难为情的事情。这种心理一旦占了上风，就会把要表达的意愿压下去，就会不敢写，不敢说了，时间一长就不愿意想，也不愿意写了，这样养成了思维的惰性，完全没有打开自我心绪的动力了。人最终要找到能够宣泄自我情绪的出口，找到能够充分表达心绪的方式，如若不与他人交流，人就会变得越来越孤寂，越来越顾影自怜，形单影只了。没有了情绪宣泄的出口，失去了生活的乐趣和意义，这是相当危险的。

  人都是有社会属性的，要学会融入社会，融入生活，融入自然。要培养自己对人生的洞察力、觉知力和行动力，能够从平凡的生活中创造出不平凡，能够把平凡的生活过得更加充实、更有意义、更有方向感。如若，我们不能够了知自心，了知他人，了知社会，不知晓人生的意义，不懂得感恩与关爱，不懂得创造与给予，那么，这样的人生又有什么意义呢？这样的人生又有什么价值呢？人生在世，要学会发挥自我的优势，在自己最擅长的领域中去施展，去呈现，在无常而短暂的生命中创造出无限的不朽的永恒。

情绪管理

要学会平复自己的内心，不要将任何的事物绝对化，不要只看到人、事、物不好的方面，而要看到其好的方面，要在复杂之中看到其简单的一面。我们不能只看到事物的表面，以假象来迷惑自己，不要去联想那些不好的事物，如果我们总是陷于其中，就会产生更多的烦恼，就会让自己失去了理性，让自己深陷于情绪的泥潭里，让自己受到更大的伤害。所以，一定要学会控制自己的情绪，要及时地调整和引导自己。如若出现了不好的情绪，就要找到其产生的根源，分析其产生的原因，及时地去解决问题，而不是一味地为此烦恼。同时，我们也要看到，不好的事情中也会有其积极的因素。我们要学会用更客观、更理性的心态来面对一切，学会如何去努力改变自己。如此，我们才能从坏的情绪之中平复自心，才能从中解脱出来，能够更清醒地拓展我们的认知。这才是生活之道。如果我们深陷于坏的情绪之中不能自拔，一直被情绪所左右，那么，我们就变成了情绪的奴隶。如若我们能够深悟其中之理，能够自信地调整自己，让自己脱离情绪的泥潭，用轻松、理性、乐观的心态去面对一切，那么我们就会变得更加轻盈而有活力。只有能够主宰自己的心智，才能成为一个伟大之人，成为一个战无不胜之人。

一个人的成败得失、喜怒哀乐，往往是与情绪管理密切相关的。有了好的情绪管理方法，就有了拯救自我的能力，就有了战胜自我的法宝。一个人的幸福快乐与其情绪的优秀管理是相伴相生的。我们虽然没有先见之明，但要在生活中管理好自己的心智，它是我们幸福快乐之源，是我们成就事业的基础，是我们健康长寿的秘诀。在日常生活中，要努力改造自己，尤其是在出现不良情绪时，要学会警示自己，要学会忍耐，学会理性，学会改变，学会客观辩证地看待人、事、物。所有的人、事、物都有其两面性，都有其好的一面，也有其不好的一面。我们对人对事不能"一棒子打死"，不能那样的绝对化、非理性化，非此即彼的心态是完全错误的。这个世界上没有绝对的好与坏，只是我们在特定的时候思维受到了限制，在看待一些事情的时候，没能够站在一定的高度，没能够看到事情的全部。

　　内心的障壁是光明和理性的乌云，需要我们用智慧之风将其吹散，让我们清醒下来，用柔软与慈爱之心去面对一切。要知晓，天底下所谓的是非曲直，无外乎是短时间内的觉知而已。时过境迁，物是人非，一切都在改变，一切都会在自心的引领之下，走向光明的未来。要去除心中的阴霾，不要总是带着愁闷、不安去待人接物。要找到能够让自己感动之处，用理解和包容之心去体谅所有，能够在暗夜中看到光明，看到天上的繁星，看到黎明的曙光，找到内心的归途，找到心的方向。相信自己能够改变自己的坏情绪，相信自己能够在生命的旅途中发光发热。

积极心态

要学会从实际出发，一切都要从实际的可操作性入手，要把操作的每个细节都搞清楚，能够抽丝剥茧，找到问题的根源，找到解决的方法，这种实践才是理想能够得以实现的基础。我们不能只是雾里看花，只知大概，这样就绝无可能成就。很多时候，我们不知道如何前行，不知道如何找到解决问题的途径。那么，首先要把自己的内心安定下来，不焦不躁，学会放松自己，学会苦思冥想，用一颗平和之心去面对，在静之中找到事物的关联性。对事物的变化要有洞察力，找到事物之间的关联性，掌握其关键点，这样才能够掌握事物变化的规律。如若不能够平静下来，而是用焦虑之心去面对，无法平复自己的内心，无法深入地思考，不能够正确地观察事物，只是片面、狭隘地看问题，就没有了对事物正确的判断，人就会变得焦躁不安，想到的只是恐惧，看到的只是满目疮痍、残破不堪，没有了清醒与平和，没有了希望与信心，这样就会产生悲伤之感，让自信心遭受巨大的打击，这也是触发我们消极应对的主要因素。除了给自己带来更多的麻烦，不会带来更多有益的东西，这是导致失败的最大诱因，是造成心理失衡的重要表现。

我们应该看到事物好的方面，能够积极应对，改变固有的想法，能够另辟蹊径，找到新的希望。不能只停留在一点上，要学会发散性思维，能够从多方面去找出路。只要相信有路，就能够找到出口，就能够达到自己的目的地。要用正向的思维来看待事物，用积极乐观的态度去看待一切，这才是我们解决问题最重要的途径。如果只是陷在悲观之中而不能自拔，就会使消极因素占了上风，让自己的心灵失去了依靠，就相当于在自己的伤口上撒了盐，让自己不知所终，失去了前行的勇气。我们要密切关注自己的心态变化，让不利的因素转化成为有益的因素，看到最积极的一面，看到自己最好的一面，让自己拥有信心和力量。唯有信心和力量才是引领我们走出困境的最大助力。

　　仔细想来，人生之路不管你抱有什么样的心态，都要不断前行，都不能够停滞不前，留在原地。随着时间的推移，事物、环境都会发生变化。不变是不可能的，变是永恒的。关键就在于自己内心的把握，是想让它变好还是变坏。想让它变好，你就要客观冷静地去面对，就要多积累积极的因素，集合所有的有利因素，把握心态，把握时机，把握方向，充分利用外部有利的条件，最终取得成就。如若，我们不能够保有积极的心态，不能够聚合力量，就只能面对失败的结果。所以，无论面对何种境况，我们都要勇敢前行，即便不能达到既定的目标，至少我们努力过、拼搏过、尝试过，这样便可以无愧于自己，无愧于人生，无愧于天地。

珍惜平凡

今日，从沈阳回到锦州家里，准备与全家人一起去吉林梅河口爱人的姥姥家。这次出门是爱人回娘家之旅，所以我非常重视，与亚飞一起开车赶回锦州。爱人已经把孩子的东西和作为礼品的锦州特产干豆腐，以及行李衣物等都准备好了，足足装了三大箱，真是如搬家一样。旅行前的时光往往是最忙碌的，也是最快乐的。回到锦州家里，孩子们见到我都非常兴奋，玩儿啊、跳哇，一刻不停。总之，一家人都是忙得不亦乐乎。由此我也不禁想道：一个人，总是要忙些有意义的事情，人生总是要有所寄托，每一天都有新的感悟、新的发现，这样生活才会变得充实、丰盈。普通百姓的生活就是这样，在这烦琐和平凡之中度过，并且过得自得其乐，充满生机。

有时候，我在想，这样平凡的、波澜不惊的生活好像没有什么意义，总是想做些所谓惊天动地的事业。如不需要经过漫长的时间，不需要付出太多的努力，能够想到什么就成就什么，那该有多好。越是这样想，就越是平添了几许的烦恼，就会让自己非常焦虑，让自己纠结不安。很多时候，就是因为这些贪心，让自己彻夜难眠，痛苦异常。天底下的福乐都是不断积累的，都是长期因缘聚合的，都是善德的自然展现，都是长期努力得到的。即使是我们看似极其平凡的生活，也是长期累积的结果，也是非常不容易得来的。要珍惜平凡的生活，珍惜家庭的亲情，珍惜我们的收获。现在我们所拥有的一切，都是人生中最大的福音。

集体力量

　　要发挥集体的力量去做事,不能犯个人英雄主义的错误,不能单打独斗,单凭一己之勇去做事,否则就无法赢得事业的成功。集体的智慧是无穷无尽的,要学会充分凝聚大家的力量,群策群力,集思广益,把每一件事真正做得有声有色、有头有尾、有始有终,增强自己对风险的抵抗能力,并能够从集体的合作中收获快乐、收获圆满。

　　一个人,要学会与他人合作,能够在无路之中找到路,在无我之中找到大我,要学会关心他人,真正做到无私无我。要努力向别人学习,充分地认识到自己和别人的价值。要发现成功的秘籍,那就是要善于利用集体的力量,充分发挥有利的因素,从集体的智慧中获得成就,从集体的团结中获得成功。原来,自己没有认识到此点,认为靠自己的努力就能够成功,不一定非得要靠别人的帮助,别人帮助与否决定不了自己的成功。甚至于说,自己能够把一切事情都做得很完美,通过自己的努力能够做到无所不能。仔细认真想来,这种想法是极其错误的。每个人的生活都离不开别人的帮助,每个人都在享受着别人给自己带来的生活上的满足,以及各种方便,我们时时都在领略别人的风采,这些能够成就自己、快乐自己。

　　人生在世,谁都不是生活在真空里,我们的衣食住行,方方面面都离不开别人的帮助。虽然表面上看,我们是通过自己的劳动,来满足自己的生活所需,但我们不能忘记,每个人都是社会属性的人,日常中避免不了与人交往，避免不了通过与人交流来获得信息，在社会的交流之中获得承认。即便是读书、看报也是在享受着别人给予的知识与便利，也可以说是另外的一种与人交流的方式。所以说，任何事情我们都离不开别人，既然离不开，那就要好好与人相交，好好地生活，活出年轻，活出快乐，活出幸福人生。

提升心性

　　每天都有新的工作任务，每天都有新的发现，每天都有新的创造，我们就是在这不断地发现与创造之中，逐渐实现自己人生目标的。

　　人要有追求，这种追求会让我们的人生有一种充实感，能够激励我们为他人、为社会做出一些有益的事情，进而展现自身的价值。如若我们整日浑浑噩噩、混吃混喝，那么我们的人生又有什么意义呢？人生百年，是一个苦痛交加的过程，没有多少让自身快乐无比的事情。如果通过对生活的感悟来重新审视人生，你就会发现：你认为它苦，它就是满满的苦；你认为它甜，它就是沁人心脾的甜；你若说它丑，它就是丑陋不堪、难以入目；你若说它美，它就是美若天仙、美不胜收。

　　很多时候，我们对事物的认知就是来自我们内心的感知。也可以说，内心的感知决定了我们人生的喜乐苦悲。对人生要有感恩之心，对工作要有引领之心，对自己要有警示之心。要能够将精神上升到一定的层次，从精神中去寻找慰藉，去实现自我的跨越。我们不可能超越现实去生活，要把现实生活与理想相融合，既要有精神的高地，又要有现实的生活，摒弃那些令人厌恶的、低俗的生活。要展现做人的大气与宽厚，不要在蝇头小利上挖空心思，不要在背地里钩心斗角，自私地去伤害别人的利益。其实，天底下谁都不傻，太过聪明，贪图占有，这样就不会有好的人生。好的名声是一块金字招牌，不好的名声则会让我们把自己的一手好牌打得稀烂，必然会影响自身的发展。

在生活中，我们要保持警醒之心，要把他人的利益放在心上，时时反思自己有哪些自私自利的行为，还有哪些需要改进的地方。要做到每日反省自我，长此以往，我们才会有心性的提升，才会有事业的进步，才会有人生的收获。认认真真做人，踏踏实实做事，展现人性风采，创造人生荣光。

改变心境

　　昨日，从北京赶往郑州，刚到郑州站，就看到天空阴沉，乌云压顶，随后暴雨如注。窗外的雨水犹如一幕窗帘，把车窗遮得严严实实，转眼间窗外就什么都看不到了。见到此景，自己马上想道：众多的旅客要怎么出站呢？肯定是要挨雨淋哪！想到自己有人开车来接站，内心多了几分淡定，轻松下车，轻松出站，很快坐上了亚哲开来的车，长舒一口气。是呀，世事难料，中原7月的天气就像是小孩子的脸，说变就变。坐在车上，看着熟悉的街景，高楼林立，道路宽阔，七里河边绿树成荫，郁郁葱葱。自己每次回郑州，都会小住几天，见见老友，会会同事，开开会议，闲暇时间到七里河边或是体育公园锻炼身体，感觉很是惬意。的确，作为一个河南人，回到家乡自然是非常的轻松与亲切，听着熟悉的乡音，吃着家乡的菜肴，尤其是每当吃到河南老烩面之时，确实别有一番心境，感觉快乐之至。

　　人是受环境影响的，不同的环境会有不同的心境，会有不一样的感受。如若我们在一个地方待久了，就会有一种司空见惯之感，好像一切都是那么的平淡无奇，没有了初来之时的新鲜之感。而当我们离开了一段时间，又回到了这里，就会产生不一样的感觉，就会感觉到无比的亲切，也许这就是每个人都会有的一种感受吧。虽说"在家千日好，出门事事难"，但是我认为，在条件允许的前提下，大家还是应该尽量出去走一走，那种兴奋会充盈于心，并会留下许多美好的记忆。

142

很多时候，满足在于环境的改变，在于生活中细微的变化，我们要把那些美好的细节留存下来，给自己的内心增添信心与力量。也许，环境的改变只是一个方面，然而环境的改变会促使我们内心改变，内心改变了，那么一切就都改变了。生活的每时每刻都在变化，外在环境的变化，生活方式的变化，人、事、物的变化，等等，正是因为这些改变，我们才有了新的感悟，有了不同的心境。也许正是这些改变，才是我们不断进步与提升的动力。

科学规划

昨日来到许昌孔子书院，与丁院长等院领导在一起交流座谈，王院长就书院的整体发展做了介绍。王院长的发言可谓科学缜密、高屋建瓴，在办院理念、办院模式、办院方略、组织结构、发展目标等方面都规划得非常全面，对于书院的规范建设与发展具有非常重要的指导意义。的确，一个组织，一个团队，一定要有整体规划和发展目标。唯有目标与方向明确了，运营思想和方式明确了，组织体系明晰健全了，才能将平台建设得更好。尤其是在创建初期，更要把这些事情提前做好，只有这样才能为我们的发展提供可靠的保障。

在事业发展的初期，我们难免会遇到这样或那样的问题，会存在这样或那样的不明确、不完善之处，不知道应该从哪里做起，往往是东一榔头西一棒槌，做起事情来会很盲目。这的确是工作中容易出现的问题，我们一定要戒之慎之。如果没有一套完整的系统规划，没有明晰的发展目标，没有运营的宗旨和思想，就没有了发展的科学基础，就没有了发展的方向和动力。很多时候，我们对此是认识不足的，认为有没有规划并不重要，认为现在还不具备条件，做这些规划也没有什么大的用处，内心往往是惶惑不定的。正是因为没有整体的发展规划，自己的内心就不能够安定下来。如若我们连自己的发展宗旨、发展方向都不清楚，那么我们的底气又从何而来呢？如若我们连做事业的自信与底气都没有，我们又何以能够把事情做好呢？

我非常认同王院长所做的规划，虽然其中还有一些需要商榷之处，但毕竟有了一个好的开端，毕竟我们在开始去做这件意义重大的事情。回顾自己的经历，自己在做事时也常常会犯盲目蛮干的毛病，会犯本本主义、经验主义的错误，会缺少系统的规划，从而也给自己的事业发展带来了阻碍。在今后的工作中，我一定要引以为戒，加以改正，让事业的发展步入到科学有序的良性循环之中。

优势互补

做事业要立足现实，要突出自己最擅长的一面，去做自己最有把握的事情。"世上无完人"，每个人都不可能是完美之人，不是所有的事情都适合自己去做，自己也不可能将所有的事情都做得很好。每个人都有不同的性格、爱好，都有不同的特点和优势。正是因为这样，社会才有了不同的分工，并且分工得如此精细。每个人都有自己的优势，都应该尽力去发挥自己的优势，去实现自我价值的最大化。只有充分发挥自己的聪明才智，扬长避短，我们才能够在各自的岗位上施展才华，为集体、为社会做出自己的贡献。

事业的成功不能只依靠一个人的力量，而是要依靠集体的力量。每个人都发挥出自己的优势，形成资源互补，每个人都把自己的事情做好，各尽其责，共同努力，最终就能够创造出无比辉煌的成绩。反观有些人总是自以为是，认为自己无所不能，什么事都亲力亲为，不懂合作，这样就会越做越乱，越做越没有章法，越做越找不到方向。社会是一个完美的组合体，个体与个体之间都是有互补性的，你不擅长的别人擅长，你不具备的别人具备，反之亦然。生活的智者能够清楚地认识到此点，能够充分地利用此点，团结众多人去做一件事，各自有分工，各自都能在其最擅长的领域中发挥作用，这样成功就离我们不远了。如若什么事都由自己大包大揽，不仅自己精力、心力、体力有限，更重要的是自己能力有限，让自己去做不擅长的事情，这是非常愚蠢的。这个世界是相互依存、循环轮转的，是互相配合、平衡无碍的，是阴阳相融、刚柔并济的，是承载万物、大小相依的。所有的存在都是相互依存、因缘契合的自然现象，正是有了这些规律的指引，才组成了这个世界。

万事万物都是互相支撑、互相成就的，我们所要做的就是要把这些力量聚合起来，既要发挥个体的力量，又要发挥集体的力量，把社会中诸多有利的因素相结合，充分调动各方的积极性，取长补短，优势互补，相互融合，整体突破，调动各方的力量去完成一件艰巨的任务。一个人的成功，不在于自己具备多么高超的技能，即便是自己起到了至关重要的作用，如果没有别人的配合，自己的成绩也不可能获得。俗话说"时势造英雄"，没有国家和社会整体发展的大势，没有时空成熟的因缘聚合，是不可能做出成绩、实现目标的。所以，我们要改变自己的意识，在企业发展中，聚合社会的力量，展现集体的智慧，发挥自身的潜能，为社会、为集体做出更大的成绩。

把握规律

　　把握事物发展的规律，深入地了解事物的发展变化。这需要我们沉下心来，坚持实践，不断总结和提高。如果仅仅是看到事物的表面现象，而不能深入其中，就会被事物的表象所迷惑，就会让我们失去定力，失去前行的方向。方向若是错了，我们就只会距离目标越来越远。所以，无论做任何事情，我们一定要学会透过现象看本质，要把握事物运行的规律，这样才能够拨开云雾见青天。

　　有时候，我们会陷入狭隘的思维之中，认为自己的认知是最正确的，是独一无二的，听不进别人的意见和建议，认为别人的想法都是错误的，只有自己的想法才是正确的。这样就会刚愎自用，听不进去任何反对的声音，结果只会被现实打脸。的确，我们每个人都有思维的盲区。这个盲区是我们察觉不到的，或是我们短期内无法感知的。由于受到短期内外在环境的影响，我们的某个想法或许当时看似不错，是经过深入研究和认真思考的结果，但往往经过一段时间的实践，才发现这个想法是错误的。为什么会出现这种情况？主要还是因为我们的自我意识太强所致。因为盲目地认为自己的判断是正确的，认为自己已经了知了事物的全部，没有必要去怀疑自己的思维和能力，对于事物细微的变化失去了觉察力，忽略了事物内在的规律，把事物发展的本质看得太简单了，没有从全面、客观的角度去看问题。正是这种盲目的"自以为是"把自己害了，错误地估计了形势，错误地估计了自己，错误地认知了事物。本来非常聪明、自信满满的自己被现实的小问题、小失误所打败，自信心就会大打折扣，自身的精力、财力也会遭受损失。

因此，我们还是要学会深入了解事物发展的规律，要学会谨慎行事，要从现实的角度去考虑自己的发展，不能只在理论上做分析，还要大兴调查之风，去分析事物之中的关键性，确保制定的规划具有可操作性。任何规划方案，如果没有现实的可操作性，就不会是好的规划方案。不要只考虑有利的因素，还要考虑不利的因素，把不足、不利的方面考虑得多一些，把对自我有影响的因素找出来，要用全面、深入的思维考虑问题，不要被假象所迷惑。总之，思维还是要全面一些，要能够从现实的、变化的角度去考虑问题，充分地调查研究，要先做小范围的试验，及时发现问题，及时调整完善。这样即便是不成功，也不至于损失太大、伤筋动骨。做好规划是一项极为科学、极具实践性的工作，我们要努力地完善自我，去实现我们既定的目标。

学习人生

陪孩子学习是一件很有意义的事情，孩子也很高兴，有了学习的伴儿，有了学习的环境，学习的劲头也就更大了。学习是需要互相影响和实际引领的，有了这种带动和影响，学习也就更有动力了，就有了榜样和依靠，就会自发地学习起来。的确，身教胜于言传，身体力行、以身感召更具有引导性，也具有更大的教育意义。

很多时候，我们忽略了自己的学习力的巩固，没有了向上的动力和学习的热情，认为学习是小孩子的事情，自己已是年近半百，学习又有什么用呢？其实，这是一种极为错误的想法。有句话说得好："活到老，学到老。"学习是让我们拥有童心、充满活力的最有效的一种方式，是让生活变得丰富多彩的助推剂，是让我们拥有幸福快乐的保证。如若不去学习，不去进取，自己就只会一直衰老下去，大脑和心理就会停止运转，没有了积累和进步，失去了活力与激情，整个人就如同行尸走肉，每天吃了睡、睡了吃，这样的生活又有什么意义呢？仔细想来，人生不就是一个学习的过程吗？向书本学，向老师学，向生活学，唯有不断地学习，我们才能追赶上这个飞速发展的时代，才能让自己永远保持一种青春激昂的状态，充满了快乐与激情，充满了信心与希望，充满了活力与勇气。把生命中的每一天都当作是最后一天，好好珍惜，好好利用，好好珍藏，这样的人生才是最有价值的人生，才是能够给这个世界带来光明和未来的人生。

尤其是跟孩子们在一起，更是难得，通过自己的认真学习和总结来感染孩子，让孩子也认为：为了亲人朋友，为了社会大众，我一定要把学习搞好，未来也要把工作做好，在最危险之时能够挺身而出，为人解忧纾困，能够给人以信心与指引，给人以温暖与关爱，能够活出人生的光彩来，活出人生的价值来。这才是我们引导孩子们学习的本义。

改变习气

人之一生都在跟自己的习气做斗争，都在不断地成长。也可以说，我们一生都在不断地学习、调整中，不断地完善自我，不断地提升自我。习气是多年来的积累，也是需要加以调整和改变的思维、理念和习惯。习气将会决定我们最终是成功还是失败，是快乐还是痛苦，是得到还是失去。

习气，从习惯的称谓上讲，是一种负面的说法，是需要我们在日常生活中加以调整与改正的状态。的确，我们都会积累一些不好的习气，都会有一些不能被人认同的方面。比如说，自律意识的强与弱，与人相处的好与坏，能否进步以及进步的快与慢，这些都决定了我们能否适应这个时代，适应这个社会，适应这个集体和家庭，都关系到我们在这个生活范围内的状态，决定了对自我的认同性有多高。在日常生活中，我们需要改变自己的习气，需要及时地调整自我，让自己有一个脱胎换骨的改变。有了这些改变，就有了自我的提升，就有了能够不断适应社会的能力。

现实生活中，我们因为生活习惯、成长经历、家庭环境的不同，会呈现出不同的气质与习惯，会有这样或那样的不同之处。这些不同要与社会相融，如若不能够与社会相融，我们就不能够在社会之中不断成长和被人认可，就会产生失落感、自卑感，就会有无尽的痛苦，就会被社会和时代所淘汰，就会感觉自己是一个无用之人，从而破罐破摔，没有了前行的目标与动力，失去了对自己的掌控，失去了对自己的信心，这样就会让自己的人生走向失败，就不可能取得大的成就。因此，我们要正视自己，既要看到自己的不足，也要看到自己的优势。要学会挖掘自己的潜能，不怕失败，不怕暂时的落后，无论遇到任何问题，都要调整自己、规范自己，把自己置于安全之境、福乐之境、收获之境、关爱之境，唯有如此，我们才会有一生的自在与圆满。

身心健康

今天到沈阳，一路平安。因为疫情，本想着回沈阳会困难重重，但好在现实没有想象的那么艰难。的确，疫情防控是大事，谁都马虎不得，因为这不仅仅是关系到自身的问题，而且是关系到整个国家、整个社会的问题。如若疫情泛滥，那是不可想象的事情，所谓的健康、生活、工作、发展都将无从谈起。在防控疫情方面，哪怕做得再严格，都应该理解和支持，这是对大局的尊重，是对大众的保护。非常敬佩政府的动员和执行力，能够在一天之内对某一城市全区域居民进行核酸检测；也非常敬佩城乡居民对于政府号召的积极响应，每个人都能自觉地服从领导，听从指挥，能够积极行动起来支持检测排查。这样上下齐动，同心协力，共同抗疫，相信我们一定能够取得抗疫的决定性胜利。中国人没有完不成的任务，没有做不成的事；中国人有强大的凝聚力和团结一致的精神，以及战胜任何艰难险阻的信心，相信一切都会好起来。

虽然个人有时也会烦闷和无奈，因为防控疫情和应对检查而变得焦躁不安，有时也会有抗拒之心，但最终理性战胜一切，能够从大局出发。虽然自己受了点所谓的委屈，遇到了诸多的麻烦，但这都是为了以后能够顺利前行而必须做的，不能因为一己之私而影响了大局，影响了抗疫的进展。所以，哪怕是更严格一点，也是为自己、为他人更好而必须要坚持做的。每次做核酸检测，内心总会惴惴不安，害怕自己染上病毒，给家人、给集体、给社会带来更多的麻烦，同时还要承受一些不理解之词。所以内心有些恐惧与纠结，希望着自己和家人能够平安无事。的确，我们每个人都不想因为自己给社会带来不好的影响，都希望自己的免疫力更强一些，能够抵御病毒的侵袭，顺利度过这一艰难的时期。由此，我们也真实地感受到了健康的重要性，也提醒着自己要有良好的生活习惯，要在合理膳食、身体锻炼、日常作息、心态调节上下功夫，从而让自己有一个好的身体、好的心态、好的生活。

　　自己原来一直认为自己身体很好，对于所谓的"科学营养、积极锻炼、按时作息"不够重视，好像这些话都是说给别人的，自己总是无动于衷，那些饮食不规律、经常熬夜、做事急躁等坏习惯一直没有改变，这些都是对健康的危害，是对自身免疫力的破坏，想想都感到可怕。仔细想来，活着不只是为自己，还要考虑家人，考虑那些给予自己关心支持的人，考虑集体和社会，自己肩负的责任也是很大的，不能把自己置身于危险之中，要调养好自己的身心，唯有如此才是对家人和社会的报答，也是人生最大的感恩。调整自己，改变自己，让身心保持最佳的状态，让人生展现最大的价值，无悔人生，无悔生活。

防范意识

近日，疫情较为紧张，每个城市都提高了防范等级，都在严防死守、主动出击，大家众志成城、携手迎战。相信通过大家的共同努力，一定能够取得此次抗疫的伟大胜利。"牵一发而动全身"，的确，每一个疏漏都是致命的，都将会引发连锁反应，使得抗疫成果功亏一篑。所以严防死守是抗疫的有效手段，也是对群众健康的高度负责。自己曾经对于有些地区的严格管控难以理解，认为只是出现一例病例，没有必要进行全面的封控，只对一人一区严加管理即可，否则就会影响他人正常的生产生活，造成没有必要的浪费和损失。实践证明，这种想法是极为幼稚的。因为人是流动的，这种流动会造成极为快速的人际裂变传播，稍有不慎，疫情就会死灰复燃，迅速蔓延，给人民的生命健康及财产造成更大损失。如今的管控，虽然使我们的生产生活在短期内受到影响，但从长远来看还是一种较好的选择。正如我们赢得第一场、第二场抗疫胜利一样，我们肯定能够打赢第三场"抗疫战争"。只要我们全民动员、携手同心、共克时艰，就没有做不到的事情。话虽如此，当事情降临在自己头上时，可还是会有心态上的变化。

十天前，在北京出差时，还没有任何疫情的出现，大家都安居乐业，没有任何"山雨欲来风满楼"之感。虽然那时南京已出现疫情，郑州也出现暴雨灾害，但北京的居民还处于安乐平和之中，生活和工作还在正常进行。很多时候，人容易被眼前的大好形势所蒙蔽，容易"好了伤疤忘了疼"。疫情出现了，严重了，才重视一下；疫情一走，就感觉天下太平了，好像是疫情永远不会再来了一般，就放松了警惕，没有了防范意识，在出入公共场所之时就不戴口罩了，把自己暴露在危险之境，等到出了问题就会叫苦不迭，这种情况在前些日子屡见不鲜。纵观近期各地这些病例的出现，就是因为风险意识不强所致。因为在防控管理上和自我防护上出现了疏漏，从而导致了重大问题的出现。的确，在前一段时间经常看到有人在商场、酒店等公共场所不戴口罩，就连商场门口的体温检测环节也是应付了事，这也给病毒的再次侵袭埋下了重大的隐患。这的确是我们应该注意的。

　　防范之心不可无。我们一定要具备良好的自我防范意识，要养成良好的自我防护习惯，真正做到勤洗手、勤通风、戴口罩、少聚集。积极响应国家疫情防控的号召，真正做到严格执行、身体力行，为自己、为家人、为社会切实做好疫情防控工作。

善待自己

转眼之间已回到沈阳三天了,在这清静而又不平的时光中,有些许的轻松和自由,也有几多的焦躁和烦恼。轻松自由体现在能够调节自己的作息,能够安排自己的工作,能够按照自我的意志来规划和指导自己的人生,能够在这清新舒爽的初秋时节,感知一份清静与自在。焦躁烦闷则是因为一直担心疫情的泛滥,会给人们正常的生产生活造成较大的影响,毕竟中国这么大,人口这么多,要想没有一例病毒感染几乎是不可能的,关键还是要真正控制住它的泛滥,不要再持续地传播下去,因为它的传播速度是惊人的,传播面是很广的。的确,仅靠一部分的力量是不行的,要发动全民的力量,共同参与疫情的防控,每个人都要行动起来,不聚集、勤洗手、勤通风、坚持戴口罩、健康饮食、科学作息,提高自己的免疫力,这是我们日常生活中应该做到的。

总之,每一次回沈阳都会有新的感知,都会有思维的丰富和感悟的增加,都会有对社会、对城市、对他人、对自己的更充分的认知。要学会客观地看待外境,客观地了知自身,能够用客观的眼光来看待,用客观之心来衡量。不同的时期有不同的心境,不同的人有不同的感知,要客观地明了这些。自己有时也会很矛盾,不知道怎样去看待自己,是好是坏、是善是恶、是美是丑、是荣是辱,自己有时也很难辨别,不知道如何去把握,如何给自己以正确的指引,让自己在纷繁复杂的人生之中找到简单之美、清新之美、轻松之美,让人生更自在、更幸福。我们还是要与自己和解，尊重自己，认可自己，引导自己，培养自己，唯有这样我们才能真正找到自己。

　　要知道这个世界不是单一化的，而是五彩缤纷的，我们要去适应、去接纳、去收获，在平凡之中实现人生的伟大，要找到自己的人生定位，那就是要成为一个能够善待别人和自己之人，一个理解和包容之人，一个平和友善之人，一个关爱付出之人，找到人生的真意，体现人生的价值。

引领自己

　　坚持不是坏事，而是一种福乐，是我们自身成长的经历。每天早上起来都要坐下来写一段文字，把自己的心情和感悟写出来，这也是自己每天必须完成的任务。有时也会问自己：要不要每天都写，要不要长期坚持，写下来又有什么用？很多时候，自己也会犹豫不决，也会备感压力。但仔细想来，我们每天都要面对自己，太阳每天都会重新升起，不能说太阳出来过很多次，今天就可以不出来，那样的话世界岂不是一片黑暗，在暗夜之中，我们更会压力重重、痛苦不堪。如果没有了光明，那就没有了生命力。人生也是如此。学习、进步、总结、提高是每天都要做的事情，因为我们每天都会遇到不同的人、事、物，每天都会学到新的知识，都会产生新的感悟。

　　每天都会有新的变化，看似一样的一切，都在随着时空的流转而发生微妙的改变，只是我们没有注意和感知到这种潜移默化的变化而已。万事万物都在改变，我们的思想、行为，以及对于事物的理解也在改变。在这个世界上没有不变的东西。我们的身体、心理、思维、行为都在慢慢地发生着改变，我们要把这种变化记录下来，把它当成是自己进步和发展的阶梯，能够让我们不断攀登，去到达人生的理想之境。那就是圆满自在之境，是真正的幸福安乐之境，是真正的轻松自由之境，那是大智慧的结晶，是伟大人生的充分展现，是实现自我救赎和实现他人福乐的最佳途径。把人生的目标定得更高远，不会为一时一事的变化而忧虑，也不会为生活中的得失荣辱而纠结，给自己以清净安然、和美自在之境，那才是长久的、永恒的，其他都是短暂的云烟，都会随着时光的流逝而消失殆尽。要学会自我抚慰、自我疗愈、自我警醒、自我成长，学会依靠自己、引领自己、培养自己、关怀自己、理解自己。不能对自己舍弃，因为舍弃自己，让自己的身心受伤，是一种不仁之行为。舍弃自己就是舍弃他人，舍弃自己就是丢弃灵魂。所以，要时刻保持警醒之心，引领自己在人生的道路上越走越远、越走越光明，不再被眼前的苟且和欲望所牵引，学会超然物外，学会清净自心。所有的贪欲都是在火上浇油，都是在把自己往邪路上引，我们要做的就是把自己往外拉，不再被欲望所诱惑，不再被贪念所牵引，让身心轻松愉悦，让内心清亮无碍，让天空更蓝，让天地更阔，让我们自由自在地活在人世间。

　　我们要向古圣先贤学习，学习他们的智慧和潇洒，学习他们的自在与安乐，学习他们的伟大与悠远。尽管有些先贤已离我们两千多年，如孔子、老子、释迦牟尼等，但他们思想的光辉永远照亮世界，给后辈子孙留下希望和信心，留下生活最大的智慧宝藏。我们虽然达不到他们的境界，但我们可以不断地学习和领悟，可以通过自己的生活实践去总结，去思考我们需要什么样的生活，需要什么样的人生。生而为人，是我们最大的福报，我们不能把这一生白白浪费掉，不能让自己陷入欲望的泥潭之中。要学会自度，学会度人，帮助别人跳出泥潭，跳出火坑。通过自己的努力修行，来点亮智慧之光，照亮更多人的前行之路，让大家都能实现生命的跨越，到达人生的福乐之境。没有苦恼，没有忧烦，没有贪欲，没有占有，没有斗争，没有欺瞒，没有疲累，没有痛苦，这样的快乐之境永远在我们心中，我们的人生美景即将到来，看似平凡的生活也会变得高贵不凡，喜乐连连。心灵的力量是巨大的，它是一种牵引，牵引我们走上正途，让我们看到人生的另一面。

直面逆境

　　整理自己的内心不是一味地指责自己的不是，不是一种忏悔和自我的疗伤，而是一种客观的指引和理解。我们生活在人世间，每天都会有自己的思维动念、言语行为，都会在对与错、好与坏、得与失、荣与辱之间徘徊。表面上看是好的，实际上不见得是好的。很多事情不能只从表面上去理解，要学会静思与安守，学会接纳与理解，学会包容与关爱。任何事情的出现都有其深厚的渊源，都是必然要出现的，是任何外力都无法阻挡的。这就是佛家所讲的"因缘聚合"。万事万物皆有其因，万事万物必遇其缘，在因缘的聚合下，必然会导致最后的结果。无论是好是坏，皆是应该出现的，没有什么值得大惊小怪的。要相信，这个世界上没有无缘无故的因，也没有无因无缘的果，所有的出现皆是必然，只是你没有觉知力，没能够深入其中去分析而已。所以，不要再因为某件事的发生而惊喜无比或是悲痛不已，要知道它的出现是必然的，是因缘成熟的结果。无论是喜是悲，我们都要学会坦然以对。因为人生的过程本身就是要教育我们学会接纳，学会面对，学会参悟因缘，这才是人生真正的意义。

　　无论是在幼小时期，抑或是人至中年，每一个阶段都是一样，都有抗拒自我、心有不甘之时。幼小时期，往往是因为没能够得到玩具或是其他幼稚可笑的理由而不停哭泣，那种渴望之心是很强烈的，如果没能实现，就会闹个天翻地覆，令父母筋疲力尽、烦心不已；如果稍加满足，就会笑逐颜开，转哭为笑，笑的时候脸上还挂着泪水。这就是孩童在得与失、失与得之间的一种转换。而我们成年人又何尝不是如此呢？面对得失荣辱，我们都会在心里打个结，这个结有时是很难解开的，不知道如何去安抚自心，不知道如何才能让自己摆脱情绪的困扰，每天都会有这样或那样的不如意之事，每天都会有备感焦虑之时，面对生活，面对诸多的事务，有时也会显得力不从心，感知到了人世间的万般之苦。从佛家来讲，即是万般皆苦。这人世间充满了苦，我们要做的就是学会转苦为乐，转悲为喜，转失为得，用平和之心去面对，唯有如此，我们才会实现幸福圆满之愿望，才会有人间的无尽之福、无尽之乐。

  要学会思考，学会理解"因缘果"，用"因缘果"的教义来理解人生。要想有好的果报，就要有好的因的积累，要把善和美的种子埋进善德的土壤里，并不断地浇水施肥，假以时日，必将成就。这就是因缘果报之说。我们一定要学会悟，悟才有所得，另外要认识到人生皆有两面，有善就有恶，有得必有失，有高必有低，二者相伴相生，循环不已。每个人身上都有好与坏之说，每件事都有顺与逆之境，这是人生本真，要理性处之，培正扶源，扬善抑恶，感悟人生，喜乐人生。

生活之义

将生活当作一面镜子来照耀，能够让我们将自己看得更清楚，能够让生活更有方向。如果我们只是为活而活，就会降低了生活的意义和价值，就会没有了生命的原动力，就会失去了生命本来所具有的活力。

在平凡的日子里，我们也许感受不到生活的激情与亢奋，没有了那种神魂颠倒、激奋有力的场景，没有了那种青春的憧憬和向往，没有了那种蓬勃向上的朝气。面对平日里的生活琐碎，面对现实中的无奈与无序，自己不知道人生之路应向何方，不知道人生的目标和奋斗的方向何在。也许是我们认为的多赚钱，为了家庭，为了能够给予自己更多的富足与自在、安全与底气，为了生活得轻松与美满。这的确是我们应该为之奋斗的，那么除此之外呢？我们还有什么可以去努力的？还有什么是自己人生应该拥有的呢？什么才是自己内心最大的安乐之所呢？也许当我们获得了物质上的富足之时，精神却会变得更加空虚，整日为了一些生活的琐碎而烦恼不已。

人生的喜乐苦悲往往不在于物质占有的多少，可能越是执着于物质的占有就越是感受不到快乐，反而会给自己增加更多的负累，让自己的心灵变得空虚起来，让自己的思维受到局限，没有了那种不断进取之志，失去了生活的乐趣，没有了创造力和进取心，人就变得更加无聊和痛苦，就没有了心灵的主张。这样看似富足的生活又有什么意义呢？那跟坐吃等死又有何区别呢？人还是要有些精神追求，要有心灵的依靠，要有灵魂的安顿，要树立一种信仰，有一种对人生的彻悟。要明了我们为何而活，明了生活的真谛到底是什么，明了我们应该以何种心念来面对一切。要知晓内心的精神状态决定了人生的境界，能够包容所有、承载万物，能够参透人生的无常，看透人间的冷暖，把付出和奉献作为自己存在的意义，能够给人以心灵的安慰与解脱，真正成为心灵中的自己。

醒悟自心

　　要学会醒悟自心。我们的内心每天都在喜乐痛苦中流转,时而欣悦、时而悲伤、时而激奋、时而平和,时而东、时而西,真是捉摸不定,不知道怎样才能让它平复下来,真正做到佛家所讲的"如如不动",不会为喜乐而动,不会为悲苦而动,不会为获得而动,不会为失去而动,能够真正清净无染、乐活自在,这是多么高的境界呀!可能我们世人无法达到这种境界,只能做到稍微的平和无染,不会有彻底的清净,不会有完全的自在喜乐、无忧无虑。但也正是因为如此,我们才更要不断地修正自我,让自己活着的每时每刻都能够享受到无比的喜乐,让信心、勇敢、包容、付出、关爱、感恩充盈于心,让它成为我们养心、静心的法宝。有了这种境界,我们在人世间还会有什么烦恼呢?还会有什么解不开的疙瘩呢?还会有什么不能够实现的呢?这才是我们一生所追求的大福乐、大自在。但若真是要达到此境界,那可不是一句话就能够实现的,还需要我们在每时每刻做到调适自心。因为我们的人生中充满了无常,或早或晚,或多或少,我们不知道自己下一秒钟要遇到什么问题,所以,我们一定要抓紧时间去修行,去安抚自己的内心,去调适这颗难以捉摸之心。如果把心调好了,那一切也就好了,人生的大福乐和大自在就能够真正到来。

　　所以说,一个人福乐的多少永远跟自己的心态有关系。心态若是好了,那现实生活再苦也是乐;心态若是坏了,那就是拥有金山银山,拥有无尽的荣华富贵，也是没有用的。反而这种物质财富越多越会让人痛苦，越会让自己备感无聊，没有了生机。因为人的发展就在于能够在困苦之中激发坚韧之心，能够调动自己的心志去实现某一个目标，能够找到前行的方向，让身心处于一种亢奋的状态之中。当然，我不是说财富不好，而是说，我们要时刻保持进取之心，保持前行之志，时刻把内心的向上力激发出来，不能停滞于眼前，要有前行的信心和动力，要通过日常的生活去发现、去总结、去完善、去学习、去提高；要把驾驭自心当作是生命之中最重要的任务，不断地学习新知，不断地思考，并把自己每天的所思所想记录下来，作为自己不断进步的阶梯。要透过现象看本质，学会透过生活的表象去学习，去提高，去彻悟，了知事物的规律，给自己的生活和工作以正确的引领。

生活是一个不断完善和提升的过程，是一个修行的过程。愿我们都能够在这人生的修行之路上不断前行，找到自己人生的福乐与自在。

相信自己

很多看似不可能的事情，如果我们认真对待，就能够把它变成可能，并且能够把它完成得很好，甚至好到超乎想象的程度。时过境迁，回头来看，自己也会惊诧莫名，不知道是怎样的神力，能够把看似不可能完成的任务完成了。这也就应了一句话："世界上原本就没有什么不可能，关键是看你有没有把不可能变成可能之心。"只要有了这种改变的心念，就一定能够改变结果，就一定能够完成目标。相信自己比什么都重要，你首先要相信自己能够完成，然后要认真地制订出计划来，要对任务进行科学的分解与规划，深入其中，分段实施，把每一段工作都做好，这样整体就能好起来，那么完成任务也就不在话下了。

在现实之中，自己有时对于一项工作的完成也是信心不足，不知道怎样才能够完成，才能够实现既定的目标，不知道从哪里做起，往往在做事之前就乱了方向，还没有真正做事就自己先打败了自己，给自己罩上了失败的阴影，让自己在无序与焦虑之中徘徊不前，不是想着如何去解决事情，而是反复思量有没有完成任务的可能，那种失败的阴影已经印在心里。越是这样，自己就越是没有了主张和方向，没有了信心和依靠，就会心里长草，就会自己不认识自己了，原本很简单的事情自己也不会做了，这的确是一种悲哀。这就是不良的思维习惯决定了心理，心理又决定了行动，行动变得无序，人就像是傻了一般，那种思维的灵活性和做事的果断性就体现不出来了。的确，做任何事情就是要看你的心态，心态调节好了，那就万事可成；心态调节不好，那就万事皆休。我们做事情就是一种心态的引领，所以成功与失败的根源还是在于心态。要培养良好的心态，用一种无畏的、乐观的、向上的、进取的、包容的心态去做事，这样自己才会有爆发力，才能够超常发挥，才能把事情做好。越是在危急时刻，越是要保持好的心态，这样自己就会如有神助，就能够表现得更加优异。这就是心态不同，对事情的认知不同所产生的结果。

自己很多时候也会犹豫不决、彷徨不安，总害怕有什么样的问题，总是为一些细枝末节之事而心烦意乱，越是这样的情况下，自己越是容易出问题，越是容易在自己擅长的地方栽跟头，让自己失去了原本的优势，变得哀哀戚戚，就像是天要塌下来一般，让自己难以承受。仔细想来，还是没有客观地对自己内心做出调节所致，总是认为别人都能够完成，而自己完成不了，是因为自己不够好，自己肯定存在这样或那样的问题，而根本没有看到自己的优势之处，没有发现自己所潜藏的最为优秀的一面，好像自己也就这样了，还不好回头，那就根本没有什么希望了，自己就彻底沦为了困难的奴隶、心态的奴隶，心中就会留下失败的阴影，再去做其他事情之时也还是会犹豫不决，还是会想着打退堂鼓，这就会形成一种恶性循环，结果只会变得越来越糟。这正是很多人不成功的原因之所在。

人生之路或漫长或短暂，但无论如何一定要对自己有信心，要知道所谓的全才是不存在的，没有什么所谓的"十全十美"，只要我们能够充分发挥自身的优势，就已经是成功了。要想把不可能变成可能，就应该相信自己，唯有相信才能进步。如果你连自己都不相信的话，那你还能相信谁呢？在这个世界上，唯有自己才是自己命运的主人，才是能够与自己相伴一生之人。相信的力量是无穷的，相信是引领你走向成功的向导。其次就是要学习，要向生活学习，向他人学习，也要向自己学习，要发现自己的优势，因为每个人都会有自己的优势和特点，这一优势和特点是他人难以相比的,是为自己所独有的,是别人所不具备的。成功往往就属于那些对自己非常自信,能够充分发挥自我能力之人。无论面对任何事情,一定要告诉自己:"我能行!我一定能够实现自己的目标!"相信自己,培养自己,成就自己。

接纳自己

　　人生的每个阶段都有其不同的特点，都有自己应该完成的事情，也都有其不同的行为标准。人至中年，考虑的问题与年轻时有了很大的不同，在为人处世方面也有了很大的改变，有了更成熟的思维，有了更符合这一年龄段特点的行为标准。不同的时期皆会有改变，人就是在不断地改变之中成就自己的。我们阻挡不了改变，就如同阻挡不了青春的逝去一样。我们不想让时光匆匆地流逝，但我们无法阻挡时光的脚步，只能在时光的流转中去追寻过去的影子，在慨叹与留恋之中留下过往的记忆。在时光的长河中，我们就像是漂浮在水中的一片树叶，在默默地向前漂去，没有任何的留恋和影子。很多时候，我们会后悔当初的行为，怎么不去努力，怎么不去进步，怎么不去大胆地追求，很多的"怎么不"萦绕在心头，但现实是我们不可能让时光倒流。即便是我们实现了当初的梦想，也还是会有这样或那样的遗憾出现。人生就是在残缺和遗憾中度过的，当我们有了自己的理性与判断，就不会再把这种缺憾当成痛苦。只有经历了诸多的困扰和磨难，我们才能逐渐变得平和安乐，才能对自己有正确的认知。

　　世界上不存在所谓的完美，完美只是艺术家的想象和创作而已。更多时候我们面对的是残缺和失望，是无休止的痛苦的流转，可能我们会对生活感到失望，会对自己失去信心，会对前途充满迷茫，但我们也要从另一个角度看问题，要充分感知到人生的丰富多彩。活着本身就说明我们是幸福的，是强大的，能够战胜重重的困难，能够抵御疾病的侵扰，能够在这无常的世界里拥有自己的一席之地，这本身就是一种成就。另外还有那么多的人给予自己关注和爱护，给予自己那么高的期望，给予自己那么多的信心和支持，同时自己在生活和工作中也有了不小的成就，能够给自己带来引领，能够给他人带来指引和帮助，能够给家人带来安慰，这本身就是最大的收获。我们要学会相信自己，接纳自己，引领自己，提升自己，因为这个世界上你是独一无二的。

尊重规律

今天早上阵雨淅沥，气温寒凉，真是"一场秋雨一场寒"哪！昨夜也是淅淅沥沥下个不停，午夜时分，下得比较大，暴雨如注。锦州家里还有些轻微的漏雨，不过没有大碍，天气变化也是非常迅捷，非常应时节。转眼之间，立秋已有半个月了，天气也慢慢从酷暑中解放了出来，逐渐进入了秋天。所以说，老祖宗总结出来的二十四节气还是非常精准的，每个节气都有其不同的特征。对于季节的认知，我没有研究过，但是每个节气的感受绝对是不同的。每到一个新的节气，均会有其最明显特征，正如"立秋处暑去，白露南飞雁，秋分寒露至，霜降红叶染"等，均是非常形象的，都充分描绘出了不同节气的时空改变和特有的自然面貌，这是规律，是对大自然的总结。自己原来一直害怕记不住，但不管记住与否，感觉是最重要的。我们的人生也是一样，无论今天我们的生活如何，也要按照既定的自然规律去生活、去做事。

有时我们不想按照所谓的规则去做事，总想按照自己的想法去做事，对于所谓的规则没有了敬畏之心，没有了遵守之志，一切都以自我的认知为标准，好像这些所谓的规律、规则都成了"老皇历"了，跟现代生活不相符了，不具备现实意义了。一旦有了这样的想法，就会忽视了所谓的规则、规律，以及由前人所总结出来的理论规范，自己就会不经过认真研究就妄下断语，认为所谓的规则、规律、文化、条款都是糊弄人的，是完全没有现实的指导意义的。这样的所谓"随性而为"就会让愚昧侵入了大脑，让错误的认知占领了高地，最终的结果就是"不听老人言，吃亏在眼前"，最终受伤害的还是自己。等到碰得头破血流之时，再回过头来，那真是损失惨重、悔之晚矣。人往往是"不到黄河心不死，不撞南墙不回头"，有了这些所谓的代价，自己才能够真正成熟起来，才能够增长经验和智慧。可关键是人不可能永远都那么幸运，不可能每次都有纠错的机会。有些机会只有一次，可能下次就没有那么幸运了，撞上了就难以回头，连给自己纠错的机会都没有。所以，对于一些具有风险性的行为，自己还是要谨慎为妙，因为撞上一次那一切都完了。有智慧之人是不会把自己置于危险之中的，因为那是对生命的亵渎和不负责任，是天底下最愚笨的行为。

对于规律和规则的遵守，是一个人智慧的表现。能够尊重规律和规则，是真正的尊重天道。因为一切规律和规则都是长期经验的积累，是人们经过几年、几十年乃至几百年的实践的总结与提炼，是经受了历史检验的，是人们付出了很大的努力所得的，是一种超越个人想象和实践的概括和总结，是人类智慧的充分显现。我们要尊重它，研究它，不断地提炼与创新，从而让自己有更大的收获与进步，增益自己的智慧，提升自己的能力，真正成为一个有思想、有能力、有信仰、有目标之人，能够在一生之中为社会做出突出贡献，能够让自己的人生绽放光芒。这样的人生才是最有价值、最有意义的。我们不可能生而知之，不可能做到十全十美、无所不能，我们是人而不是神，均会有自己的优势，也会有自己的劣势，有自己的特长，也会有自己的不足，我们不能只看自己的优点，不看自己的缺点，也不能一味地用别人的优点来对比自己的不足，要做到以客观之心待之，以融合之心视之，尊重规则，尊重规律，尊重事实，尊重他人，成为一个充满智慧之人。

正确认知

有时我们管控不了自己，往往是因为自我的认知出现了偏差，自我意识中错误的一面占了上风，造成了一种不良习性的展现。所有行为的出现都与自我的认知有关，是另一个"我"在引领着自己去到另一个地方。这个地方是轻松无碍的，是自由自在的，是没有限制的。在这里，我们能够感知到不一样的自我。这里能够勾起我们的好奇心，能够让人认识到新的东西。

人都是有两面性的。有安守的一面，也有随性的一面；有善良的一面，也有罪恶的一面；有积极的一面，也有消极的一面。总之，人是一个矛盾体，有很多自己解释不了的东西，关键是看哪一面能够战胜另一面。要保持住自己安守、善良、积极的一面，不能够违背人伦道德、社会正义、生活规律，要让自己的人生走上正途。这是我们每个人都应该坚持把握的。

要正确地理解人生，不能够用单一化、绝对化的眼光去看待一切，要客观、理性地待人待己，真正了知人、事、物的全貌，客观辩证地看问题，不被外在的东西所引诱、所迷惑，要时刻保持警醒之心、包容之心、理解之心、进取之心，把握好自己人生的方向，在清净平和之中去找到自我，平复自心，清醒自我，培养自我，规范自我，能够透过现象看本质，真正看到问题的核心所在，找到其中需要改进的地方，并及时做好调整。

外在事物和现象的出现并没有什么值得大惊小怪的，关键还是要找到问题出现的原因，找到引领自心的源头，认清自己内心深处所隐藏的东西到底是什么。参透事物的本质，才能够从根本上去调节自己，规划好自己的生活。我们不能听之任之，让错误的思想来引领自己的行为，成为一个错误意识的牺牲品。

唯有管控好自己，我们才能够创造美好的人生，才能够拥有光辉的前程。

人生之味

　　总感觉能安静地坐下来是不容易的，能够早上起来清静地听音乐，写几段文字是很美的享受。的确，生活之中俗事不断，让我们思绪纷飞，心有所牵，压力沉重，没有可以静下来的机会，也容不得我们有片刻的轻闲。好像有很多股外力在推着自己一般，让我们忙个不停。每天一睁眼，就要马上起床去做事，工作任务较大，还要辅导孩子学习，家里还有很多事务需要处理，还要帮助别人去处理一些事情……总之，每天要做的事情真是太多太多了，根本没有停歇的时候，好像我们就是为了处理事情而来到人世间的，那份清静怡然离自己越来越远，好像我们已经不是为自己而活，而是为了外在的事务而活。每天忙忙碌碌，紧紧张张，事业、家庭、社会交往，乃至自己的衣食住行等，诸多事务牵挂于心，让自己不得心安。虽然对于已有的一切欣喜不已，但有时也难免有些落寞。没有了自我，没有了心的追求和安乐，感觉自己就像机器一样，每天都在重复运转，循环不已，好像人生没有了什么乐趣一般。

　　仔细想来，我们都是因缘聚合的产物，都是因缘共生，无我，无他的，我们不知道生从何来，死将何去，很多的谜团需要我们去解开，了知生命的本意，就是要在平凡的生活里去发现自己，创造自己。人生就是一个发现、创造、再发现、再创造的过程。这一过程也是很短暂的。转眼之间，自己已是人之中年，很多的需求都变得可望而不可即。还是要摆正自己的心态，客观对待自己，客观对待他人，客观对待生活，客观对待人生。其实，人生的喜乐皆在内心之中。内心的丰富决定了一个人的幸福感，一个内心丰富之人能够更好地接纳和包容生活中的一切，能够在日常的琐碎之中发现无限的乐趣，找到那种非常珍贵的、转瞬即逝的美好闪光，能够从平凡的生活之中去创造伟大，能够在难得的因缘之中去体验亲情，能够在看似窘迫的环境中体验生活的真滋味。人生的五味需要我们去细细地品尝，并把这种体验永久地留存，作为精神的引领，指引自己走向人生的广阔与美好。

  外在的物质都是不实的，是转瞬即逝的，那些都不是人生的极致。我们要透过现象看本质，明了人生的价值和意义。那就是创造美好与永恒，让短暂变长远，让黑暗变光明，让有限变无限，让平凡变伟大。在这无着无碍的自由的天地中，找到真正的自己，实现自己的价值，获得人生的圆满。

调整情绪

　　人有其理性的一面，也有其感性的一面。很多时候，我们不能控制自己的情绪，一旦遇到不顺心或是看不惯之事，就会情绪激动，甚至失去理智，让坏的情绪引领了自己的行为，失去了自己的主张，自己无法驾驭自己，完全沦为情绪的奴隶。这时人就会做出一些傻事，造成伤人伤己的结果。

　　情绪的管理是一件关系到人生幸福的大事。好的情绪能够让人坦然面对任何的艰难险阻，能够平和地看待成败得失，能够更积极地发挥主观能动性去克服困难、成就自己；坏的情绪则会令人焦躁不已、怨天尤人，遇到一点问题都会情绪失控，内心备受煎熬，甚至将自己逼入绝境。所以说，情绪管理是人生管理的重中之重。一个人管理不好自己的情绪，就经营不好自己的事业，打理不好自己的家庭，给自己和家人造成无尽的伤害。控制好自己的情绪，我们才能够更理性地对待自己，更宽容地对待他人，更平和地面对困境，就能够给自己营造一个良好的工作环境和生活环境，给自己和他人带来幸福。

　　管理好自己的情绪并不是一件容易事。因为习惯是长期形成的，也是很难改变的。并且生活之中难免会出现种种的问题，成为引发我们情绪失控的诱因。一旦遇到这些问题，我们就容易出现激愤、恼怒等情绪，就会急于寻找一个发泄的窗口，就会对人满含偏激之心，把坏情绪发泄到别人身上，这样不但会把自己的工作和生活环境搞得紧紧张张，而且会让周围人都感到无比压抑、无比痛苦。所以，我们一定要调整好自己的情绪，这是一种素养，也是对他人的关怀，是对自己的保护与理解，也是对自心的一种滋养和提升。

　　我们生活在复杂的环境之中，每天都会遇到各种各样的烦心事，都会有身心痛苦和忙乱之时，这是生活的本质。生活之中从来没有风平浪静之时，从来没有百分百的安心顺畅之境，都会有这样或那样的遗憾和残缺之处。我们要在生活中学习，学会应对困境，学会调整情绪，学会克服困难，学会引领自己，能够化悲为喜、化苦为乐、化失为得，唯有如此，我们的内心才能光明无比，我们的生活才能充满快乐，我们人生才能更加幸福。

学习孩子

　　跟孩子在一起的确是对自己的锻炼与提升。孩子们的天性是自然的，是天真无忌的，是没有任何遮掩的。这是原始的本能，也是天性使然。无论是哭闹无常，还是顽劣嬉戏，都是一种自然的流露，那是毫无矫饰的，没有任何欺骗与隐瞒。这种天真无邪的本性是最为珍贵的，也是我们成年人所缺失的。我们成年人自认为是"聪明一等"，在孩子面前有着无限的优越感，认为小孩子是无知的，是最容易哄骗的，认为孩子的所作所为都是幼稚的，没有值得自己学习之处。如若用这样的眼光去对待孩子，用这样的理解来认知孩子，那就是大错特错的。年纪无大小，术道无先后。孩子那些自然的天性才是最为珍贵的，是成年人所不能及的。

　　现实生活中，我们成年人往往知晓如何去趋吉避凶、趋利避害，知晓如何去掩饰自己的情绪，掩饰自己的情感和行为。很多时候，成年人的世界充斥着功利之心、猜疑之心、占有之心、争夺之心。当越来越多的掩饰与虚假出现，我们就会把本我之心给隐藏起来。时间久了，自己都不知道自己是谁了，不知道何为真实，就不知道生为何生、活为何活，甚至于把自己的灵魂迷失了，整日惴惴不安、茫然无措，这样的生活是非常痛苦的。我们还是要学习孩子身上的清新澄明、爽真无碍之气，要活出一个真的自我，拥有一种轻松自在的生活。心无旁骛，无为自然，在无知中找到自我，在无知中拥有自我。

　　孩子身上其实有很多值得我们学习之处。小儿子喜欢听"贝乐虎"

儿歌，我每次都要在手机应用里翻找很久才能找到，而三岁的儿子总是很快就能找到它，并马上用稚嫩的小手指打开播放。这也令我很是惊讶，心想：自己这个"聪明"的成年人，怎么还比不上一个这么小的孩子呢？仔细想来，也许孩子那种纯洁无染的天性也是一种智慧，能够简单地记住想记的事物。不要小看这种专注，它是我们学有所成、思有所成、记有所成的关键。有了它，我们无论是学习、工作还是创造，都会收获满满，成就满满。

　　作为成年人来讲，我们经历的事情多了，考虑的问题多了，内心的考虑也就多了，就很难做到专注，做到心无杂念。有时候考虑得越多就越容易出现失误，或是因为思虑太多而止步不前，这样往往会给自己带来失败，甚至会给人造成心理创伤，让人变得瞻前顾后、裹足不前，失去了前进的信心与勇气。很多时候，我们失败的原因不是因为自己实力不济，而是因为心中的顾虑太多，不能够正视现状，不能够摆正心态，不能够让自己轻松下来，专心专注于事情本身。所以，我们还是要学习孩子，学习他们身上的优点，让思维变得简单，让生活更加轻松自在。

真的自己

能够安然静地坐下来写几段文字，抒发一下情怀，的确是一种福乐的显现，是多少年来修来的福德，是偶然和必然的因缘聚合。但每次拿起笔来，就会有不一样的感觉，认为这是一件庄严神圣的事，内心就会产生惶恐之感，不知道能否准确表达自我，不知道自己的文笔能否被人认可，总是有着重重顾虑，让写作也变得复杂起来。坚持写作也是自己的一种习惯，心中有了些许感悟，有了表达的欲望，就想要将之述诸笔端。对我而言，写作是一种态度，是对生活的总结，是对自我的提升，是对心灵的洗礼，是对生命的延长。但自己在写作方面还有很多的不足，有时想要表达却不知道应该怎样去表达，想要展现却不知道怎样才能展现得更好，这种纠结与不安、犹豫与彷徨，实质上也是一种不自信的表现。

总是想象着自己不成功将如何，不被认可将如何，这样内心之中就会产生巨大的压力，就不能够坦然地直抒胸臆，不能够恣意地表达自我。仔细想来，这是大可不必的，能够安心坐下来写些文字，这本身已经很难得了，已经是一种胜利了。能够以写作的形式来表达，是一件非常奇妙的事情。它能让自己的精神更集中，让自己的思维更深邃，让自己对于人、事、物有了更深刻的理解。单纯靠想象对人、事、物的理解是较为粗浅的，只有经过分析和思考，并用文字整理出来，这样的理解才是最完整的。唯有把想法变为文字才是真的收获。或许我们对文字的驾驭能力并不够强，但只要我们去做了，我们就会有大的进步。我们在生活和工作中或多或少都有完美之心，想让自己所为所想都是完美无缺的，但现实是人生没有完美一说，我们有了这方面的优势，就势必在其他方面有所欠缺。有得必有失，世间没有圆满，我们都会有这样或那样的遗憾，无怪乎程度不同罢了。但无论如何，我们都不能失去自我，不能没有自己的思想和品格，不能没有自己的理想和追求，不能没有自己的创造和提升。唯有认知到此点，我们才会有对人生不同的理解，才会有对自己客观的认识。

很多时候，我们不快乐的主要原因就是对自己没有客观的认识，不了解自己所需要的是什么，不明白习气对自己熏染的重要性，只是一味地前进，从来不去对自己所走的路加以分析，可能自己都没有搞清楚对与不对，就这样循着习以为常的道路走下去，一直走到了绝境才知道转身，才知道自己原来不是自己认为的那样，自己可能从来没有了解过自己。唯有静下来，好好地反思，让自己跳出旧有思维的怪圈，才能够真正做到脱胎换骨，才能够真正收获，真正成长。

内心引领

　　人都活在内心的引领之中，所有的行为都要受到内心的指引，所有的爱恨情仇，得失喜悲，都是因心而动。可以说，心的感知如何，你的感受和获得将会是如何，没有不变的人、事、物，所有的改变皆是因心而起。所以，与其说是外境改变了内心，不如说是内心改变了人生，所有的生活中的状态都跟内心的状态是密不可分的。所以，还是要关注我们内心的成长和引领，要给内心以关照和安慰，让内心平和下来，给它不断增加正面的、善德的、客观的引导和培养，让我们的内心坚定、刚强、乐观起来，让希望不失，让信心不减，让人生的目标更加清晰，不变初衷，勇往直前，去找到人生的善美之境，去找到人生的大美与大爱，福乐与自在。

　　很多时候我们是把心灵丢了，不知道何处去寻觅，不知道怎样才能让自我变得更加自信与坚强，变得乐观与博爱，不再为生活中的艰辛所痛苦，不再为世事的无常而悲伤，能够让自己真正找到生命的阳光，让人生变得更加有意义，更加精彩绝伦。我们往往会被生活中的处境所引导，让自己变得以外物为真实，以物质所得为荣幸，把所谓的享乐当作人生最大的追求，殊不知追来追去，皆会成为泡影，即使是自己得到了自己想要的，但还是感到不高兴，所有的满足并不能都带来快乐，有时候恰恰相反，越是达到了某种满足，越发感觉到失落，那些所谓的满足转瞬即逝，没有了精彩，反倒是让自己更加空虚浮华，更找不到光明与自在之路，变得戚然惨切、少有所得，这种现实中的空虚都是一场不大不小的梦境，是能够让自己痛苦与忧伤之源。所以，最大的快乐不是外境的好与坏，拥有的多与少，而是在于内心的调适，在于摆脱欲望与占有，放下对于物质与名望的苛求。放下一切反而更加轻松，能够做一些感恩与关爱之事，能够不断地创造与给予，把自己的所有给予别人，给予那些需要自己帮助之人，这样给出去的越多，我们就越快乐，内心就会更加平和、无碍，就会找到人生中的快乐、幸福之源，就会拥有人生最大的慰藉。

　　正是因为有了这种创造与付出，大爱与包容，有了一种舍我其谁的感知，才能真正有了自我。正如《道德经》第七章所讲："天长地久。天地所以能长且久者，以其不自生，故能长生。是以圣人后其身而身先，外其身而身存。非以其无私邪？故能成其私。"是呀，无私才能成其私，大爱才能有大勇，大舍才能有大得，明白了这个道理，我们才能真正成长，才会拥有最大的福乐。

正知正见

　　心灵的惶惑是最为可怕的，要给自己的内心以正知正见，能够让它每天都自信满满，正知充盈，每个人都要给自己的内心找到靠山，让心灵不偏不倚，让生活幸福快乐，让内心清澈明亮。很多时候，我们内心的认知是矛盾的，不安的，归结起来可能是有了对人、事、物的不客观，不科学的认知，把所谓的欲念当作是自然的现象，甚至于当作是一种必然的追求，这样就会导致了身心受损，陷入了一种不能自拔之中，任由内心的野马东突西撞，没有了管控，就会越跑越远，越跑就越是野性十足，这是一种警示。要注意心灵野马冲撞的危险性，它能够给自己带来永远难以抚平的伤害，这一伤害不仅仅是针对自己，而且也是对家人，对于关心支持自己的所有人的伤害。要学会谨慎前行，严格管控自己的内心，能够成为自己心灵的主人，如果一个人不能够驾驭心灵的野马，不能够调服"易动"之心，不能够对自我的内心形成调适，不能够拥有这种决策力，那么会把自己引入危险之中，这是非常愚蠢的，也是完全没有必要的。

　　人要学会管理自己，管理自己的思维动念，言语行为，要有一个明确的决策力，要拥有金刚之心，能够把不健康、不科学之处彻底去除，代之以健康的、光明的、无碍的、向上的状态之中，要学习谨慎处事，善调内心。因为我们生活之中，会遇到方方面面的迷惑和影响，会让自己陷入困境而不知，要能够及时调整自己的心态，时时清理心灵的杂垢，给自心以澄明清洁，让善德之光照射进来，给自己以清新、清净与温暖，能够让自己感知到人性的美好，能够让人生在善德的感召与呵护下走向圆满与福乐。不再为某些蝇营狗苟而活，不要为一己之私和贪婪占有而活，活出自己的真性情来，活出自己的智慧和光明来，也许这种改变还需要一个过程，但一定要痛下决心，去彻底改变自己，为了家庭，为了集体，为了更多关心自己之人，积极努力，改变自我。

挑战自己

  我在尝试着做一个突破，看能不能一天写五千字。原来感觉这一天写五千字是难以达到的，后来一想，就是五千字吗？也没有什么，只要能够把时间安排好，写出来也不是没有可能的。想归想，真要做到，可还真是为难自己，是很难达到的，能写到三千字也就算是不错了。关键是写东西不是为写而写，只把字写出来就行了，而是要有深度，要能够传情达意，能够把自己的所思所想表达出来，能够对自己的身心有所触动。如果自己写出的东西不是真情实感的流露，不是发自内心的真实之语，尽是说一些假话、套话，又有何意义呢？估计连自己都没信心写下去了，更不要说让别人去读。跟别人没有共鸣，就不会有能够感动人心之处。这样的文字是浅显的，不实的，没有感情和思辨力的，写这些文章又有何意义呢？所以写作不仅在于能写，还要写出自己的真情实感，这样才是写作的本意。

  自己总是给自己定一个富有挑战性的目标，总想着让自己也试一试，看能不能完成。在定这个目标之时也把自己给吓了一跳，要到完成可是较难，不免心生畏惧之感；但自己也心知肚明，之所以定此目标，是为了激发自己的潜能，能够让自己的水平上升到一个新的高度。想至此，自己也就会横下心来，要求自己一定要完成。这一完成，不是一天的任务，而是每天都要达到，这一难度还是可想而知的，虽然想着不要跟自己较真，也不必太过认真，谁也没有要求你去写什么东西，更没有限定你每天要完成的任务，但我总想所谓任务的完成都是自己逼自己，都是自我的要求，任何一件工作的完成，都要建立在自信自主的基础之上。

如果每次任务都是由别人来给你下达的话，那这个任务也就真的成了负担，完成它实际上是没有最终的意义的，因为所有的事情的解决，都要靠自己的专心，要有自己的毅力和方法，要学会去找突破口，这才是一个人所应该具备的，这个世界上没有所谓的绝对能够完成，或完不成的事情，就要看你的恒心，看你想不想完成，如果你想去完成它，就一定能够完成它。可能正是因为这种驴的犟劲，才可能实现我们的目标，至于说目标，如果说没有一个至高的目标，那叫目标吗？定目标就要定得高远一些，要学会引导自己去完成，可能在完成的过程中，会有这样那样的小插曲，会有这样或那样的波折，但不管如何，一定要克服这些困难。如果一遇到问题就放弃，一遇到困难就躲避，那这个人就很难实现目标，就很难有成就，人生即是这样。

我们平日里太喜欢避重就轻，趋利避害，喜欢那些轻松无比的，不用操心的事情，都喜欢做事之初就能够一蹴而就，马到成功，最害怕遇到障碍，害怕有什么麻烦，害怕自己陷入危险之中，让自己痛苦不堪，可是往往正是这些痛苦不堪，辗转难眠，茶不思饭不想，才是我们成就的开始，才是我们进步的开端。如果不了解这个，那成功离你还很远，我所讲的这些，并不是说我要想完成五千字就能够轻松实现，而是说我有这样的目标，有了目标，自己为之而努力，就一定能够实现，想方设法也要实现它，这是我最真实的想法。的确，要想在某一点上有建树，需要我们反复琢磨，反复磨炼，就像是高考一样，我们集中全身心的精力，来努力演算、复习、准备，要把自己高考前的准备工作做好，这样才能有一个好的成绩。

如果我们畏惧于任务的艰巨、目标的高远，害怕自己完不成，害怕自己失败，那你就真的失败了，完全没有了成功的可能。如果你轻易放弃，这种放弃的种子就会埋在你的心里，就会让它生根发芽，结果就会让你在人生道路中，时时处处尝到失败的滋味。我们要学会转变结果，能够从失败之因上去根除，绝对不允许自己轻易放弃，我们可以调整方法，可以进行优化工作方案和程序，根据实际来调整自己的战略战术。但任务一定要去完成的，绝对没有放弃的可能，立下这样的一个誓愿，逼自己一把，就一定能够完成。总之我们一定要坚持，要努力，要学会逼自己，要具有成功的信心，那么美好的人生就永远属于我们。

发挥优势

　　总是想着更高的目标,可能没有太关注于停下的脚步,还是要一步一个脚印,踏踏实实地走下去为好。任何事都是过犹不及,欲速则不达。遇到问题就要停下来想一想,静静心,歇歇脚,想通了再继续往前走,总之人生之路是永不停止的。我们唯有一直向前,才有希望,但这种向前,一定要有所规划和总结,要能够不断思考和创造,要学会动心动脑,要知道没有一蹴而就的成功,前行之路充满了荆棘与坎坷,充满了无数的变量,我们就是要在这充满荆棘的小道上开辟出一条光明大道,能够把走不通的路走通,能够把那些所谓的变量变成常量。千万不能一遇到艰难困苦就犹豫不决,徘徊不前,我们现在所要的就是面对艰难困苦的英勇之气,一种大智大勇,乐观向上的气概。有了它,我们可以攻无不克,战无不胜,一定能够实现我们既定的目标。

　　很多时候,我们对于外境不够了解,没有经过深入地分析,就会一叶障目,不见泰山,不能够全面地认知事物,不能客观地看待自己,不知道自己的优点在哪里,弱点在哪里,不知道如何找到问题的突破口。还是要学会静心思考,全面分析,要找准方向,不能盲目,要集中人力、物力、财力在自己最为急需的地方,要突出重点,在自己最有优势的地方发力。这样我们才能够突出自己的优势,集合天时、地利、人和,真正发挥出自己的价值来。比如,针对目前企业的运营状况,我们还是应该在产业品牌建设、科技成果应用、专家团队发挥、产业规划设计上下足功夫，这样才能推动企业的长久发展。

　　总之，做任何事情，千万不能盲目。很多人不成功，正是因为盲目做事导致的。没有全面的分析，没有科学的规划，我们就没有清晰的思路，就无法发挥出自己的优势，就会令自己陷入被动之中，就不会取得任何的成就。很多人并不缺少成功的能力，也不缺少成功的机遇，只是自己不能真正加以利用，不懂得如何规划自己、培养自己，发挥自己的最大优势。这样是很难成功的。要知道，成功者的最大特点就是能够全面地认识自己，敏锐地把握时机，全力地发挥优势，充分地利用一切有利因素，去实现自己的伟大目标。

坚持写作

今天是七夕，又是周末，天空晴朗，心情放松，的确是非常美好的一天。早上起来，空气清新，阳光明媚，初秋的沈阳很美。这个时期，不冷不热，气候宜人，实乃东北地区最好的时节。我很喜欢这清朗无比的东北的秋，天空是高远的，是澄澈的，走在路上，脚步也是轻快的。虽然立秋刚过去几天，但天气已经一扫之前的闷热，取而代之的是初秋的景象。秋天是清凉的季节，也是成熟的季节。这个时节好似更容易让人静下心来，内心没有了往日的烦闷和焦虑，没有了夏日的热烈和骄狂，有的是安宁与沉静，有的是无比的清醒和发自内心的愉悦。

每天在宾馆里，生活倒是很有规律，除了雷打不动的两场视频会议外，还会伏下身来写点文字，再就是步行穿过北站路和哈尔滨路，到市府广场去活动活动，坐在广场西侧的长椅上静静心，听听国学讲座，再发发微信，舒展一下腰身，的确是很不错的一种安排。尤其在疫情时期，我们更需要对自己的工作与生活做出合理的安排，每天都要让自己有所收获、有所进步、有所提高，这样日积月累，就能够有大的提升，就能够取得大的成就。就拿写作来讲，曾经有一段时间我都把它当作是一种负担，一想到每天都要写文章，每天都要强迫自己去完成任务，内心就感觉压力巨大。总想着，哪有那么多的话要说，哪有那么多的时间坐下来写作。每天都有做不完的事情，工作也是紧张忙碌的。如此，自己就产生了畏难情绪。加之内心没有定力，很是浮躁，在这样的状态下也写

不出什么好文章。所以，那时的自己对写作较为排斥，就好像有一块石头每天压在心底。不去写吧，就违背了自己对自己的承诺，内心就会自责不已，而且没有总结，没有学习，就感觉自己虚度了一天的光阴；去写吧，内心对这项任务有着抗拒，每天都背负着巨大的压力。一直处于这种矛盾之中，感觉写也不是，不写也不是，好像怎么做都不对。所以说，坚持写作，真的不容易。要想把压力培养成一种习惯，更需要有时间的积累，好在自己也坚持下来了。

每天写作，对于自己来说，虽是一种压力，但也是一种乐趣。如若一天没有写作，就会感觉少了些什么一样，内心烦躁不安，难以安定下来。如果自己能够在繁忙之中抽出时间，静下心来，把自己的内心感受写出来，就非常快乐。能够把自己内心所想、所感、所悟和盘托出，内心就会得到真正的释放，就会感到舒适、自在，疲惫之心也一下子轻松下来，阴郁之心也会豁然开朗起来。没想到写作还是调节心灵的一剂好药，它能够把内心的郁结解开，把混沌模糊的思维变得清晰明朗起来。这的确是一种很好的释放。我本来就不善于交际，不善于与别人交心，有些闷，有什么事藏在自己心中，自己慢慢去想，去消化它，自己有什么烦心苦痛，只有自己去排解。长此以往，心理压力很大，没有一个释放的出口。所以，写作的确是自己释放压力、缓解情绪的一种方式。慢慢地，写作变成了一种习惯。坚持写作近七年，自己感觉无论是在文字表达上，还是思维心态上，都有了很大的提升。

的确，每个人都要养成一种自我调节、自我减压、自我提升的习惯，这样对于自己的身心调养也是非常有益的。每个人都会有自己的人生经历，都会有自己的心路历程，情绪时好时坏，收获有多有少，有志得意满之时，也有垂头丧气之时，有轻松愉悦之时，也有备感压力之时，所有的经历都是对人生的觉知。要培养一颗如如不动之心，客观平和地面对生活中的一切，时常为自己加油，给自己助力，让自己的人生更加自在美好。

育儿有感

晚上安顿好孩子，已是八点半了。爱人哄睡了女儿之后，由我来接替她陪在女儿身边，爱人又忙去儿子屋里哄儿子入睡。男孩子总会更加顽皮，到了晚上依然兴奋不已，不肯马上睡觉，爱人便开始给他做按摩，这样才终于让他慢慢入睡。孩子今日有些感冒，入睡前还咳嗽连连，这也让我很是担忧。正是入秋时节，天气渐凉，秋雨纷纷，正是孩子容易感冒的时候，需要倍加注意。尤其近期疫情较为紧张，发烧、咳嗽等感冒症状的出现更是让人感到担心。好在在爱人的按摩理疗下，孩子的感冒症状有了较大的缓解，入睡后就没有了咳嗽情况的出现，也让我一直悬着的心终于安定下来。

养育孩子的确是不易的，需要大人付出全身心的努力。养儿方知父母恩。没有孩子时，对此还没有什么感觉，认为带孩子是比较轻松的，整日都是充满欢乐的。但现实并非如此，尤其是孩子年幼之时，父母更是需要小心看顾，不敢有疏忽大意的时候，时刻都要保持着高度的警惕。孩子渴了、饿了、醒了、睡了、哭了、闹了……每时每刻都需要大人来照顾。虽说等到孩子大了，大人能轻松一些，但这期间还需要经历几年，甚至十几年的时间。而且这所谓的轻松也只是一时的，可以说，在孩子的每个时期、每个阶段，父母都会操心很多。这是无法逃避的，是我们应尽的责任。

从另一个角度来讲，养育孩子也是一种乐趣，是一种从前未曾有过的体验。养育孩子的过程，让我们见证了孩子如何从幼小无知逐渐变得懂事明理，最后有了自己的事业与家庭。这的确是一个神奇的过程，也是每个人成长中必然要经历的过程。从成长的经历上来讲，这就非常难得。我总感觉，与孩子们在一起，也是自己学习和提升的机会，能够让自己把已经远去的童年时光又重新找回，好像那种纯真无瑕又重新回到了自己心中，让自己也得到了净化，让生活也变得更有朝气、更加幸福。有了孩子，家里也是温暖倍增、关爱倍增、欢乐倍增。虽说孩子幼小顽劣，喜怒无常，但陪伴孩子也是对自己心性的一种磨炼与提升，这也让自己变得更加包容、更有耐心、更懂坚持。教育孩子，也需要讲究方式方法，需要掌握教育的智慧。要学会站在孩子的角度上，去欣赏这个充满童趣的世界，用清静无碍之心去关照自己和他人，成为一个懂孩子、懂自己、懂人生之人。

全面认知

　　每个人都有自己独特的人生经历，都有自己独特的生活方式，都有自己独特的表达方式。我们不必去模仿别人的语言和动作，不必去攀比别人的所学与所得，不必去羡慕别人的才学与智慧。因为每个人都是独立的个体，都是独一无二的存在，都有别人无法比拟的地方。每个人都有自己的优势与劣势，哪怕是才高八斗、智慧超群之人，也会有其短处与缺陷。百分之百的完美是不存在的。我们称赞某一个人成功，也只是代表其在某一个领域之中学有所专、学有所成罢了。所有的存在，既有圆满也有缺憾。圆满只是相对而言，从外人的眼光来看而已，自己内心之中也会有不自信、不满足之处。别人所看到的你，和你所看到的自己，往往是存在较大偏差的。因为别人只是通过你的外在表现去认识你，并不能够了知你的全貌，所以这种认识是不全面的。

　　现实生活中，我们往往只看到某人如何光鲜亮丽，对其并没有一个全面的了解，所以做出的评价也有失偏颇。比如对于大众所熟知的一些演艺明星、政府官员、高知教授、企业大佬，若是他们被曝光了某些不端的行为，或是做出了一些作奸犯科之事，并被绳之以法，人们往往会感到惊诧莫名，内心产生巨大的震撼，认为这是不可能的，他怎么会做出这些事呢？有时连自己都很难说服自己，觉得这件事是不可理解的。这也说明了我们的认知未必是正确的，至少是不够全面、客观的。

　　很多时候，我们对于人、事、物失去了正确的判断，就会失去了理智，迷失了自我，做一些令自己后悔莫及之事。这也就是所谓的"聪明人"办了"糊涂事"。有时自己也纳闷，自己到底是怎么了，怎么会失去了理智，失去了信仰，失去了对事物客观的认知。正所谓是小河沟里翻大船，这些事情的出现，的确是令人痛惜的，我们一定要戒之慎之。智者千虑，必有一失，我们都不可能万事皆通，也不可能把事情都做得完美无缺，生活中总会有这样或那样的遗憾和失望，我们应该充分认知到此点，这样我们就不会再去追求所谓的完美，就不会再为了一些缺憾而痛苦不已。要知道，不完美才是最大的完美，不圆满才是最大的圆满，正是因为不完美和不圆满的存在，我们才有了不断提升与进步的可能。所以，做任何事情都不要期待所谓的"一蹴而就"，更不要期待"万事皆圆满"。所谓的圆满只是人内心的一种愿望而已，现实之中是不存在的。全面认知，客观以待，正确引领自我，成就美好人生。

坚定信心

很多事情看似难以完成，实际只要坚守初心，不断坚持，认真研究，反复专研，不断积累，就一定能够完成。也可以说这个世界上就没完不成的任务，没有做不好的事，关键在于你对事物本身的认知如何，也就是你的信心和态度如何，信心是做事情的前提，态度是对事物的衡量，以及对自我的认知。很多时候我们面对任务和目标，先打了退堂鼓，在思想意识上就认为自己是完不成的，是没有信心去完成的，在没有做事情之前就已经把自己的能力给缩减了，给自己贴了完不成的标签，也就是首先给自己标签化了，这就像是在战场上还未迎敌就已是自矮三分，没有了必胜的勇气和信心。这样当大敌当前，需冲锋陷阵之时内心发虚，腿肚子转筋，自然就会败下阵来。一个人如果连对自己做好事情的信心都没有，那还有何资格谈成功和胜利呢？那根本连希望都没有。

无论遇到多大的困难，多艰巨的任务，多复杂的问题，我们都要让自己冷静下来，去找到解决问题和困难的方法来。千万不能自乱阵脚，要冷静观察，找到突破口，变不利为有利，变被动为主动，变弱势为强势。要有变化的思维，在困难之中去锻炼自己的心智和能力。所有的问题和困难就像是考试的题目一样，肯定都会有这样或那样的难度，没有难度就不能称之为题目了。我们要客观地看待这些问题，从问题之中去找出巧妙、正确的答案来。要相信，再难的题都会有答案。这个世界上充满了问题，生活的本身都在给我们出着这样或那样的题，让我们去苦思冥想，用自己智慧和行动来解答这些问题。所以，面对问题和困难，千万不能逃避，不能绕着走，要学会认真面对。因为问题必然是问题，不会因为你绕着它走它就不存在，也不会因为你不去解决它就自己消失。要知道，所有的问题和困难都是给那些有能力之人出的，就是要"苦其心志，劳其筋骨，饿其体肤，空乏其身，行拂乱其所为，所以动心忍性，曾益其所不能"。这是想要成就自我之人必须经历的。就如平民百姓要想能够有一个快乐的生活，就必须得面对生活，善待自己，在生活中不断磨炼自己，不断地积累提升自己，去解决作为一个善良人所面对的问题。每个人都会遇到问题，无外乎遇到的问题不同而已。我们要认真面对问题，努力解决问题。并不是说成功之人就没有了问题，其实我们只是看到了他的成功，却不知其在成功的过程中遇到了多少艰难困苦，那些苦不是一般人所能承受的。正所谓"吃得苦中苦，方为人上人"，吃不了人间之苦，就难以获得人间的福乐与自在。

　　面对生活和工作之中遇到的问题，我们一定要坚定信心，要明了我们就是要面对人生之苦并去解决的，就是要去努力完成这一艰巨任务而来的。如果人生没有任何的艰辛，那成功后的甘甜的滋味就少了许多，就没有了那种特殊的感觉，人生的价值和意义就打了折扣。当然，我所讲的这些不是让人人都去受苦，都去承担人生的重担，那样人生就没有了轻松愉悦之时。我所要表达的是每个人都有自己做人的责任和义务，都会有在成长过程中经历种种问题与困扰，关键在于我们是以怎样的心态去面对。正确面对，我们才能够在人生之路上不断前行，快乐生活。

　　人生的快乐没有完整的定义，每个人都会有追求快乐的方式和对快乐本身的理解，只要是利己利人的，对这个社会有益的，都是我们要努力去面对的。如果我们能够满怀愉悦，心态平和，注重方法地解决问题，那么人生就会少了很多的困扰。我们一定要从容面对挫折，不急不躁，不卑不亢地面对问题与困难，有肚量，有胆识，有思想，有方法，用智慧引领生活，用快乐装点人生。

生活之美

要有自性清净的空间，能够一直让自心处在一种空灵寂静之中，能够无怨无艾，没有障碍和烦恼，一直就是轻松快乐的，那份安详和福乐是人所共享的，是生命之美的完美的呈现。世事烦扰，有很多的苦愁忧烦，创业艰难，有很多的痛苦和挣扎；情感缠绕，有很多的难舍与牵挂。这些都是生活之中所呈现出来的现实状态，是扰乱心智的根源，如何能够摆脱心灵的缠绕，能够让自性清明，能够让内心永远充满光明，能够让轻松、祥和、自在伴随左右，这是我们所追求的人生的极乐，能够明心见性，清灵透彻，找到心的依靠和身的自在是一生的追求。仔细想来，我们忙忙碌碌皆为何，不就是在寻找人生的快乐吗？不就是在追寻人生的轻灵之境吗？不就是在创造快乐与幸福吗？每天我们为了生计，为了儿女，为了所谓的更多的物质的满足而费尽心力，操劳一生，这样忙忙碌碌，有时就是烦忧不已。

的确，太多的追求让我们生活的乐趣逐渐消失，这是值得深思的，即便我们没有那么多的物质财富，没有所谓的丰功伟绩，没有了他人的关注，但你要学会活出自己来，能够真实地活着，能够快乐地活着，要让自己的精神丰富起来，能够徜徉在性灵的世界里，相信所有的一切的美是体现在内心中，所有的存在皆是一种感觉，体现出活着的价值与尊严，体现出生命的引领与升华，要活得有尊严、有品质、有价值、有力量，活出一个自在圆满、无怨无艾的人生来，自己活着能够给别人带来福乐，创造幸福，这是生命本来意义所在。

昨日从锦州到沈阳，回想起跟家人在一起十天是多么的幸福。两个孩子聪明伶俐，天真可爱，虽是闹了些，但孩子不闹也就不是孩子了，在孩子的闹之中能够明显感知到他们的成长也是很快乐的。三岁的儿子能够每天以"学"为乐，字母模块是他的最爱，并且喜欢听字母歌，学字母小视频，甚至达到了痴迷程度。对于孩子这样的乐此不疲，自己和家人都感到很神奇，怎么从小就对字母这么感兴趣，那份认真劲儿是让人想不到的，但也是非常高兴，毕竟这样既是玩，更是一种学习，玩中有学，学中有玩。女儿马上就要上小学了，上学之前爱人把她的学习安排得满满的，这几天又要学习游泳。近一周爱人都要开车往返一个多小时去学游泳的地方。女儿通过这几天的学习真是大有长进，无论是潜泳还是仰泳都很熟练起来，从一个怕水的"旱鸭子"到一个能够畅游自如的"游泳小将"，真是一个华丽的转身！惊叹于孩子的进步，也感到无比的欣慰，对于爱人对孩子的期望与爱，我也真是感同身受。是呀，孩子的成长倾注了爱人不少的心血。这一次在家的时间还是较长的，因为疫情出差受限，能够跟家人在一起的时间长一些，一家人其乐融融，尤其是孩子们很是欣喜，女儿恨不得让我一直在家陪着她，还跟我拉钩，让我本周内还要回家，因为确实她也快要上学了，9月1号就要新生报到，她也即将成为一名小学生了，她也是非常期盼，她妈妈也在给她做着上学的准备，在购置、整理上学的必备品。是呀，孩子是家庭的希望，大人们把心血都倾注在孩子身上，寄托着希望，捆绑了家庭的快乐。

　　的确，我们生在爱的世界里，有家人之爱，有朋友之爱，在爱的氛围里成长。这也许就是人间最大福乐吧。仔细想来，每天的生活就是一首交响曲，都在和谐的音调之中展现，让人在这音乐之美中去享受，去感知，美好其实从来都不缺，时刻在我们身边，在我们的心里，只要我们能够不断地发现它，创造它，它能够伴随我们的一生。

今日感悟

　　每天都会感慨：时间过得好快呀！早上送孩子上幼儿园，吃过早饭就马上参加视频工作会，有时候还要边开会边锻炼一下身体，走走步，压压腿，活动活动腰身，再发几条微信，丰富一下自己的朋友圈。吃过午饭，稍作休息，就要开始写作，要不然就会完不成这一天的写作任务，那样内心就会很是自责。写作是每天固定的工作任务，也是记录生活、平和内心、提升性灵、规划工作的一种方式。表面上看是写作，实际上也是一种"禅定"。通过写作，自己能够把一切俗事繁务都放下，给自己一个静心专修的机会，这的确是一个非常好的习惯，我一定要努力坚持下去，记录自己的每一天，留下这一天中的美好记忆，让自己心情愉悦，让人生意义非凡。

　　写作的同时，自己还要关注一下时间，不能够延误了下午的产业发展研讨会。下午的会议也是固定的项目，除了星期日，基本上也是每天雷打不动的。我始终认为，做任何事情都不能浅尝辄止，一定要把事情做彻底。要有一种不达目的誓不罢休的劲头，坚守如一，持之以恒，不断地创新研究，调整工作的方式方法，这样才能够让会议开出效果来，才能够理清自己的思路，更好地指导产业的发展。实践证明，这种形式是非常有效的。只要我们能够把一件事坚持下来，相信最后总会得到好的结果。开会只是一种形式，而内容才是我们最大的收获。通过开会这种形式，把大家聚集在一起，围绕一个主题展开讨论，集众人之智慧，凝聚信心和意志，积累方法和创意，这样我们都能够从中受益良多。

在开会时，自己还得注意时间，还要准时去幼儿园接两个孩子，这也是一项任务。接完孩子就进入了带孩子的议程。这看起来是小事，实际上还真不简单。带孩子也需要智慧，需要和孩子"斗智斗勇"，需要使出浑身解数，做到有所教导、有所引领。因为孩子不会按照大人的意愿和要求来做事。往往到了回家的时间，孩子还会想再玩一会儿，并且还是有选择地去玩。甚至于说，对于玩的地点和方式，他们都有自己的选择，容不得与你商量。因此，在玩与回家之间，我也是犹豫不决。尤其是在孩子还有其他学习安排之时，就难免会与孩子产生"矛盾"。这时就需要充分发挥我们作为家长的智慧与能力。如何在玩与学、玩与回家之间找到平衡，真正做到掌控全局，这的确是非常"烧脑"的事情。还有一种情况就是孩子要买自己喜欢的东西，有时也容不得你的考虑与选择，他们自己已经选好了，早就有所准备，如果不能够达到目的，就会发生"世界大战"。这也要求家长要具备引导的智慧，能够让孩子选择"放手"，在孩子非常乐意的前提下达到引领和教育的效果，做到两者兼顾，既让孩子开心快乐，又让孩子听话。当然，要想实现这一目标是相当不容易的。这就需要家长们好好地学习育儿知识，认真地研究当代教育理论，深入地了解孩子的心理，学会幼儿心理教育。如果你只是简单视之、粗暴待之，不去研究孩子的成长心理，不去学习孩子成功教育的经验，就不能够达到预期的教育效果，反而会让自己哀叹连连、精疲力竭、苦恼不已，而最终的结果往往会适得其反，甚至会造成"两败俱伤"的后果。

虽然自己不是教育家，也没有教育孩子的经验，自己在家庭生活中做得也不够优秀，还存在这样或那样的问题，但我始终认为，教育孩子本身也是在教育大人。我们这些做家长的一定要努力学习，学会调整自己的身心，在日常的语言行为中做出表率，我们要求孩子做到的，自己首先也要做到，真正以身作则，以行为来引领，通过自己的言传身教来为孩子树立一个榜样。同时，我们要认真学习育儿知识，了解孩子在成长过程中的身心变化，学会用科学的方式来引领孩子的成长。在育儿方面，我们都是小学生，一定要认真学好这门课程，争取在育儿实践中取得好成绩，并且要做到教学相长，边教育边学习，让自己跟孩子一起不断成长，通过与孩子在一起的大好机会，让自己也逐渐成长成熟起来。

解放自己

近两日，沈阳的深秋阳光明媚，天空如洗，澄澈无比，朵朵白云挂在天边，显得轻盈而有趣。天气晴朗，心情也是格外畅快，连日阴雨所带来的压抑一扫而光。走在青年公园湖边，碧水连连，柳枝依依，一切都是清透无比，望着彩电塔，还有旁边拔地而起的高楼大厦，与这湖水和垂柳，还有这蓝蓝的天空，一起构成了一幅绝美的现代图画，让人真是心旷神怡、无限感慨。是呀，沉浸在这深秋的美景之中，真是让人流连忘返，心情愉悦，脚步轻松，没有了往日的沉重与压抑，有的是更多的自在与安心。人的确是会受到环境的影响，不同的环境就会有不同的感受，不同的环境就会有不同的心情，会有对于人、事、物的不同的认知。要时常给自己的身心放个假，在轻松愉悦的氛围之中去找到心灵的安放之所，能够换一个角度去看人生、看自己，的确是一件非常有意义的事情，它能够让自己静下来，放慢脚步，与自然对话，与内心对话，通过清净与感知、无为而静思来找到灵光一现的时刻，能够让灵感展现出来，让自心来引领自己前行，让生命之舟能够乘风破浪、勇往直前。

很多时候，我们一直在纠结于周围环境的喧嚣，被现实中的许多俗务缠住了手脚，为世事的繁杂而忧烦不已，每天忙得团团转，忙来忙去却不知道自己忙的是什么，甚至把自心给忙丢了，这是一件很可悲的事情。这个世界上每天都有很多事情发生，我们倾尽一生也忙不完自己的事情，所以，我们要学会在凡尘之中静心，在凡尘之中找到一个安然之所，能够入俗而又不俗，入世而又出世，要活得洒脱一点、轻松一点。可能有些人会说："我也想洒脱和轻松啊，但是现实不允许我这样，我还没有这个条件，等我有这个条件之时再去洒脱和轻松吧。"殊不知何时是有条件，何时是没条件，所谓的条件不过是自己给自己设的限而已。我们能够健康地活着，每天都有人爱着，在人世间的每一分钟就是自己最大的拥有，每一分钟都是价值无限的。如若我们拥有丰盈的物质财富，却失去了健康乃至生命，那这一切还有什么意义呢？所以，我们活着的每一个人都是大富翁，所有的拥有比之生命与时光来讲皆是一钱不值。放下那些自己创造的压力，解开那些纠缠自己的枷锁，认认真真地活一场，不是很好吗？人生的美好就在于对自我的解放，在于能够去欣赏和珍惜身边的所有。

与心相伴

　　回沈阳这三天里，除第一天阴雨连绵外，近两日都是阳光普照、温暖如春，这也给已至深秋的沈阳增添了勃勃的生机，在明媚的阳光和清新的空气里自在生活，让人产生一种非常美的感受。有时候，一个人静处的时光也是非常美妙的。一个人静下心来，在自己思维的天地间畅游，聆听内心的声音，与心相交，找回那些曾经失落的东西，这种感觉的确是不一样的。

　　一个人总是要有回归的时候。与人交往的概率很高，相见相识的人也不少，但最终相伴终生的还是自己，自己才是自己最亲密之人。无论是富是贫、是高是低、是得是失、是好是坏，自己永远是与自己相伴之人，是完全没有离别之心的，是自己人生的向导，是痛苦的抚慰，是快乐的相随，是理智的思考。总之，唯有自己才是自己的最贴心之人。我们往往忽略了自心的存在，把它当作可有可无的东西，明明它才是自己人生最重要的伴侣，却偏偏对它不理不睬，完全无视它的存在，无论是快乐或是痛苦，皆认为是外在的人与事的影响，找快乐求他人，遇痛苦怨别人，这种心理往往会把自己给害苦了，难以超脱，把一切的希望和寄托安放在别人身上，寄希望于好运的降临，这才是痛苦的根源。

　　要知晓，外在的一切都处于变化之中，没有一样是可以完全不变的，一切人、事、物都在不断地发生着变化，这种变化有时是非常迅捷的，倏忽之间就会物是人非，所谓的好运会变成厄运，所谓的荣华会变成衰落，所谓的崇高会变成卑微，反之亦然。世事难料，但也各有各的定数，都逃脱不了天地的循环，脱离不了自我的因缘。所以，我们要学会向内而求，自心是永远忠实于自我的，要不断地与内心相伴，修炼自己的内心，让自心的力量强大起来。能够掌控自己的身心之人才是真正的伟大之人，能够做到遇事不乱、遇累不迷之人才是真正的智者、勇者。

所有的转换皆是必然，唯有与自心相交才是正途。看似是因缘巧合，看似是自己努力之结果，其实都是心的驱使，是心的力量使然。心若乱了，那一切也就乱了。如果心不乱，人自强，慧常在，勇相伴，这样的人生才是真正福乐圆满的人生。所以，要学会自己引领自己，自己管理自己，自己培养自己，真正与自心相交相伴，成为自心的主人。

选择人生

每天都在路上，昨日从沈阳到北京，选择了一趟最快的高铁，从沈阳到北京也就三个小时，并且还是到北京站，不是北京朝阳站，要不然还要再耗费一个半小时的时间坐车到航天桥。这班车次是我挑选的，可以算是最佳车次。所以，有时多选一选还是非常有益的。人生也有很多的选择，多选一选，找到性价比高的、最有利于自身发展的，这可能会影响自己的一生。有时候我们会害怕选择，认为那是非常麻烦的事情，选来选去，有可能还不如原来的。这种思维是错误的。不加分辨、不加选择、全盘照收是非常危险的，是会给自己人生留下遗憾的，是没有什么大的希望的。我们还是要不断转变自己的观念，调整自己的思维，要有对人、事、物的辨别力，确保自己做出最为正确的选择。虽然这种选择也不见得完美，但至少是经过慎重思考的，这样也会让自己无憾了。

选择的确是人生中的一件大事，有了正确的选择，人生也就完全不一样了。回顾过往，自己也是在不断地调适和选择中，寻找真正适合自己的人生之路。也可能是自己骨子里就有一种敢于冒险的精神，有一颗对于新天地的向往之心，有一颗对于新生事物的好奇之心，有一颗不甘平庸之心。你说是"爱面子"也好，"爱出风头"也好，"爱指挥人"也好，总之，自己是受不了在一个压抑、狭小的环境之中生存，总是想跑得更远、飞得更高，总是有一种超越现实之感，那种压抑之心一直想要释放出来，因此，把原本教师的工作辞掉了，又重新学习，重新选择，走上了商途，进而开始了科技应用推广工作。每一步都充满了艰辛，但自认为每一步都还算踏实，因为自己始终坚持着一个信念，那就是不能畏惧于现实的艰险，而是要看到光明，看到未来，看到轻松自在的自己，能够拥有一个丰富的人生，无憾于过往，无憾于自己，这也就足够了。一个人不可能一直得到而从不失去，我们终将失去美好的青春时光，失去所谓的安逸潇洒，失去自己的时间和所谓的自由。很多事情无论你是否情愿都要去做，可能会做出些违背心志之事，有时也会有放逸之时，肆意妄为、不计后果，但无论如何，最终结果还能够随心所愿。要时刻怀着感恩之心去面对一切，正是因为有诸多因缘的累积才会有今日的收获，这也是人生选择的结果，是最好的自我修炼。

放下执念

　　昨晚又熬了长夜，直到凌晨才得以休息。每天都想着如何改变这种不良习惯，真正成为自己的主人，能够左右自己的思想和行为，让自己振作起来，焕发原有的活力，把美好的事物吸纳过来。可越是这样想，就越是容易产生放逸之心，越是不能够左右自己。有时自己也在想，干脆不要去考虑这些了，何必刻意地要求呢？越是要求圆满，现实就越是不圆满，不如干脆放弃好了。可还是心有不甘，内心总有一个声音在召唤自己。要坚持住自我，不能放弃，不能被生活之中的凡尘杂欲所侵扰，那样是不光彩的，是不会有什么好结果的。只有自己充分认识到这一点，才能真正把自己从苦海之中拯救出来，才能让自己更加安逸、自在。如若整日沉迷于杂欲，就会让自己负累很重，难以找到真正的自我。如若能够真正地放空自己，能够在欲望的污泥之中保持清净的自身，不被利欲所污染，那该有多好哇！我相信自己能够做到这一点。

　　一个人的内心如野马一般，如若不能很好地驾驭，就会出现很多问题。对待杂欲，就像对待传染病一样，只有找到源头，我们才能真正回归自在与清净，才能获得无比的安适与幸福。我们生活在人世间，不就是要找到福乐吗？不就是要给自己打开一扇门，让性灵在清新静雅之中去享受那份无尽的美妙吗？这就要求我们真正做到放下，放下自我的执念，放下自私与占有，放下无益于自己身心的东西，让自己在滚滚红尘之中能够不随波逐流，不被世俗所缠缚，不被贪欲所驱使，能够在红尘中修心，在无欲中成就，能够彻底反省、彻底醒悟，能够看清事物的本质。所谓事物的本质是什么？那就是"无"。所有存在的最终归宿皆是"无"。一切财富、地位、名誉都将是匆匆过客，我们带不走一丝一毫。一切都是虚幻的假象而已，是变化的，是不实的，都将在时间的长河之中沉没，了无踪迹。这就是人、事、物的最终结果。我们要做的就是保持清醒与自知、安静与乐观，放下执念，回归自心。

全面分析

很多时候如果我们换一个角度看问题，也许对事物的认知就完全不一样了。我们往往惊惧于某些不利之事的发生，害怕因为此事的到来而影响了自身的发展。可能这些不利之事的出现的确会给我们带来很多困扰，让我们无所适从，但我们一定要记住，这些看似不利的事情往往也有其有利的方面，能够指引我们不断前行，让我们得到意想不到的收益，可谓是"有心栽花花不开，无心插柳柳成荫"。

一件事情的到来会给我们带来很大的影响，有不利的、麻烦的，也有有益的、有促进的。一切事物都有其两面性，我们不能只看到其中一面，而看不到另一面，那样是有失偏颇的。这个世界上所有的人、事、物都有其两面性，都会有弊有利、有喜有悲、有得有失，不要总是执着于其中的一点，要真正了知其全貌，拥有对于人、事、物的全面把握。生活本身就是教会了我们要客观地对待人、事、物的出现，让我们能够认识到一个不一样的自我。

可能有时候我们真的不认识自己，不知道自己还有这么多的潜能，还有很多的不为人知的地方，还有能够让自己和他人惊讶之处。的确，我们还真是不了解自己，不知晓如何能够全面地认识自我，如何能够引领自我，真正成为自己的主人。要想做到此点，就要对自己进行全面的剖析和认知。越是足够了解自己，就越是能够把握自己。生活中遇到问题和烦恼，首先要让自己冷静下来，客观地分析这个事物能给自己带来什么，它有哪些方面是有益的，对于自己的人生会有什么样的裨益，它的出现也是一次让我们重新认识自己的机会，要认真而客观地正视它，能够满怀欣悦地迎接它的到来，从心底里接纳它，以它的出现为契机，让自己有新的发现、新的提升、新的跨越。如若能抱有这样一种心态去处事，那么自己也就真的成熟起来了，也就离自在幸福的生活不远了。

静心安乐

学会静心，能够把一切的妄想都赶跑，能够真正做到守真、守强、守静。做任何事之前都要把自己的心静下来，如果不能够先把心静下来，做什么也不会成功。有些人总是难以平复自己的内心，被诸多的事务所缠绕，无法安然平和下来，总是一波未平一波又起，就像是汹涌的潮水一般，滚滚向前，不知停息，本来可以专心去做一件事，却总是受到外境的影响，身心没有停歇之时，自己往往会被外在的环境所勾牵，让自己没有了定力，不能够静下来陪陪自己，不能够找到内心的正途，让自己成了世间游子，东突西撞，一直也找不到能够让自己安然静怡之时。人生在于能够自创、自安、自建，要创造出一种环境来，把自己带入到一种美好的状态之中，能够在清静之中找到灵感，找到最大的安乐。有些人沉迷于世事的繁碌，感受于外在的喧嚣，好像唯有在这外境的繁杂中才能让自己有所得到，这其实是完全错误的。你不可能在喧杂和纷乱之中找到所谓的安慰，那样只能把自己的心给搞乱了，让自己找不到安身之所，也难以寻觅到人生的所谓成功和福乐。没有了安然平和，一个人就很难发现自己内心之中最美的东西，就很难有自己灵性的展现，就不会有灵感的迸发，就没有了创造的灵性，就会整日庸庸碌碌，连自己都不知道自己在忙些什么。所以，没有清静就没有成绩，就没有发展，就没有福乐。每天都要有静处之时，能够在清静之中去感受一下自己的心跳和轻柔的呼吸，在安然之中去找到自己灵魂之所，能够让自己感受到无比的畅快，感受到人间的美好，能够在这静雅安乐的天地中活出一个人的精气神来，去体会生命的繁华。静下来，陪陪自己，给心灵安一个家，让自己能够有一个很美好的归宿，让福乐永远与自己相伴相随。

深秋感怀

北京的天气渐渐凉下来，深秋的风吹到脸上，也有了几分寒意，免不了有时要把帽子戴上，缩一缩脖子，把上衣拉链往上拉一拉，心里暗自嘀咕：这天可真是冷啊，有一种冬天马上来临之感。一年四季，周而复始，这是自然的循环。这一循环让人重新换装，准备迎接新的生活。这种循环也会让人想到过往，想到去年秋天的故事。这一年年的循环，让人能够不断省悟，不断地调整自己的内心，在感慨于时光的迅捷之时，也能够重新思考如何面对新的自己、新的生活。

仔细想来，我们每天都在忙碌中度过，每天都有新的事情在等着自己，在不知不觉中，这一天就过去了。我们总感觉自己还很年轻，还能够去做很多的事情，总认为这一切都会成为永恒，都会成为自己永远可以依赖的伴侣。可是，当下诸多的人、诸多的事都在发生着变化，无时无刻不在改变着自己，改变着周围的人与事。表面上看好像是如如不动，没有变化，实质上变化真是太大太大了，再变一变，自己也就成了外星人，慢下来，看一看，能够在心灵上留下印记。所以，万万不能忽略眼前的一切，它马上就会离开自己，无论你如何去追，它也永远不会回头，这就是时光的属性，稍纵即逝，马上就会物是人非。

每次回老家，遇到老家村子里的老人们，有时会下车跟他们聊一聊，看着他们那一张张历经沧桑、亲切而又慈祥的面孔，内心也是非常感慨，感觉时光的飞逝，原来这些长辈年轻时的音容笑貌都是那样的清晰可见，但眨眼之间四十多年过去了，有些叔叔辈的都已是七十多岁的人了，想想都感觉非常可怕，时光就像是一把利刃，会把一圈圈的年轮刻在自己的心中。往往他们这些长辈都会聊一聊过往，回忆一下从前的日子，那份兴奋之情溢于言表，每当被问及"感觉时间过得快不快"，他们都会长叹一声：感觉像是做梦一样，不知不觉就老了，人生这幕大剧已经离结束不远了。有时自己想到此也是不禁寒战连连，不知不觉已经人至中年，试想如果再过二十年，自己也会跟这些长辈一样，只能留下些叹息罢了。

　　时空的改变，有时让你来不及多想，还是抽空多陪陪自己吧。我们整日忙碌，经常会忘掉了自己，忘记了自己的初心，不知道自己为什么而活，活着的意义到底是什么，怎样才能拉着时光的衣袖，让它不要走得那么快，让时光成为永恒，这显然是不切实际的。随着时光的变化，一切都会发生改变，但只要我们永远保持那颗善良真诚之心，就能够让自己的生活熠熠生辉。

生命动能

　　昨晚回到郑州，今日翻看了一下上次在郑州写作的日期，发现已经是两个月前的事了，转眼之间竟是"轻舟已过万重山"。的确，时间过得如此迅捷，可能平日里我们还没有察觉，没有什么新奇的感觉，整日忙于自己的琐碎之事，没有了自己的定力与主张，好像每一件事都是非常重要的，都是需要自己努力去做的。但仔细想来，哪一件事才是最重要的呢？好像哪一件都不是，最重要的事反而自己还没有去做，那就是对于自己身心的调节。"身体是革命的本钱"，我们常常念叨这句话，也认同它是千真万确的，没有了健康的身体就不要说其他了。没有了健康的身体就没有了幸福生活的存在，就没有了梦想和欢愉。可以说，拥有健康的身体才是成就一切的前提。可是我们明明知道身体健康的重要性，却还是会在生活中忽视它。总是认为自己的身体很健康，即便有问题也是小问题，没有什么值得大惊小怪的，休息休息就好了，对自己的日常生活和工作不会有什么影响。整日该怎么样就怎么样，想怎么干就怎么干，完全忽视了身体的预警。整日忙于应酬，觥筹交错，豪饮甚欢，甚至通宵达旦，乐此不疲，总感觉这样才能尽兴，才是自由的生活状态。殊不知，身体的健康正在受到损害，问题与危险正在慢慢显现。

　　睡眠在当代人的生活中是一个奢侈品。面对世事的繁碌、人情的复杂以及日常生活和工作的压力，很多人的睡眠都出现了问题。另外，还有很多人沉迷于网络或游戏之中，让自己的作息变得不规律。网络的出现给人们带来了无限可能，让我们的工作和生活更加便捷，同时也在改变着我们自己，我们想要的东西、想看的信息都可以随意获得，简直是易如反掌，很多时候就会禁不住诱惑，沉迷于其中而不能自拔，在不知不觉间浪费了很多的时间和精力，这样长此以往就会产生诸如腰酸背痛、头脑昏沉、眼睛干涩等症状，甚至出现肝脏、心脏、肾脏等多种疾病，这是非常可怕的。所以，还是要有所警觉，要及时给自己敲响警钟。关爱自己的身体，就是关爱自己的生命。人身只有这一个，生命只有这一次，要加倍地珍惜，这是对自己最大的尊重。如果一个人对自身都不珍惜、不尊重，那么还有什么是他珍惜和尊重的呢？要探索生命成长的奥秘，对生命的存在和健康的维护做出深入地研究，从而让自己拥有健康的身心，拥有人生福乐的保障。在这一点上，我们每个人都有责任。

  内心的调适与身体的调适同样重要。心灵是人生的引领，好的心灵是人生幸福的保障。每天都要让自心保持纯真洁净，能够包容一切、融合一切，能够善于发明和创造，能够学会给予和关爱，要记着我们存在的意义就是要为别人带来福乐和光明，就是要为社会、为他人多做些什么，这样生命才是有价值、有意义的。也就是说，我们活着不只是为了自己，还是为了更多人，要把自身的发展融入社会的发展之中，让自己的内心与别人相映，这样我们就会不朽，就会有生命的永恒。凡是那些不为自己而活之人才是真正不朽的、永恒的。所以，要学会调整自己的内心，让它清新澄明，让它无私无染，能够沐浴在光明与善德之中，激发起生命的动能来，让人生变得越来越精彩。

感念拿督

昨日惊闻马来西亚拿督，也是我的挚交好友、产业合作伙伴、很好的兄弟张孟晋先生因感染新冠病毒与世长辞。这个消息让我深感震惊，最初还认为这是玩笑，不是真的，因为中秋节我们还曾互致问候，在十几天前还通过微信联络过，怎么突然之间就阴阳两隔、今生再也无法相见了呢？那种悲痛之心难以言表，久久难以回过神来，总是有一个声音在说："这不是真的，这怎么可能呢？"他本来身体无恙、健壮如牛，为人又风趣健谈、热情澎湃、结交广泛、博古通今、了之中外，有很多的朋友对他佩服至极，与他相交的一幕幕总是展现在我的眼前，让我的心绪久久难以平息下来。最终通过多方证实，知晓这个噩耗是真的，原本满是排斥和怀疑的内心也渐渐冷静下来，慢慢地接受了这一现实。事实无法改变，只能去接受它。唉，人生无常，谁能料到这一重大的变故来得如此突然，这不由得让我回想起与拿督相识相交的每个时刻，那些画面清晰无比，犹在眼前。

与拿督相识是在2018年的夏天，在研究院张林子煜的引领之下，我们在研究院的会议室见面，真是一见如故、相谈甚欢。我们谈产业，谈文化，谈应用技术国际化的发展，谈如何在海外设立我们的办事机构等事宜，谈了很多很多，甚至于忘了时间、忘了吃饭，那份火热劲儿就甭提了。我们也是难得有如此默契的知己吧。从此以后，我们就不断地通过电话、微信进行交流。拿督也发出邀请，欢迎我到马来西亚考察，并就下一步合作发展再次做出研讨。于是，我与研究院的几位同事一起去了马来西亚吉隆坡，拿督亲自到机场接我们，并设宴款待。在马来西亚期间，拿督还带着我们去了很多地方，拜访了很多马来西亚华商精英，并且也达成了与神飞航天的合作。通过接触得知，拿督在马来西亚的影响力是巨大的，有很多的政商界人士对他都非常认可。拿督每次带我们与当地各界人士交流，都会给我留下很深刻的印象，他诙谐幽默、谈吐不凡，他深入浅出、游刃有余，他热情奔放、善于交往，他待人真诚、乐善好施，在做好其商业运营事业的同时，还乐于去做社会公益，积极参与华人学校的创办，积极推广中华文化，对自己能够拥有华人的身份而备感自豪。他经常来往于中国与马来西亚之间，架起了一道产业互动沟通的桥梁。他积极邀请海外的友人、企业家来中国投资兴业、开展商业合作，真可谓是中华文化的传承者、中外合作交流的助推者。

　　从拿督身上，我也学到了很多很多，比如他的那种自信与执着，那种坚持与创新，那种亲切与活泼，那种融合东西文化的洒脱与成熟……总之，他的种种品质都令我钦佩不已。在随后两年多的交流之中，拿督也多次来到中国，为了神飞航天事业的发展也是尽心尽力，不遗余力地促进海外客商与国内企业的合作对接，为神飞航天海外市场的拓展做出了突出的贡献。我也是多次到马来西亚与拿督见面交流，就马来西亚神飞航天国际商务公司的筹备运营与拿督进行协商探讨。其间拿督还引领我们分别去了印度尼西亚、印度等国家，与当地的企业界进行了广泛的交流，并达成了一系列的合作意向。忘不了在马来西亚时拿督教我吃猫山王榴莲的场景，忘不了我们在马六甲巡游名胜古迹、吃"娘惹菜"的情景，忘不了我们一起去印度神庙共同朝拜时的景象，忘不了我们与美国朋友在中国河南考察时的场景……这一幕幕的场景如在眼前，就像是正在与拿督并肩前行、互相调侃一样，他爽朗的笑声犹在耳边。这个惊天噩耗来得如此突然，让我措手不及，久久难以相信。这是真的吗？直到现在我还如在梦中一般，不敢相信，也不愿相信。从此今生再也无法相见，这真是人生的一大憾事呀。在此，唯愿拿督兄弟安息，在天堂一路走好，我们来生再见。

管理自心

要学会细水长流，长期拥有为好，如若什么好吃就多吃，什么好看就多看，什么好玩就多玩，那是非常有害的，可能就会给自己带来很多的问题，无论是身体抑或是内心都有可能受到伤害。因为那种为达到欲望的满足而做出的无度的、无序的行为，会让自己失去本心，没有了前行的规划，让自己得过且过、毫无目标，让自己陷入一种被动的、失控的境遇之中，自身就会出现这样或那样的问题，就会把自己置于危险之中。

正所谓"君子不立于危墙之下"，要学会居安思危，能够做到保护自己、管理自己。把自己的行为约束起来，可能不像日常那么自由，但要知道自由是建立在有效的管理之中。这个世界上没有所谓的绝对的自由，一个人的绝对自由就意味着他人的自由被剥夺。因为如若所有人都想要拥有自由，那么整个社会的利益就会受损。世界就是这样辩证的存在，对于你来说是超级的自由，可能对于别人来讲却是一种灾难。所以，还是要有对自己的警示和控制，要有一定的坚守之力、自我之控，唯有如此，才能让自己长久拥有健康的体魄，让自身的安全得以保障，才能让自己有持久力、英勇力、战斗力，从而让自己更有某种福德之力。这种力是能够支撑自我发展的助推剂，能够让自己获得人间更多的福乐，能够让自我有一个更大的超越。

一个人唯有拥有清醒之心，拥有坚韧之力，才能让生命熠熠生辉，才会让自我得到更大的发展，才更能够体验到人间至美之境。生活中，我们没有什么值得骄傲的地方，唯有不断地调适自心，不断地引领自心，才能够让美好与幸福永远与己相伴，这才是大的进步和收获。

经营家庭

在鄢陵参加了毛宏磊的婚礼。婚礼组织还是非常圆满的，大家在非常热烈的气氛中欢笑与祝福，一对新人也是深情地表达，幸福无比，甜美无比。双方家人都是高兴异常，都在这一美好的时刻尽情地表达，笑容一直挂在脸上，甜美一直留在心中。是呀，结婚是人一生之中的大事，它是年轻人告别单身、走入家庭生活的开始，是成为一家之主、学习经营家庭的开始，是开启家庭幸福密码的时刻。每个人都要经历人生的这一关键时刻，并由此获得对于人生的新的认识。

婚姻是一种责任，是一种能够充分考虑别人、为别人付出爱心的推进剂。结婚以后，我们就再也不能只是考虑自己而不考虑别人了。结婚就预示着我们真正的成熟和理性，预示着我们人格的进一步健全，预示着我们在内心的涵养上要更加深入。结婚也是我们家庭生活的真正起点。生活之中，我们往往局限于自我的认知，不能够站在对方的角度考虑问题，不能够认识到只有给予对方更多才能拥有更多，而这也是心智不够成熟的表现。我们要把自己的心智磨炼得更加成熟，把自己的善德和才识充分地展现，把自己的能力进一步地提高，唯有这样我们才能一生幸福、地久天长。生活不易，两个人携手同行，共同去维护一个家庭，就需要真正做到互相理解、互相包容、互相扶持、互相忠诚、互相给予，这样的家庭才会是幸福和圆满的。

现实生活中，很多夫妻在度过了最初那段充满激情与热烈、充满畅想与憧憬的时期，心态就会慢慢平复下来，就要开始面对现实生活中的一切；经过长时间的共同生活，对于彼此也都有了更深入的了解，双方的缺点就会或多或少地显现出来，这样就会出现各种各样的情绪化问题，当然其中还会有一些家庭经济的问题，以及对于某件事情的看法不同，还有对于孩子的抚养、婆媳关系的处理等诸多问题，如若处理不好，就会导致家庭矛盾的出现。所以，经营一个家庭是对夫妻二人最大的考验，这是自我身心重新调适的过程，也是进一步改变自我人生的开始。

我们要学会在日常生活中不断地调整自我，要适应生活的变化，能够从自我之中脱离出来，能够站在整个家庭的层面上去考虑问题，学会经营好自己的家庭，教育好自己子女，学会给自己注入新的能量，去找到人生真正的自在与福乐。

重视生活

很多时候我们都不知道自己在做些什么，不知道怎样做才是最好的，怎样才能够实现目标与理想，每天都是在忙乱之中生活，在无序与苦恼中度过。出现这种情况的根源就是我们没能站在更高处看自己，没能客观冷静地去体会生活，去对自己的每一天进行思考和总结，去从与自我的沟通中找到生活的方向。所有的福乐就在于品味与总结。品味就是要体察生活的酸甜苦辣咸，在生活的五味中去找到乐趣，在生活的细节里去找到意义，在每时每刻中去拥有收获。无论是好是坏，是得是失，是荣是辱，是多是少，是美是丑，都是生活的自然状态，是人生的真实显现，我们都要予以珍藏，因为这些都是自己生命的真实反映，是生命中值得记忆的东西，是我们应该加以总结和分析的，是对自己以后的生活有很大意义的。我们不能忘记，生命中的每一天，我们的思维动念、言语行动，都是内心的自然反映，都是我们对于生命本身的理解与感悟。没有什么是比与自己内心对话更有意义的事情了。我们不能只是为了表面的生活情景而自得其乐，只是活在生活的表层，而不能够深入其中地理解它，不能够认真地对待它，让它随着时光而悄悄地溜走，那实在是太可惜了。

生活的内涵和意义是非常深刻的，正是因为有了生活中的每分每秒，我们才能够延续自己的生命，才能够创造人生的福乐与成就，才能够拥有现在的自己。一切的收获皆来自生活的点滴积累，来自对自己的重新规划与调整，来自对内心的创造与包容，来自我们对自己的态度，是坚守责任还是放任自我，是严谨规划还是胡乱而为。一切的一切都掌握在自己的手中，在自我的认知中。面对每天的生活，我们要予以充分地重视，别让它白白地浪费掉，要为人生的福乐与意义增添光辉。

人生之梦

  时光在一滴滴地流淌，一天天转瞬即逝。每天见不同的人，做不同的事，在匆匆忙忙之中寻找人生的慰藉和依靠。没事的时候，一定要给自己自由和安静的时间，让心静下来，听一听自己的声音，让内心的宁静平和与自然相应，这样就会有很多的福乐来到自己身边。很希望能过上清幽宁静的山林生活，去享受青山绿水带来的畅快。一个人与这大自然真正地融合，抛掉世事的凡俗和无序，把欲望和烦恼放下，能够听见自己呼吸的声音，体验那种无私无欲、了凡入圣之感。这样我们就能够真正找到自我，拥有内心的触动和美的体验。

  很多时候，世事的繁碌让我们难以放下，让我们没有了自我，每天一睁眼就要去占和争。要在生活圈中不断地调整自己，别让贪欲遮住了我们的双眼。整日被世事所烦扰着、纠缠着，完全没有了自己的时间，没有了与自己内心相伴的时候，那实在是可悲的，是不能够拥有自在与幸福的。因为我们把寻找幸福的道路堵死了，放弃了前行和进取，就会对自己以后的生活变得麻木了，没有了希望与动力，没有了自我的调适和学习，就一定不可能发现生活之美，就没有了对于美好生活的追求，就会整日生活在自己狭小的天地之中，在自私与贪欲之中沉沦，变成一个非常庸俗之人，一个没有梦想之人，一个被凡俗所俘虏、被妄想所干扰之人。这样人就会变得越来越老气横秋，完全没有生机与活力，就像是一块朽木。一个人没有了梦想与活力，没有了追求与创造，就如同死去了一般。

　　人生一场，我们不能自我放弃，不能在消沉与堕落、自私与妄想之中沉沦，这样的人生是没有意义的，这样的生活是没有希望的，是非常阴暗的，是寒冷异常的，是没有阳光与温暖的。还是要从混沌之中醒来，找到最初的自我，让阳光雨露洒在自己身上，让美好与清静相生相伴，去找到人生的美好，去步入人生的胜景。

家之情怀

　　家的温暖是一生的幸福。每个人都生活在家的氛围之中，都拥有内心的真情依恋。有了家的幸福与温馨，人也就完全不一样了，就不再是一个孤苦伶仃、无依无靠之人，就有了生活的动力和希望，就有了向上的勇气和力量，所有的艰辛和痛苦也就不算什么了。我们每天都在为爱而活着，爱是一种内心美的根苗，它在善德之水的滋润下才会慢慢成长，长成参天大树，成为筑建美好事业的栋梁。没有了爱，那么一切美好也就不存在了，人生就会显得枯燥乏味，没有了生机与活力，也就没有了人生的甜美与福乐。或许我们终其一生都在为家庭的福乐而奔波，每天都在思考如何能够经营好这个家，如何能够让自己的儿女健康地成长，如何能够让自己的家庭温馨无比，如何能够让自己生活在充满爱的环境中。这的确是我们每天所追求的目标。也许我们正在经受着磨难，在生活的压力下痛苦不堪，但是别忘了，你是在为这个家和你所爱的人做着这一切，带着这个信念你就不会再觉得痛苦，就会认为这些是自己应该承受的，这才是你生活的真实意义。仔细想来，家的含义是非常广泛的，有我们自己生活的温馨家园，有我们每天工作的单位之家，也有我们赖以依靠的国之家，也即是国家。有大家，有小家，有生活之家，有集体之家，有社会之家，不管是哪一个家，都是自己不能够舍离的。因为一旦舍离了，自己也就成了孤家寡人，就不会被大家所认可，就会失去了做人的意义，就没有了自己生活的方向，没有了人生情感的流露，没有了生命的尊重与敬爱，没有了内心的甜蜜和向往，一切都将会无从谈起。当然，如果想要拥有一个美满幸福之家，还需要我们所有成员共同努力与维护，把家的亲情与包容、尊重与欣赏、理解与关爱、无私与呵护在每一个生活的细节之中充分体现出来，无论是顺逆喜悲、荣辱得失，都能够坦然接受，都能够客观以待，不离不弃，不恼不怒，永远心存爱怜善达之心。家的温情永远存在，家的关爱永远记忆，把它作为一生的荣幸，也作为努力上进的动力。

把握自己

　　有时候真不知道时间都去哪儿了,感觉每一天都过得如此之快,从黎明时分到傍晚来临,好像就是一眨眼的工夫,让人来不及细细思考。转眼之间,回到河南已经近十天了,每一天都有不同的事情等着自己,每一天都想要把时光过得更加充实而有意义,可越是这样想越是感到自己没能真正做些什么,把时光都白白地浪费掉了,眼看着时间悄悄地溜走,也只能发出一声声叹息而已。

　　的确,自己不知道每天都做了些什么,不知道怎样才能留住时光的脚步,让它走得慢一些,能够让自己有所思量,能够把每件事都做得完美。可是呢,这种追求完美之心是很难如愿的,所谓的完美也不过是自己的期盼而已,现实之中是不存在完美的,每件事都会有这样或那样的缺憾。就拿写作来讲,本来自己想着每天多写一些,但往往难以如愿,每天都会有这样或那样的事情出现,每天的工作都安排得满满的,让自己没有时间静下心来,把自己想说的话说完,把自己想做的事做完,大多数时间都是在考虑生活中的繁杂事务,好像永远有做不完的事情,自己就像是急速向前奔驰的高铁一样,无法停下来。因此,总是把写作事宜给落下,还美其名曰"遵从自然,不能刻意地去做某件事,顺其自然,不要太过苛求自己"。可是如果不去要求自己,又怎么能够让自己完成任务呢? 真是苦恼至极,又不知如何是好。

　　我们还是要对自己有所要求,不能太由着自己的性子去做事。一个人如果对自己的人生不加管控，那么他是不会取得什么成就的。如若我们能够严格要求自己，按照既定的规划去做事，一丝不苟地去完成自己的工作任务，那么我们就真正做到了掌控自己，就会创造出优秀的业绩来，就会在人生之中获得更大的安乐。所以，严格要求自己，看似是不自由的，实际上却是人生中最大的自由，也是人生最大的成就。

生活有度

近两日，时间安排得不是很科学，总是有些慌张之感，不能够提前规划，不能严格按照既定的规划去做事，这样慌乱之中难免会出现这样或那样的疏忽，让工作变得更加无序。无序和慌乱是工作、生活的大忌，也是让自己人生不能够圆满的诱因。长此以往，事业和生活都会难以顺遂。

回顾过往，自己还有很多的缺点，其中，只盯着一点而不顾其他的做法和习惯尤为明显。无论什么事情，只要自己认为有意义、有趣味，就会难以割舍，就会不计时间、不顾一切地去做，一直做到心满意足为止。那种执着之心是非常强烈的，真是不达目的不罢休、事不尽兴不停手。这的确是一个缺点，是一种不遵规则、不计后果的行为。比如有时会为了做一些事情而通宵达旦、废寝忘食，即便是腰坐得酸了，眼看得疼了，身体受凉了，还是会"逞英雄"，这样不但身体会出问题，而且工作和生活节奏也被打乱了，第二天还会眼睛红肿、身体酸沉、精神恍惚，完全没有了精气神。这是相当危险的，是对自我的伤害，是一种对自己不负责任的表现，我们一定要戒之慎之。

很多问题就是由于一时疏忽造成的，一旦出现就会悔之晚矣，再想补救也来不及了，甚至会给自己的身心带来后续伤害。所以，我们还是要学会科学生活，要有节制、有节奏地去做事，千万不能由着自己的性子来。这就和教育孩子是一个道理，一味地放纵管理，认为他还小，闹就闹吧，要就要吧，都是无所谓的，可是这样时间久了，随着年龄的增长，养成了一种不良的习气，就会更加难以管教，人才也变成了"废才"，一生的前途也就毁掉了。在日常的工作和生活中，我们做任何事情都要学会适可而止，要明了"过犹不及"的道理。任何事情不能做得太过，太过则易衰，就会出现祸端。做任何事情都应该有度，"有度"就是遵循规律，就是能够顺天地之律、成人间之事，这样才能够无病无疾、无忧无虑，才能够找到真正的自我，才能够福乐绵长、快活自在，才能够知晓天地之势，才能够做出惊天伟业来。

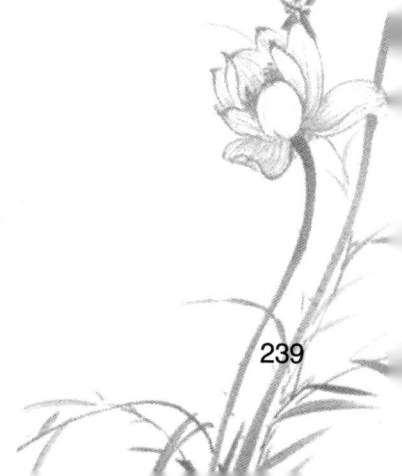

认知平凡

　　生活的琐碎是常态，是人生每一步的真实展现，我们正是在这片段、琐碎的生活里寻觅着真实的自己。我们生活在人世间，便脱离不了凡俗的纠缠，避免不了生活的磨炼，或许正因如此，人生才如此富有情趣。我们都是俗人，不是神仙，需要在日常的生活中不断前行，去寻找成就不凡的道路；需要不断地修炼自心，让它摆脱痛苦与烦恼，步入一种无欲无求的状态之中；需要把生活当作是人生中最大的福乐，守正、守静、守安、守时，超脱自我，参悟人生。要明了人生的收获不在于地位的高与低，不在于财富的多与少，不在于产业的大与小。所有的收获皆在于内心之中，在于你我的双手相握之中，在无私与大爱之中呈现，在无我与自由的状态之中展示。

　　生活的点滴是一种凝聚，是日常生活细节的累积，是自我思维与行为的展现。所以，千万不要认为人生的每一天都是自然而得，没有什么奇怪的地方，往往越是简单的、平凡的就越是伟大的、光荣的，越是一生之中最为难忘的旅程。这份平凡才是成就自我的根基，是创造未来的基石。其实，再伟大的人生都是在平凡之中成就的。我们要透过现象看本质，也许你看着是稀奇古怪的东西，对于其他人来讲却是平凡无奇之处。我们要深刻地认知自己，也要客观地认知他人，真正做到知己知彼、百战不殆。从一个人对另一个人的认知过程来讲，从不认识到认识，从不熟悉到熟悉，需要经过一段特定的时间，需要在日常生活中去认知、去磨合。所以，我们做任何事情都不能急躁，要学会耐心等待，学会客观认识自己、客观看待他人，这也是我们不断走向成功与成熟的标志。学会了全面客观地认知人、事、物，我们才能真正收获成长，才能真正有所成就。生活本身就是要告诉我们如何走向成功与成熟，如何获得真正的自由与幸福。明了人生的方向，了知处世的技能，才是人生的正道。

变化之缘

早晨起来,窗外浓雾弥漫,秋的寒意打在窗上遮住了视线,让人眼前一片朦胧,不知道室外温度是多少,也不知道风大风小。近两日一直在家里陪孩子们过周末,本来是要带他们出门去玩一玩,到公园里转一转,到游乐场里让他们尽情嬉戏玩耍,可是寒潮突降,加之女儿淼淼感冒发烧,因此就不得不改变行程,在家里过一个周末。的确,现实中有很多的可变因素,有很多让人无法预知之处。对于突然出现的问题,我们要保持乐观与接纳之心,把这些变化当作是必然的显现,当作是自己一定要经历的过程。人生不就是在经历中让自己丰富起来的吗?如果没有了诸多的变化和经历,人生将是多么枯燥无趣呀!也许正是因为人生充满了未知的变化,才会变得如此绚丽多彩,才不显得那么单调和古板,生活才变得如此丰富和有趣。

我们往往对于突发的变故感觉难以接受和适应,认为这世界总归一模一样,不会有太大的变化,如果跟自己的经历有很大的不同,就会感到非常惊讶和恐惧。但现实告诉我们,要正视变化,不要认为什么事情是不可能发生的。大千世界,一切都在改变,没有永恒不变的人、事、物,我们要学会接受,学会包容,学会面对,这才是我们应该做到的。仔细想来,一切的呈现都不是无缘无故的,一切都是因缘相聚的结果。正是有了这些因缘,才会有如此结果的出现。这个世界没有什么是不可能发生的,没有什么是一成不变的,我们最为智慧的认知就是把这些不可能转变为可能，把这些看似奇怪之物当作是普通平常的事物，要改变我们固有的认知，要学会接受变化、认识变化，在变化之中成长。

  我们所面对的就是一个变化的世界，万事万物都在发生着变化，正是因为这些变化，我们的人生才会丰富多彩。如果我们一眼就能把自己的一生看穿看透，那人生多么没有趣味呀！也许，这才是天地留给我们的神秘所在，才是人生的向往与情趣，才是人生的希望与追求。感知人生，认识自己，一生的福乐永在身边。

不求完美

在无我的世界里去找到自我，在虚幻的时空中去找到真实的存在。很多时候，在看似热闹的场景之中，有着一颗异常孤寂的内心；在看似兴奋异常的畅饮之中，也有许多不为人知的酸楚。人就是一个矛盾体，充满了复杂性和多变性，在快乐之中含有痛苦，在圆满之中留有残缺。一切都是复合的、双向的存在，看似复杂多样，实质上皆是真实的存在。要充分地了解这一点，不能用绝对的眼光去看待。这个世界上没有所谓的完美和圆满，没有绝对的好与坏、美与丑。一切都是相生相伴的，都是有其两面性的，不能用完美和绝对的眼光去看事待人，不能用理想化的思维来面对一切。所有的存在皆有残缺，皆有其不完美之处。也许这种不完美才是和谐的象征，才是我们不断进步的开始。若能以不完美之心去体谅，用不完美之眼去观照，那么这个世界就充满了美好，就会处处皆有春色，时时皆有欢笑，就会让人自在安乐无比，就没有了遗憾和愧疚，就会整日笑口常开、喜乐无比，这就是用不完美之心去体谅所带来的收获。

很多时候，我们的痛苦就是来自对完美的苛求，认为每件事情都一定要做得完美无缺，越是这样想越是会给自己带来负累，给自己增添无尽的烦恼，因为这个世界本来就没有完美，自己所追求的只是一种虚幻而已，是不实的，是永远难以达到的。如果我们执着于完美，那就完全陷入了自欺欺人的状态之中，就很难找到快乐，就会陷入自己所预设的陷阱之中，甚至会越陷越深，越来越找不到自己，越来越没有了自信，对于自己的人生越来越失望，这就是走入了人生的极端。要知晓这个世界上每一个人的存在都是非常独特的，不能用统一的标准来要求，因为我们所谓的标准也是不完美的，我们只需要把自我表现出来即可，把我们最大的优势发挥出来即可，只要能够用心去展示即可，没有必要去刻意要求自己，任何事尽力就好，能够全身心地去做一件事、去爱一个人即是人生最大的福乐。我们一定要杜绝比较，不攀比，不自傲，不自卑，坦然以对，乐观生活，如此便是人生之至美。

立足现在

今日周一，锦州真是阳光明媚的好天气，一扫前几日的阴雨连绵，让人的心情也顿时开朗了许多，那份光明和温暖又重新回到自己身边。人有时很奇怪，平日里随时可以拥有的东西不觉得珍贵，等到即将失去之时才会倍加珍爱，才会充分体验到拥有的可贵。就比如这天气，整日的晴朗无云、阳光普照，也没什么感觉，认为那只是司空见惯之物，没有什么可喜之处，即便今天过去了，明天还会到来，自己永远都可以拥有它。有了这样的心理，如果真的失去了一切，那就另当别论了，就会难舍难分、无限怅惘。人就是这么奇怪，对于已经拥有的东西，对于那些容易得到之物，皆是不太珍惜；唯有真正体验到失去的痛苦，才会发觉拥有时的幸福。

我们每天都在书写着自己的历史，都在自己所描绘的图景之中生活，都在追求着自己未知的、感觉非常神秘的东西，那种新的体验和感受充实于心，让自己流连忘返、如醉如痴，一刻都不想离开，如若离别，那将是痛彻心扉。一个人要知晓现在和未来。知晓现在就是要充分了解自己和他人，真正做到守真、守静、守定，能够了知自己前行的方向，始终有一个能够不断进取和追求的动力，能够很好地珍惜现有的一切，能够充分利用现在的一切条件去成就自己，去获得人生的福乐与自在。千万不能"这山望着那山高"，内心定不下来，既不珍惜现在的拥有，又不重视每一次的因缘际会，只是为想象而想象，为所谓的占有而占有，满眼的浮夸和矫饰，内心难以安守沉着，整日不是幻想未来就是回忆过去，殊不知现在才是我们最应该关心的，现在才是我们最大的宝藏，现在才是我们最应该珍惜的。不能在生活里等待，在空寂里暗自神伤，在现实之中打转。

　　我们还是要立足自心，在看似平凡的生活中去创造伟大；在无序的日子里去找到有序，认认真真地过好每一天，决不辜负时光，决不虚度光阴，做一个充满能量、充满活力之人，这样的生命才是真正活着的生命，才是让我们备感骄傲与自豪的人生。我们往往不敢相信自己能做出大的事业来，片面地认为自己这也不行、那也不行，结果自信消亡、碌碌无为。生命的动力需要激发，需要我们去锤炼、去锻造、去拥有，唯有如此，我们才能无比骄傲地、充满自信地活着，才会拥有自己人生的美好。

找到美好

  沈阳的秋是很美的，那种清凉又带着勃勃生机的景色让人迷醉，满树金灿灿的银杏叶，还有泛着红色光彩的枫叶，让人感觉像是置身于童话世界一般。一个人静静地踏着层层树叶，就像是踏入了梦境一般，内心无比地欢悦。不同的季节，不同的场景，会给自心带来不同的感受，那种异样的情调记忆在心，成为一生之中的美好回忆。生活之美在于追求和向往，去寻找到让自己欣悦感动之景，能够忘掉自我，忘掉琐事与烦忧，能够让自心真正清净下来，的确是一种至美的感受，那种感受是穿透心灵的，是一种灵性的超脱，它已经是无物的、忘我的，没有任何险恶之美。

  在现实生活中，我们往往会陷入繁杂与琐碎之中，被生活的表象所迷惑，找不到自我，感受不到真正的快乐，只能是通过酒精的麻醉来宣泄，让自己的焦躁之心稍事休息，但这不是长久之计，随着生活的如常，那些所谓的烦恼就又升腾起来，并且有时还无法阻挡，让自己进退两难，不知如何是好，在矛盾与纠结之中打转，没有了定力，没有了方向，没有了自我，如同随波逐流的残叶一般，不知将向何处，不知前景如何。这些都是现实中的矛盾之处，有很多的冲突与激荡，有很多的无奈与忧伤，有很多无以言表的失落与感受，令人整日恍惚异常，如若不加调整，长此以往，整个人就会颓废下去，就会完全没有了生机与活力，行尸走肉一般。如若不能够调整自我，那诸多的危难就会接踵而至，就会让自己更加痛苦不堪，那样的人生就像是生活在地狱一般，永远无法感受到生命的喜乐。

　　仔细想来，还是要调整好自己的心绪，学会用平和之心与自己对话，学会思考，学会辨别，学会调整和提升自心，能够在每一个平凡的日子里找到令自己开心之所，找到至美之处，能够给自己的生活增添无限的情趣，学会调整，学会发泄，学会让自己有不一样的活法。无论遇到什么样的问题和烦恼，都要乐观面对，要想到这就是生活的本质，这就是人生现实的呈现，要学会接受它、珍惜它、包容它、喜欢它，因为每一种相遇和呈现皆是生活给你的一道测试题，需要你去用心解答，并且把它解答得很圆满，能够通过解决这些难题，让自己发现生活的乐趣之所在，让自己更加坚强、自信和乐观。这样长期坚持、不断熏陶，那么我们的人生也就完全改变了，心情也就完全不一样了。生命之舟需要承载的东西有很多，哪些该留下，哪些该摒弃，我们要有所选择，在不断的前行之中体验人生之旅的乐趣，找到生活的美丽胜景。

找寻安乐

暗夜中总有心的流逝，寒凉中总有对暖的怀恋。很多的经历不见得总能让自己满足，有时自己也难以控制自己，心中之魔在指挥着躯体，让它肆意狂乱、东突西撞，试图去占有更多的东西，但结果往往是难遂心愿。欲望的闸堤一旦开口，再去努力封堵是很难的。生活的智慧就是能够战胜心魔，让智慧和冷静来扑灭贪欲之火，能够在燥热之中获得清凉，在虚妄之中保持安宁，保持平和的心态，能够在纷乱之中找到清静，在红尘之中找到超然与洒脱。没有什么是比智慧生活更重要的事情。能够让自己处于安乐之境，能够活出人生的信心与韵味来，那是多么有意义的一件事情啊！很多时候，我们不知道自己想要什么，被眼前暂时的繁华迷住了双眼，被事物虚幻的表象所诱惑，变成了一个被欲念左右的提线木偶，被欲念之魔所驱使，成为欲望的奴隶，失去了人生的自由与信念，把自己变成了物而不是人，变成僵化的腐木而不是大厦的砥柱。一个人一旦失去了对自己心念的控制，那就如同没有了自己的魂魄一样，自己便不再是自己，而是贪婪的，是虚妄的，是罪恶的狂魔。如若被严加控制与驯服，那自己就只能成为命运的奴仆，没有任何的反抗之力。所以，我们要做的就是要调整我们自己，调整自己的心念，让它回归正轨，让它能够明事明理、恢复理智，要能够真正管得住自己，能够很好地控制住自己的情绪，不被外欲所牵引。

的确，在现实中我们往往会被外境所迷惑，被贪欲所引诱，被诸多因素所影响，很难驾驭得了自己，但如果你不学会驾驭和管理自己，那就很难在人世间立足，就很难去获得真正的轻松自在、幸福安乐，就很难拥有长久的安宁与清静，就体验不到超然物外的自在与安适。清静之美是生活的胜景，能够让我们看到从前未曾见过的美丽，那种自在和超然已经完全胜过了物欲的满足。那是最为高级的美，是生命中至真至纯的超然之美，它会让你忘却了凡尘中的所有虚华。它需要我们用清静之心去体会，用善德之心去描绘，用付出之心去呈现，用慈悲之心去呵护。在现实生活中守真、守静是很难做到的，但如若我们能够做到，就会感受到真正的轻松和自在，人生的福乐就会真正显现出来。我们往往认为占有得越多就越快乐，殊不知那样只会给自己不断地增加负累，给自己的心理增添负荷，直到自己难以承受了，就会彻底崩溃。所以，财富的拥有、地位的获得、名誉的尊崇、贪欲的满足都是虚幻的，是不实的，并不能让自己真正获得安乐，有时甚至会给自己带来诸多的痛苦和烦恼。因为当你的某个欲望得到了满足，便会有新的欲望产生，让自己辗转反侧、寝食难安。因为虚华都是短暂的，是无法恒久拥有的，它有时也是痛苦的开始。因此，我们还是要深入到自心之中，找到一块净土，让自己的心真正丰富起来、强大起来，能够不断地注入善德的力量，让心智不断成熟，让精神不断升华，去享有人生真正的安乐。

认知烦恼

　　坏情绪是来自于内心的不安与纠结，来自被诸事困扰的烦恼，它是影响我们日常生活的重要因素。如何能够从坏情绪中脱离出来，给自己一个清新澄明、欣悦无比的内心世界，这的确是我们每天所要追求的，也是生活幸福快乐所必需的。很多时候我们的身心是被自我的认知困住了，让现实的迷茫遮住了自己的双眼，总是敏感于周围人对自己的认知，把某些不好的评价安放在自己的身上，那种自责、自贱、自卑之心就会出现，把自己看得一无是处，认为自己什么事都做不好，认为自己不能令自己和他人感到满意，感觉自己辜负了别人，辜负了自己，感觉自己没有了希望，没有了机会，没有了关爱，没有了能力，没有别人所应有的一切，就变成了一个籍籍无名之辈，变成了被人世间所作弄的倒霉蛋，好像是全世界的人都在嘲笑着自己，自己是全世界最无能之人。越是这样想就越是没有了信心和勇气，就会陷入一种极度焦躁之中，就会有一种被世人抛弃之感，就会整日戚戚哀哀、敏感异常，把所有人、所有事都作为自己的对立面，总是怀着一种提防之心去对待别人，不敢去表达自己的真情实感，不敢去做自己应该做的事情，好像自己做什么事都会是失败的，成功不属于自己，自己永远是一个失败之人。这是非常糟糕的认知，它会彻底毁掉一个人，完全埋没掉一个人的勇气、才华、能力、创造力；它是一个人生活的最大阻碍，也是一个人不能幸福的最大原因。

　　反观那些有成就者，或是那些自信满满、生活幸福之人，他们的心态和思维习惯是完全不一样的，他们总是带着一种乐观的心境来看待一切人、事、物，总是有一种对自我充分认知的心态，能够客观地看待他人，客观地评价自己，能够给自己充分的自我暗示，能够每天把积极、乐观带在身边，不会苛求完美，不会与人攀比。因为这个世界本来就是不完美的，每件事、每个人都是不完美的，都会有各种各样的问题与困扰，我们所看到的所谓的人、事、物的完美不过是一种幻觉而已。如若这个世界真的完美，就没有了任何遗憾，就会如同仙境一般，一切都是美好的，都是恰如其分的，都是完美和谐的，没有一点罅隙。这是什么世界？这不就是天堂吗？可惜我们不是生活在天堂，而是在凡尘之中打转，在痛苦之中挣扎，在失去之中纠结，在争斗之中烦恼，难道这样的世界是完美的吗？如果你认为是完美的，那除非是你亦成了仙。所以，认清这个事实，在面对人世间的风霜雨雪、喜乐苦悲之时，就会有一种释然之感，就能够充分地认识自己、了解别人，就能够真正做到理解自己、包容别人，就能够调整自己的内心，能够用感恩欣悦之心来面对这个世界，就能够用积极进取之志来改变自己、改变环境，就能够努力把人生的痛苦转化为快乐，把失去转化为获得，就会对他人怀有怜爱、悲悯、恭敬之心，就能够理解他人、理解自己，成为能够给予他人和自己快乐和信心之人。

践行美好

沈阳前两日还风和日丽，虽已入深秋，但没有那么大的寒意，跟在郑州时也没有太大的差异，这也令我惊讶。没到沈阳时，自己在脑海里想象着沈阳肯定是寒意料峭的，事实是温度适宜、舒爽无比，如果稍加运动就会感觉温热。这种情况我也遇到过很多次，有些时候现实往往会超出自己的想象，令人无比诧异。所以说，想象毕竟不是现实，若想了知实情，还需要亲自体验。若在深秋时节踏着缤纷的黄叶，静静地，独自一人在河边林中穿行，那的确是别有一番韵味。我很喜欢这种氛围，它能够把人一天的疲乏赶跑，令人身心放松，让人能够在清静之中找到内心的安乐。我们要在这充满变化的人世间找到属于自己的东西，找到让自己身心放空之所。

很多事情不能单凭想象，还需要我们抽出时间去细细体会，唯有如此才能有真实的感悟和收获。想象毕竟是想象，它和现实之间还有着不小的差距，有时甚至有非常大的反差，如若不能够亲自去体验一下，你就永远不会有客观的认知。就像是与人交往一样，只有见了面、聊一聊，有了思维的碰撞，才会有灵光的闪现，才会有不一样的认识，才能够真正明了自我、了知他人，才能够在交流之中有所收获。比如昨日到吴瑞珍大哥的书道之家茶叙就是如此。吴大哥是空军大校，历任中国驻朝鲜国大使馆武官、沈空装备处处长、空管处处长、辽宁省国安局办公室主任，在书画界享有"军中一支笔"之称。吴大哥曾多次邀请我到他的书画室做客，结果我总是有这样或那样的事情而未能成行。此次到吴大哥的书画室做客，我也是收获颇多。书画室清新雅致、书香飘逸、文雅怡人、翠竹葱郁，每一幅作品、每一件物品、每一处陈设都显现出吴大哥的特别用心来。步入雅室，即刻让人心旷神怡，有一种说不出的清雅怡人之感，让人顿时静下心来，或许这就是文化的力量、意念的力量，它能够把人心给调养得无比美妙，能够让人顿时忘掉了忧烦，抛掉了杂乱的俗事，产生一种发自内心的欣悦与力量。吴大哥军人作风、开朗豪爽、率真诚挚，亲自挥毫泼墨，赠予我墨宝，我也是如获至爱、欣喜无比。想不到来此宝处不仅能够让自心被文化所熏染，而且还能够获赠墨宝大作，真是非常高兴，也非常感激。吴大哥除日常的书法习作之外，还会免费教授一些有志于学习书法、喜爱传统文化的孩子，用吴大哥的话来讲："能够看到孩子们这样喜欢书法，我也是发自内心地高兴啊，跟孩子们在一起，我也变得年轻多了。"是呀，一个人只有不断地发现自我内心的美好，并且不断地在实践中去展现出这种美好来，才能真正找到人生的幸福喜乐之所。

雪夜感悟

今天傍晚时分沈阳的雪纷纷扬扬下了起来，真是有种姗姗来迟之感。因为今天一大早微信里满屏都是各地下雪的场景，让人感到非常惊喜。雪能够让大地增色，让人立马置身于童话世界之中。雪能够让喧嚣的城市安静下来，没有了那么多的聒噪与繁杂，它让一切都安静下来，让我们不由自主地静静地想、静静地看。相较于其他省区，沈阳的初雪来得稍晚一些，但挥挥洒洒的雪下了很久，很有后来居上的架势。雪给我们的生活增添了无限的情趣。下雪总是有一种新的开启之感，预示着新的开始、新的展现，仿佛看到了雪就看到了新的世界、新的自己。今晚与刘集魁、易广杰、刘继光、李大哥相聚在额尔敦火锅店叙旧，大家都很开心，尤其是在立冬这一特殊的节气里，窗外是雪花纷飞，室内是热气腾腾，老友相聚，真是有说不完的话，谈过往，谈现在，谈未来，特别是对下一步辽宁宇航科技产业的发展进行交流探讨。相信这只是一个开始，还需要深入地研究规划。任何事业的开启都需要大家群策群力、合力而为、优势互补，唯有如此，我们才能够把这一伟大的事业做得更好。的确，下雪是一个新的开始，是祥瑞的征兆，是对人们生活和事业的祝福。大地穿上了雪的冬装，银装素裹，煞是好看。在这大雪纷飞的冬日夜晚，既加深了友情，又能够对未来做出规划，的确是一件非常值得纪念的事情。

人与人之间的确应该互动起来，通过与他人的交流互动，让自己不断地学习，不断有新的认知、新的发现，让人生真正丰富起来，这也是让自己不断进步的一种方式。自己曾经也是疏于交往，认为这种交往就是在浪费时间、浪费精力，还不如自己一个人静一静，或是去做一些更有意义的事情。越是这样想，自己也就越自闭，就越没有了与人交往的积极性。自认为这样收获更多，其实只是一种错误的想法。每个人身上都有其闪光的一面，都有值得自己学习的地方。每个人都是一本书，都是一座矿山，我们要做的就是不断地学习和吸收，从别人身上学到自己未知的东西，让自己的内心世界丰富起来。每个人都有不同的经历和认知，都有其独特性，是别人无法取代的。只有通过不断地沟通、交流、互动，我们才能够更全面地了解人、事、物，才能够不断有新的发现，才能让自己更加丰富起来。与人交流就如同翻开一本活生生的无字之书，并且这本书能够与自己互动交流，能够跟自己达成共鸣，那就更不简单了。有时候，相较于自己独自去思考某些问题，大家共同研讨的结果会更全面、更客观、更有价值。每个人对事物的认知都是主观的，是不全面的，只有经过互相交流、共同探讨，我们才会更全面、更客观的认知，才会做出更科学、更合理的决定，做起事来才会减少失误，才能够在自己的生活与事业上有较大的补益。感谢这场瑞雪的降临，让我也在这纷扬的雪花之中感知了很多。

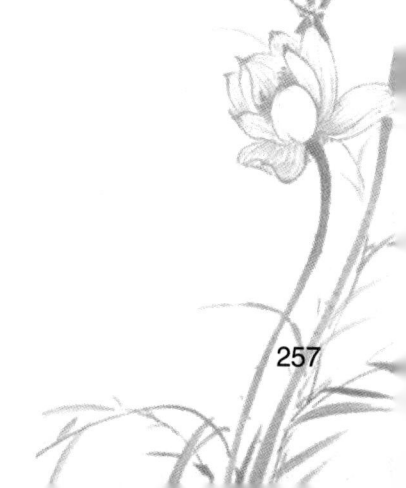

雪天洗礼

　　沈阳的雪还在一直下，从前天晚上到今日还是没有停的意思，洋洋洒洒，悠悠绵绵，虽没有疾风暴雪，但时间很长的话，整个城市也会被雪所覆盖。这场雪让整个城市突然安静下来，人们把车都停在避雪的地方，能坐地铁的坐地铁，能步行的步行，总之，不像原来车水马龙那么喧闹，好像一切都慢了下来，都在慢慢地去寻找，去找到那份安然与寂静，找到与心共鸣的时刻，找到原来的自己。昨晚想着这雪如此柔顺，不如出门走一走，去感受一下雪的浪漫，顺便也到商场里买一件厚点的衣服，同时也出门透透气。自己已经整整一天没有下楼，在房间待久了也是不好受的，有一种压抑感，对于外面雪景的向往也是非常强烈的。

　　走出单元大门，雪的寒凉顿时迎面扑来，眼前是白雪皑皑、茫茫一片，整个大院被雪笼罩，铲雪工人正在开着铲雪车奋力作业，其他人都在配合工作，干得热火朝天慢慢踏着铲出的道路小心翼翼地前行，雪花飘在脸上凉凉的，风虽不大，但也能感知到许多的寒意。踩在已结冰的雪地上，脚下很滑，难以前行。积雪给出行增加了很多的困难。的确，不出来真是感知不到如此的艰难，总是在室内看雪景，那是完全不一样的场景。很多事情如若自己不去尝试，仅凭表面所见，抑或是想象，都是不客观的，是有失偏颇的。看似很简单的事情，做起来就没有那么简单了。感恩在风雪之中铲雪的人们，他们能够顶风冒雪，在这寒冷的夜晚辛勤劳作，为人们开辟出一条前行之路，真是令人感动。自己也在想，如果是换作自己，还有那么多的浪漫之感吗？也许会有另一种心境，会有一种战天斗地的情怀，抑或是有一种痛苦不堪的感受。不一样的站位与角度就会产生不一样的认知，所以，对于任何事物，千万不能只是站在自己的立场去看，而要多角度、全方位地去看待，那样才是客观的、全面的。

　　下雪是对城市的洗礼，也是对人心的洗刷，是对自我的再次反思，是让我们重新认识自己和他人的最佳时机。没有一个对人、事、物的清晰认知，就没有一个圆满的人生，就会一直纠结于自我，纠结于过往，纠结于眼前的一片小天地，那是非常狭隘的，那样就没有了心胸的豁达与清亮，没有了人生的希望与慰藉，没有了自我的提升与发展。无论任何时候都要学会认清自己，一切都要从认知自我开始，从自我的调养与释放开始，真正做到活得明白、做得清晰。沈阳的第一场雪是及时的，是美妙的，给自己一种重生之感，那份欢愉是无法用语言来形容的。当然，这种感受只是自己的一孔之见，对于每个人相信都会有不同的感受，都是一次新的洗礼。

守静妙理

静是一种美,静是创造的开始,静是生活中至真至美的状态,静是福乐的自然显现。闹容易,而静最难得。人心是难调服的,收心也是最为困难的。一个人能做到守真守静,不被外事所扰,不被欲念所乱,那这个人一定能够有所成、有所获。因为所有的创造和发明、所有缜密的规划都源自于静,没有静就没有发展,就没有生活的清雅闲适,就没有进步与提升。也可以说,没有静就没有了真正的自我。置身于喧嚣与杂乱之中,是不会有任何收获的,是不会找到光明之路的,是没有辉煌的前景的。衡量一个人有没有建树、能不能快乐的标准,就是要看这个人能不能守静、会不会守静。有了安守自心的能力,有了无我的境界,有了众人皆醉我独醒的气度与站位,就有了无限的"魔力",就有了安详自在的保障,就有了拥有自我、创造自我、发展自我的根本,也就是所谓的"静能生慧,慧能生定,定能生智,智能成业"之道理,也正如春秋时曾子在《大学》中所言:"知止而后有定,定而后能静,静而后能安,安而后能虑,虑而后能得。"

静的确是一种状态,一种能够触摸自己灵魂的状态,一种让自我享受安乐的美好境界,这种享受和境界不是通过物欲的享乐所能及的。那种了无牵挂、自由自在的身心的清透是灵性的光辉,是灵魂的引领,是自我的超脱,是大美与至胜之境,是发自心灵的点燃与激越。看似了无牵挂、心无定则、无形无影、无得无失,实质上这种空灵才是人生最大的收获，才是人性中最美的表达，是性灵的光辉照耀，是人生中无与伦比的胜景与超越。这比那些物欲和贪欲的暂时满足要高尚千万倍，快乐千万倍，满足千万倍。所以，聪明之人应该从自心的安然宁静之中去寻觅自我的拥有，去得到从来没有得到过的宝藏，那才是我们所应该追求的目标。也可以这样说，所有的凡俗财富的拥有都应该为自心的守常与守静服务，应该为恒久的美好与快乐做好前提准备。

　　谈到守静，我不知应该用何种语言才能描绘出它的美妙，这也许是只可意会不可言传的，只有深入其中才能感知其理。现实生活中，我们往往被俗世的虚华所迷惑，被光怪陆离、妖娆魅影所引诱，完全没有了自己，没有了内心的依附，变得人不像人、鬼不像鬼。一个失去了灵魂定力之人，就会变得焦躁无序，内心就像江水一样，一波未平一波又起，波浪滚滚，难有平静。这种感觉是很痛苦的，就像是关进笼子里的老虎一般，在牢笼内来回踱步，看着外面的田地、树林、山丘与动物，任凭自己浑身是劲也无法逃出牢笼，那种悲愤、恼怒、狂躁、急迫之火能够把自己燃烧掉。很多时候，人就是贪欲太多，且不能够一一满足，即便旧的欲望满足了，新的欲望又会升腾起来，那种如火如荼的心旌的确是很难平息的，这就是痛苦的根源。我们一定要学会守静，要明了外在的一切都会消亡，唯有自己的心性与灵魂不会消亡，它永远会伴随着我们，让我们获得无限的安乐。学会守静，拥有美好的人生。

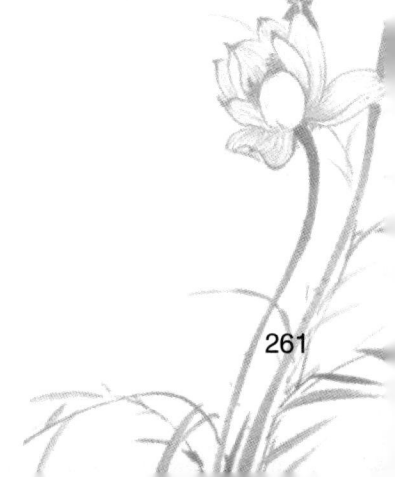

人生环境

　　人是容易受环境影响的，环境的优劣决定了心情，聪明的人总是在寻找和创造一种能够有益身心的环境。的确，环境的优劣取决于自己的选择和创造，如果能够把环境的营造当作人生的重要工作，能够每天都去寻找和创造好的环境，那么我们每天都会生活在福乐之中，每天都会有新的发现、新的美好等着自己。如若今天没能够引领自己去创造和发现它，就会让自己陷入一种进退两难之境，让自己有时也是难以逃离、难以自拔，就会成了坏环境的奴隶，就会失去了自我的管控，没有了自己的主张和人生方向，人就会变得非常焦躁，就会哀痛连连，就会在坏的环境中沉沦，这是非常痛苦的事情，也是引领自己走向无序与痛苦的根源。所以，要对自己的生活环境、工作环境以及自心环境做一个重新的定位与选择。也可以这样说，人生的优劣差异就在于自己对环境的选择。有时候自心会打着创新和尝试新鲜事物的旗帜去放逸自己，对自己的健康和安全置之不顾，这是极端不负责任的，是对性灵的亵渎，是对自心的践踏，是相当可悲的。

　　在选择去做任何事情之时一定要三思而后行，要考虑会给自己带来的利弊得失，要用长远的眼光与规划来对待人生，不能因一时兴起就沉迷于其中而不能自拔，让自己逐步陷入危险之境，这是得不偿失的。就拿昨天来说吧，明知道已将近午夜十二点了，为了轻松一下自己的脑子就去看一些影片，结果越看越沉迷于其中，就完全忘记了时间，忘记了休息，忘记了第二天还有相当多的事情要做，这样就会在无序之中沉沦，自心也就失控了，一直看到凌晨三点钟左右，结果今早起来真是头晕眼花、困乏不已，也给今天的工作带来了困扰，这就是不能自主管理自己的结果。究其原因，还是因为将自己置于放逸的环境之中，内心就完全没有了管理意识，即便是有也不会马上就主动地行动起来。这件事也提醒了自己，今后要更加重视自我的管控，要学会用好的环境来引领自己，用自律和责任来约束自己，让自己能够真正去实现自我的核心价值，能够始终把自己安放在平和安然、吉祥顺达、康泰和美之中，这是自己要去创造和开拓的。

　　人生一定要有所规划，要学会管理自己，学会自省自悟、自主自行、自养自强，要在诸多的繁杂之中找到人生之根，不被外境所诱，活出自己的天地来，活出人的精气神来，活出人之气节来，这样才能把自我引向正途，才能在人世间充分地展现生命的光华，才能有机会去收获更多的人生硕果。把自我的思绪理清楚，让它不偏不倚、不乱不扰，能够清晰明了、无障无碍，去成就一个美满的人生。要时常给自己设定一个好的生活环境、心理环境，即便是处于看似不好的环境之中，我们也要改变心念，改变意识，变不利为有利，还自己一个清新澄明的自我。

辩证看待

雪再大天总会晴的,前两天辽宁全省普降大雪,沈阳市也是被白雪覆盖,整个城市白茫茫一片,分不清东西,车辆都趴在雪窝里边,寸步难行,天气阴冷,冰雪覆面,让人真切感受到了东北天气的威力。晚上出门看到院里的皑皑白雪和铲雪工人忙碌的身影,心情真是又欢愉又担心。对于雪是挚爱无比的,但又害怕雪太大会给出行及工作带来较大的影响,内心是非常矛盾的。

的确,现实生活中我们常常会处于一种矛盾的状态之中,不知道如何才能让自己安然,又想去做,又害怕去做;又想去体验,又害怕去体验;又想去得到,又害怕得到。人本身就是一个矛盾体,很多事情都会让自己难以抉择,因为我们总希望得到最佳的结果,希望得到一个完美的结局,希望一切皆为圆满与完美,但别忘了这个世界上没有十全十美之事,没有只得不失之物,这个世界不是单一的,而是立体的,不是完美的,而是残缺的。可能正是因为有了这种残缺与不完美,才是真正的完美与完整。如果我们能够用这样的眼光去看待人、事、物,那我们也就会变得更加快乐安然,就会有许多的幸运与幸福之感,我们的生活就会变得更加美好。

很多时候,我们痛苦的原因就在于考虑得太多、想要的太多、追求的太多。追求完美与圆满,从表面上看并没有什么不好,这也是一种积极进取的心态,可实际上这种看似积极的、无可非议的心态才是我们痛苦的根源，才是让我们无比纠结和忧烦不已的存在。那种完美主义的心态和思维会让我们一直不得安宁，为自己不能去实现它而纠结痛苦，无论是对社会、对单位、对朋友、对同事、对爱人、对孩子，如若有了这样的求全之心，就会让自己和他人痛苦不堪，就会失去了自己赖以支撑的依靠，就会错事不断、矛盾连连，看什么都不顺眼，看什么都不对，就会整日生活在烦恼之中，难得心安，就没有了生活的乐趣可言，真是何苦来哉！完美主义者最大的问题就是在于认知的错误，在于太过于完美和理想化。理想总归不是现实，现实与理想之间还是有差距的，如果我们能够理解现实、包容现实、接受现实、喜爱现实，那么我们就会找到真正的快乐，就会时时让自己感动和兴奋，就会处处皆可满足和自在，就没有了那么多所谓的忧愤苦恼。

　　要看到人、事、物的两面性，也就是既要看到其好的一面，也要看到其坏的一面。好与坏的关键是你能否把坏的转变为好的，把劣势转变为优势，把不足转变为圆满；能否从平凡之中看到伟大，从逆境之中看到机遇，从残缺之中看到美好。总之，任何事物还是要看我们如何去接纳它，如何去感知它，以不同的思维和角度去看待事物，就会产生不一样的认知。所谓的执着于某一点的思维和想法都是错误的，都是不符合事物本身规律的，都是不科学的。生活本身就是要我们参透人生，能够透过现象看本质，能够了知自心，让内心充满包容、宽厚之德，这样的人生才是幸福、快乐、圆满的。

真正拥有

　　总结每一天的工作、生活与心情，不是被迫而为，而是一种畅快的表达、愉快的经历和非凡的追求。如若我们总是回避自心，那我们还有多少真的东西，还有多少值得记忆的东西呢？如果每一天过去也就过去了，无关痛痒，无有珍惜，那这一生跟草芥又有什么两样呢？要知道，所有的人生感受记录皆可以作为生命的传承，这也是与后人交流的唯一渠道，除此之外，别无他法。因为你不可能永远活着，总归要死去，如果没有留下任何可以让人记忆的东西，没有任何可以引以为傲的东西，没有任何的价值与意义，这跟我们没有来到人世间又有什么区别呢？或许有些人会说，我们只求今生，何必去考虑来世，为何要给自己增加那么多烦恼呢？是呀，只求今生、活好当下是现实要面对的，但你可曾想过如果不去为明天而规划，为自己的梦想而活着，那你的今生会过得好吗？什么也不做，什么也不想，没有理想，没有目标，没有志向，没有胸怀，没有付出，没有创造，没有计划，没有实践，那这一生是难以获得所谓的幸福与快乐的。因为现实中我们所做的一切工作都是为了实现计划中的目标，只有做好现在，把每一步当作是前进的积累，当作是成功的阶梯，长期坚持，才能够达到目标，实现理想。

　　也许有人会讲："我有计划，有目标，也只是限于我自己，而不是为别人在做。"实际上，仔细想来，我们所做的每项工作都是为了自己吗？我们的享乐都只是让自己高兴吗？哪怕是消费，也是一方面在满足自己的欲望，另一方面也在帮别人实现价值，让别人也得到一定的享受与发展。纵观所有的服务行业，不也是在实现别人的梦想，让别人快乐幸福的前提下，才让自己有了一定的发展吗？即便是我们活在今生，不用考虑来世，好像来世跟我们没有任何关系，这种想法也是错误的。因为我们所有的活着都是在为死亡做准备，所有有形的东西都是在为无形的东西做准备。物质总归是要为精神服务的，拥有再多的物质，如果没有精神的丰富，那么人也就只是一个活物而已，还有什么价值与意义呢？死亡是必然的结果，面对死亡，我们如何才能做到死而无憾呢？如何才能从容、乐观、美好地面对死亡呢？我们首先应该把这个道理想通，学会分析我们从哪里来，又要向哪里去，如何生活才能不辜负这一生，在这短暂的一生中，如何去创造不朽，如何去达到永恒？还是要有精神的富有，一个人唯有精神富有了，才会成为非常幸福之人。如果只知道饱食终日、满足贪欲、追求占有，这样的人生是不长久的，是没有根的，是无聊、寂寞的，这样的人不可能得到真正的快乐，也不可能获得真实的拥有。所谓的金钱、地位、名誉，都只是短暂的拥有罢了，当寿终正寝之时，什么都是空的，唯有一个人的付出和给予才是永恒的。给予别人，关爱别人，为人类创造出更多的精神文化财富，这才是一生最大的拥有。

心向阳光

早晨迎接第一缕阳光，总是让人无比的欣喜。阳光是温暖和光明的象征，有了阳光就有了希望和向往，就有了向上的动力和热诚。那是无法用语言表达的欣悦和激动，是埋在心底里的如火山般炽热的情怀，是一种渴望和对自己的激发。向往阳光，拥抱阳光，在阳光的普照之下快乐地生活，在光明与温暖之中感知人生的幸福与自在。做一缕阳光吧，它能够点燃人的激情，能够给人以最大的慰藉，能够在人无助与失落之时给予最大的安慰与支持，能够解人之烦忧，能够把别人的事当作自己的事来做，能够享受别人最大的尊重和爱戴，这是人生之中最大的幸福。如果诸事都能够想着别人，站在别人的立场上去考虑问题，能够真正做到无私地付出，不求回报，只求心安，不求尊崇，只求自悟，一切都是那么地自然平和，没有任何的矫饰和虚华，能够自由自在地活在人间，那是莫大的荣光，也是人间最大的福乐。

一个人总是显得匆匆忙忙，还没有来得及坐下来细细地品味人生之荣，就已经是老之将至，只能在无奈和回忆之中去寻找过往的痕迹，一切都显得那么地迅捷和无助，都显得来去匆匆而无法挽回。所以，还是要把握好当下的每时每刻，把每件事、每个人都当作是人生的永恒，珍惜当下，拥有美好，乐于付出，心怀感恩，唯有如此，我们才能获得人间的大安乐。可能在现实之中有无尽的忧伤，也有很多的痛苦和无奈，但无论如何，都要客观地面对它、拥抱它、化解它、珍惜它。也许正是因为这些痛苦和忧虑的存在，才让我们感知到快乐与自在的可贵之处，才让我们能够真正地大彻大悟，再也不会为所谓的鸡毛蒜皮而忧心不已，再也不会被人世间的争夺与占有所蒙蔽。有了经历就有了对人生最深切的感知，就增强了对于痛苦的免疫力。所以，不要心存畏惧和疑虑，不要内心惴惴不安，一切都会按照其既定的轨道前行，一切都是上天最好的安排。静心思考，自己究竟是什么？或许自己本身就是一个伪命题，所谓的自己不过是一种偏执的想象而已。忘掉自己才能真正得到自己，放弃自己才能真正拥有自在。在人生的舞台上，只要能够心向阳光，创新不已，付出真诚，爱人如己，你自己就是太阳，给大地温暖与光明。

认识生活

　　生活中总会有这样或那样的琐碎之事，总会有一些看似非常渺小而又非常重要之事，生活就是在这些繁杂琐碎之中慢慢度过，每一天就在看似平平无奇之中悄悄地溜走。我们一直试图去寻找某种能够永久留存的东西，能够让自己的生活焕发生机之处，能够让自己兴奋和欣悦异常之所，没有烦恼和忧愁，没有牵挂和负累，没有占有和狂妄，没有猜疑和误解，没有怨恨和攻击，有的是和美与友善，有的是简单与真诚，有的是清净与无染，有的是轻松与自在。就像是儿时带上几个小伙伴在田野里撒欢，在割草之余，躺在田地里，仰望长空，望着白云在慢慢地移动，浮想联翩，畅想未来，一切都是那样地自在无碍、无忧无虑。可能这只是一种想象而已，我们再也找不到这种感觉了。我们被现实所缠缚，没有了自己，没有了自由。生活就像是一条绳索，我们都被绑得紧紧的，没有了自在愉悦之感，没有了前行时的轻松与欢畅，有的是许多的妄想与欲念。

　　我们还是要停下来认真地思考人生，思考自己想要的是什么，什么才是人生的胜景和希望，哪里才是自己的安身立命之所。让自己静下心来，给自己放个假，让自己能够跟自己说说话，给予自己内心的抚慰，安顿好自己的身心，让美好常伴自己左右。把灵性的升华作为自己内心的引领，把感恩和惜福作为人生快乐的源泉。真正明了自己能够做什么、不能做什么，能够拥有什么、不能拥有什么，给自己一个清晰的指引。

要自我省悟，在凡尘之中找到超脱之径，在无我之中去实现大我的愿望，让自己生活在内心的平静之中，找到心灵的至真至美之境，能够在平凡的日子里创造出更多的美好来。可能在现实的生活境遇中，我们找不到所谓的至美之境，也没有什么令人激动不已的事情，如若这样消沉低落下去，我们的生活和心境都会变得更糟，就会没有了自己得以安心之所，这样的生命是毫无乐趣和意义可言的，这样终究是要出大问题的，是不会让自己找到所谓的安乐的，只会不断给自己带来伤害。所以，还是要调整自己的心念，要在平凡的生活之中发现美好的东西，在与人交往之中去感知一个人的精神风范。

每个人都是一本书，需要我们去细细品读。每个人的人生经历、兴趣爱好、理想追求都有其自身的独特性，都有其善德和积极之处，都有值得自己学习和研究的地方，不能单极化、单方面地去看人，每个人的生活都有其独特的韵味和意义。向他人学习，看人之优，学人之长，把别人当作自己的老师和向导，调整好自我的心态，这样才会与人相处得更加融洽和谐。对于自己看似平凡的生活，要体会到这种所谓的平凡即是自己最为珍贵的生命旅程，每一秒钟都是天地的馈赠，是自然与生命的造化，是自己唯一拥有且一去不再来的相遇。虽是平凡无奇，但它也是"惊艳无比"。这份拥有实在是太奇妙了。能够成为一个人本身就是偶然中的偶然、奇迹中的奇迹。生命的存在本身就是一件非常了不起的事情，看似平凡，实际并不平凡；看似普通，实际并不普通；看似常有，实际并不常有；看似痛苦，实际却是喜乐。活着就是最伟大的胜利，如若能够健康常在、无病无灾，那就更是不一般了，那真是天堂之福、人间至妙。要感恩自己所拥有的一切，感恩生活，感恩天地赐予自己的一切。思维变了，思想正确了，人生观调整过来了，那人生也就有了翻天覆地的变化，人间的福乐就会来到自己身边。

当下即福

回到家里总踏实，那份轻松、自在、幸福之感会油然而生。窗外阳光明媚，室内温暖如春。和家人在一起是无比畅快的，尤其孩子是家里的活宝，有了孩子的欢笑就增添了无限的生机，他们给这个家带来了希望和向往。看似普通的家庭生活是非常难得的，那才是人间最大的恩德，有了它我们的生活才会五彩斑斓，才会有无限的温暖和慰藉。人是情感的动物，没有情感也就没有了真正的人性，就没有了生活的意义。看似一家人平凡的一天，但这一天的到来是非常难得的，这是天地的恩赐，是让我们感受福乐的机缘，它让我们体验到什么才是真正的拥有。人间真正的拥有不是锦衣玉食，不是虚华尊崇，不是香车豪宅，不是珠光宝气，这些都是身外之物，皆是来生带不走之物，也都是内心快乐之外的东西。拥有这些可能会给自己带来物欲的满足和自我的虚荣，但这种满足和虚荣不一定能够转化成为内心真正的快乐，甚至会给自己带来很多的负累，让自己在虚华与贪欲的泥沼里越陷越深，越来越找不到自己，越来越没有了自我，不知道自己真正想要的是什么，不知道如何去平复和安顿自己躁动的心。还是要有一颗清新澄明之心、一颗善于发现美好之心，能够用最为诚挚之心来宽慰别人、感动自己。人性之中至真至美的东西是我们最大的财富，它才是永恒不变之美，是最值得我们骄傲的拥有，也是我们一生之中最大的珍宝。

生活中的每一天都是一生之中最为重要的一天，都是我们难以割舍的一天。没有这一天，我们的生命就难以延续；没有这一天，我们就没有了一切，没有了将来的美好与收获。今天即是今生，今天才是我们最为现实的拥有。拥有了一个好的今天，就拥有了一个好的人生。也许今天是无比痛苦的，是难以回首的，是充满自责和悔恨的，但无论如何，所有的呈现皆是人生的必然，所有的结果皆是应该，无怪乎因缘所左右而已，因缘成熟，结果出现，那是无法去改变的。好的因缘必然有好的结果，好的结果是由无数个因缘所组成的。每一条道路皆是我们自己早已指定的，没有什么应该不应该，没有什么适当不适当。所有的出现皆是内心的召唤，我们不可回避，也不能回避。我们一定要勇于面对现实，乐于接受现实，唯有如此，内心才会非常坦然笃定，才不会惊慌失措、瞻前顾后、痛苦挣扎。要相信这才是自己必然要走之路，一切皆是最好的安排，一切皆是现实的呈现，一切皆是应该有的模样。珍惜眼前见到的每个人吧，因为他才是你一生之缘，才是在你的人生之中最为重要之人、最为感恩之人，无论他有多少优缺点，给予你多少恩德或是仇恨，要知晓他才是让你感受人生的最大参照，才是引领你、改变你、指引命运的交际。生命的偶然就是这么巧，唯有珍重它、顺应它、接受它才是正途，才是我们的福乐之源。

美好人生

　　这两天锦州天气奇好,阳光普照,大地回暖,就像是春已来到一般。好天气总会给人带来好心情,让人内心欣悦无比。在这良辰美景之中,能够与家人相伴,的确是非常幸福开心的。

　　每个人都有自己的向往,都有对于幸福的理解与追求,都有对于人生的感悟。每个人都生活在自心的感知中,在与外境的相处之中找到最佳的契合点。每个人都会有不同的境遇,都会有不开心,诸多的负累可能压得人喘不过气来。每天都要面对很多自己不愿意去做而又不得不做的事情,无奈与愁苦充塞于心,在昏沉与烦恼之中生活,这是极其痛苦的事情。要正确地理解生活的本质,能够对于生活保持清晰的洞察力,能够从现实之中去找到超越现实之处,能够从苦中找到乐,从吵中找到静,从失中找到得,从乱中找到定。一切皆来自自我心念的调适。正如自己在写作之前,总是千头万绪却不知从何写起,思维不定,头脑不清,不知道写什么、怎么写,内心无比惶恐,没有什么让自己有信笔挥来、思如泉涌的冲动,没有什么能让自己激动不已、信心大增,一切好像是那般的平凡而又普通,日子都是波澜不惊、平凡无奇,还有什么可写的呢?越是这样想,越是难以下笔,就丧失了写作的欲望,没有了写作的冲动,失去了写作的信心,让自己陷入一种两难之境,写也不是,不写也不是,进也不是,退也不是,不知如何而为,那是最难受的,是对自己内心的一种折磨。如果安下心来,静心向内,还真能够吐露真言,把自己最真实的一面展现出来。越是能够放下身段，写出自己的真情实感，自己就越是感觉畅快，越是能够从写作之中获得快乐，简直有一种一吐为快、不吐不快之感。坚持下来，深入其中，就能够让自心平和下来，看待事物就会更加清晰明了，就不会让内心狂乱不已，就能够真正找到自己。

每个人都在追求着人生的幸福与快乐，都在寻找着能够安放自心、释放自心之所，都在寻找着自己的依靠，都在生活中创造着属于自己的东西。不仅仅是生活的富足和物质财富的拥有，更重要的是如何去安顿自己的内心，能够让自己轻松无碍、没有痛苦，能够在平凡的生活中去创造人间的奇迹，让自己的内心获得自在和满足。无论我们处于何种境遇之中，都要对自己充满信心，要有勇敢无畏之心，能够客观地面对所有的境遇。要知晓所有的存在皆是人生的必然，不要怨天尤人，不要自惭形秽，不要自卑自怜，那是对生命的最大伤害，也是没有精神和骨气的表现。一个人如果没有了精神和骨气，会如同行尸走肉一般，完全失去了人生的价值与意义。要知道所有的存在皆是因缘所致，它不是一朝一夕之事。要学会在日常的生活中去涵养自心，能够为人为己都做出贡献来，能够为人间增添一抹春色，这样的人生才是最有价值的，才是真正美好的人生。

爱在身边

　　我们往往不太在意身边的人和事,总是以自我的意识去揣度别人,总是站在自我的角度去看待别人,这种自我的意识和角度只会让我们的认知与现实越来越远,让我们与现实之间存在太多的差异,不能够正确地认识自己和他人,会给别人,尤其是身边的亲人带来更多的伤害。一个人要学会清醒地看待自己和他人,能够调整好自己的心绪,能够时常站在他人的角度来考虑问题,能够时时地审视自我,这样才能够把握好自己的生活。很多矛盾都是因为自我的错误认知造成的,是由于陷入自我的天地中不能自拔所致,迷失了前行的方向,让自己在矛盾之中越陷越深。如果不加以调整,就会导入一种恶性循环之中,最终会酿成大的恶果。我们一定要防微杜渐,要注重自我情绪的调节,要知晓坏情绪的危害。坏情绪会让我们失去理智,从而做出本不应该做的事情,就连自己都感到莫名其妙,不知道自己究竟着了什么魔,甚至做出一些伤人伤己的事情来,过后自己也是后悔不已。但说出去的话、泼出去的水,覆水难收,对人对己已经造成了很大的伤害。越是你最亲近之人越是受伤最重,因为他的内心已经被你深深地刺痛了。对于外人来讲,可能互相的攻击和伤害只是一时的,也可能是永不再见的。但对于亲人来讲,却是永远相伴的,是很难平复的。现实之中,"亲者痛,仇者快"的事情一直在上演。我们往往认为,对于自己亲近之人,伤害一下没有什么,因为自己的亲人能够理解和包容自己,即便是伤害了又如何呢?伤了就伤了，没有什么，这是一种极其错误的思维，长此以往，形成积累，那总是要爆发的，一旦爆发就会是天翻地覆、不计后果的，那是相当危险的。所以，我们一定要反思自己的言行，一定要有自省之心、反思之心、自责之心、自悟之心。能否注重自己的言行，决定了一个人能否获得幸福，决定了一个人的涵养和智慧。

　　作为一个人来讲，一定要用智慧的大脑去对人对己，要学会时时给予别人关爱、包容、理解和支持。关爱他人，要从自己的身边人做起。如若连自己身边亲近之人都不能做到关心、关爱、理解、体谅的话，还何谈真心真意地对待他人呢？那就可能全是假的，是虚伪的真心。一个人如若不能够规划自己的言行，那就真的不懂得什么是生活。我们所有的努力就是要让自己快乐幸福，让自己的家人们、亲人们快乐幸福，大而言之，就是要让我们的集体、社会都能够快乐幸福起来，这才是我们所追求的最终目标。所以，一切的一切皆是我们所需要关注的，是足以引起我们警示的，也是我们所应该珍惜的。如果不加以重视，就真的会造成"千里之堤溃于蚁穴""一失足成千古恨"的结局。好的人生需要不断地积累和创造，不断地给予和包容。给别人一条幸福快乐之路，就是给自己拓展一条通向幸福快乐的光明大道。

把握人生

已至午夜时分，总是感觉缺少些什么，想让自己再静一静、想一想，把内心的感受和想法写出来。在现实之中让自己真正静下心来并不容易，自己的心意每时每刻都在变化，没有一刻的停息。什么才是让自己无法安然静乐的因素呢？那就是贪欲，是一种贪恋占有之心，总是想让自己得到更多，想让自己更加快乐。可越是这样去想、去争、去占有，就越是容易陷入一种焦虑之中。当然，这种心态表面上看是一种所谓的上进之力，但实质上却是一种虚妄的追求，是一种盲目的、没有方向的前行，也是一种对自我的损害。

一个人能够在这凡尘之中积极有为，能够为他人和自己创造更多的物质精神财富，是一种积极有为的表现。但如若过分追求占有，就会有很多的问题出现，就会让内心难以平静下来，就会被外在的贪欲所引诱、所伤害，变成了欲望的奴隶，没有了自我的安生之所，没有了清净澄明的生活，人就会变得很是焦躁，没有了定力，没有了自我，完全变成了欲望的奴仆，变成了无法掌控自我命运之人。就像是酗酒的"酒鬼"一般，不能让他闻到酒味，一旦被他嗅到，就会心如勾牵、豪饮癫狂，完全变成了另一个模样。正所谓"若要断酒法，醒眼看醉人"。能够真正了知酒的渊源与饮者的关联，真正成为一个懂酒懂饮之人，才是真正的知酒人。一个人首先要成为能够掌控自己之人，知道其中的利害得失，能够科学合理地调控自心，知晓自己应该去做什么，让自身处于种安详福乐之中，能够把握一个度，知道适可而止，知止知耻，知进知退，能够明了自己的行为会给自己带来什么，会让自己成为一个什么样的人，这是非常重要的。自己有时也会难以把控自我，不能够真正把控自己的心智，往往会走向生活的极端。若是心有所染，那种蠢蠢欲动之心就会被挑起，于是就会探究尝试，有一种不达目的誓不罢休之意。仔细想来，这也是一种不能把控自我的表现，是一种对欲望的过分执着。有些执着是正面的，可以倡导的；但有些执着则是危险的，是痛苦之源。所以，人生的确很难把握。

　　学会真正把握自心，是一件了不起的事情；能够把控自我之心，是一个了不起之人。希望自己能够在生活与事业中游刃有余，能够把诸多的事情都处理好，在自由自在之中去规划自己的生活与工作，能够无忧无虑、无愤无扰，能够对自己的行为做出科学的指引，能够化解所有的矛盾和困扰，能够实现自己的梦想与期望，让生活的每一天都有创造、有价值、有给予，这是多么好的状态呀，这才是人间的大自在，这也是自己一生都在努力追寻的。创造无极限，人生不留憾，纯真净乐，无牵无忧，自在而为，福乐人间。既然来这世间走一遭，就要争取过得精彩无限，福乐连连。也许现实之中还有很多的无奈和苦痛，但我们一定要把它们都转化成为福乐与喜庆，因为我们的人生唯有一次，我们不能把这宝贵的人生浪费掉。

内心力量

  我心向阳,心的阳光能够把人生之路照亮,能够给予我们的生活无穷力量,能够在人生的暗夜之中把我们前行之路照亮,让我们不再迷茫,让我们内心无伤,让我们前程似锦、一生辉煌。那就是内心的力量,是发自内心的无限光亮,是对自我的表彰,也是由内而外的激昂。人活着就是要有一股精气神,就是要有自己的生命主张。有了对于人生的明确方向,有了可以依赖的心的力量,那么无论遇到再大的困难,遇到再多的阻碍,我们都能够一心无伤,都能够精神昂扬。人如果没有了精神的天地,就会让自己沉入灰暗之中,就会堕落于凡俗的贪欲之间,苦苦挣扎,难有出期,就像是牛入深井一般,有劲就是使不上,不知道怎样挣脱困境,不知道怎样才能够找到自己的希望之所,不知道怎样才能够找到生命的光明之处。那种矛盾、痛苦、哀怨、无助之感就会涌上心头,让人失去了勇气、坚韧、动力和激情,变成了一块朽木、一块顽石,没有了生命与活力,那么生命又有何意义呢?感受不到人间的喜乐,没有了内心的向往,日复一日,年复一年,这样下去不会给自己增加有益的提升,只会让自己一直堕落沉寂,这样的人生是没有价值的。一个人要想让福乐来到自己身边,就应该给自己增加动能,让自己的内心充满能量,给内心增添善德的滋养,让我们在这滚滚红尘之中找到心的方向,找到自己对于生命的理解与主张。不要匆匆忙忙地去做一件事,要从做此事的意义着手,看它能否给自己带来有益的东西,能否让自己的内心更加平和，能否有益于自己的身心，能否给予自己更多的福乐，能否给予他人更多的福乐。做事之前不能只考虑自己的感受，更要考虑别人的感受，要给予别人更多的慰藉，让生命点燃生命，让美好引领美好。一切的努力都是为了自由和永恒，一切的成就都是建立在乐己达人、克己为人的基础之上，唯有如此，事业才能够稳固，内心才能够踏实。人活着不是为了现在，而是为了以后，为了永远，为了灵魂的安顿。要有明确的人生目标，真正做到立足现实而不拘泥于现实，不是为现实而活，也不是为肉体而活，而是为了将来的美好和精神的丰足而活。不要把现实当作是绝对的现实，实际上现实也是过去的将来，也是现在的以后。要用全面综合的思维去分析，要用突破时空的眼光来看待，这样我们才能进得去、出得来，才能真正做到出入自由、游刃有余，才能如入无人之境，才能拥有真的自我，才能拥有人间的大福乐、大自在、大收获。活在现实里，又不局限在现实里，活在向往里，活在希望里，活在善德里，活在精神里。一个人如果不能够透过现象看本质，了悟人生的本源，洞察人生的方向，那么他就会陷入迷茫之中，就不能够做到自我救赎。我们每个人都是自己的大恩人，都有充分的能力去规划自己、提升自己，做自己灵魂的主人，做人生福乐的引路者。

强大自心

　　学会用心于一处很不容易,能够做到心无旁骛、心有所指的确是很难的。自心总是被情绪所打乱,往往非常在意结果的完美性,结果做起事来就会畏首畏尾、瞻前顾后;往往把不完美的后果先想到,导致了自己心有挂碍、失误连连。看重得失,预设成败,结果是越想越怕,这就像是走索道时的心情一样,总是想着如果掉下去将会是粉身碎骨、万劫不复,越是这样想,就越是害怕往前走,越是惶恐不安、不知所措,就越是容易出事情。这就是一种心理暗示,把自己框定在出事故的前提下,就会越想越怕,越怕就越没有了主张,真可谓是自乱阵脚、自我拆台。就像是马上要上战场的士兵一样,还没有到达战场,就怕得要死,想了很多,想到了家人,想到了财产,想到了失去生命的可怕,这样越想越胆战心惊,越想越不敢前行,不敢同敌人以命相搏,这样就肯定会打败仗,就会怕什么来什么,就会真的到了万劫不复之境。没有了勇气,没有了信心,没有了智慧,没有了自我,那么自己也就什么都不会有了。如果能够调整心态,坦然面对,勇敢搏杀,不畏牺牲,就真的会杀出一条血路,成为胜利者,就会圆满完成任务,成为生命的强者。心态决定了行为,行为决定了结果。无论做人做事,一定要调整好心态,无惧于结果,只注重于现在的努力,往好处想,无惧失败,这样我们才会有好的发挥、好的表现。

　　人生在世,很多事情都是自己吓自己,自己害自己,自己给自己预设失败，都是自我泄气。任何事情在没做之前就认定自己不会成功，认为成功不属于自己，自己就是个失败者，这种声音一直响彻于耳，即便再有潜质之人也会被毁掉，变得畏首畏尾，没有了自信与主张，没有了勇气与动力。没有了自我之人就不可能被人所接受和认可，就没有了成功的希望和结果。哪怕是自己再有潜质也是没用的，因为自己根本不相信自己，已经把自己划到了失败者的行列之中。自助之人，天恒助之。如果你不能够给自己以指引和规划，不能够给自己以信心和勇气，不能够为自己加油打气，那么谁还会为你助力呢？即便是有人帮助你，那也是建立在你自己努力的基础之上，否则即使有天大的本事又有何用呢？所以，还是要自助、自为、自信、自勇、自强，唯有如此，才能成就自己，成功和胜利才能真正属于自己。

无论任何时候，千万不要低估自己的爆发力。每个人都是一座小火山，潜藏着无穷的力量，关键是要进行自我激发，唯有自我激发和点燃，才会喷薄而出，地动山摇，惊天动地，令世人所瞩目。所以，调整心态是非常重要的。面对任何事业，我们要自信能够成功，但也不要畏惧失败，因为失败是成功之母，经历过失败才能铸就成功。即便是遇到了非常危险之境，也要沉着冷静，因为唯有如此，才是妙境，才是显现出生命伟大之时。唯有沉着冷静，乐观以对，才是自己最好的选择，因为你别无他途，只有向内观照，才是智慧之道。所以，平日里要学会锻炼心智，真正做到遇事不慌不忙，沉着冷静，内心强大，自信满满，不被境扰，不为己忧，做一个洒脱平和之人，一个自在安乐之人。这的确需要我们有一个锻炼自心的过程，有一个自我调节的过程。面对日常中的每一件事，我们都要不断地分析和领悟其中的道理，要把生活中的每一个细节都作为进取的元素，能够让生命享受到荣光和自在。

理解生命

　　生命之根在何处，怎样去理解生命，生命的去处又在何方，我们将留下些什么，又能够创造些什么，这是一个个大的命题，可能我们无法一一解答，无法去面对它，也可能感觉到这些命题无须去解答，甚至于去想它都是多此一举，没有任何意义，活着就活着呗，把当前的事情做好，把每一天过好，过去、将来是什么无须去考虑。真的是这样吗？如果你不能够真正理解生命、敬畏生命、彻悟生命，你永远是无序的，是战战兢兢的，是不能够过好当下的。因为我们每天看似不去想这些大命题，但现实生活都离不开这些大命题，我们每天的行住坐卧、吃喝拉撒睡都跟这些大命题息息相关。每天我们所遇到的无怪乎是高兴、不高兴，失去了什么、得到了什么，为物所困，为情而迷，为欲所扰，为己而忧，一切的一切都在变幻交替之中不断地上演，让自己难安，一会儿是悲，一会儿是喜，一会儿是志得意满，一会儿是暗自神伤，每天的心情都在这五味杂陈之中轮转，无时无休，一刻不停。有时候我们不知道这一天是怎样稀里糊涂过去的，不知道为何而活，不知道生命的本意是什么。可能你会说是为自己、为家人、为社会、为梦想、为获得、为成功……这一切的确是我们努力生活的理由，但要想真正做到此点，真正做好此点，还需要我们学会规划和调适，学会给自己的内心做指引，否则生活的意义是很难达到的。如果你没有做好充分的准备，连自己的心志都管控不了，你又拿什么去做到呢？因为要实现这一目标需要我们有大智慧，需要我们能够战胜心魔，能够自我强大，能够战胜一切的艰难险阻，能够了知人心，能够把自己的生活和环境打理得非常清新明了，能够在前行途中不被邪魔外道所引诱，并且当自己在大是大非面前能够有一个明智的选择。因为人生有很多的岔道、恶道、邪道，一不留神就会让自己陷入危险之中。要学会自己走路、自我扶正，要有生活的定力和方向，学会放弃和给予，学会自我反省，真正了知一切都是一种因缘的相续。有些事情因缘未到，再急也没用。学会沉下心来，安守自我，不骄不躁，静而待之，这样才会让自己静乐无忧、安享自在。如果操之过急，反而会给自己增加很多的负担，让自己寝食难安，思虑过重，心烦气躁，无有出期。如遇危险，困扰重重，祸事降临，也不要慌乱不已，要知晓这是恶业成熟、恶果显现，是由原来的诸多恶因积聚而成，必然有此结果。要坦然以对，要知晓这是在清理自己的恶缘，要感到庆幸，要知道这才是天理，承认它，接受它，努力去改变它，把坏事转变为好事，转危为安，否极泰来。要时刻怀有感恩之心，感谢天地的造化，让自己如此顿悟，让自己在生活的循环往复之中获得爱、自由与福乐。

静的妙用

　　学会与自己静心相处，这样能够激发自己的灵感，让自己在心的天地之中自由翱翔，没有任何的羁绊，没有任何的神伤，有的是内心永远不落的太阳，有的是一路高歌、找到生命的航向。的确，我们每天都在与别人交往，都在互相的交流与认知中去成长，但这种认知总归是不全面的，还需要让自心来做主张。要静下心来，冷静地看自己、看他人，能够以己为荣，在心中留下自我的光影，在纷乱之中找到清晰的模样，能够彻悟世事、了知人心，能够把自己当作自己，也不完全当作自己。把自己当作自己，就是要保持住自我，知晓天底下只有一个"我"，自己是独一无二的存在，拥有独一无二的成长历程，拥有独一无二的学习经历和工作经历，拥有独一无二的认知和个性。就冲着这一点，我们就应该感觉到非常骄傲和自豪。要学会培养自己，相信自己，提高自己，依靠自己。静心是对自己最大的滋养，是一种真正的安放。唯有把自己安放于安然静乐之中，才能让自己时刻保持一种清醒的状态。就像是喝酒时的豪迈和激情，喝酒后的昏沉和麻木，酒醒后的清朗和轻快。我们每天都在生活的"工厂"里打拼，在"生产"着自己的快乐与幸福，但有时也会有很多的残缺和失误，这就需要我们定期在静乐清雅的保养中有所调适和规划，让身心不会被尘嚣杂扰所淹没，找到自己最真心的追求，并且在自我的反省中去彻悟和提升，在以后的日子里能够把人生的航向调整得更加明晰，不让自己的人生航向跑偏，不让自己犯下低级的失误，让自己坠入万劫不复的深渊之中，让自己永远背负着沉重的负担，让内心难得清静，就像是染上黑油的毛巾一样，难以清洗干净，再没有了以往的清香洁净。内心失去了原有的纯洁和高雅，没有了定力，迷失了方向，人就会如同即使东突西撞也难以挣脱罗网的麻雀一般，只是为了几口贪欲便令自己身陷牢笼，那是多么不值得呀！所以，要深刻反思自己，明了哪些是自己应该保持的，哪些是应该摒弃的。我们不能总是戴着枷锁跳舞，不能在明知不可为时鲁莽行事，那样是愚蠢的。要有自己对于人情世事的辨别力，坚守自我的底线，不能被虚假的表象所蒙蔽，不能被眼前的小利所迷惑，要活出一个人的自由和潇洒来，要活出人生的大自在来。静心就是洗刷自心的过程，就是清除迷障的过程，就是找到真的自我的过程。没有了对自我的反思、总结与调适，人生之车就会出现这样或那样的问题，就会遇到这样或那样的危险。静心的妙用还有很多，它是生命的再次超脱，是自我心性的不断提升。也可以说，静心就是清醒自我的过程。学会了静心，我们对于每天遇到的人与事就会有非常明智的判断，就会在每天的生活中让自己的身心得到锻炼与提升，就会从以往的经历中总结出人生的宝贵经验，从而让自己的人生之路走得更加稳健、更加顺畅，让更多的福乐汇聚在自己身边，把更多的真情和关爱带给身边的每一个人。

事无圆满

　　世事难圆满，总会有差强人意的地方，总会有这样或那样的不足，如果只是执着于这种缺憾，就会让自己很是苦恼，不知道怎样才能找到圆满之快乐。可越是执着于寻觅，就越是失望，就会产生不好的情绪。人生就是一个不圆满的过程，圆满只存在于自己的想象之中，那是理想化的追求，是对于自己的希望与期盼。苛求圆满会给自己带来极大的压力，会给自己的身心造成极大的负担，甚至会让自己不堪重负，做出些愚蠢又荒唐的事情来，把自己的工作和生活搞得一团糟。追求圆满是一种心魔，它会消磨掉我们对于生活与工作的信心，让我们整天压力重重，难以拥有快乐与幸福。我们往往为了追求所谓的圆满与完美，而对自己要求极为严格，不允许有任何的缺憾，不允许有任何的不足，不允许有任何的瑕疵。就追求这一目标本身来讲，并没有任何问题，那是一个人积极有为、严肃认真、严谨做事的表现，也是一个人努力追求的目标。但如果过于求全、求圆满、求完美，我们就会陷入偏执之中，就会把快乐当作痛苦，把成功当作失败，把美好当作丑陋。这的确应该引起我们的高度重视。

　　追求人生与事业的圆满是我们每个人的愿望和目标，我们应该努力去把自己的事情做好，用全身心的努力去成就它。但如果不允许任何的瑕疵，一切都要讲究完美，要求别人也要完美，否则就会对他另眼相看，这样就会出大问题，就不会有好的人际关系。我们每一个人都是不完美的存在，又怎么能去要求别人一定完美呢？况且你所认为的不完美也不一定是不完美，因为每个人都有不同的评判标准，你又怎么能拿自己的标准来要求别人呢？如若这样，自己一定会混成一个孤家寡人，没有朋友，孤单无限。追求圆满与完美只是一种想象，任何事情都有其好的一面，也会有其坏的一面，不可能面面俱到、完美无瑕，这是单极化、机械化的思维。我们探索好与坏、完美与遗憾、圆满与残缺，就是要让自己有一个全面的、圆融的、客观的思维模式，不能用机械的、固化的思维去理解事物，要看到人、事、物的多面性，要了知和理解其差异性，要能够站在当时当事的角度去处理问题，不能什么事情都求全责备，不能对人、事、物苛求完美，这是不科学的，我们要加以重视。有一句话叫"金无足赤，人无完人"，我们不可能是"完人"，如果是那样，我们就是神而不是人了，可能神会把诸事做得完美，人是做不到的，我们只能把它作为一种希望和理想，但一定要抱着客观的心态看待。在现实生活中，要把不完美当作完美，把不圆满当作圆满。为什么这样说呢？因为既然不存在完美和圆满，我们就要面对现实，把不完美、不圆满当作是我们今后不断进步与发展的动力。要学会接受不圆满、不完美的现实，积极为人生的完美努力，放下包袱，轻装上阵，做轻松自在之人。

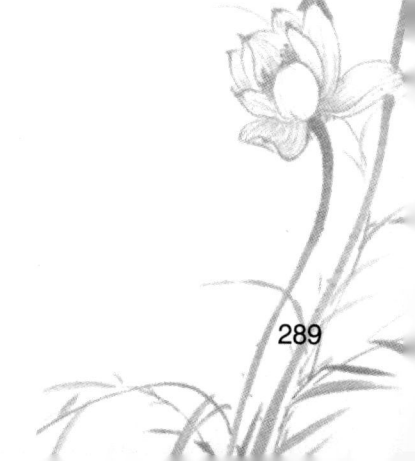

深化认知

每天都是应酬不断、交流不断、学习不断。今天上午，与农业农村部翟主任进行了交流座谈，翟主任详细阐述了现代农业产业的发展与金融、大数据、AI智能化以及与政府、企业、市场这些综合元素的融合发展，通过交流，自己在产业规划应用的思维方面深受启发，对于在宇航农业领域之中的多产业融合也有了深刻的认识。的确，每一次和诸多领导朋友们在一起交流，都会让自己在思维认识上有了新的拓展与提升，每一次都是获益匪浅，都是对自我认识领域的又一次新的革命。所以，要珍惜每一次的相见，珍惜每一次的交流。有时候，看似是每天都在一起高谈阔论，漫无边际，毫无意义，实际上正是因为有了这种人与人之间的深入交流，才能够让我们对问题认识得更加清晰，让我们对于自己的工作、生活有了新的认识，有了多个侧面的了解。

与人交流就是换一种眼光看问题，换一种方式做事业。一个人看问题总是有自我的影子，总是站在自己的角度上去看，去做一些所谓有意义的事情，按照自己的思维去思考，按照自己的思维去做事，自认为是非常正确的，其实有时候却是非常错误的，甚至会导致南辕北辙、失误连连的恶果。造成这一现象的根本原因就是看问题没有能够客观全面，不能站在不同的角度去看待，所以说出来的话、做出来的事就会漏洞百出，长此以往就会让自己走入万劫不复之地，这就是刚愎自用的结果。人生本来就是一个不断认识自我、彻悟生活的过程，我们要学会全面客观地认知人、事、物，让自己能够在人生的道路上做出科学的抉择，让自己能够沿着人生的光明大道一路前行，最终到达目的地，这才是生活的意义和目标之所在。我们都是有血有肉、有思想、有认知之人，每天都在跟自己的错误认知做斗争，都在现实的生活之中不断突破、不断超越，这种突破与超越就是建立在客观而又准确的认知上，有了这些，再加上认真细致地去工作、去努力，我们就一定能够取得成功。

很多时候，人不能觉悟的原因就在于固守自我的认知，总是认为自己是对的，不愿听取别人的不同意见，不能接受别人对自己的否定，从内心深处就不去接受别人的观点，好像别人说的都是错误的，别人都是糊涂的，只有自己是清醒的，颇有一种"众人皆醉我独醒"之感，好像唯有自己的认知才是深刻的，别人的认知都是不科学、不全面的，自己才是千真万确的。这种固执的认知才是我们人生中的最大障碍，它会让我们遭遇重重的困难，令我们无法取得成功。面对失败，我们不肯从自己身上找原因，反而去找很多的客观原因，这就是不觉悟、不成熟的表现。一个人的成熟主要表现在他对于人、事、物的客观认知上，认知客观了，全面了，这个人也就成熟了，也就更多的具备成功的条件。

学会适应

今天回到锦州，与家人在一起总是无比的欣喜，总是备感温暖。女儿在锦州北大青鸟同文学校上学，是寄宿制，一周要在学校五天，周五下午把她接回来，在家度个周末，周日再返校。刚开始，自己也很担心，害怕她不能够适应，整天哭哭啼啼，那样就糟了。可从近期的表现来讲，还算可以。在刚开始还是会有些不适应，这不，这两天要跟她妈妈谈条件，说是不愿意住校，想回家住。这显然是一个稍显过分的要求。因家离学校较远，况且入冬以来，辽宁大地寒冷异常，如果有大雪等恶劣天气，上学就很困难。回家住显然不是一个好选择，还需要耐心地给女儿做些思想工作，让她能够改变认识，尽快地适应住校生活。的确，常年在父母家人身边长大，一下子自己去住校，这对于一个刚上小学的孩子来讲是较为困难的，也的确需要一个适应过程，出现一些问题也是情理之中的事情，还需要耐心地引导、教育和适应。一个人从小到大，就是一个不断适应新环境的过程，是一个自我认知、自我锻炼、自我培养、自我适应的过程。这一过程谁也替代不了，唯有自己去不断地适应和锻炼，才能真正有所收获、有所成就。

人一旦离开了自己最熟悉的环境，就会有这样或那样的难适应之处，需要经历一个适应环境的过程，一旦熟悉了这一环境，并能够在此环境中找到生活的乐趣与美好，那么他就会彻底地忘掉以往，给自己一个全新的开始。没有不能适应的环境，只有不能适应环境的人，唯有从环境的改变之中找到乐趣才能成长。面对生活环境的改变，只有不断地适应，在纷繁杂乱之中找到清新简单，在毫无头绪、无法超越之中找到收获与进步。我们都是在环境的改变之中不断锻炼着自己，让自己有更大的提升。我们没有什么可犹豫的，没有什么所谓的退路可讲，只有迎难而上，不断地适应这种变化，并不断地超越它，这样才能够实现自己的梦想和愿望，才能够成就自己的一生。因为自己去做了最为困难的事情，为自己增添了光彩，获得了成功。所以，独立地去适应新的岗位和环境，这是自己不断进步的象征，是自我革命的开始，是自我成长的基石。

  人是能够适应环境的，也是适应环境最快的。如若真的能够把自己置身于某种环境之中，加以锻炼和提高，那么也没有什么不能够适应之处，自己也会对自己的适应能力感到无比的惊讶，在想象之中好像自己是难以适应某一环境的，但往往现实改变了我们，经过不太长时间的锻炼，自己就能够迅速适应，这是一种与生俱来的优势。能够适应不同环境也是有强生命力的象征，通过摸爬滚打闯出来一片辉煌无比的天地。的确，自己也要向孩子们学习，能够适应学校的要求，那就是去学会引导孩子，教育孩子，让她充分地认识到此点，能够真正适应新的环境。

无愧今生

　　这两天做事总是急急忙忙的，感觉时间过得太快了，还没来得及准备，这一天就过去了，快得有时候让自己心里发虚，内心感到无比的恐慌，心想：如果人生这般迅捷，从小到大、从生到死就这么快，那将是多么没有意义呀！的确，有时真的不知道这一天都做了些什么，转眼就匆匆而去了，就像是好不容易远道而来的朋友，就这样不打招呼就走了，内心有很多的酸楚之感，也有很多的烦恼纠结。时光对于我们来讲，真的是太珍贵了，而我们总是在不知不觉间把它忘掉，忘得是无影无踪，忽然之间想起它来便感觉到非常痛心，失去了美好的时光，留下了无限的感慨，看着镜子里那满是沧桑的脸庞，还有眼袋与皱纹，以及那已是寸草不生的头顶，真是哀叹连连！青春的时光就这样悄悄溜走了，很多美好的记忆犹在眼前。

　　回忆起自己年少时也是争强好胜的，希望自己各个方面都能做好。学习也是非常努力，目的其实很简单，就是想要考上好学校让母亲高兴，能够"鲤鱼跳龙门"，实现农转非，吃上商品粮，能够真正过上城里人的生活，这是一件光宗耀祖的事情，同时也是对自己能力的证明。在20世纪80年代，作为一个农民家的孩子，能够考上大学，是一件非常了不起的事情，也是村里街头巷尾热议的一件大事。记得考上师范学校的那年，村里还特意送了一场电影，以示祝贺，自己也是备感荣耀。其实，这对于自己不是最重要的，重要的是好像从此能够自立了，能够让父亲对我另眼相看了，也不再因为不会干农活而挨打了，从此能够远离严厉的父亲，能够真正活出自己的天地了。仔细想来，这些看似孩子气的想法一直指引着我，成为我不断努力的动力。即使是师范毕业后成为一名正式的人民教师，也是想要有更大的天地，让自己突破原来的小圈子，去做出些所谓的大事业来。那种不安分之心就像是在田野里奔跑的小鹿一样，东突西窜，不能够真正安定下来，结果就又横下心来，一定要再来一个大跨越，于是再次参加考试。功夫不负有心人，又考上了河南政法学院，这样感觉自己的天地就更广阔了。能够通过学习改变自己，这也许是自己最大的感受吧，不管是对是错，总之，心中那颗不安分之心总是指引着自己不能停步，即使是没有条件，自己创造条件也要去做、去尝试。这也许正是应了那句"江山易改，本性难移"吧。即使如今在工作上小有成绩也不能沾沾自喜，前方的路还很远、很漫长，还需要保持一种努力向前的状态，把自己的人生过好，把该做的事业做好，不负今生，圆满今生。这是愿望，也是希望。

　　所有的行为和思想都是想让自己的一生更加辉煌，能够无愧于今生，无愧于自己，能够把自己的生活过得丰富多彩。尽管人生没有完美，总会有很多的遗憾与痛苦，但生命的意义就在于体验，体验生命的快乐与不朽，体验生命的平凡与伟大。也许我们个人的力量并不算什么，在一呼一吸之间求得暂时的安然，但如果你学会逐渐了知生命的意义，成为命运的主宰，就一定能够活出永远的福乐与伟大来。

295

完成目标

　　一天没有写作就感觉少了些什么,没有生活的记录就像是虚度了光阴一般,内心也变得空落落的。忙完了一天的工作,坐下来书写一段文字,想到自己应该完成的工作还没有完成,就算是再累也要坐起来,打起精神来把工作完成。因为我知道如果偷懒,那睡觉也睡不踏实,并且明天的工作还会接踵而至,如果今天该做的事情没有去做,就会产生连锁反应,心里的压力就会越来越大,写作任务就会堆积如山,就会把自己压垮。我们还是要养成一个好习惯,要真正学会指挥自己,支配自己。一个人正是因为有了这种对于自己的严格要求,才能够让自己成长,让生活无憾。写作是每天的任务,它已经融入了自己的生活之中,不能把它当作一种负担,而要把它当作一种享受。能够每天静下来与心相伴,与自己的内心对话,会让自己感到更放松、更自在。能够整日与亲戚、同学、战友、家人在一起,那是一种莫大的福分,是自我生活之中最佳状态的呈现。但如果没有目标,时间久了,人就会显得非常焦躁,想要尽快有些事做,想要有目标、有方向、有创造地去生活。通过创造与发现、奉献与关爱,我们的内心才能够得以升华。这是一种很好的生活状态,是对自己人生的科学规划。

　　有时候,我们害怕回忆自己的生活,害怕再去触动那颗躁动的内心。好的经历可能会念念不忘、记忆犹新,一想起过去那些美好的时光,有很多很多值得记忆的东西,那种记忆是刻骨铭心的,也是内心之中最值得珍藏的。对于那些伤心的往事，自己则不愿去回想、去提及，不愿再一次揭开自己的伤疤，那样是很痛苦的。好的事情自认为不宜太过于暴露，坏的事情自己又不愿再去提及，这就形成了如此的心态，不知道自己将向何处去，不知该往何处走，一直处在一种较为犹豫与尴尬的状态之中，因此就没有了再去写作的冲动与想法。中国人往往羞于表达，不善于表达就会把事情搞砸，就会让自己左右碰壁、左右为难。关键还是要学会引导自己的内心，要有坚持去做的决心。坚持改变，要求改变，你就能够变；如果不去要求，走到哪里算哪里，那就永远也不可能有突破，就会一事无成。所以，任何事情只要有益于身心，就要想干就干，能多干就多干，这样就会有极大的满足感，自己的心志就会更加成熟。我们从小到大，就是要让自己成熟，让自己不断增长见识，能够了然世事，能够拥有自己的大自在、大自由。

　　写到这里，抬头看墙上的钟表，已经临近深夜零点了。在稍显困乏的情况下，要求自己行动起来，把没有完成的事情做完，让内心平和自在起来，能够超额完成给自己设定的任务目标，这样真是太好了，自己能够强忍困乏之感，努力完成今天的任务，不管写得是否有新意，只要有此想法和动力，就一定能够完成好。

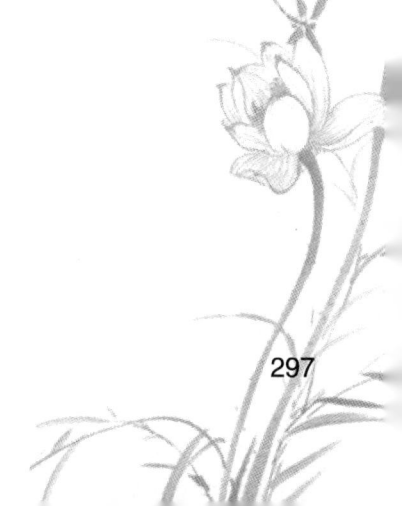

为人而乐

　　有很多放逸之时，也有许多严谨之处，有时候自己处于一种矛盾的状态之中，左也不是，右也不是，不知道如何去选择才是正途，不知道怎样才能让自己心安。可能每个人都没有完全心安乐美的时候，只能在一种矛盾和挣扎之中去不断地调适自心。每日的工作与生活稍显紧张，不知如何去调适得更加轻松一些，能够在紧张的生活工作之余让自己得到心灵的慰藉。可能放逸之心会时时涌现，并且给自己一个冠冕堂皇的理由，能够让自己的不平之心安定一些，这样就会处之泰然了。的确，人生就是一个矛盾体，少了不行，多了不行；低了不行，高了不行；近了不行，远了不行。总之，做任何事情都要求自己把握好火候，把握好分寸。可有时这种分寸是很难把握的，稍不注意就会事与愿违，就会把自己的初心给泯灭了。是呀，人之一生就是要在不断调适之中去完善自己、提升自己，能够真正做到挥洒自如、游刃有余，能够把自己想到的事做得更加圆满，当然完美就谈不上了，有一得就必有一失，有一成就必有一败，有一好就必有一坏。我们总想着去摆脱不好的阴影，去争取更多的光明，但这种想法往往会被现实打脸，被现实之中的意外所干扰和影响。我们不可能做到处处光芒四射，不可能完全驾驭自己，不可能把所有的想法都实现，但我们要有一种意志，那就是要不断地思考和总结，能够透过现象看本质，能够通过生活之中点点滴滴的积累把自己的内心调适得更加丰富起来，能够让它更有承受力、更有弹性，不让现实之中的一些问题和困扰影响了自心，能够走好每一步人生之路。

　　自心才是真正属于自己的，那是自己生命之路的引领者，是自我提升与发展的原动力，是一种向往和希望，是对自我价值的展现。不管前行之路如何，一定要保持一种清晰的思维，能够给自己一种新的指引，让自己不会被眼前的一切所影响，能够洞察世事、明察秋毫，对于自己要有全面的了解，并加以引领，这样人生之路就不会那么模糊了，就会显得异常清晰，就能够穿透迷雾看到前方的光明之处。要了知生命存在的根本是什么，表面上看是为了自己，实际上是错误的，我们每一次的发展与进步均是与付出和关爱分不开的，我们所有的行为都是建立在让别人好的基础上的。如果别人不好，自己也就完全好不起来。表面上是维护自己的利益，实际上是维护大家的利益，是对关心自己、给予自己人生关爱之人的最好回报。所有的行为皆是建立在能够被别人认可和接受，甚至喜爱的基础之上。没有无缘无故的爱，也没有无缘无故的恨，一切都是为了给予和报答别人，取得别人乃至大众的认可，这样才能够得到自心的安宁。如果自己的所有得到是建立在别人痛苦和烦恼的基础之上，那就真的违背了做人的初衷，没有了自我的快乐之源，那样是会走向邪路的，是没有任何希望的。所以，做好自己，就是为别人、为大众，为了回报关心和爱，为了能让自己更加幸福。

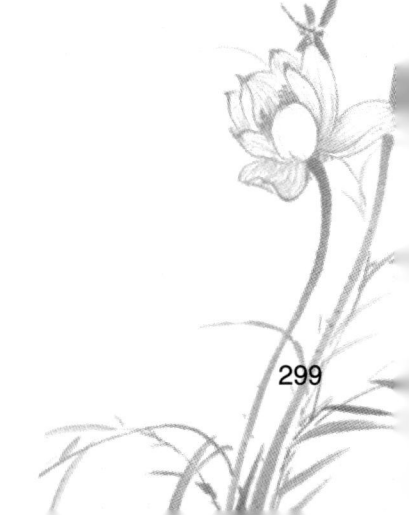

难得遇见

　　近两日在北京可以说是足不出户，每天都是迎来送往、应酬不断。回北京之前，自己也没想到有如此多的事要做，有如此多的人要见。每一件事情都是非常重要的，都对产业的发展有着极其重要的意义。所见的每一个人都是自己的贵人，都是自己的恩人，都是在给自己传经送宝，都会对自己的发展起到极其重要的作用。通过沟通交流，向别人学到了很多的东西，能够指引自己不断前行，能够让自己不断省悟，让自己对事物有了新的看法，让自己增长了不少智慧。

　　我与海军大校、航天基金会办公室周建国主任是非常好的朋友，虽然我们经历不同，但通过与他交往让我学习到了很多。他工于字画，热爱收藏，针对那些有意义的事情积极参与，广交天下朋友，社交能力非常强，组织工作得心应手。对于那些纪念有意义的大事件而发行的纪念封、纪念册进行收藏，并请相关人员签名，这一点非常值得我学习。原来自己对此点认识不清，没有认识到记录与收藏的意义。与人交往方面，自己也是相对较为封闭，认为那是浪费时间，只管自己闷头去做，不管天下世事变迁，陷入一种自我认知的怪圈之中，不能够放开心胸，容纳诸多的人、事、物，能够涵养自心、真诚待人，能够让自己有一个大的提高。的确，我们做过的每一件事，遇到的每一个人，都会给自己的人生留下记忆，能够让自己感动。这份回忆是甜蜜的，是非常珍贵的，是永不会再来的。人生处处要用心，生活处处要留影。有了对于生活的珍爱，才有了人生的甜美。要善于交往，善于沟通，通过交往与沟通，我们能够走进别人的生活之中，能够真切地感知别人，能够学习到很多自己未知的东西。每一个人都是一本书，能够让我们更加鲜活地面对，能够对自己有一个更加清晰的认知，能够以人为师，让自己不断地省悟与提高。

　　前天通过统战部的王峰辉主任与洪德仁洪老相识，也是非常荣幸。洪老原来是中央首长的秘书，年近七旬，精神矍铄，性格豪爽，乐观自信，风趣幽默，爱好广泛，近些年来回归田园，在延庆山区开辟农耕山庄，过起了庄主的生活，优哉游哉，每天在大山里转一转，呼吸呼吸新鲜的山野气息，喝一喝山间泉水，喂养了鸡、鸭、鹅以及鸵鸟、高加索大猎狗等，在山间平地上种上了玉米，自给自足，快乐逍遥。的确，一个人要适应不同的环境，要学会规划自己的生活，能够沉得住气，学会接纳与包容，拥有天的气度、海的胸怀，才能在人间快乐自在。要找到自己的生活乐趣，能够把现实之中的每事每物当作是自己的珍宝，能够从每天睁眼所见的一切之中发现人生美的地方，用欣赏的眼光去看待一切，将之当作自己一生难遇的知音。无论是苦是乐、是悲是喜，皆是最真实的生活，是自己独有的经历，都是生命中最为精彩的片段。

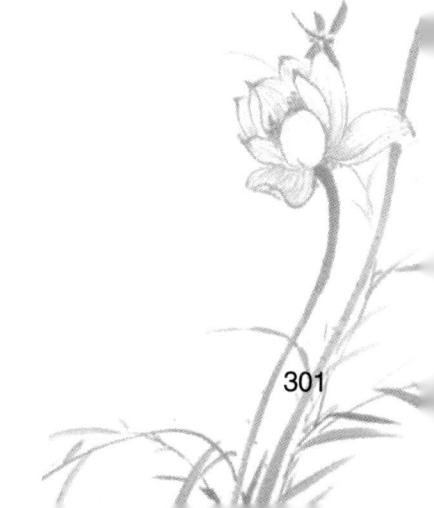

打磨自心

　　要对自己的行为负责,做过的事不能后悔,后悔于事无补,反而乱了心志。如若不能及时调整自心,人就会陷入一种自我沉沦的陷阱中而不能自拔,总是对自己抱怨连连,那种痛苦之意、悔恨之心能把人折磨得生不如死,好像自己真的成了废物一般,没有了前行的主张,没有了向上的勇气。那种自怨自艾、自我折磨之心能够把一个人的意志击垮,让那颗向上之心备受打击,没有了自信与勇气,没有了自爱与自尊,人就真的变了一个人,就越来越不像自己,就会唯唯诺诺、畏畏缩缩,就像丢了魂一般,完全没有了精气神。问题的根源就在于悔恨与自我否定,在于把发生的事情跟自己的一生相联结,有了这样的认知,就会产生完全负面的影响,就没有任何让人受益的东西。很多事物都会有其好的一面和坏的一面,我们要分析其发生发展的根源在哪里,找出问题出现的根本原因,正确看待问题并想出解决的办法,化不利为有利,化险境为坦途。

　　每个人都不能保证自己不走弯路、不犯错误,关键是要让自己少犯错误、少些失误,能够通过了知事物的本质来让自我更有智慧、更加自信,更能够走好自己的人生之路。这的确是一个不断转化的过程,也是自己不断提升自我的过程。透过现象看本质,了知事物的本质,能够让自己增添快乐,让自己有所收益。在这件事情上用心去体会它,真正从看似失误与缺憾中得到收益与提高。千万不要把问题看得过轻,也不宜把问题看得过重。过轻而不去重视它，我们就会养成恶习，就会忽略掉它所暗藏的危险性，日积月累，就会给自己的身心带来极大的危害，就会造成无法挽回的后果。如果把它看得过重，就会让自己的心志受到伤害，给自己的心灵增加负担，让自己变得畏首畏尾，就会对自己失去信心，这种伤害往往大于事情本身给自己造成的伤害。所以，对待已出现的问题和已发生的事件，我们要用坦然之心去面对，既不要轻视它，也不要陷入一种自责与矛盾之中而不能自拔，要学会从中汲取经验、提升能力，学会把控好自己的生活，要能够从事物之中增长智慧。

  我们每个人都会遇到很多的难题，也都会犯这样或那样的错误，关键是遇到问题和犯了错误，我们应该如何去面对它，这个就显得尤为重要。如果面对困难和问题，没有一个清晰的思路，不能够从困难和问题中找到方法和获得收益，那么困难和问题就真的成了困难和问题。遇到困难和问题不是坏事，如果能够转变自己的观念，创新自己的思维，那么自己就会有新的更大的进步，就能够真正掌握自己的命运。人生在世，就是一个与艰难做斗争的过程，与外在的困难做斗争，也与自己的内心做斗争。如果没有坚定的信念和科学的方法，那么自己就很容易被击垮，很容易向困难低头，成了前行中的逃兵，成了困难的奴仆，成了人生之中真正的失败者。生活中，我们一定要保持乐观，保持住那颗勇于上进的初心，能够通过人生的打磨成为一个真正拥有自我之人。

心路历程

　　学会重新认识自己,我们一直对自己看得不是那么清晰,有时还真的不认识自己了。看不清自己的真实面目,不知道自己是谁,不知道人生之路将向何处去,这样就会迷惘不清,没有了向上的勇气与信心,失去了对内心的引领与关怀,人就会变得很慌乱,就会打不起精神来,在哀怨与恐惧之中度日,就会生活在失败的阴影里。这样越来越把自己挤在"墙角里",变得悲哀而无助,变得惶恐而懦弱。一个人如果混到这个份儿上,那就应该好好反省了,就应该先调适一下自心了。如若不能调适好自己的内心,人生就会出问题,就会陷入一种极其危险的状态之中,让自己受苦,让身边的人跟着受累。

　　回想自己,也是几经反复,在调适改变之中去重新获得自己。少小之时,不谙世事,逆反心理严重,不愿听大人的话,自认为自己是天下的"王者",给父母带来了不少麻烦,自然屁股蛋子也没少被皮鞋伺候。少小顽劣,任性而为,以自我为中心,不服管教,这种事情时常发生,气得爷爷长吁短叹地说:"唉,咱家要出赖人了!"母亲听了此话,还很是不满,但表面不说,只是藏在心里,对于我的管教就更加严格些。也许是仗着学校在自己村,有得天独厚的优势,加之还有叔伯哥哥的撑腰打气,那就更是没人敢惹,即便是老师有时也敢顶撞一番,简直是无法无天。回想起来,不知当时是出于何种考虑,那种顽劣之心怎么那么大呢?也许是天性使然,不认为那是不好的,只认为那是好玩。再大一些,上了中学,就感觉有些压力了,从此对于自己又有了新的认识,开始思考如何能够让自己自立,如何能够做出些所谓的惊天动地的事业来,如何能够让自己自由自在,能够走遍祖国大地,去领略一下各地的风情,能够让自己感知一下人生的奇妙幻景。这些都是发自内心的想法,所以,就把自己的精力用在了读书上。因为作为一名农民的儿子,自己不能依靠别人,一定要靠自己把书读好,才可能有自己的出头之日,才可能跳出农门走向繁华的大都市,去感受一下现代化的生活。唯有读书,没有别的选择。把自己的学习搞好,才是自己唯一的资本,才是能够展示自己价值与能力的机会。自己那时学习很努力,心性也有了很大的改变,不爱与人讲话,甚至感觉与人闲聊就是在浪费自己的青春,要抓住一切时间去学习,因为我深知唯有如此才能改变自己的命运。通过努力,1986年以全校第一的成绩考上师范,后来不安分于做一名教师,又报考了政法学院。毕业后从事行政及办事处管理工作,对于市场管理、人事管理、财务管理还是较为生疏的,但自己总是有一股不服输的劲头,干就要干好。自认为天资愚钝,不会逢迎做事,不懂人情世故,不知天高地厚,只是一味地闯,哪怕是碰到头破血流,也不退缩。也许正是有如此性格,才让自己逐渐从自我封闭的怪圈里脱离出来,逐渐喜欢与人交往,喜欢通过与人交流,让自己有所进步与提高。

改变了内心,改变了视角,一切也就改变了,与他人之间增添了许多的信任与默契,事业上也逐渐有了起色。的确,人是禁不住考验的,事业有了起色,人就变得骄狂起来,就有了享乐之心、占有之心、贪婪之心,长此以往,人就没有了上进的初心,就变得寂然。一个人如果不能真正学会调心、学会调适自己,不能真正把好人生之舵,就极容易翻车。好在自己及时省悟了此点,及时修正,努力改正,才让自己的事业和生活走上了正轨。尽管还有很多不尽如人意的地方,但只要向上、向善之心不变,美好与圆满终能与自己相伴。

壮大企业

昨日到原阳县产业集聚区座谈交流，在河南食品检验研究院吕斌主任以及原阳县相关领导的陪同引领下到河南九豫全食品有限公司和雨轩股份集团公司参观考察。九豫全公司厂区整洁雅致，管理严谨科学，企业规划宏大，设备先进，整体生产采用智能化设备，车间布局科学合理，可以达到国内一流食品企业的标准。尤其是企业的文化建设更为突出，精心规划，独具匠心，在厂区内建立中原酱肉文化博物馆，把中国美食文化介绍得非常详细，尤其是酱肉的起源与发展，通过图片和仿真食物的形式展现在人们面前。置身于博物馆中，仿佛走入了中国博大精深的饮食长廊，让我们都真正感受到了中华饮食文化的丰富内涵。

在参观过程中，既被中原酱食文化所熏染，也为企业家的这种文化情怀所折服。一个企业家能够把企业文化做得如此精妙，尤其是在酱食这一小众食品之中，做到这么突出，真是令人无比佩服。自己接触过的企业家有很多，去实地参观的企业也有很多，能够真正把企业做到如此之细化，能够处处把企业的管理与文化做得如此之精妙，实属难得，这的确是我们应该学习的。这样才是真正用心做企业，把企业当作自己的孩子一样来培养，点点滴滴、时时处处都能够体现出企业家的用心来，把生产工艺要求与企业文化宣传完美结合，从而使企业的形象完美地呈现出来，让人在参观之后留下一个美好且深刻的印象，即便在离开以后还能够久久地回味。能够达到如此境界，那是相当不容易的。当时我真是非常希望能够与企业的管理者好好地探讨一番，相信从他身上一定能够学习到很多企业管理方面的经验，但因为时间紧张，加之负责人在参加会议，就未能与其交流，内心深感遗憾。不过，像这样的企业，我相信自己还会再来参观交流，并且要把他们的企业管理经验推广到各地，让众多的企业向这些优秀企业学习，从而让我国诸多传统产业的发展迈上一个新的台阶。

　　本以为来到原阳县只是朋友相聚、简单交流，没想到还会有如此重大的发现，这的确出乎我的意料。通过考察、交流、学习，自己对于企业的发展有了更加科学的认知。天色已晚，但我们兴致不减，一行人又去参观了雨轩股份公司。雨轩股份下辖有五家企业，分布在郑州、新乡、天津等地，是我国羊肉行业中的龙头企业，从农业、工业、冷链配送、海关保税仓、电子商务等五个方面，打造全产业链体系，形成集农、林、牧、种植、肉羊繁育、屠宰、肉类分割、深加工、电商分拣、冷链仓配等农牧加工产业一体化综合项目。企业以开创高品质冷鲜羊肉品牌为使命，打造中国又一突出业态——羊王雨轩。看似平凡普通的一个产业，实际都是引领标杆的产业龙头，也都是集规模化、现代化于一体的小巨人型企业，最终皆能成为行业的领军者。所以，百业之中无小业，只要立足于一点，做精做细，做出规模来，做出格局来，做出文化来，就一定能够成为当之无愧的佼佼者。

生命之舟

　　千里之堤，溃于蚁穴。做任何事情都要考虑好细节，把握好分寸，要学会审时度势，不要让自己陷入危险之中，"一失足成千古恨"，留下一个不光彩的结局，这是要戒之慎之的。很多时候，自己认为一些小事是无足轻重的，对于自己不会有什么影响，就会产生麻痹思想，就会不管不顾地去做，结果那种侥幸之心被现实所击碎，遇到了重重的障碍，留下了一世的骂名，百世英明毁于一旦，给自己的人生造成极大的痛苦，这的确是得不偿失的。我们要时刻保持警醒之心，时刻有一种戒备之心，万万不能去做那些会给自己造成伤害之事，要认识到那是一种愚蠢的行为，是对人生极大的不负责任。有一句话叫作"好奇害死猫"，好奇之心人皆有之，在欲望的驱使下，自己对于未知之事会有猎奇之心，会有一种想去尝试的欲望，甚至有一种不达目的誓不罢休之感，这样就会陷入一种偏执之中，那种冲动之心就会涌现出来，就会忽视了所谓的危险，就会有了松懈之念，就会不顾后果地蛮干，这样就如同埋下一个"不定时炸弹"，最终是要出问题的。要规范自己的言行，知道什么该做、什么不该做，什么是好的、什么是坏的，明辨是非，在生活之中不断地调适自己的身心，把自己引上正途。很多时候自己会抱着一种尝试心理，总是想去尝试不一样的感觉，去经历一些未曾经历过的事情，好像唯有如此才不白来人世间走一趟。这种想法无可厚非，但关键是要分析这种尝试会给自己带来什么，是永久的回忆，是生活的快乐，是别人的尊敬，还是自我的提升？倘若和这些都不搭边，和人生幸福毫不相关，你去做了又有什么意义呢？只会给自己增添痛苦和悔恨罢了，并不会给自己带来什么好处，甚至这种错误是致命的，是极其危险的。所以，我们要及时调整自己的思想和行为，要有警醒之心，要对自己有一个科学正确的引领。

　　内心的引领是最为重要的。只要把内心调整好了，自己的行为也就自然而然地好起来了。所以，我们要不断地反思自己的思想和行为，要及时发现其中的问题，并找到问题的根源在何处。为什么会有这些想法？它的行为动机是什么？有没有可以改变的地方？对自己的发展有没有阻碍？对自己的生活有没有影响？这些都是值得我们考虑的问题。如果不加以分析、总结和反思，走到哪儿说到哪儿，那样是容易出问题的，会给自己带来诸多的麻烦和困扰，到时候真是悔之晚矣。现实生活是光怪陆离的，充满了诱惑和欲念，如何能在滚滚红尘中保持清醒，这时时刻刻考验着我们的意志，时时刻刻会让自己做出选择。如果没有坚定的意志和信念，就有可能陷入一种自我矛盾之中，就会如一叶小舟在大海中航行，没有了航向，没有了目标，就会陷入危险之中。要学会拯救自己，在日常生活中培养自己的好习惯、好性情、好人格，让生命之舟顺风而行，抵达人生福乐的彼岸。

感恩父母

　　前两日回了趟鄢陵老家，一来是看看父母，因为有很长一段时间没有回去了，很是想念他们；二来是这次回郑州刚好赶上自己过生日，自己也想着跟兄弟姊妹们在一起欢聚，我想这也能让父母更加高兴。每年生日，老母亲总是第一个给我打来电话，问我在哪里过生日，提醒我自己的生日千万别忘了，要记得吃碗长寿面，里边还要打上荷包蛋，那交代得甭提多细致了。每当接到老母亲的电话，自己总是百感交集，丝丝暖意涌上心头。母亲已经七十七岁了，但精神头很足，身体也还不错，虽然有多年的高血压，心脏也不是太好，但也许是心情愉悦的原因吧，这几年较为平稳，每天还在老家种瓜种菜、收拾院落，整天忙得不亦乐乎。劝她停下来休息一下，她也不肯。也许正是这种勤劳带给她更多的健康。老父亲更是如此，每天早早地开着电车去县城买菜，给厂区职工做饭。让他休息，他也是不愿意。因为他年轻时也是厨师，并且是当时县面粉厂职工食堂的司务长，所以对于烹饪以及食堂管理还是很有经验的。当然，时代不同，对于食堂管理的要求不同，员工们对于饭菜口味要求也有很大的不同，不仅是原来的吃饱就行，而且要吃好，吃出色香味和营养来，标准高了，老爷子也在学习，在不断地改进技艺。看到他本该颐养天年之时还这么操劳，自己实在是于心不忍，多次劝他休息，但他自己却是乐在其中。他是发自内心喜欢，也是想通过自己的劳动来展现自己的价值，不想在家待着，不想去做那些无意义的事情。也许这就是上一辈的本色，那种勤劳是刻在骨子里的，是无法改变的。如若改变，对于他们来讲，反而是一种痛苦。也许给他们劳动的机会，让他们充分展现自己的价值，对于他们自己也是一种宽慰吧。老父亲现在有些血压不稳定，今年夏天做了胆囊切除手术，但他还是很乐观，每天还是闲不下来，忙完"公务"之外，又把老宅拆掉，重新设计，盖成了欧式的别墅洋房。房子盖好以后，前来参观者也是络绎不绝，都想一睹老宅的"新容颜"，老父亲为此也深感自豪。也许这就是一种寄托，是一种生活的情趣和动力，是一种人生的态度，也是生命活力的充分展现。如今，我回老家就不再住县城的楼房了，而是住在老父亲所盖的"洋楼"里，还真是感觉快乐无比。

在老家的这两天真是感触颇多，能够在自己生日之际回老家与父母团聚，的确是幸福无比、快乐无比。生活给予我们的东西很多，父母给予我们的也很多。回想起生日当天老母亲专门煮了几个鸡蛋，还像我小时候一样，拿着鸡蛋在我的头上滚来滚去，一直滚到脚下，边滚边念念有词，愿我更健康、更有成绩，我也是顿时眼含泪花。从幼小之时，到如今人至中年，老母亲的"生日滚鸡蛋"给我留下了太多太多的回忆。感恩天地，感恩父母。

自我拯救

　　不知道这一天的时间都去哪儿了，每天都是诸事满满，该做的事情总是没能做完，总是感到很多事情还没有来得及去做，尤其是每天不能够给自己留出足够的时间，来轻松地写一篇文章，把自己的生活经历记录下来，给自己内心最大的慰藉。总是想静下来，自己一个人，自由自在，无碍无忧，能够在轻松愉悦的环境中去找到真正的自己，那该是多么美的生活呀！可能每天世事的繁杂极大地干扰了自己的心志，让自己静不下来，让自己的思绪在旷野里东突西撞，就像是一匹烈马，无法驾驭与驯服，总是有这样或那样的烦恼萦绕着自己，让自己无法从容与安心。仔细想来，还是自己的奢望太多，想法太多，贪欲之心太盛所致。有了占有与贪欲之心，人就会变得很狂躁，心永远定不下来。如果能够真正安定下来，人自然也就轻松多了。

　　自己总是想样样都能拥有，既能拥有安然与雅适，又能够拥有贪欲与占有的满足，这两样都不想放弃，可是越是这样想就越是不能把握。因为这是相互矛盾的，是不能兼得的。越是想都拥有，就越是难以拥有；越是想什么事都做得无比圆满，就越是难以圆满。不知一个人怎么会有如此矛盾之心，那份年幼时的清新与自在哪儿去了，那份童真与烂漫如何去寻觅？就像是自己现在每天的事务还是很多，但又想把诸多事务都做得圆满的同时，能够把自己的生活搞得丰富多彩一点，能够真正做到收放自如，能够心如大海、包容滋养，把自己身心调到最佳状态，能够以己为傲、以己为主，能够自己给自己找到真正的光明，不再受世事与凡俗的拖累，活出真正的自己来。这的确是不容易的，往往越是要求这种圆满与完美，就越是没有圆满与完美之时，就越是会陷入一种挣扎与困顿之中，不知应该如何给予自己安心与解脱，让自己不再纠结于世事的完美，让自己真正能够超凡脱俗。这可能本身就是一种奢望，也可能是给自己的一种压力，是对自己过高的要求，也可能是永远无法完成的任务。如果总是陷入此种境地之中，就等于说是把自己推向了圣境，用一个金字牌位把自己给供了起来，就会很难让自己解脱，就会让自己陷入执着的怪圈之中。所以，还是要有所选择，要学会包容不完美的自己，既要看到自己好的一面，又要剖析自己欠缺的一面，要客观地认识自己，自己不是完美无缺的，也不是一无是处的。面对人生不同的境遇，该做什么就去做什么，不要陷入偏执之中，学会自我提升与拯救，成就一个完美的自己。

融合发展

　　这两天真是手忙脚乱，忙得不亦乐乎。在回到郑州之前，还没有想到会有如此多的事务，但不安分的我不管到了什么地方都想"掀起点风浪来"，能够给产业的推广助一把力、点一把火。因为到每一个地方都会有很多的贵人相助，都会有很多好的机缘，都会有很多好的机会，所以，要善于团结一些志同道合之人，能够一起做一些事情，能够把共同的事业做得越来越好。即便是短期内没有什么机会，但从长期发展的角度来讲，也是非常有意义的。所以，要广泛地交流和接触，互相深入地探讨，不断地为产业发展出主意、想办法、找渠道，唯有如此，才会有较多的机会和较大的发展。

　　上周六下午三点，在郑州天鹅城大酒店召开了宇航健康科技产业交流会暨宇航人才智库中心揭牌仪式，会议隆重而热烈，议程丰富而充实，是一场宇航健康科技交流的盛宴，也是一次难得的与各界朋友交流的机会。虽然会议准备时间较短，但整体准备还是井然有序，用最短的实践、最高的效率举办了一场宇航健康科技交流大会，把宇航农业、宇航医药、宇航级食品、宇航大数据应用、宇航健康用品、宇航文旅做了一个较为翔实的说明，让大家充分认识到了宇航健康科技应用的范围是如此广泛，也可以说涉及我们生活的方方面面，有很多产业的发展都有宇航科技应用施展的空间。把原来曲高和寡的宇航科技应用到传统产业的发展之中，这的确是一件利国利民的大好事。我们搭建智库平台，让专家们的科技成果得以展示与应用，让更多的企业享受到宇航专家团队的服务，这也是为企业的创新发展提供了智力支撑。通过对传统产业和传统企业科技的赋能和指引，从而使产业得到发展，使企业得到新生，这的确是一件非常有意义的事情。在经济社会迅猛发展的今天，尤其面对疫情这一特殊的时期，企业都应该互相融合发展、互动交流，把各个有利于企业发展的元素都集合起来，能够使企业的发展更加迅速有力，使产业发展更上一层楼。

很多时候，我们往往自诩能力很强，不需要依靠别人的指引，甚至于自己都能够威风八面、无所不能，实际上，这是一种极为浅薄的认知。一个人有再大的能力也不能涵盖所有，一个人有再多的智慧也比不上集体的智慧。事业的发展需要我们发挥主观能动性，需要依靠自己的智慧与能力，需要自己一步步地践行与总结，但智者千虑必有一失，我们不是神，不是完人，都会有这样或那样的不足之处，一个好汉三个帮，只要把大家的智慧与力量凝聚起来，围绕一个中心点去努力，就一定能够干出一番成绩来。相信通过宇航智库的建立与运营，能够把众多科技凝聚起来，把众多专家的智慧发挥出来，能够通过平台的连接为企业的发展助力，让科技与产业真正地融合起来，为我国创新经济的发展出一把力，为宇航科技转移转化做出我们应有的贡献。

乐观生活

在努力前行中得到快乐和升华，在平凡的生活中找到乐趣与意义。一个人的生活往往没有那么多的惊心动魄，没有什么值得夸耀的地方，留下的往往只有些许的遗憾和无奈。现实之中，有些人会被这种平庸和凡俗消磨掉原本的梦想和希望，对自己产生"破罐子破摔"之感，到头来就只能得到两手空空、望天长叹；但有些人能够从生活的繁杂和平凡之中找到乐趣，找到那些激动人心的时刻，能够在平静之中掀起人生的波澜来，让自心永远处于一种激动与昂扬的状态，在他们的眼中，人间所有皆是美景，人生处处皆是春天，他们每天都生活在兴奋与超越之中，能够在日常的生活中去发现美、创造美，每天的心情都是美的，脸上总是挂着微笑，即便是面对挫折与痛苦也能够乐观以对，能够辩证地看待和处理问题，在任何不幸来临之际，都能够处之泰然，能够从痛苦与不幸之中发现愉悦与收获，并从中找到新的机会与运气。所以，很多事情不能简单待之，要能够融合起来，把一切的有利因素聚集起来，形成一股合力，唯有不断积累，才能事有所成。不要简单地看待一个人、一件事，可能在你擦肩而过的一刹那就会产生感应，就会有很多的惊喜在等着自己。要特别重视身边所遇到的每一个人，因为他们都是上天派下来让你认识、让你接触的，无论是亲疏远近，无论是高低贵贱，都是你应该去接纳的。不要认为这些接纳对自己无益，要知道我们就是在这一次次的偶然相遇之中积累更多的经验，得到更多的进步，让自己的人生逐渐变得丰富起来。要时时处处做一个有心人，善于观察生活、体验生活，善于与人沟通、与境相依，走什么路唱什么歌，能够迅速适应环境，把所有的顺逆悲欢都当作是上天的恩赐，让自己的朋友多起来，让自己的力量强起来，让生活更加丰富多彩起来。

自我超脱

　　能够静下心来实属困难，能够给自己一些自由轻松的时间的确是不易的。我们生活在一个匆忙繁杂的世界里，每天都有做不完的事、见不完的人、看不完的景。所有的感知皆是外在的引领，所有的时间都在与外境的感触中悄悄地溜走，在苦乐喜悲、繁碌纠结中挣扎，在得失荣辱中度过。很多时候就无暇顾及自心，不知道心在何方、心向何去，甚至于不敢想，也不去想它。不敢想，是害怕内心的伤痛和不安再次来临；不去想，是认为想它没有意义，就算想了又如何，还不是原来的样子，想也改变不了现实，与其自我反思，还不如顺其自然。的确，内心有如此的想法，感觉所谓的自我醒悟和反思又有何意义呢，还不是日子一天天地过，何必自寻烦恼呢？正是因为有如此想法，一个人就过得自认为很现实，只有现实才是自己所应该面对的，是对自身有意义的，其他的所谓的奇特想法，以及对人生的总结，简直是可有可无，这就是让我们不断陷入痛苦深渊的原因所在。一个人如果不能够从现实的小圈子里跳出来，没有内心的醒悟与引领，就会在生活的痛苦中越陷越深。因为我们只注重了生活的表面，不能够深入地领会自心的真谛，不能够透过现象看本质。透过现实找规律，站在高处看问题，不被现实所蒙蔽，有了这份睿智之心，就有了前行的引领与抓手，就有了战胜一切艰难险阻的决心和信心，就有了生活的真正轻松与惬意。一个人的轻松与自由不是别人给的，而是自己给的。只有不断地调适自心，总结自心，规划自心，让它永远都是清新澄明的，都是无挂无碍的，我们才能够拥有最大的福乐与自在，才能够真正成为自己的主人。

最近这几天总是被外境所干扰，不能够真正安排好自己的时间，不能够按时总结、不断进步，往往被事务牵着鼻子走，不能够科学合理地安排自己的时间，在主观上产生了惰性思想，对于自我的管理不到位，对于生活的总结不到位。如果不能够对于自我做出反思、总结和改变，长此以往，自己也就不是自己了，就没有了自心的安乐与幸福，就会真正成了一个俗人，就没有了生命的光辉之处。有时候会拿时间紧、工作忙为借口，但那是对自己的欺骗，即便是再忙，也不要忘了自己是谁，是为自己而活，还是为外境而活。自己永远是自己的引领者，是自己幸福的创造者。如果我们被一时的繁华和欲念所蒙蔽，就会失去了自己，变成了一个可有可无之辈，就不会给自己带来大功德、大福乐、大自在，也就是没有了进步和发展的可能。一个善于管理自己的人才是最为幸福和快乐之人，是一个真正富有之人，是一个真正能够掌握自己命运之人。所以，不要为眼前的繁华与凋敝、富贵与贫贱、得到与失去而烦恼，也不要太过执着于现实而不能解脱，能够在凡尘中生活，又能够超脱自我，能够从平凡普通的生活中去创造人生的不朽，去实现人生的大目标、大发展，给人间增添一抹春色，给别人带来温暖，做一个无私无畏之人，做一个自由自在、轻松福乐之人。

创新人生

近两日在进行河南宇航人才智库中心的筹备工作,选址、注册、专家交流、组织建设、活动安排,看似事情不多,但还真是较为烦琐,事无巨细,有些事还要躬身亲为,的确是忙得团团转。虽有办公室几个员工在努力去准备,但有些事情还需要我来做指导和安排。虽近些年来机构建设的工作没少做,但每一类机构的设置都有其独特性,都要根据实际情况来进行科学合理的安排,还真是马虎不得。每一份成绩的取得都是非常不容易的事情,需要我们付出全部的心血与精力。只有认真去想、努力去做,才会取得好的成绩。有时候自己也会忙中出错,因为一些事情没有经过全面科学的论证,仓促上马,就会顾此失彼,显得手忙脚乱,没有了章法;失去自己的理性思维,就会胡乱而为之,就会出现这样或那样的问题,让自己陷入一种进退两难之境。对于工作,还是要进行细致缜密的安排,从而让自己少出错、少走弯路,通过努力给成功最大公约数。

工作的年数久了,总会带着一种所谓的经验优势,认为什么事情都不在话下,没有什么是难以驾驭的地方,一切皆在自己的掌控之中,因而就会盲目自信,就会有些独断专行,不善于听取别人的意见和建议,就会变得刚愎自用,不去进行研讨、广泛地征求别人的意见,这样往往就会出问题、出错误,自己却不曾察觉,只想着靠自己的经验和能力一定不会有问题,可正是由于这种思维,使自己错误连连。回过头来看,很多机会都是自己白白浪费掉了，真是可惜得很。所以，我们做事情要学会举一反三、反复思考，不要早下结论，要大兴调查之风，只有理论联系实际，把自己的经验和客观实际紧密结合，我们才能最终取得生活的圆满和事业的成功。所谓的发扬民主作风、大兴调查之风，不是说不抓紧、不着急、不马上行动，而是说要跳出思维的怪圈，不能非此即彼、机械地看问题，而要在工作中张弛有度、收放自如，在广泛调查和交流的基础上，能够迅速做出决断，该拍板时就拍板，不能久拖不决，因为行动才是改变现实的唯一途径。因此，交流、研讨、规划与实际行动、高效运转并行不悖，唯有把二者充分地结合起来，才会收获一个好的结果。

在现实生活中，我们往往会陷在自我固有思维的圈子里不能自拔，在僵化的思维囚笼中难以脱身，我们只有跳出来，从不同的角度去看待它，并且拿出切实可行的方案来，才能永远让自己立于不败之地。我们要学会给自己打开思维的窗子，把清净的新的空气放进来，这样才能让自己的思维更加清新明亮，才能让自己更有创意和活力。事实上，工作与生活就是需要我们有这种创新之气，能够让自己平凡的工作与生活变得更加有趣味、有意义。

反省生活

　　隔一天再写文章，就会显得异常生疏，感觉就像是隔了很长时间一般，就会产生一种莫名的惊慌之感，就会失去了内心的安定与沉着，生活也便没有了底。所以，还是要每天静下心来把自己的感受写出来，这样会让内心更加充实，让生活更有意义。

　　现实生活中，每天都有数不清的事情等着自己去做，每件事情都是非常有意义，都是非常重要的，都是不能耽搁的，所以每天都把自己的时间排得满满的，每天都是忙碌无比，自己就像是旋转的陀螺一般，难有修心安静之时。即便是没有了其他的杂务，内心也平静不下来，总是东想西想，没有心安之时，似乎人是以事而活，没有事情就没有了活的可能。越是这样越是显得紧张焦虑，整日忙于俗务，没有时间好好地安顿自心，就很难有快乐之时，也很难有自己的清净之所。如果一个人整日生活在繁杂之中，看似活力无限，实则是忙而无序，没有了对生活的总结和畅想，没有了对人生的规划与安抚，那么他就会缺少了内心的滋养，就不会拥有完整的人生。没有了内心的涵养与滋润，人生之苗就会枯萎，生命之田就会干涸。可能有人会认为，生活还有什么需要去总结和回顾的，还有什么需要去记录的？每天都重复着同样的日子，总结不总结、回顾不回顾、记录不记录又有什么意义呢？有些事越是去想，越是会给人增添纠结与烦恼，不如干脆就不要去记、不要去想了，对于那些不愿意提及之事、难堪之事、痛苦之事就干脆忘掉算了，这样反而给自己增加了快乐。如若总是想着过去，就如同在自己的伤口上撒盐一般，就会增加自己内心的痛苦，那样就干脆不想、不记该多好。实际上，这种想法是错误的。人生的记忆不是说忘掉就能忘掉的，不是说不去记、不去想就能够快乐异常的。有些事如果不去想清楚、想明白，不明其理，就会非常疑惑，就会让这个问题永远与己相伴、难以甩掉，就会让它成为生活中的一片阴影。如果我们能够平心静气地把它想清楚，能够及时将它化解掉，就会有豁然开朗之感，就不会被某一件事所缠绕，内心就不会有那么多的负累，就会有了清新明朗之感。

在现实生活中，我们一定要学会自我安慰，学会用超然之心去看待一切、规划一切，这样生活的天地就会非常广阔，人生就会变得更加自由。很多问题和愁苦之所以出现皆是由自己的思维受限所致，思维受限了，人生也就会愁苦不断。所以，善于总结和记录生活，学会思考和创造性地看问题，是人生不断前行的最大保障。有了更高的思维层次，就有了更高的人生站位，就会感知更多的人生之美。每个人都会有自己的工作、生活习惯，都会有自己调节自心的方式和方法，唯有把自己沉浸于其中，把自己的私心放下，把自己的心性提升，我们才能够获得人生的真正快乐。每天的生活就是要找到这种快乐，找到人生的美好之处，这样人生的意义也就有了。

自心收获

每天都要有所反省，就像曾子所言："吾日三省吾身：为人谋而不忠乎？与朋友交而不信乎？传不习乎？"人生最为珍贵的就是反省能力，能够时刻对自己的思想和行为进行总结与反思，这才是人之高贵之处，也是人不断成长的基础，如果能够长期坚持，那必然是成功幸福之人。每天的总结与学习，是对自我性灵的最大提升；每天的进步与提高，是对善于学习者的嘉奖。如果不进行反思与总结，不进行思考与创造，那么这一天的时光就会白白浪费掉，那是相当可惜的。如果不能科学地利用每天的时光，人之进步也就无从谈起。

的确，我们会有意地进行回避，不敢直面生活，不敢直面自己，害怕对自己的审视会伤及自尊，会让自己感到难堪，殊不知，有些问题越是回避越是令人痛苦，内心的田地就会变得荒芜，没有了客观之心，没有了对自己生活的反思，人就会变得忙乱无序、心无所依，就会失去了内心的主张，变得六神无主，没有了灵魂，没有了定力，变得越来越不认识自己，就会被眼前的假象所迷惑，把自己引入一个自己难以分辨之境，变得就像是失去了母亲的孩子，在旷野中哭号，是那样的无助和惊慌，没有温暖，没有关爱，无依无靠，难以生存。

自心的确是遇到过不少这样的境遇，尤其是大学毕业之时，曾一度很是迷茫，不知道人生之路应该如何去走，不知道怎样才能找到自己的工作方向和生活情趣。当时也没有人为自己做出指引，脑海里只有一个声音，那就是不能依靠别人，一切的美好与光明只能靠自己去追寻，只有依靠自己才能创造人生的奇迹。一切的事情要自己给自己把握，要学会待人接物，要学会在陌生的环境中找到自己的位置，去做自己喜爱的工作，去实现自己的人生目标。四处应聘，东突西撞，选择了不少的工作岗位，有些只是为了短时期的生计而已，只要能养活自己，只要能够让自己在城市里留下来。因为如果回去，只能回到老家村镇，那样就感觉自己好像是很丢人。既然努力地走出来了，用心学习，顺利毕业，无论如何也要在外闯出一番天地来，这样才能够"荣归故里"，才能够真正地实现自己的价值。有时候的确要对自己狠一点，让自己没有退缩的余地，只有不断地前行，才会有自己的光明之路。当然，在这一过程中，自己也是吃了不少苦，流了不少汗，有时还要面对这样或那样的风险，甚至于心惊胆战、痛苦连连，有时也想过退缩，想过如果安安稳稳地去当老师多好，生活就会平稳、安逸得多，何必整日东奔西走，压力重重。有时也是吃不好、睡不好，在痛苦和压抑之时没有人安慰，也没有人理解。有时也会产生打退堂鼓的念头，也会有想放弃的心思，但好在自己还是坚持下来了，没有被痛苦和磨难所吓倒，一直在不断地总结和反思，通过每天的写作来记录生活、思考人生，实际上这也是对自己内心最大的安慰，是对人生道路的重新规划，是对自己人生的重新定位。

  总之，这几年受益于对生活的不断总结与反思，受益于对自己内心的抚慰与指引，让自己在最难的境遇中挣脱出来，重新找到了事业的方向，重新振作起来，让自己具备抗击打能力，同时也增长了不少见识，能够真正客观地看待自己、看待别人，能够在纷繁复杂的人世间找到一个清新简单的自己，让自己得到了极大的宽慰，也收获了一双聪明伶俐的儿女，事业也逐渐走入了正轨。感恩天地，感恩家人，感恩自己，在未来的人生道路上一定要珍惜福缘，不断进步，成就人生的大圆满、大自在。

身心调养

　　近两天回到锦州家里，真是疲乏至极，腰酸背痛，像是有睡不醒的觉，整天头脑昏沉，不知是因为前天打了疫苗加强针的缘故，还是近期疲劳过度所致。自己也在反思，为何会出现这种情况，也许是两种原因皆有吧。不能够按时作息的确是自己日常生活和工作中的症结。不能够按时休息，不能够合理科学地安排自己的生活和工作，这是自己最为突出的问题，也是自己要克服的最大障碍。可能自己能为其找出一千种理由，但无论如何都要从自己的思想上去找原因，要进行深刻的自我剖析，找出自身存在的问题，分析问题的症结在哪里，应该如何去解决这些问题，如何把自己引向正途。如果不去解决这些问题，恐怕自己会遇到更大的问题和麻烦。首先要调整自己的思维，一个人的思维决定了他的行为，一个人的所思所想、内心方向决定了他的人生方向，决定了一生的成败。

　　我发现，自己近两年有一种懈怠之心，不像前几年那么有斗志，那么有冲劲，能够把全部精力用在事业的打拼上，能够不断地鼓励自己、提升自己，能够对自己严格管理、严格要求，能够时刻保持一种觉悟之心，不断地提醒自己不能懈怠，要有上进与拼搏之心，能够通过自己的努力给自己带来更大的发展，带来更大的收益和进步，无论是物质上的，还是精神上的。如果一个人没有了上进之心，缺乏了进取之志，没有了目标，没有了方向，被眼前暂时的繁华所诱惑，被欲望的绳索所缠缚，那样自己就会明显感到内心荒芜，没有了精神和气节，有的是满脑子的享乐思想，有很多的懈怠无力之感，这是相当可怕的一种现象。如果不及时调整自己，找到内心的寄托和方向，人也就完全丧失了"战斗力"，就会成为一个只注重物质享乐之人，就完全没有了进取之志，就会变成一个无聊之人，没有人生的方向，没有做人的品格，就会如同行尸走肉一般，这是对人生的亵渎，也是自我的毁灭。正是基于这种错误的思维，人也就变得老气横秋，没有了那股精气神。

所以，改变自己首先要从改变自己的思维做起，要让自己树立上进心，能够把自己的生活变得丰富多彩，这样人生的趣味也就有了。其次，还要在日常行为上多做一些有益于事业、有益于身心的事情，把付出和创造作为自己向上的动力，通过设立高远的目标，一步步把自己引向正途，通过对自己言行的严格管理来让自己培养好的习惯，比如早上锻炼、早起的自我反省和规划，另外还要积极参加公益活动，以及其他主题的企业交流活动，这些都会对自己的发展起到至关重要的作用。要把自己的身心调养得棒棒的，每天都能够轻松怡然，这样工作效率也就提高了，并且身心也会越来越健康。调养自己的方式有很多种，关键还是要去践行，通过不断地调整与反思让自己恢复最佳状态，也就是所谓的"满血复活"，浑身皆有力量，这样的人生才是最有意义的人生。

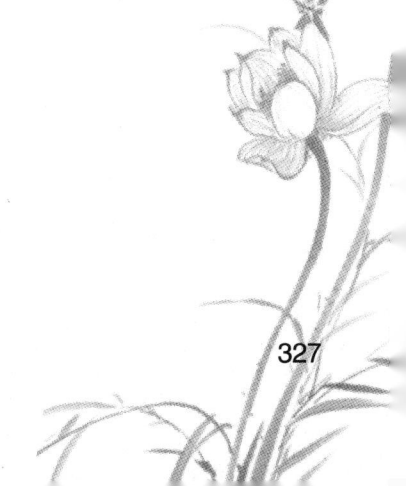

静心偶感

　　我本没病，只因内心的荒芜，无依无着，找不到人生的方向，失去了前行的动力，变得无聊至极，这样的人生是最痛苦的。有人说，人生本是欲望追求满足的过程。可一旦真的满足了，也还会陷入一种无比的焦虑与烦忧之中。人心是难以度量的，不存在永恒的美好感受，一切都是在不断的循环变化之中呈现。说人伟大也伟大，说人渺小也渺小。可在这伟大之中，也难以永远保持伟大；渺小也不一定是渺小，也有其伟大无比之时。还是要静心，平复那颗追求完美之心，在完美与不完美之间找到一种平衡，让内心的向往变成现实，又能够从现实之中去发现更高远的地方，能够鼓舞着自己不断前行，能够在对人生的深刻领悟之中得到心灵的升华，能够让自己的内心感受更加愉悦，能够真正地放松，过上自由自在的生活。有时自己也在想，自由是什么？是衣食无忧，是挥洒自如，是不受阻碍，一切的想象都能转变为现实，一切的梦想都能实现，没有痛苦，只有欢笑，没有失去，只有得到，没有阻碍，只有顺畅，一切都是那么的完美，一切都是那么的奇妙，我们每天都能得到人生中大的收获，每天都有新发现、新进步，每天都在向永恒迈进一步。如果以上这些都能够实现，那该多好哇，那么人间也就真的成了天堂。或许我们还不能达成以上的梦想，但如果我们的内心改变了，心境转变了，对任何事情都能够释怀，不纠结、不忧愤、不后悔、不忧伤，那么人生的美景即会到来，我们就会获得人生的大自在。

我们的痛苦就在于过于执着，过于相信自我的觉知，认为我们所有的遇见都是永恒，都属于自己，都不会失去。这种执着于自我之心是困扰我们人生、让我们增加痛苦的根源。我们要能够真正放下这份执着，能够顺遂因缘，相信自然的循环，能够彻悟这一切皆是一个过程，皆是因缘的聚合，当这份因缘消散之时，一切都会逝去，这是自然规律，不能够人为地改变，不是说你想留住就能留住的，不是说你想改变就能改变的，这是很确切的现实存在。所以，我们不能执着于现在，而要着眼于未来，着眼于创造，着眼于那份难得的内心的温暖，把它记录下来当作永恒，把它珍藏起来当作自己的稀世珍宝。那才是真正属于自己的东西，其他的有形的东西都会消亡，没有一点能够让自己带走的东西。我们的归宿在梦里，在心中，在翘首以盼的美好里。只要把我们的内心安顿好了，一切也就好了，一切都会成为永恒，一切都是自己的珍宝。可能在现实生活中我们还要客观以对，甚至于还要去做那些自己不愿意去做的事情，但这也是一种经历，也是一种修行。要学会安身立命，把当前的所遇所知当作是自己难得的经历，当作是人生不再来的体验。虽然表面上看要经历长久的苦难，但别忘了，只有忘掉了所谓的苦，才会得到永远的甜。明天是一种向往，但做好今天才会有好的明天。

与心相随

曾子曰:"吾日三省吾身:为人谋而不忠乎?与朋友交而不信乎?传不习乎?"是呀,如果能真正做到"三省吾身",那我们还有什么疾患,有什么疑难问题呢?还有什么不能够开心之处呢?生活的过程就是一个自悟的过程,就是要不断地打开自己的心结,把人生之中的疑惑慢慢解开,能够真正做到彻悟和了知,能够让自心有一个安放之所,对于现实中的人、事、物有一个客观全面的认知,对于自己能够有一个客观的指引,让自己在人生之路上少犯错误,能够用智慧与创造来引领自己的人生,对于痛苦与磨难有一个理性的认识,能够不被现实的阴暗所埋没,不为眼前的困扰而烦忧,做一个自在幸福之人,这才是我们所追求的,也是我们想要达到的理想之境。在现实生活中,我们往往沉迷于现实的欲念之中,被世事的繁碌所牵,被贪欲所缠缚,没有了自心的主张,这样日久天长,自己变得不认识自己了,不了解自己了,思维也变得混乱了、无序了,本来清新澄明的大脑也变得愚钝了,很多事情看不透、想不开,这样会陷入一种极为矛盾之中,在现实与理想之间徘徊,在犹豫,在纠结,不知路向何去,不知怎样才能找到人生的正途,甚至于因为一时心结难开而做出些遗恨终生的事情来。究其原因,还是不能够做到天天自悟、事事分析之故,不能够做到"一日三省吾身"。

省悟对于我们人生的确是非常重要的。对于生活和工作中诸多的人、事、物,要加以深入地分析,要能够反省自己的所作所为,把内心之中所隐藏的想法挖掘出来，去面对它，去引领它，不要把它作为自己人生的隐患。对于好的想法，要能够加以引用，用尽心力也要把它转变为现实；对于那些不好的想法，也要客观分析，分析其产生的根源，并把它给彻底清除掉，不能让它再像野草那样滋生。因为如若不加以清除和管理，自己的心田就会荒芜一片，就不会有稻浪滚滚、瓜果飘香，就不会有人生丰收的场景，人的一生就会颗粒无收，到头来只能是两手空空、悔之晚矣。还是要学会反省，学会思考，学会用客观的思维去分析事物、分析别人、分析自己，唯有如此，才能让人生之舟不偏航，能够保持正确的方向，向着人生幸福的彼岸前行。

　　如果能够每天都抽出时间自己静一静、想一想，自己和自己说说话、聊聊天，写一段文字，把自己的内心世界展示出来，与己倾听，与己交流，这的确是一件非常快乐的事情。那是性灵的交互，是思想的升华，是人生创意的闪光，是内心的平复，是对自己最大的安慰。的确，在我们这一生之中，谁能够与我们永远相随呢？唯有我们自己，唯有这颗心与我们永远相伴，不会舍弃。因此，还是要与心为伍，以心为靠，把自己的内心调养好，让它永远在快乐与平和之中，能够始终保持一种安然平和的状态，面对世事而不惊，面对私利而不争，面对欲念而不贪，面对困难而不怕，唯有如此，我们才真的成熟起来了，才会变得越来越坚强，越来越勇敢，越来越自由，越来越幸福。

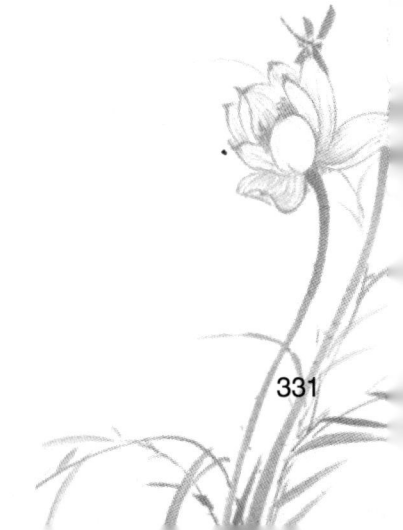

不断成长

　　今天也是想突破一下自己的能力极限，看能不能一天写够五千字，这是写作的目标，也是对自我的一个更高的要求。每次有此想法就暗示自己不要太过于执着，过于执着于此会把自己弄得紧张兮兮，让自己疲劳至极，这样反而适得其反。的确，这项任务是非常艰巨的，需要充分利用自己的业余时间，能够真的把写作当成一回事，但凡有些许的懈怠也就难以完成了。这始终是自己心中的一道坎，想自我挑战而迟迟难有行动，一来是近期事务较多，有很多现实的事情要解决，也有许多的人要见面，的确是没有时间；但还有一种情况就是无感而发，没有现实中要写的素材，也没有想写的冲动，就想着自己应该早点休息，不要去想那么多事情了，还是不要对自己设限为好，要让自己轻松起来、自由起来。我始终觉得自己对某些事情过于执着，尤其是对自己所做之事，有一种不达目的誓不罢休之感。既然有了这样的决心，就一定要把事情做好，这样才能让自己的内心安定下来。生活中，我们可写的素材还是非常丰富的，每一次的思维动念、行为举止，每天所见的人、所做的事，都是经验的积累与总结，都是使我们不断进步的活教材。我们要向日常的生活学习，要能够从普通的生活里去感知其伟大。我们都是平凡人，过着普通人的生活，每天都是上班下班，与家人相聚短暂，再平凡普通不过，好像是没有什么可写的，可能想写的早就已经写完了。这是一种错误的认知。我们活着的每一天都是故事，也都有其存在的价值。每天的行为都有自己的内心在支配着,在引领着。正因如此,我们要处之泰然,不慌不忙,认真对待我们所遇到的人与事,从别人身上去汲取知识的营养,让自己真正成为一个好学上进之人、品德高尚之人。

　　我总想着把每时每刻的生活记录下来,这样自己就能够得到精神的永恒,能够随时可以看到自己人生的留影,把自己的所思所想都完整地呈现出来,留着作为永久的珍藏。我们一生的时间的确是很短,短得有时会让人非常惊讶,幼年、少年、青年、中年、老年,转眼之间,人生也过了大半里程,应该学会为自己的人生留影,把那些有意义之事记录下来,并且通过记录的事件让自己有更多的感悟,让自己有更大的提高。的确,人与人之间的沟通有时也只是用嘴沟通,如果能够把这些沟通用笔写出来,那该是多么有意义的一件事情啊。它不但是对自己人生的触动,而且也是对自己心性的大的提高。记录生活,记录事件,记录他人,记录自己,也许这个世界上只有拿起笔来才能留下深刻的印记,才是最为不朽的。所以,向生活学习,向他人学习,用这支笔来写下最为美好的句子,让人生伴随它而努力成长起来。

坚定方向

　　自己还是要有明确的主张，认准的事情一定要坚持执行到底，不能随意改变。如果有改变也就是在具体的细节上有变而已，在具体执行的方法和程序上有些改变，这都不影响大局。只要我们的宗旨未变，那么一些细微的调整还是很自然的，但核心的东西不能改变。如果核心的方面也改变了，那么就会留下一个阴影，就会在内心中留下印记，就会造成不良的影响。所以，一定要坚定自己的工作、生活方向，不变初衷，不变自心，能够始终如一地坚守自我，要努力围绕核心目标去工作、去生活，争取做到"形散而神不散"，也就是所谓的"万变不离其宗"。

　　要相信自己的选择，无论任何时候都要勇敢地站在自己的立场之上，对于那些认为需要坚持的东西决不放弃，给自己最大的支持与鼓励，要给自己加油打气，绝不能畏畏缩缩，又想做又不敢做，选定的方向一定要坚定地走下去，遇到任何问题都要努力去化解它，想办法解决它，绝不能半途而废。如果轻易地放弃自己的主张，因为遇到一些困难而畏惧不前，被眼前的困难所吓倒，那就什么事业都做不成了，只能成为困难与问题的奴隶了，就完全没有了前途。最可怕的是，如果长此以往，养成了这样的坏习惯，就会影响自己的一生，就没有了成功的可能，一生也就不会有任何的成就。因为在现实生活之中，我们想做成一件事情是很难的，需要具备多方面的条件，在开展工作的前期、中期和后期都要有一个科学的把握，哪一点没有注意到，就会出乱子，就会有这样或那样的阻碍。我们一定要对此有充分的思想准备，要有不屈的意志和志在必得的信念。无论大事小事皆是如此，都要能够坚持如一，认准方向就要努力做下去，要有必胜的决心与勇气，要有一股不达目的誓不罢休的精神，唯有如此，人生才能有所成就，事业才能成功。正如俗语所讲："困难像弹簧，你弱它就强。"要有乐观和创新的精神，采用多种方法，选择多种途径，努力去实现它。要相信每一个困难都是让自己成长的基石，是让自己进步的阶梯，也是让我们开阔视野、拾遗补阙的好机会。如果没有新的问题出现，自己就不会去想一些更加完善周全的方法，就会变得安于现状而自得其乐，这种情况是相当危险的。

我们要对问题有深远的洞察力，能够了知世事的发展，能够预知未来的趋势，要迎合大势、因势而动，不能以不变应万变，要能够以变制变、因变而变，在变化之中去掌控先机，去实现自己的最终目标。无论世事如何改变，我们的目标绝不能轻易改变，要采取一切方法去实现它，当然这些方法一定要合法合规、合情合理，能够有利于别人、有利于自己，把自己的利益与别人的利益相连，把自己的命运与别人的命运相牵，相信自己，依靠自己，指引自己，培养自己，鼓励自己，安慰自己，提升自己。所有的成就在于心念，心念不变，心念永恒，我们就能做出最伟大的事业来。自己的命运一定要掌握在自己的手中，对于自己的人生目标要有一个清晰的规划，成就自己，圆满人生。

人生之惑

　　总想着有所突破，不要受困于现实，能够有一个大跨越、大发展、大收获，能够获得最大的自由。这也许是贪心使然，但自己的确是一个不安分之人，什么事情都想去争取一下，都想去尝试一下，感受一下那种不断提升和收获的感觉，对一切都充满了好奇，好像在这神秘莫测的人世间，一切都有可能，一切都充满了不确定性。往往越是自己想要的东西，就会离自己越远，就是在这种矛盾之中寻觅着、追寻着、贪求着。这一切都是让自己不能真正安心的诱因，也是让自己整日身心疲累的根源。一个人如果贪求太多，实际上也是一种负累，是一种摆脱不掉的负担。越是贪求，就越是沉重，越是迷茫，越是难以自拔，这样就会形成恶性循环，让自己难以解脱。

　　现实之中，理想与现实之间往往存在着巨大的差距，我们总是感觉难以达到自己的理想之境，抑或是不相信自己能够达到，在理想与现实之中纠结不堪，不能够真正地挣脱出来，这也是导致我们痛苦的根本原因。我们没有理由怀疑自己的能力，但我们也没有十足的把握去实现自己的目标。一方面是热切的希望，一方面是对于未知的不确定性的犹豫和纠结，这的确令人非常痛苦。那种求而不得的焦躁之心在燃烧着，就像是迎风而燃的薪火一样越烧越旺，不知道怎样才能将它熄灭。还给自己一个清新澄澈的心境，让平和安然之心重新回来，给自己已是千疮百孔之心以最大的抚慰。这的确是现实之中内心矛盾与纠结的主要表现，也是自己不能够真正享受到快乐的根本原因。面对世事的繁杂与纷扰，也会产生一种"跳出三界外，不在五行中"的想法，好像不去过多地想那些遥不可及的东西，不去想现实中的困扰之事，对自我的欲念加以压制，如此才能让自己得以解脱。但有时越是这样机械式的刻意回避，就越是会压抑自己的心志，带来更多、更大的苦恼。也可能是矫枉过正了吧，就像是火山，用泥石遮盖不了；也像是洪水，封堵不住。只有采取疏导的方式，遵循事物发生发展的规律，认真地分析，科学地引导，努力找到一种最佳的方法，通过身心的调节和内心的引领，让自己走上人生的康庄大道。所有的事情和问题的处理，都要采取科学的方法，不能蛮干，否则只会让自己从一个极端走向另一个极端，从而让事情变得更糟糕，那样是得不偿失的。

面对任何问题，都要保持平和之心，客观地看待它，首先不要畏惧它，要直面它、理解它，要知晓所有问题的出现都有其内在的根源，都不是无缘无故出现的，我们要找到问题的源头，从源头入手，找到问题的突破口，然后再科学应对，这样就能够通体康泰、自然心开。要相信没有解决不了的问题，没有找不到的根源。有结果，必有其原因；有行为，必有其思想。不要把所谓的错误思想当作是洪水猛兽，要客观地看待它，既要看到其不好的一面，也要看到有其好的一面，不能单极化地看问题。这个世界本身就是存在辩证的因素，任何事物都要用辩证、圆融的思维去看待，这样人生之惑就能解开。

管理自己

　　学会控制自己很难，我们往往受习气的影响，很难改变，但如果不改变就会把自己引入歧途，让自己在痛苦中挣扎。因此，我们一定要下定决心去努力改变自己、调适自己，让人生更畅达、更祥和、更有意义、更有趣味。生命的旅程不短也不长，我们一直在试图找到自己真正所需之物，找到人生真正的归途，在不断地尝试和践行之中去感知、去品味、去体验，去实现一个又一个梦想，去找到自己温馨的福乐家园，去实现自己人生的宏伟蓝图，在奋力前行，执着深入，真有些不达目的誓不罢休之感。在这一过程中，我们犹豫过，悲伤过，愤怒过，失望过，也放弃过，但到头来真正能够拯救自己的还是自己，真正能够依靠的也还是自己，不用去哀怨任何人，因为每个人都在按照自己的习惯去生活，任何人都不可能完全改变他人，只有自己去改变自己，才能真正适应当今的环境，才能拥有自己的新天地。

　　控制和管理自己很难，因为人会受到自己的欲念和习惯的驱使，一旦遇到某个环境，就会打开内心欲望和习气的闸门，让自心难以管束，无法按照正常的思维去理解自己，那种原始的习性就会暴露无遗，留下的只有原始的欲念与冲动。没有了理性的理解，有的是盲目和混沌，人就会变得是非不分、正反不明。每个人都会经历这样一个混沌的过程，不可能永远保持住理性。如果做什么事情都能够用理性去思辨，那我们也就不是普通人，而是成圣成仙了。人之所以是人，除了理性之外，还会有很多的感性和盲从，就像是喝完酒的醉汉一样，晕晕乎乎；也像是走入了迷宫一般，不辨东西，找不到出口；抑或是走进一个乐曲激昂的舞厅，自己的身体会不由自主地跟着音乐的节拍舞动。那的确是发自人类本能的冲动，是一种自然显现的状态，是我们无法改变的自然现象。尽管如此，我们还是要保持一定的理性，要用自己的大脑去分析、去判断、去思考。要做一个理智的、有才识的现代人，就必须得把我们不理性的一面去除，要明了社会运行的规则，并努力按此规则去做。如果胡乱而为，那么人就会陷入一种忙乱无措之中，没有了自己的主张与头绪，失去了理智和管控，这个社会就会乱了套，人也就不是人了，社会就不会得到发展，人类的文明就无法得到保障。所以，我们一定要让理性回归，让科学和道德来引领我们不断走向自由与进步，让美好与清净来滋养我们的心灵，这样通过不断地感召与尝试，人类的文明与发展就会真正到来。

　　是呀，我们一直在现实和未来之间寻找平衡，寻找最有利于我们发展的方面，在不断的进步和文明中寻找新的途径，能够引领我们不断去实现伟大的跨越。在现实生活中，我们既不能脱离现实，又不能沉湎于现实，要在现实生活的基础上，去发挥我们的能力，实现我们的价值。要学会深入地领悟我们自己，努力去适应这一新的变化，把自己的优势加以发挥和继承，让自己能够在平凡的人生中做出不平凡的业绩来。

静心之妙

晚上出来走走也是很不错的，在沈阳这两天几乎足不出户，唯有晚上才有闲暇出来走一走。不是说自己白天没有时间，而是想让自己能够待在室内找回自己的世界，能够真正静下心来，写一点自己的认知与感受，这样能够让自己更平和、更安适，同时也能够规划一下下一步的工作。的确，静才能够让我们不被情绪所左右，静才能让我们去思考一下自己的人生，去科学地安排自己的生活。要想真正静下来是不容易的，需要把杂务推掉，把所谓的想法和欲念屏蔽，把那些纷争与纠结放下，真正让心静下来，那是一种舒适自在的状态，是一个完全属于自己的世界，是能够让内心之花绽放的春天。我们需要这种状态，它能够给我们带来生命真正的喜乐，能够让人生真正自由起来。学会闹中取静，让自己在纷乱的生活之中找到一丝安乐，这是人生之福，也是通向美好与幸福的金钥匙。

现实生活中，我们往往东奔西跑、忙碌异常，为事业、为生活、为家庭、为自己在日夜奔忙、日夜操劳，做着自己不喜欢的事，说着一些言不由衷的话，见着不愿意见的人，走着不愿意走的路，身心俱疲。表面上看是亮丽光鲜，实际上无助与忧烦充斥着内心，心中没有欣悦之感，在无序之中度日。对每天如是的生活感觉麻木，却不知道如何去找到属于自己的天地，不知道如何去安放那颗焦灼、炽热之心，不知道如何才能够焕发内心的激情，不知道如何才能让自己感到满足和畅快，不知道如何让麻木、冰冷之心重新恢复生机，重新激越起来。这可能是一部分人所处的状态，包括我自己在内，也会时不时有如此感触，对于生活感觉时而清晰，时而模糊，时而信心满满、激情满怀，时而哀叹连连、情绪消沉。情绪会受到外境的影响，因为遇到了不同的人、事、物而随之发生变化。没有内心的定力，不知道怎样才能做到"如如不动"，不知道人生之路将何去何从。情绪的变化也会影响人的行为，让人变得惶惶然、戚戚然，难以名状，无法理解情绪为什么能够给人带来这么大的影响。

现实中，我们往往被情绪左右着、影响着，逃不出情绪所围起的藩篱，让人左也不是、右也不是，让情绪无法得到释放，让人在患得患失之中失去了自我。的确，这个情绪的结一定要解开。如若不能解开情绪之结，就会让人行为失常，就会让自己陷入大的危险之中。就像是站在悬崖边，我们还不自知，还在漫不经心、左顾右盼，这是相当危险的，是需要马上改变的。如若不改变，是绝对没有前途的。情绪管理是一门大的学科，也是关系到人生幸福的一件非常大的事件。如果不重视它，会给我们带来无法挽回的损失与伤害。平日里，我们还是要进行自我反省，要在繁忙的工作之余，在于人于己无害的前提下适当有些小情趣，同时还要有自己的兴趣爱好，把因工作与生活的繁杂而失去的东西找回来，转移自己的注意力，提升自己的修养与品位，让内心清净安适起来，让人生丰富起来，让自己快乐起来。

元旦随感

今日是元旦，是新的一年的开始。时光已步入了2022年，不管是喜是悲、是得是失，2021年业已过去，等着我们的是新的一年、新的开端、新的突破、新的发展、新的规划。对于人生的每一个阶段都要有一个新的开始和记录，对于生活之中的得与失、喜与悲要有所总结和反思，能够从生活的本身去发现美的、不朽的东西，能够在这平凡的日子创造出不平凡的成就，留下深刻的记忆来。有时候，当你能够静下来时，可以梳理一下自己的内心，让自己从清新澄明的内心之中去找到人生的慰藉，让自己能够在安适与平和之中找到属于自己的东西，能够对人生有一个清醒的认知，这样就会让自己更安乐、更自在。

回顾过去的一年，平稳中有动荡，喜乐中有悲凉，收获中有失去，进步中有缺陷，有很多的欣慰，也有很多的失望和遗憾。好的一点是自己能够开始学会客观地评价自己、客观地评价他人，有了一定的容人之量，有了一点对自我的耐心和坚持，在生活中重新找到最真实的自己。曾经一度找不到自己，不知道身在何处、心在何处，不知道怎样才能安顿自心，不知道自己到底是什么样的人，有时是激昂无比、奋力前行，有时是消沉颓废、不思进取，有时是客观冷静、全面周到，有时是片面唐突、偏激冲动。的确，人要想真正认识自己是很难的，需要冷静下来，与自己对话，不能整日混混沌沌、不管不问，走到哪儿算哪儿，没有自己的方向和定力，没有对于自我的引领和认知，这样是对自己人生的不负责任，是一种自私的表现。要知道，自己并不是属于自己一个人的，而是属于社会的，属于家人的，属于亲朋好友的，属于员工的，自己的行为和思维会影响到别人的行为和认知，也影响着别人的幸福与快乐。所以，还是要对自己有所要求和指引，不能由着性子来，想如何去做就如何去做，没有了社会、集体、家庭和他人的观念，完全是以自己个人的兴趣爱好去做，这样是很不好的表现，是会给自己带来痛苦和灾难的，是不会让自己有大的进步的。我们做事的目的不仅仅是为了养家糊口、谋一份职业，最重要的是展现出自己的价值，能够给社会、给他人带来美好，能够留下些不朽的东西。那是一种精神的升华，是一种命运的联结，能够通过自己的实际行为、所思所悟给他人带来收益，能够把自己的命运与别人的命运联结到一起，能够有自我的东西，这个东西无论在任何时候都是最为珍贵的记忆，那是一种永恒的、值得我们骄傲与自豪的东西，它就是精神财富。因为所有有形的东西都会随着时光的变迁而消失殆尽，唯有精神的风采永远是璀璨无比的，那种无私与英勇、大度与包容、大爱与付出，是永远感动人心的。

　　一个人要想有好的成就，就要在生活中有所创造，要学会付出与大爱，能够以付出和创造作为人生的格言，能够在心中装着别人，时刻站在别人的角度去看问题，这样我们就有了人生的方向，就有了做人的格局和影响力。要学会把自己变得"傻"一点，学会付出，不计得失，能够把自己的一切奉献，要有这种无私与无畏的境界。如果只是小富即安、精于算计，永远考虑着自己的利益，只想着如何去占有得更多，这样的人是可悲的，是没有大成就的，如果去做事业，也仅仅是小贩思维，没有大格局、大胸怀，就不会有大成就。凡是有大成就之人，都是有大爱之心之人。我们要弘扬这种精神，引导自己去做那些流芳百世之事，去做那些能够让美好传播之事，身体力行，从现在开始，成就自己，成就他人。

警觉之心

前两日在沈阳时不时就熬夜，总认为没有什么，不就是睡得晚些吗？因此就有了放逸之心，异常地宽松，简直就是放飞自我，没有了任何的顾忌，这样是很伤身体的。第二天不但不能够按时起床，还总是感到头昏昏沉沉的，那种难受劲就甭提了。尽管如此，还是要坚持把每天的工作做好，把很多的事情安排好。可能这也不影响日常工作的开展，但自己深知这样日久天长就会对自己身体造成伤害。对此，自己总是告诫自己，要警觉起来，否则就会犯很大的错误。我们不能让自己太过放逸，什么样的欲念的满足也比不上有一个好身体。好身体是对人的解放，是人生自由的基础。没有好的身心，就会让自己痛苦和压抑，也就不会有人生的福乐。一个人如果病恹恹的，什么也做不了，那不就废了吗？就没有了获得自由与福乐的资本，也就不会有所谓的事业和发展。我们要对此有清醒的认知，虽然人的命天注定，但如果自己不爱惜自己的身体，老天爷也帮不了你。这个世界上唯有自己能帮得了自己，如果自己不去努力，指望别人，那是痴心妄想。我们往往会自以为是，感觉没有什么大不了的，对于身体的警示毫不在意，认为自己什么都行，自己能够掌控得了自己，但实际上若是遇到了相应的环境和氛围，那自己也就不是自己了。比如在酒场，刚开始还有所矜持，还想着少喝点，喝高了自己是非常难受的，是会出问题的，甚至于会耽误第二天的工作。可是一旦气氛热烈起来，就会不管不顾了，就会放飞自我了，心中想着：不就是多喝几杯吗？也没有什么，绝不能冷落了气氛。这样一来二去，觥筹交错，不知不觉，自己从微醺状态到酩酊大醉，最后真是一发而不可收，到后来既伤身又把自己的事情给耽误了。一个人如果不能很好地把握自己，不能够对自己有所管束，就会给自己带来诸多的祸端，让自己也是后悔不已，这真是大意失荆州，悔不当初哇。很多时候，重大问题的出现就是因为思想上有了麻痹之心，刚开始总是认为没有什么，在思想上就放松了对自我的要求，这样长此以往，也就习惯成自然，完全没有了戒备之心，放松了对自我的约束，这样问题越来越严重，就会让自己处于一种极度危险之中，这是相当不明智的，是完全得不偿失的。所以，我们一定要从自己的内心去找原因，要找到事情发生发展的根源，要了知其危害，在事情发生的初期就要予以杜绝，这样才不会导致更严重的问题出现。所有问题的出现还是思想意识的问题，思想出了问题，那么随之就会产生行为的改变，就会形成恶因的积累，时间长了，问题就会爆发出来，甚至于一发而不可收。因此，我们要学会时时检视自己的内心，看看有什么异样的问题出现，判断自己值不值得去冒如此大的风险，分析此问题的出现会导致什么样的恶果。我们有很多的想法和欲念，有很多需要满足的东西，但如果我们不加以选择，照单全收，什么都想去尝试，完全不考虑后果，不能够用正确的思维和方法去引领，这样最终会给自己带来极大的危险。"君子不立于危墙之下"，能够始终抱着警觉之心去处事做人，保持高度的警醒，那就无忧了。

人无完人

很多时候，我们容易受情绪的左右，会被内在的心绪扰乱了心志，不知道自己将何去何从，好像自己是天下最委屈之人，就像是一个弃儿一样无依无靠，在冰冷的街道上哭号，这种心境是非常悲凉的，是人生的炼狱。如若不及时调整，人就会情绪崩溃，就会迷失自我，就会出现人生的悲剧。一个人不能左右自己的情绪，就等于是还不成熟，还没有长大，一直受到情绪之魔的影响，这个人就永远难以自立。仔细想来，一个人要想获得成功与福乐，不仅需要外在环境的改变，更重要的是需要调整我们的内心，让自己变得愉悦而自在，变得满足而自豪，变得意志刚如铁，变得乐观处事、自在生活。这样的人是伟大的，是一个自由自在之人，能够真正享受到人间之乐，能够活在人间至美之境。

我们不自由的主要原因是受困了，往往我们会从外部去找原因，认为是外在环境的改变使自己受困，是因为别人的阻挠才使我们不得前行，是因为人生的无常而使自己屡受挫折。这样就会变得怨天尤人，对于周围的一切都会愤懑于心，整日眉头紧锁，苦不堪言，做什么事都提不起精神来，每天都是郁郁寡欢、不得开心，见谁都把自己对于别人的不满发泄出来，好像天底下只有自己才是最苦的。这样的人完全没有认识到生命的本质，没能够摆正自己内心的方向。一个人不能够摆正自己，不能够把自己的存在融入团体之中，不能够给别人带来福乐，那么他永远都是痛苦的，如同生活在监牢里一般。不是别人把自己困住了，而是自己把自己困住了。只有把那些所谓的攀附和自私的执念去除，我们才能找到真正的自我，才能够真正解放自我。现实之中，自己也是一个非常执拗之人，总是认为自己是对的，别人是错误的；总感觉自己所想的就应该是可行的，别人想的不一定有自己想的好。不能够放下执念，总是以自我为中心，这样长此以往，就会对自己产生很多不利的因素，就会让自己永远陷入一种误区。所以，我们要学会客观地评价自己，客观地评价别人，能够站在局外去看自己，客观地衡量自己。自己也不是圣人，自己也有很多的偏狭之处，自己的想法也不一定都是正确的，要认真地剖析自己，争取让自己更全面地看待自己。只有学会客观地看待自己、看待别人，我们才能真正地进步，才会有大的成长。

　　所以，快乐的前提就是要放下自我的执念，能够虚心、虚心、再虚心。在这个世界上没有"完人"，那些能够为你指出不完善之处的人才是真正关心你的人，才是能够帮助你成长之人，才是你最值得尊敬的老师。如果一个人的自我意识改变了，变得包容了，谦和了，乐观了，那么这个人就会拥有人生的福乐，就会让自己的内心更加平和，就会整天喜气洋洋，这样周围的善缘就会来到自己的身边，自己也就真的成熟、强大起来了。

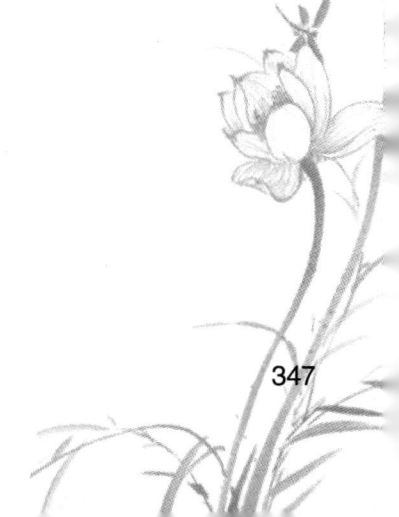

集体力量

　　昨日在沈阳举办"辽宁宇航科技应用发展交流会暨宇航人才智库中心揭牌仪式",在组织会议过程中,我也深有感触。要想把会议开好,把活动搞好,就要全身心地投入,把每项工作规划好并落实到位,唯有如此,才能得到令人满意的结果。任何一点疏忽都会造成缺憾,一定要精心组织,精心规划。的确,看似是一件非常简单的事情,实际上也是千头万绪。每件事都要安排得妥妥当当,这样才能保持一个好的状态,拥有一个好的结果。

　　在本次大会之中,也是充分发挥了大家的聪明才智,充分调动大家的资源,尤其是在会议的整体基调、主题设定、议程规划上,葛本亮部长给予了充分的指导和大力的支持。葛部长原为辽宁省委宣传部副部长,省委、省政府新闻发言人,在产业规划指导和会议组织方面拥有丰富的经验,加之刘集魁秘书长、谷喜宝书记、易广杰秘书长、吴瑞珍秘书长、刘喜杰秘书长、刘集光主任、王凤瑜主任、高艳主任以及其他工作人员的共同努力,会议准备工作还是较为完善。虽然还有细节规划以及准备工作的不足,但毕竟时间短、任务重,能够在短短三天之内把会议组织起来,也是相当不容易了。我们既要看到问题之所在,也要看到成绩的取得。本次会议突出了开会之宗旨,达到了开会之目的,反响还是较为强烈的。无论是从开会讲话的内容上,还是最终所形成的合作上,都实现了开会的最终目标,能够真正把我们宇航科技民用化之信息传播出去,让大家都能够深入地领会会议的精神，也为下一步科技产业化发展做出了说明。下一步，我们将针对不同的产业、不同的行业来逐一落实，最终将宇航民用科技产业转化工作做得越来越好，能够真正为我国高科技应用工作做出贡献。

所有的成就都是大家共同努力的结果，我们能够走到一起皆是互补的，都是优势的充分发挥，都是资源的有机配置。在互相配合合作之中，让我们每个人都能够有所成就，有所发展。原来自己对此认识不足，总有些个人英雄主义，认为自己能够包打天下，不需要别人来做什么，一切事情自己都要亲力亲为，好像唯有如此，才能充分展现自己的能力，才会有工作的成就感。与别人合作，我不能占别人的任何便宜，即便没有条件，我们创造条件也要干，唯有充分地发挥自己的能力，我们才可以取得成就。这一观点也不能说完全错误。突出自我发展，不断发挥自己的主观能动性，本无可厚非，关键是所有的工作都应该是由集体统一推动才会更有成效。"金无足赤，人无完人"，要学会协调与融合，唯有充分发挥每个人的力量，我们才能形成一股合力，才能创造出更大的业绩来。现实之中也是如此，我们每个人都不是"完人"，都会有各自的优势与不足，我们正是基于此点才组建了这个社会，术业有专攻，我们每个人都离不开别人的帮助与支持。唯有把自己的优势与别人的优势充分地结合在一起，我们才能真正实现自己的梦想。唯有突出自己的优势，发挥自己的优势，不断地为别人创造价值，我们才能拥有人生最大的圆满。

总结生活

近三天时间没有写作了，心里很是愧疚，这的确是违背了自己的承诺。原本要求自己每天都要修心，每天都要总结自己的工作和生活，可是惰性占据了上风，困难占领了高地，让大好的时光就这样悄悄溜走，内心甚是恐慌，认为这是对人生的荒废，是一种对生活的大不敬，一定要戒之慎之。真是"下坡容易上坡难"，真的进步是很难的，但要是退步那是很快的，这也让我们从中理解了为什么很多人难以成功，主要原因就是易于放弃。凡是遇到了一些事情，遇到了一些困难，就认为应对事物真是太难了，坚持实在是不容易，还不如就此放弃算了，管它呢，走到哪里算哪里，何必跟自己作对，跟自己较劲呢？不写就不写呗，不想就不想呗，有什么可执着的呢？还不如信马由缰，随意为之，这样也会让自己轻松很多。可是看似放松，实际上负累是很大的，永远有一种无序的状态充斥于心，让人变得难以驾驭，难以取得成就。千万不要小看我们每天所做的工作，千万不能小瞧我们每天的生活，这些工作和生活才是我们实实在在地存在。每天把自己的所思所想和所经历的一切记录下来，加以汇编，这就是另一种境界，一种新的生活，一种永远不朽的篇章。并且以此为契机，能够让自己的人生变得华丽无比，从而让人生不朽。它是一种精神的传承，是自我心灵的温暖与抚慰，是内心的一种加工与打磨，是自我精神的提升与历练。所以，总结生活就是在汇聚福乐，就是在做一项不朽的事业，是人生得以传承的唯一途径。

自己曾经犯过经验主义的错误，认为过生活、做事业平凡而又简单，日复一日去做即可，没什么需要总结和整理的，再说自己也没有生花妙笔，写给谁看呢，写出来也给自己带不来什么有形的财富，甚至只能是越来越穷，这样下去，会让自己困窘至极。重点是什么呢？事实是那些具有实践能力的年轻人反而抢占了战略高峰，不知谁是最后的赢家。这是一种极为错误的理念。总结自己的生活是一种生活态度，是人精神生活的创造过程，是人生最大的财富。只有丰富的精神世界，才能够引领人生走向精彩和丰饶。如果没有精神的依靠，所谓的物质财富与地位简直是一文不值，甚至于会给自己带来损害，非但不能长久保存，还会成为把自己引入陷阱的一大诱因。所谓的恃才傲物，不可一世，狂妄贪婪，这是对自身最大的潜在伤害。我们要清醒地认识到此点，不能盲目待之，其实只要内心明澈了，目标坚定了，精神富贵了，人之价值也就自然提升了，所谓的物质与地位也就不请自来。要学会总结生活，把每时每刻的人生当作是一生的珍宝，能够真正善用其心，并把它当作福乐的种子，种在善德的土壤之中，让它生根、发芽、开花、结果，给人间带来无限的春光，为自己创造无穷的福乐。

找到方向

　　我们每天都在忙碌的生活中寻找着真实的自我,到底哪个"我"才是真的自我,哪条路才是自己应该走的,如此反反复复、犹犹豫豫,不知道怎样才能做出正确的选择。每当自己静下来时,感觉很是疲惫,不知道这到底是为了什么,不知道我们的终极福乐将在何处,不知道怎样才能让自己驿动的心平复下来,达到一种圆满和美之境;不知道怎样去清除内心的纠结与无序,不知道如何才能达到人生的至美之境,总是在纠结与矛盾之中徘徊,忽前忽后,忽上忽下,没有完全安定之时。有时内心也很是恐惧,不知道明天将会是什么样,害怕失去所有,害怕遇到这样或那样的险恶之境,害怕有这样或那样的痛苦令自己难以承受,诸多的"怕"搅得自己寝食难安、惆怅不已,那种隐隐的、不为人知的恐惧会时时袭来,让自己愁苦不堪,不知道自己的人生之路将何去何从。面对如此的内心,还是要让它静下来,唯有静下来,才会有安然的机会。人还是要保持清醒的状态,能够始终保持客观与谦逊,能够明了在前行之中自己的定位,在看不清道路的前提下也要保持客观理性的思维,明确自己的方向与目标,找准人生的定位,围绕工作的核心去做文章,要让自己迅速从迷茫之中清醒过来,不能总是迷迷糊糊度日,不能够浑浑噩噩过生活。人之一生的价值与荣光就在于树立目标,明确方向,能够围绕一个目标、一个方向去做,找到自己人生的定位。现实之中的迷惑与诱导需要用清净去化解,要在清净之中找到自己,在无碍与平和之中去找到人生的福乐。现实生活之中的问题有很多，自己又是一个勇于尝试之人，有时有些不计后果，一路走来，自己也是心惊胆战，有过退缩，有过哀痛，但那又能怎样，还不是要让自己重新站立起来，不要"为打翻的牛奶而哭泣"，还是要面对现实，找到真正属于自己的东西，要学会冷静，学会勇敢，无论遇到任何问题都要保持一种乐观向上的状态。

很多时候，自己找不到自己了，不认识自己了，原本想好的事情不能去践行，遇到了新的问题，又有了新的变化，变来变去，也没有什么大的进展，这是相当可悲的。人之所以为人，就是要学会走出自己的影子，找到能够承载自己内心的东西，能够拥有自己的东西，不管是好是坏，那都是自己的东西。千万不能小看自己，不能放弃自己。放弃自己、小看自己是对天地的不尊敬。天地父母让我们来到这个世界，就应该珍惜存在，把现在的所有当作是天地之福，当作是世界上最伟大的事件。我们的存在不是无缘无故的，这个世界上父精母血才孕育了我们的生命，但魂灵和品格是在天地的感召之下与生俱来的。我们的灵魂与肉体的结合都是有其内在渊源的，它绝对不是偶然的，偶然即是必然，那是对生活坚持后的褒奖，是对生命的馈赠与礼赞。坚持客观的理论与实践，走一条自己发展之路，实现人生的大自在、大福乐之梦。

心意所使

　　学会寻找自己的发展之路，自我的清净之路。虽然在外人看来，自己是光鲜亮丽，但也有自己的灰暗与困乏。人不会一生都站在聚光灯下去展现自己的风采，还是要学会俯下身来，倾听自己内心的声音。内心跳动的声音是悦耳的，是响亮的，是完全没有任何障壁的，它犹如山涧的一汪清泉，也如春天里的一朵小花，是那样的欢快和舒畅、美丽与馨香，让人流连忘返，难以割舍。可能在现实生活之中会有美景的展现，有高山流水的徜徉，有百花争艳的芬芳，有丰收在望的喜悦，也有亲友相聚的欢快。一切都是令人难以忘怀的，每一段时光就像投影般映照在自己心里，让内心安适无比，涌起阵阵幸福之感。这是生活中值得珍藏的瑰宝，是生命中最大的收获。生命的意义与趣味不仅是自己的现实收益，更重要的是奉献与关爱，是人间至真至美的情义，是对自我的反思与总结。每一段时期都要让自己静下心来，安然地思量自己，思量生活。此时，只有自己，没有任何外在人事物的干扰，没有无序的纠缠，没有恩怨的纠葛，没有所谓得到后的狂躁不安。是悲也好，是喜也好，一定要让自心安定下来。只有自己能与自心相伴，能够在这月明星稀的午夜享受，在这冬日清冷的寒夜里，抬头望着稀疏的星辰，寻找着哪一颗是属于自己的，哪一颗最有深意、最有故事，能够让自己的内心之灯与明亮的月光相应，让眨着眼的星辰来激活自己内心的跃动。一切都是和美无碍的，是生命流星之中的永恒，能够让自心觉悟，它会触动内心，激发出内心的力量，能够把这份力量作为人生最大的助力，让自心攀上智慧的顶端，如灯塔般去引领自己的人生，让我们始终保持着警醒之心、欣悦之情，能够在无为无忧之中找到真的自己。很多时候，我们以为所谓的现实就是自己能看到的东西和景致，对于所谓看不见的"暗物质"，认为是玄之又玄的，是没有什么价值的，是对自己没有用的。因此，对于所谓的思想和创造就根本不在意，失去了对于自己精神的涵养与提升，没有了内心的调养与指引，人就变得没有了灵魂，变得很现实，变得完全没有了精神信仰。这的确是痛苦的根源，是一个人不能够把自己从痛苦的深渊里解救出来的根源。因为人之欢欣与痛苦的根源皆在于自己内心的觉知，在于我们对于人事物的看法，在于对于自我的认知与定位，在于为人处世的价值取向。它决定了人的福乐，决定了对人生的态度，决定了能否在人间获得福乐，决定了人的尊卑高下。所以，人最终活的是精神信仰，活的是心态，活的是自己内心的觉悟。对事物的看法如何，决定了人的作为；人之作为又决定了事业和生活的成与败、得与失，也就决定了人生的福乐。世间万物所有的呈现皆是一种内心的展现，内心光明无碍，人生就会前程似锦、安适无比。因此，内心决定人生，内心决定福乐。

希望之境

停下脚步,看一看这个绚丽无比的世界,我们会发现很多美的事物,能够让我们沉醉其中,不知不觉忘掉自我,让内心插上奋飞的翅膀,在天地间自由地翱翔。我们每天都在追寻美的感觉,都在体验内心的感动,能够在关爱与感恩中生活,实乃人生的一大幸事。能够在看似平凡的生活中找到心的位置,找到自己的方向,这是人生之福乐的充分展现。无忧无虑,无事无非,再也不会为了几斗米折腰,再也不用在意别人的眼光,自己能够左右自己的发展,自己能够拥有一片新天地,能够去做想做的事情,能够去听想听的曲,能够去见想见的人,这的确是人间难得之福。特别是有了内心的向往和期盼,能够明确自己将如何去发展,如何能够让自己生活得更好一些;也明白了什么是多、什么是少,什么才是人生最大的福乐。清净淡然,无染无扰,能够让内心平和安定,能够在清雅无碍之中生活,这才是人间最大的福乐。

现实之中,我们总是认为自己不够好,不满意自己的生活与环境,总是有这样或那样的遗憾,总是有很多应该去做却又困难重重之事,有种泥牛入海、难以脱身之感。不知道生活还有如此的艰辛,总是有这样或那样的事情出现,让自己左右为难、不知所措,不知道怎样才能摆脱那些莫名的纠缠,能够让自己做起事来畅通无阻、一帆风顺。往往现实并非如此。现实之中总会有很多的阻碍,令人痛苦不已、犹豫不决、难下决断,眼看着好端端的事情就是做不成,有一种非常焦灼之感。既有放弃之意又会心有不甘，就在这痛苦纠结之中徘徊，难得开心。有时也会告诉自己，这就是生活，生活本身就是不完美的，不能够求全责备，也许正是有了这些不健全，我们才会奋起直追、努力拼搏，用尽自己的微薄之力去创造伟大的事业。要敢想敢干，在实践的过程中去总结，去提升，去发展。

　　自己不是完人，难免会有这样或那样的缺乏，对于既定的事情，不能够创新性地去坚持，不能够按照既定的要求去做。对于自己的管理也是如此，比如"早点睡觉、不要熬夜"，这是自己一直挂在嘴边的，是对自己的要求，但自己还是经常熬夜，好像不到那个时间就不能睡觉一样。直到凌晨，还在上网浏览，就是放不下手机，熬得两眼通红、腰酸背痛，还是要熬下去。这样直接导致了第二天不在状态，头晕目眩，困意连连，对于该做的事情也没有精力去做了。长此以往，不但直接导致了工作的延误和错误的出现，同时也对自己的视力、腰背造成了伤害，又要再去想办法调养和治疗，真是何苦来哉！仔细想来，习惯对人的影响还是较大的，如果不能养成一个好的习惯，人就会变得异常脆弱，就会失去了进取之志。这的确是应该加以改变的，无论再难也要去改变，因为唯有改变，我们才会拥有美好的明天。要学会安守自心，成为自己心灵的主人，引领自己走入光明与希望之境。

真的人生

　　一天的时间很短暂，好像是才刚黎明就又到了夜晚，很多很多的事情还没来得及去做，却发现时间已经很晚了。最近这三天在北京就是如此感觉，自己几乎是足不出户，三天时间没有下楼，每天都会有不同的工作议程在等待着自己，好像怎么都忙不完。的确，如果什么事都要去做的话，那事情总是做不完，只会让人感慨时间是如此迅捷，稍不注意就会从自己身边溜走。每天都在提醒自己要注意时间，要抓紧时间，要科学地利用时间；不能寝食难安、时空颠倒、不知所以，这样会给自己带来伤害，会让自己无所适从。工作一定要分清主次缓急，要学会"弹钢琴"，按不同的节奏去弹，这样就会弹出美好的旋律来。如果不按乐谱，胡乱弹奏，那的确就是"乱弹琴"了，非但不会弹出美妙之音，还会让自己心乱如麻。一天的时光太短暂，短得让人来不及把所有事情都做好。我们希望每件事都能够有一个完美的结局，可越是这样想就越是难以拥有完美，因为事物的本质就是不完美的。世界上没有什么所谓的"完美"之说，完美只是存在于想象之中，只是一种美好的期待而已。一个人如果不能够真正理清自己的思路，人云亦云，那样是不可能有大的成就的。想要有所成就，就应该静下心来，认真规划，科学运营，不断创新。人之生活也是如此，每天都要改变自己，改变自己的思维与行为，改变自己的焦躁之心。如果整天被俗务所牵，很难从中逃离出来，长此以往就会出问题，就完全没有时间去思考，没有时间去安顿自心。

静的妙用还有很多。一个人的收获完全来自于静，由静生慧，由慧生动，这样我们的人生就不会有偏差，我们的内心就会得到正确的指引，我们就能够创造出人生的奇迹来。如果整日忙忙碌碌，不加思考，不能让自己静下来，那我们这一天就不会有任何的收获，就不会有性灵的提升和智慧的增长，整个人就变成了朽木一般，就失去了生机与活力，就没有了生命力。所以，我们的生活不是为了忙，不是说忙碌就能给我们带来发展，就会让我们有所收益，也可能越忙越会让我们失去更多。因为这些所谓的忙乱会把自己的人生计划打乱，让自己变得慌慌张张，为了外在的人、事、物而忙乱，这不是什么好现象。我们所有的获得是静带来的，而不是为了做事而做事，为了见人而见人，为了读书而读书，为了工作而工作，为了生活而生活，这不叫人生，这只能叫作"混日子"。人生就是被这样混过去的，没有思想、没有理念的人生就不叫作人生。人生其实就是一个过程，一个不断提升自我、完善自我的过程。在这个过程中，我们一定要学会指引自己，学会改变自己，一定要对自己有所指导与规划，能够引领自己从黑暗走向光明，从盲目走向理性，从狭隘走向广阔，从现在走向未来，从愚昧走向智慧。我们都要经历这样的过程，唯有如此，我们的人生才是真正有意义、有价值的。否则，那就不是真的人生。愿我们都能清醒过来，不断警示自己，引领自己走向自在与光明。

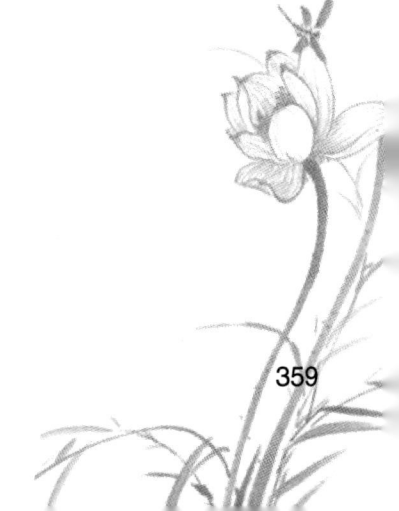

认识完美

每天都有很多想做而未能做的事情，都在为所失而感到莫名的遗憾，在内心的失落之中努力寻找属于自己的东西，能够让内心更加充实，减少失落和寂寞，能够让自己得到温暖与慰藉，在纷乱迷茫之中找到人生清晰的目标，寻觅到前行的动力。也许这就是现实，我们不可能把所有事情都做好，但一直在努力着，前行着，规划着，提高着，在苦苦地寻觅着，寻觅着真正属于自己的天地。有时候自己也是很难理解自己，不知道自己到底需要什么，不知道怎样才能使自己目标一致，不能放弃对自心的坚守，不被纷乱的世事扰乱了阵脚，也不被贪欲迷惑了双眼，坚守自心，始终如一。成就一个完美的自己的确是很难的事情。自己是一个完美主义者，任何事情都想做到尽善尽美，任何人都想处得真心真意，幻想着自己能够被所有人接受，自我感觉还是比较"崇高伟大"的，在自我的想象之中应该是人中龙凤、人之楷模，在员工、家人、朋友面前都应该是光鲜亮丽的，都应该是优秀无比的。但现实是自己无法做到所有的事情都做得完美，所有的形象都光彩照人，所有的决策都正确无比，所有的努力都获得成功。自己还有很多的不足和缺乏，还有很多需要提高的方面。有时候自己真的感觉"盛名之下，其实难副"，很多的事情做起来是那么艰难，很多时候内心也是慌乱不已、愁苦不已，也有这样或那样的担心与失望，有这样或那样的难以把握之处。总是感觉无论是做事还是做人，都有这样或那样的缺憾，有许多的不完美之处。因此就容易内心焦虑，不知如何规划与平复。但好在自己会自我调适，每当发现问题，自己就静下心来，进行反思，分析是哪些方面出了问题，思考如何去调整和改变，让自己冷静下来，客观地审视自己，争取有新的改变和突破。要学会客观地认识世界，客观地认识自我。这个世界本身就是残缺的，是不完美的，人生也没有完美可言，总是会有这样或那样的不足与缺憾，也许这就是天地所给予我们的提醒和指引，就是在告诉我们：有所得必有所失，有所高必有所低，要在好与坏、得与失、贵与贱之间找到一种平衡。我们都做不到完美，完美或许只存在于想象之中，那种追寻是痛苦的，是无助的，是毫无意义的。追求完美其实是在违反自然规律，在用单极化的眼光看世界。仔细想来，什么是完美呢？是一切都顺风顺水，一切都如己所愿？这是完全不可能的。有时候，我们会纠结于自己没能把所有事做好，总是用一种苛责之心对待自己，让自己越来越缺乏自信，让自己走入自己所设定的陷阱里而不能自拔。在做事之前，先想到了自己不能够把它做完美，不可能达到既定的效果，并进一步想到了没有达到后的所谓的可怕场景，这样自信心就完全没有了，就会把自己引入歧途，这就是追求所谓完美的结果。这就是自己阻碍了自己，自己误导了自己，完全没有必要。要学会接受自己的不完美，做最真实的自己。只有接受了自己的不完美，并且认识到自己的不足，才是真正的进步。要认识到人生其实就是一个不完美的过程，谁先认识到了此点，谁就能真正地解放了自己。我们要让自己的内心真正安定下来，要把自己的优势充分发挥出来。只有我们每个人都充分地发挥出自己的优势，并且互相借鉴、互相帮助、互相补益，这样我们的世界才会更加美好，我们的人生才会更加愉悦。

动感生活

　　不知不觉又快到了晚上十二点钟了，今天北京天气好，白天在外面跑了一天也不感觉疲乏，比之前几日总是在办公室里强多了。能在温暖的冬日出去晒晒太阳也不失为一件好事，这样浑身舒畅又心情愉悦，同时也感觉到活络有力，仿佛一种动力在推着自己走，那种感觉是美妙的，是一种说不出口的自然显现的东西。由此我感觉，走出去，让自己在运动之中，在大自然的呵护之中，在阳光的普照之下，才能真正找到自己，有了最大的收获。这不仅是一种灵感的显现，也是真正体验到了日常生活不只是一个样，而是非常丰富的，所有的昏沉都会在阳光下、自然中消失殆尽，留给自己的永远是美好的、光明的、愉悦的。我发现，长时间在办公室，事务繁多，足不出户，这样会让自己越发地郁闷，感觉浑身疼痛，头部如灌铅一样，昏昏沉沉，不知道如何让头脑清醒起来，让身体舒畅起来。为此内心异常地纠结和苦恼，不知道如何去改变自己的习惯，把那些不良习惯加以改正，如在工作生活中久坐不动，没有活力，没有朝气，长此以往，就会给自己带来很多的危害，也会影响到自己的身心健康。这的确是需要自己想办法去解决和改变的。只有真正地动起来，才会有不同的心境，才会打开自我的接收器，把外在的信息传遍自己的全身，给予自己无穷的能量，让自己在痛苦之中找到快乐，在危机之中找到机会，在阻碍之中走向坦途。而这些正是来自自己身心的改变，来自行动，来自运动，来自对自己的激发。人是需要有激发的，需要有对自我的提醒，需要有自我的引领能力。如果没有正确的引导，我们最终就会放弃自我，没有了自我原生力的感召，没有了生命原动力的展现，也就没有了快乐与收获。现实之中，每个人都是有惰性的，如果不用精神来引领和支撑，人可能早就垮了，就完全失去了朝气和动力。

　　要努力改变自己懒惰的习惯，做任何事情提不起精神来，抑或是自认为在节日时间把所有的精力都放在工作和学习上，这样才能做自己的主人，往往把自己弄得精疲力竭之时才善罢甘休，这样就会导致自己身心疲惫，没有了活力与动力。学会引领自己，就是要唤醒自己的能动性，让自己在有活力、有朝气的氛围中去不断收获与成长。这不是年轻人的专利，而是越到中年越应该有的状态，是我们都应该保持住的一种心态和精神面貌。如果一个人整日愁眉不展、自我哀叹，对于自己的生活失望至极，这样的人是极其悲哀的，他的生活注定不会幸福快乐。乐观者、自信者永远不会被眼前的小事所牵绊，他会努力去培养自己的心性，让自心平和无染，并时刻充满活力，让自己的生命变得更轻松、更有意义。

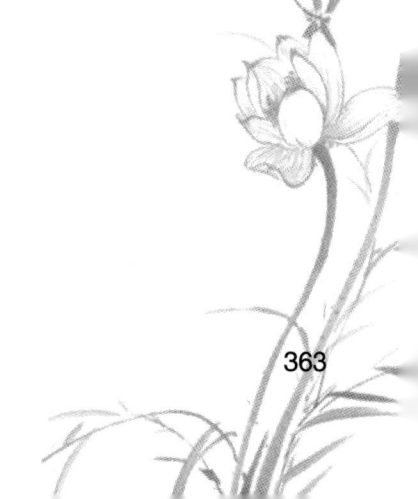

创造心境

　　做工作要有状态，能够深入其中、沉浸其中，能够屏气凝神、心境平和、不急不躁，这样才能有好的想法、好的主意。如果是心浮气躁、顾东望西，内心静不下来，那是肯定不会产生好想法的。所以，做任何事首先要做到心境平和，唯有如此才会有一个好的思维，才会有敏锐的感知，才会有新的发现、新的创造。如若不然，是不会有大的收获的。要深入其中，达到一种忘我的境界，忘掉所谓的利弊得失，把自己融入特定场景之中，既要作为主人，又要作为圈外之人，既主内又主外，内外兼顾，然后达到一种忘我的境界，能够如入无人之地，能够自由挥洒，不惧后果，不怕未来，相信自己。自己的命运是建立在平和自然、无忧无染之中，找到内心之根，心中有了定力，做什么都成。如果内心如荒草一般，那就不会有好的收成。生活的过程也就是教会我们如何面对的过程，怎样看待别人，怎样看待自己，应该拥有一个什么样的人生，这些都是我们要好好思考的。我们生活在一个纷繁复杂的世界里，如何能够在这纷繁复杂之中找到自己的平和、宁静与安然？这就需要我们先把自己变简单，让自心变清净，唯有如此，一切才会变得简单、清净。如果我们每天想的都是名闻利养，想的都是欲念的满足，那么自身就会感觉不自在，就会心有所图，就会头脑发热，就会失去自我控制，让自己被欲念所引导，成为贪欲的奴仆。没有了自己的灵魂和精神，就会整日哀戚叹息，就会患得患失、失魂落魄，就会迷失自我，再也找不到生命的依靠。没有了人生之根，就完全没有了定力，没有了主张，没有了信仰，没有了思想和方向，人就会如同行尸走肉一般，就失去了人生的意义与价值。人活着就需要有精神的指引，需要有内心的依靠，需要有自我的调节与指导。没有了精神的指引，那样浑浑噩噩过一生，又有何意义呢？那样即便是锦衣玉食又有什么意思呢？所以，人还是要看清自己，了知生命的意义与方向，这样的人生才是丰富的，是自在无比的，是非常圆满的。

生活之美在于自悟，能够在平凡而普通的生活之中找到美好，创造美好，能够把平凡的生活过得不平凡，把普通的生活过得不普通，能够在乱象的生活之中保持清晰的方向，不会偏航，不会放弃。无论遇到任何问题与困扰，都能够客观地看待、全面地衡量，并从中找到有利的方向，在困扰与危机之中找到机会，找到人生的突破口。通过对于困扰与问题的化解与转变，能够真正激发出自己的创造力，激发出自己内在的勇气和动能，能够把人之潜质充分地挖掘出来。从某种意义上来讲，困难和问题才是我们发展和创造的原动力，才是激发我们潜能的推动力。生活的价值就在于我们能够破解人生的困惑，给人生以正确的指引。静心平和、客观以对，是改变自我的必备条件，是创造美好人生的指路明灯。

接受自心

　　心不静，则万事休。没有一个好的心境，要想有一个好的生活是绝难办到的。很多时候，快乐是来自于心静神安、无欲无求，能够充分感知自己和他人，能够体验到外在的细微变化，从而适时调整自己的心情，让自己的性灵饱满和丰盈起来，真正感知到发自内心的欢愉。这种欢愉是自己战胜了自己所产生的，也就是当我们处于一种纷扰和复杂的环境之中时，诸事的繁杂、世事多变就会把那些不安的情绪调动起来，那种奢望和不安定感就会呈现出来，扰得自己紧张无序、寝食难安。那种既想要得到又害怕失去之感就会油然而生，让我们畏惧于眼前、畏惧于未来，变得如履薄冰、战战兢兢、无所适从，不知道将来会发生什么样的变故，那种害怕失去和畏惧之感充斥于心。可想而知，在这样的境况之中，要想有一个好的心情是完全不可能的。所以，生活就是要看我们的适应能力，如果能够理解了，彻悟了，接纳了，自省了，就会得到美好的心境，就有了温暖的依托，就会把自己引入到一个繁花似锦的天地之中，能够让我们拥有由内而外的喜乐。这的确是相当美妙的，是一种无与伦比的、无牵无挂的喜乐。试想当一个人没有了任何的挂碍，没有了任何的忧烦之时，就会拥有了无限的自由，就会放飞自己，这才是人生的大自在，享受的均是内心的喜乐，对于万事万物皆能够拿得起、放得下。很多人不开心的主要原因就是"拿不起""放不下"，总是患得患失，总是想得到更多，但又害怕把已得的失去。这是一种自然的反应，也是人常感忧烦之源。无论是财富、地位、名誉，还是亲情，我们都害怕失去，害怕有一天自己成了一个无人搭理之人，失去了原有的一切，就像是失去了生命一样。甚至于财富、地位、名誉、亲情比自己的生命都重要，因为那是生命存在的意义，没有了这些，人生也就没有了任何价值与意义。这些错误的思想能够毁了我们，让我们在生活中战栗，在人生中忧烦，考虑这也不是，那也不是，不知道如何才能让自己焦躁的情绪平复下来，不知道从哪里能够看到光明和希望，不知道怎样才能拯救自己，就像是眼看着自己的亲人深陷泥潭而无能为力，那种无助、无奈、无依无靠之感充斥于内心，对于自己是一种非常大的打击，甚至会将一个人彻底毁掉。在现实的生活之中，我们要学会站在别人的角度看自己，冷静而客观，全面而理性，能够在平和静美之中找到人生的喜乐，去品味生活美妙的滋味。

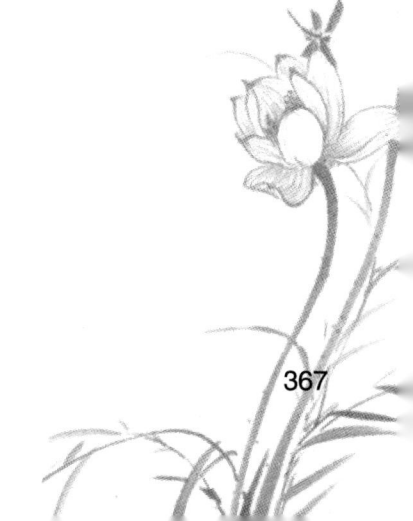

写的奇迹

　　写作是对心灵的沐浴,是对心灵与智慧的提升。能够看到每个字从笔尖画出,是一种美的享受,也是对自我内心的最真实的袒露。我们每个人都是孤独的,如果我们没有倾诉,没有观照,没有回望,没有凝眸,就没有了性灵的相遇,就没有了生活的动力与乐趣。通过对生活的点滴记录与总结,我们能够回望自己,去看到更多没有看到的东西,去发现从前不曾发现的奥秘,去创造过去未曾创造的奇迹。有了不断的总结、发现与创造,人生才有了强大的动力,才有了向上的勇气。所以,我们要成为生活的锻造者,成为生活的提炼者,有了锻造与提炼,人类的智慧才能得以展现与传承,人生的意义才能够得到充分的体现。很多时候,我们害怕记录,不愿记录,是因为我们认为记录是没有意义的,是没有什么价值可言的,反正不记录、不总结也不会影响我们的正常生活,没有必要给自己增添麻烦;生活不就是一个过程,把这个过程过好了,每天按部就班去做不是很好吗?为什么还要紧张兮兮地考虑这些、考虑那些,让自己不得心安?还有一种想法,就是认为自己文笔不好,没有写作的能力,也没有写作的经验,害怕写出来会被人笑话。还有一种情况,就是自己有写的能力,但是没有写的素材。什么是素材,如何选择素材,这些都是未知的,而凭空杜撰的东西,即便文笔再好又有什么意义呢?它改变不了我们的心态,改变不了我们的命运,也不能够把好的东西呈现出来,这样写作又有什么意义呢?很多的问题都会在眼前消失,毫无意义。其实所谓的素材就在自己的日常生活里，不要把它想得那么阳春白雪、高雅无比。素材就在于日常生活的细节中，在每一个平凡的日子里，在我们穿衣吃饭间，在我们谈笑苦乐间。越是平凡的日子里，越是有内容、有素材，有我们的真情实感。要知晓，我们所生活的每一天多么不容易，那些安逸的时光是天地赐予我们最大的福乐，每分每秒都是机缘和合而来，都是一生之中最为宝贵的时光。试想如若我们没有五分钟的呼吸，也就没有了我们的生活，能够活着本身就是最大的福乐，也是最大的奇迹。现实生活之中，有很多的无常，有很多的无奈、犹豫与苦恼，也有很多的想不开，生活的过程就是跟自己的情绪相伴相随的过程，是跟我们的内心相依相伴的过程。如果我们不能够做出抚慰心灵之事，那么我们还能去做什么呢，还怎么去寻找内心的方向和人生的目标呢？表面上看我们是在做事，实际上都是在养心，都是在让内心平和福乐的过程。我们做任何事情都是想让自己高兴起来，想让心情变得更美，想让生活更自在一些。一切的感知都是在自心中凝聚。我们能够通过写作把心路历程记录下来，那么我们就可以随时翻阅自己的人生历程，能够让自己拥有无限的快乐。

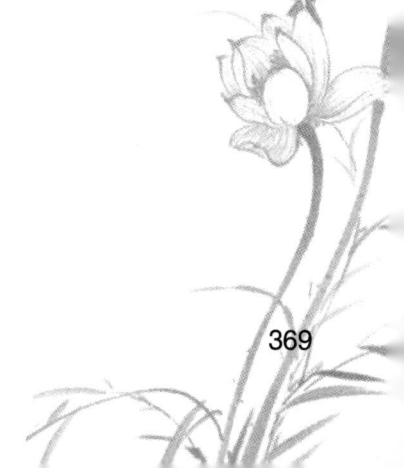

时光成就

近两天北京下雪，自己也是隔窗眺望，没能够出门赏赏雪景，甚是遗憾。也不知道自己每天从早到晚都在忙些什么，好像总有做不完的事情、干不完的工作，一个事连着一个事，一个工作接着一个工作，每天都是如此，占用了自己大量的时间。加之自己在稍有空闲之时，还要看看新闻、刷刷抖音，那时间就过得更快了，每天从早上起来到午夜时分感觉就像是一瞬间一样。从来没有感觉时间如此之快，难道是因为北京的冬天一天的时间本来就短暂，经不起折腾？每天都是忙忙碌碌，但自己总感觉是碌碌无为，忙不到正点上。有时内心很是焦急，总想着如何能够充分地利用每一天的时光，去做出些有意义的事情来，能够把自己的事业做得更好，把单位之事安排得更妥当。但尽管是这样想，实际做起来却是很难的，毕竟我们还是要遵循客观规律，要把任何事情都做得圆满是不可能的。

一天的时光太短，短得你还来不及反思就已经过去了。仔细想来，其实时光还是如过去一般，它的长短并没有改变，而是我们的工作和生活本身发生了变化。每天我们都要处理很多的事情，有些还是非常棘手的，需要我们斗智斗勇，使出浑身解数去解决它。有些工作很复杂，需要我们付出全身心的努力，起早贪黑，废寝忘食，累得是精疲力竭、疲惫不堪。人生就是在这样的状态中慢慢度过，悄无声息地，过了一年又一年，不知不觉人已经老了，老得没有人能认出来了。时光是一把杀猪刀，能够层层刮去我们的青春与激情。我们应该反思一下自己的生活了，要让自己安定下来，不再被俗务所缠缚，能够用超然、平和的内心来感知生活，让自己真正轻松起来、年轻起来，如同回到儿时一般，永远停留在年轻时的感觉之中，细细品尝人生中的酸甜苦辣。那是美好的体验，也是难得的体验，那种感觉是无法用语言来衡量的，是在懵懂之中一种神秘的觉知，是自我心门的叩响，是心灵深处的唤醒。儿时的记忆是非常深刻的，那时我们有无限的憧憬，有对未来的热切盼望，盼望着自己早点长大、早点自立，去找到属于自己的天地，能够自由自在、无拘无束，能够自己支配自己的时间，自己掌握自己的命运，想做什么就做什么，从此自己就自由了，就拥有了属于自己的一切。可现实是步入成年以后，我们就遇到了各种各样的问题，成家立业的重担就落在自己的肩上，就要想着如何去闯出一片天地来，让自己变得更有实力，而不仅仅是理想化的想象，要有对自己的约束与管理，要有对他人的尊重和关爱，要能够挑起家庭的重任，能够为家人们负责，还有那些给予自己诸多关爱的人们。这样就会有另一个感觉，那就是生命价值的体现，如何能够真正做到，能够切实可行地把自己的梦想一个个实现。

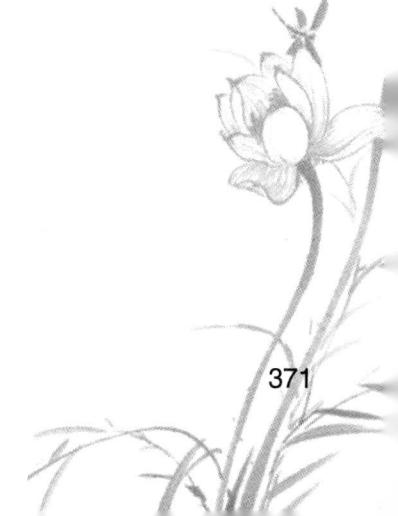

人与环境

　　难得轻闲，昨日抽出时间小游玉渊潭，前两日的冬雪还未开化，玉渊潭在白雪覆盖下又是别有一番景致。在漫道、树林间、湖水边，又找到了相识的影子，步入其间就享受到一种安然、宁静、闲适之感，身心无比地畅快。平然如镜的湖面上，一队小野鸭在悠闲地游着，完全无惧于冬日湖水的寒凉。自己内心也是惊讶于造物主的神功，如此寒凉的冬季还有不怕冷的鸭子，真是神奇呀！冬日里玉渊潭的垂柳又是一番景致，虽然没有了如刀的柳叶，但还是风韵未减，纤纤柳枝还是那么婀娜迷人，犹如少女柔美倩影的腰身一般，在微风中翩翩起舞，在召唤着节日的来临，也在期盼着春天的到来。每次漫步玉渊潭，都会有不一样的感觉，这也是让自己迷恋的地方。拿起手机，情不自禁地拍下这难得的美景，想把它永久地收藏在记忆里。很喜欢玉渊潭的石拱桥，造型别致，有着中国古桥的造型风格，洞洞相连，横跨两岸，与湖面、柳枝，还有两岸挂着积雪的岩石，构成了一幅精妙绝伦的山水画，真是美不胜收。总感觉自己不会描写美的景物，遣词造句有时显得力不从心，不知道怎样才能把它描绘得更加精确、美妙。在这难得的美景中，自己也是陶醉其中，被这冬日的美景所熏染。置身于不同的环境中，仿佛自己又重生了一般，又有一个新的自我展现在世间，自己的心灵都受到了引领，自己也变得不是自己了。所以，环境是可以改变人的，它能够改变心情，改变看法，改变我们的行为，一切都会因外因而改变。我原来总以为内心是不可能改变的，自己的看法和态度是很难改变的，它已经形成了思维定式，正如俗语所讲："江山易改，禀性难移。"但有时也不尽然，改变与不改变取决于自己的信念，取决于自己愿不愿意去改。愿意去改，那一切皆可为，没有不能改变的东西。一直认为自己是一个非常古板之人，有时候想到的事情，自己一定要去做，并且必须把它做成功，如果不成功就会自怨自艾，就会对自己失去信心，感觉自己就这样了，很难有所超越。但是随着人生阅历的增加，自己看到了许许多多事物的变化，也感知到了外在环境的力量是非常之强的，逐渐意识到，很多事情，如果我们下定决心去改变，还真是能够改变的。所以，永远不要放弃自己，即便是自己再怎样惨，只要活着，就有希望。我们的可塑性是非常强的，不要担心自己适应不了这个环境，重要的是自己是否有改变的信念。如果下定决心去改变，就一定能够改变自己。要不断地调适环境，调适心情，调适自己的行为，唯有自己勇于调适，不断改进，才会真的拥有自己。

节日思念

今天是腊月二十三，是北方的"小年"，也叫"祭灶"，从小就听过"腊八祭灶，年关来到"之说。眨眼之间，春节即将来到，内心之中不免有一种激越之感。虽然对于春节已经没有儿时那种强烈的期盼，但是春节的影子已经印在了人们的心中，它已经不是一个简单的节日，而是亲情和思乡的代名词，是家的温暖和父母的叮嘱，是儿女的呼唤和爱人的召唤。的确，临近春节，心情是不一样的，尽管说现在的春节已经不如往昔热闹，没有什么能够吸引自己的东西，但那份心情还在。看到很多人已回老家，有些单位已经放假，内心也不免着急起来，那份思亲之情也油然而生。即便是没有节日期间的热闹，能够回家和亲人团聚也是莫大的幸福。如今还在北京，还在忙于日常的事务，没能抽出时间与父母通话，心感不安，想着一会儿要跟二老通个电话，哪怕是简单的问候也会让老人家高兴万分。自己也是这样，每次与父母在电话里聊几句，都会感到无比的愉悦与满足。仔细想来，自己也真是不孝，整日忙于工作，没有时间经常陪伴老人，内心很是歉疚。父母操劳一生，儿女总是不在身边，难免会感到孤寂与失落，并且自己忙起来，总是隔很长一段时间才能跟老人家通话，自己也深感自责，下决心一定要加以改正。虽然前段时间出差回河南老家几次，也回去见过父母，但每次都是急匆匆的，最多只是在家待上一两天而已，没有更多的时间陪陪二老。可能自己也会给自己找一些工作繁忙的理由，但毕竟还是有些不能自圆其说。真正关爱父母不仅仅是要给予他们什么东西，满足他们的物质需求，更重要的是要多陪陪他们，多给他们一些精神上的安慰，这些比什么都强。虽然有弟弟、弟媳在老家照顾，侄子、侄女也都很懂事，但是自己还是有很多做得不好的地方。养儿育女不容易，自从有了自己的儿女之后，这种感觉就更深刻了，吃喝拉撒，上课陪护，洗衣做饭，辅导作业，起床睡觉，尤其是孩子有了什么头疼脑热，更是内心备受煎熬。生养孩子的确是一项重大工程，需要把全部精力放在孩子身上。自己儿时家里是缺衣少食，父母还要耕种田地，父亲还要进城上班，家里单位两头跑，真是累死累活、疲惫不堪，费尽心力就是为了把儿女培养成人。儿女成家立业了，父母也就老了。但父母虽是七八十岁的老人了，还是不忘劳动，每天都在做些力所能及的事情，来帮助儿女减少些负担。从我记事起二老就没看到过有轻闲的时候，也只有逢年过节之时，他们才能放下手中的活，与家人们聚一聚、聊聊天。春节是一年之中最开心的几天，也是承载亲情的几天，是我们装满记忆的几天，是我们真心感恩的几天。感恩父母，感恩爱人，感恩孩子，所有的满足皆在自己心中。

自由天地

　　很多时候自己控制不了自己的内心和行为，总是有一种放逸的现象出现，总是认为自己在充分地发挥自己的能力，能够驾驭所有，能够真正引领自己走向成功与幸福。但现实是自己控制不了自己，就会让前行之路变得阻碍重重，让自己变得茫然无助，不知道如何是好，这的确是阻碍自己成就的最大困扰。自己也总想在生活之中找到发展的出路，能够让自己的心智充分地安定，但这种安定留存的时间还是较短的，由此自己也想到，真正能够控制和管理自己之人是非常伟大的，能够始终如一，能够谨言慎行，能够了知自我，能够超然于物外，的确是很难得的，是大自在、大成就者。希望自己也能够做到超脱，能够无欲无求，能够自在而行，在拥有自得自乐、内心平和无碍的前提下生活。这的确是内心的想法，但也有很多的不甘心，好像是任何的事情自己都要去做一下，去体验完全不一样的感觉。但这种感觉是有毒的，它会让人不由自主地迷失了自我，失去了原有的那份坚守，变成了欲念的奴隶，成为被外欲所害之人。人一定要有自省自悟的能力，要知晓哪些事情是可以做的，哪些事情是不可以做的。一个人如果不能够真正地管理自己，那么人生也就会荒废掉，就会成为一个不折不扣的失败者。人生就是一个自我规划、自我管理的过程，如果没有规划，没有管理，那人生岂不成了汪洋之中随波逐流的小舟吗？没有目标，没有方向，人生也就没有什么光彩可言了。所以，首先要对人生做出规划，要有生活的目标和意义。可能这一目标会随着人生的发展和时代的进步而有所调整，但只要不忘初心，不忘根本，再变也是万变不离其宗。人生必须要努力，虽目标已定，但为了实现这一目标，我们还要有所割舍，要把那些阻碍自己前行和阻碍目标实现的障碍全都清理掉，要有所管控、有所收敛、有所杜绝，把那些所谓的功利心、占有心、虚荣心给真正去掉，只有这样我们才能轻装上阵，才能真正找到自我，才能让自己在人生大海中不偏离方向，无惧惊涛骇浪，不断调整自我，努力向善向上，找到真正属于自己的自由天地来。

随性生活

现实生活中，我们很难真正做到平心静气，也很难真正做到没有任何遗憾。这一天的时光眨眼即逝，总感觉还有很多事情没有做完，就已经到了深夜了。总是在想，自己怎么就不能把事情做得更加圆满呢？怎么就不能充分地利用这一天的时间呢？很多的时光都被消磨掉了，不知道时间到底去哪儿了，不知道怎样才能做到与时间同步、与世事相应，让人生少一些遗憾。自己是一个追求完美之人，总是想要把所有事情都做得完美，想要让每件事情都有一个着落。可越是这样想，心理负担就越重，就越是对某些不足与失误哀叹连连，失去了前行的信心和动力，就会开始怀疑自己，感觉自己一无是处，对于前路很是迷茫，感觉自己就像是一个被时代抛弃的婴儿一样，在苟延残喘，奄奄一息，达到了极其痛苦的边缘。的确，追求圆满与成功是我们努力的方向，但越是有这样的思维，就越是会与现实较劲，就会产生极大的矛盾，最后不是精神出了问题，就是生活与事业有了问题。

归根结底，还是自己出了问题，变得都不认得自己了，不知道应该何去何从，这样内心就会挣扎，就会被自己所折磨，真是何苦来哉！自己成了现实的奴隶，成了自我性格的奴仆，完全没有了自我，没有了向上向善的勇气，每时每刻都在挑自己身上的毛病，越是这样就越是紧张，如此形成恶性循环。一个人就是这样被自己的情绪所左右着、驾驭着，从此也就没有了自己，成为人生的失败者，内心的挣扎与痛苦就会越来越多，这样的人生最终是要出大问题的，是完全没有出路的。所以，完美主义是会害死自己的，也是完全没有理智的，是需要努力加以改变的。这一问题的根源还是在于自己的内心。好像任何事情都要去做到圆满，唯有如此才是真正的做事情，否则就是大逆不道。自己把自己给缠缚住了，难以脱身，越是奋力挣扎就会勒得越紧，这种痛苦劲儿就甭提了。一定要改变自己的思维，要充分地认知到这个世界从来都是不完美的，所谓完美的人、完美的事、完美的人生都是伪命题，是不可能实现的。

  从小父母就要求我努力学习，争当表率，要成为兄弟姐妹们榜样，我也想成为全家的骄傲，能够通过一步步的努力，去实现一个个的目标，达到人生的新高度，这样就不能有半点闪失，就不允许有失败。这样的认知可能是自己强加给自己的，是自己的理解。其实自己有许多的不足之处，无论是在生活上还是工作上都会有拖延的习惯，总是感觉还有时间，自己一定能够圆满地完成。不完美是客观存在的，我们一定要认识到此点，要努力去追求，但不要过于执着，要客观认识缺憾，要知晓不完美才是真实的存在。我们要不断努力，但也不要给自己太多的压力。如果只是机械地过生活、做工作，长此以往，就会有很多的不足，就会让内心更加脆弱。从长远角度来讲，这完全是不明智的，也是不科学的。人之生活一定要随性，不要对曾经自己所做的事情心生怨恨、抱怨不已，会害人又害己。不执着，随性而为，在生活之中培养自己，锻炼自己。

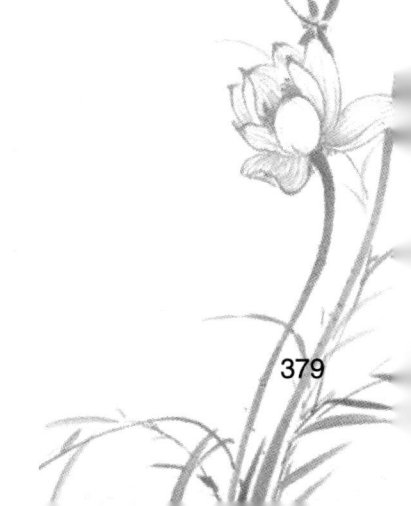

学习生活

　　学会努力生活，学会观察自心。所有的行为皆是由内心所支配的，表面上看是一种行为的表现，是一种现实的现象，但实质上皆有其内在的根源。生活中，我们不善于去深挖这种现象出现的原因，往往是听之任之，或者是不以为然，认为生活就是生活，必然会有这样或那样的事情，没有必要去究其原因；认为那样是没有意义的，也是完全没有必要去过多关注的。真的是这样吗？其实生活才是我们最好的老师，它能教会我们很多，能让我们身体力行，让我们每天遇到不同的人、不同的事，让我们天天皆有新鲜感，让我们通过生活去体悟、去感知、去想象、去总结，这样就会把我们人生的境界提高了，让我们每天都有所收获，让我们的人生变得越来越有意义。试想一下，我们人生的每一种收获，哪种不是通过生活的实践和反思总结出来的呢？唯有不断地实践、思考与总结，我们才会日益成熟起来。如果没有思考与总结，那么人生就会变得苍白无力，我们就会一无所获。

　　现实中，我们往往害怕回忆过往，对于过去的日子总感觉有很多难堪之处，对于自己的生活总是感到有所遗憾，总是有这样或那样的失误之处，这样就导致了自己不想再去回顾与总结，就失去了反思自我、提升自我的机会。实际上，我们的每一个行为都是由内心所支配的，那么内心的提升就显得尤为重要。我们的想象、思考与决策都是内心所使，也都是对于日常生活的总结与感悟。如果我们不去好好地反思和提炼，就会杂乱无章，是无序的经历或经验的堆集，是没有什么价值的。人生中所谓的经验和规则，皆是内心对于生活的条理性总结，是生活的每时每刻的觉照，它是我们智慧的源泉，是我们提升人生境界的重要途径。很多人认为，一个人智慧的获得和素养的提升是通过向别人学习、向书本学习得来的。但我认为，人之智慧是悟出来的，是对自己生活的感悟与总结，没有了它，就失去了自我成长的机会。也可以这样讲，自悟是对自我性灵的发掘，是我们取得成就的前提。每个人都是独特的个体，都有着不同的经历与认知；每个人都是一个小世界，都有其丰富多彩的一面，都是与别人不同的展现。我们现在所要做的，就是发掘出自己的宝藏，体现出这些不同来。唯有如此，我们才能真正拥有自己，才会在人生中有所成就。我们一生都在学习别人，都在学习已有的东西，好像这些才是智慧的结晶，才是我们应该记忆和学习的，除此之外，自己凡俗的生活就没有什么值得总结和学习的地方，认为那是没有意义的。这样的想法是错误的。人生之路均是由自己走的，每一步都有不同于别人之处，天生我材就是要展现出自己的可用之处，而可用之处就在于创造，就在于不同，就在于发现不同、创造不同。唯有不同，才让这个世界缤纷多彩，才让我们真正展现出人生的价值来。我说这些不是说不去学习已有的知识和经验、不去向别人学习，而是在学习已有知识、经验和向别人学习的同时，一定要学以致用，能够把自己人生智慧的火种点燃起来，去创造不一样的人生。唯有如此，我们的人生才是不平凡的。

生活之悟

节日是欢乐的相聚，是亲情的展现，是爱的教育，是身心的调适。节日期间，与家人在一起，是亲情的创造与展现。每个人都有自己的小环境，都有自己赖以依靠的港湾。在日常生活中，柴米油盐酱醋茶这些富有烟火气的生活都是非常有趣的，是人生的真实写照。很多时候，看似平凡无奇，实则循环往复的日子里都充满了情趣，都是自己成长的养料。我们往往惊讶于某人成绩的取得，看到了别人建功立业、创造辉煌的一面，但是对于其在平凡生活中默默无闻付出的一面却少有观察。总是羡慕于别人成绩的取得，而不去关注其平日里的付出，认为成绩的取得是神来之笔，是突然之间迸发出来的神奇力量，更有甚者，把这种成就当作是提前预设好的，是必然所得的。

其实，所有的收获皆在于生活的点滴积累，在于平日里的用心创造。看似平凡无奇的生活，实际都是人生之中最为重要的时刻，都是在为成功和创造做着积累。平日里的积累是不容易被看到的，是潜移默化的，是一种自我累积，是不容易被我们所察觉到的。我们只有默默地坚守，慢慢地前行，用心地感知，才能有所收获、有所进步。生活里有很多值得我们学习的地方，生活里有爱，有情趣，有进步，有发现，有情感的展现，学会从生活里学习，就懂得了成功的奥秘，就知晓了生活的意义。

这两天春节放假在家，与家人孩子们在一起，自己也学到了很多。孩子们成长得很快，尤其儿子的英文学习真是突飞猛进。他非常喜欢海洋动物，也非常喜欢英文字母，每天都要看电视里的海洋动物，并与英文对照，不会读的就会问这个怎么读、那个怎么读，的确是学习的小行家。对于大人们都不会说的海洋动物的英文拼读，他反而张口就来，有时还要纠正一下我的发音，俨然一副老师的派头。我真是惊讶于不到四岁的孩子的聪慧与认真，也是百思不得其解于他对英语、对海洋动物的痴迷，这也许就是兴趣所致，也是孩子的天性所使吧。在日常生活之中边玩边记忆，对于孩子们来讲，只要是有兴趣的，他们就会努力去学，甚至到了非常痴迷的地步。

兴趣才是最好的老师，有了兴趣，一切都会变得非常容易。这一切都源自生活，源自在内心之中对于学习与生活的理解。自作聪明的成年人往往看不到孩子的这份天性，总是指挥他们，管教他们，用理性的思维去引导他们，好像唯有自己才是最正确的。其实我们跟孩子根本不在一个时空中，成年人是站在成年人的角度去看待孩子的言行，用成年人的思维去分析孩子的内心。这样的思维和做法都是错误的，是违背了孩子的天性的，往往会适得其反，让孩子们感受不到真正的快乐，获得不了真正的知识，即便是生搬硬套地按照大人的意志去表现，也不是长久之计，最终会导致孩子心理扭曲，不利于孩子的健康成长。我们很多时候都会做出违背规律的事情，总是希望任何事情都能够一蹴而就，对待孩子也是一样，总是盼望着孩子早日成才，总是想让自己的孩子更聪明，在人前表现得更出色。这种想法是容易出问题的。拿自家的孩子跟别人家的孩子相比较，这本身就是不客观、不科学的。每个孩子都会有不同的理解事物的能力，都有其不同的个性特征。我们要做的就是发现孩子在某一领域的天分，从而加以引导，让他成为某一领域的行家里手，最终成为某一领域的发明者、创造者，这样对孩子、对社会的发展才是非常有意义的。如果我们都以成年人的意愿去要求孩子，别人孩子学弹钢琴，自己孩子也要学弹钢琴，别人孩子学唱歌，自己孩子也要学唱歌，别人孩子学舞蹈，自己孩子也要学舞蹈，这样就会走入攀比的怪圈，比来比去比的还是父母，也就是父母的比较决定了孩子的成长，其实这都是错误的。生活告诉我们，每个人都是不同的个体，都是社会发展之中不可或缺的一部分，我们只要能够充分发挥出自己的优势，能够在某一领域之中做得出色，也就足够了。我们不要成为全才，也做不到全才。既然我们做不到，又何必要求孩子成为全才呢？还是要尽可能地尊重孩子的天性，该玩就玩，该学就学，尊重自然，尊重规律，尊重生活，这才是孩子成长的正确途径。

  刚才重点讲了孩子的学习与生活，实际上学习离不开生活，生活要尊重天性，从生活中来，到生活中去。无论是日常经验的积累，学业的进步，还是工作的成就，都离不开生活中的积累和提升，从生活中去学习、去进步、去提高，这样才是最为切实的、长远的进步。不要想着日常生活是平凡无奇的，对于每天的生活也不必过于重视，这是完全错误的理解。唯有重视生活，我们才能真正赢得发展，真正拥有收获。

学会教育

　　成长的经历是一个奇妙的旅程。春节假期跟孩子在一起，明显感觉到了孩子的进步。女儿的学习有了突飞猛进的进步，钢琴已经能够弹出整个曲子了，非常悦耳动听，对于不太熟悉的曲子，也能够反复练习几遍，直至熟悉为止。看到她弹钢琴认真的样子，我也感到非常欣慰，她母亲的用心真是没有白费呀。我经常不在家，带孩子学习的任务就落在了爱人一个人的肩上，每天的课程都排得非常满。虽说是春节假期，比之平日里活多了，每天还要给孩子安排课程，并且督导孩子按时认真学习。培养孩子的学习习惯真是不容易的，因为孩子不像成人，是没有专注力的，不能够长期坚持。如何能够让孩子按时老老实实地学习，已经成为父母的头等大事。有时候为了让孩子按时学习或是认真学习，爱人也是非常着急，甚至于失去了耐心，那种无名之火就不由自主地发了出来。看着她大声训孩子的情形，我也是对孩子心疼不已，忍不住劝说爱人不要着急，不要那样说孩子，这样很伤孩子的自尊心。学习要以激发孩子的兴趣为主，而不是填鸭式地硬性要求，孩子没有按要求去做就大声训斥。可怜天下父母心，我能够理解做母亲的良苦用心，也明白现在整体的教育就是这样，假期里要求孩子学习也是对她的一种提升，能够让孩子掌握更多的知识，养成一个好的学习习惯。这都是没有什么错的，错就错在我们不能太过于心急，不能有伤孩子自尊心的言行，那样只会让孩子厌恶学习。失去了信心和自尊心比什么都严重，父母的心伤不起，孩子的心更伤不起。

我们做父母的虽不是什么教育家，但一定要努力去学习教育孩子的方法，了解孩子的心理，这比教给她某一项知识与技能更重要。我始终认为，教育孩子最重要的是激发孩子的学习兴趣，激发孩子的创造性。能够让孩子创造性地去学习，把学习当作是一件快乐的事情，而不是一种压力，这样最为重要。仔细想来，我们要培养一个什么样的孩子，是能够完全按照大人们的要求"照单全收"，成为一个聪明的"学习机器"呢，还是要培养孩子的自主意识，从培养孩子的学习兴趣入手呢？要激发孩子的学习兴趣，把要求她学习转变为她自己要学习。唯有学习才能够成就自己，要给她讲为何而学，学习的最终目的是什么。孩子最终是要面对社会的，要用自己的判断和行为能力来处事，很多的知识是不能够决定孩子的前途的，也可以说是"无用之术"。孩子有自己的判断和选择，要从小培养孩子的判断和选择能力，唯有如此，孩子长大以后才能真正适应这个社会。唯有发挥自己的主观能动性，激发自我的学习兴趣，才能把知识记得更牢，才能最终学以致用。这一切都要建立在自尊、自信的基础之上。唯有自尊、自信才能成就一切，才能真正成为有用之才。做父母的要以培养孩子的自尊、自信为前提，对于孩子的学习，要科学引导而不强求，努力激发而不压制，耐心细致而不急躁，尊重差异而不求全，保持定力而不失控，自我提升而不落伍。这些说起来容易做起来难，尽管如此，我们也要努力去把握和学习。教育孩子，首先要教育自己；让孩子学习，首先要自我学习。努力成为孩子的榜样，成为孩子的引路人，成为孩子的良师益友，这样才能把孩子培养成才。

生活选择

总是想要把时光充分地利用，把有限的时光运用到有益的地方，可总是因为忙于俗务或是因其他事情而把正事耽误了，因此就哀叹连连，悔恨不已。后悔于没能够把有限的大好时光充分地利用，从而导致了时光的浪费，没有了任何的建树。仔细想来，人生最大的浪费不就是时光的浪费吗？没能够把有限的时光运用到有益的地方去，整日为了些许所谓的物质收益而怡然自得，其实与美好的光阴相比，这些都是微不足道的。一个人一定要学会算账，算一算自己的时光之账，让自己从睡梦中醒来，认真地把握自己，能够一生把一件事做好，做出成就来，做出亮点来，做出价值来。的确，我们每天为何而忙，是为名而忙，还是为利而忙？忙来忙去，把自己都给忙丢了，不知道自己身在何方，不知道怎样才是永恒。人生一世，时光短暂。对于明天，我们都不知晓将会如何，可能是好，也可能是坏，可能是存在，也可能是失去，所有的一切都不是我们所能把握得了的，我们唯一能把握的就是现在，就是眼前的时光。要说什么是人之所有，我要说这眼前的时光即是我们最大的价值。至于说有多少财富，有多少能够让人生享乐的东西，那都是过眼云烟，是人无法把握的。看似金山银山，但也不过是一时的看护而已，整日还提心吊胆，忧心忡忡，没有安宁之时。虽然看似荣光无限、享乐不尽，但其内心之苦又有谁知呢？很多人看不透这一点，整天都在为名为利而争，费尽心力，甚至于不惜浪费大好的青春，不惜牺牲生命，为名为利争得你死我活，这样碌碌一生，如草木一般，生生灭灭，又有什么意义呢？没有留下任何值得记忆的东西，不能够求得内心的安然平和、清净自在，带着痛苦、遗憾、恐惧与后悔离去，这是多么不值得呀！

　　生命的本质就是创造与付出，给人生留下值得纪念的东西，能够让世界更加美好，让生命更有意义，让人生过得更安心、更自在。这些话看似过于高远，好像离自己的生活很遥远，跟现实不相符合。现实的生活就是要有物质的保障，就应该拥有更多，这样才能更有力量去做更多的事情。这些话没有错，它们并不矛盾，创造精神财富和创造物质财富同等重要。这也是互相补益的，是并行不悖的。并且有了精神的引领，我们才能团结更多的人去做更多的事，去实现更大的目标。如果一个人本来的初心就不正，就是为了安逸，为了自我，为了个人的占有和享乐，有了这样的心理，人就容易走偏，就会做出一些有悖于人民利益的事情来。那种完全为了自己、自私自利的行为容易招致祸端，到时候所谓的占有就会变成自己的灾难，占有得越多，灾难就越大，这样是得不偿失的。现实之中，有些人身居高位，但贪污受贿，最后被人民所审判，受到了应有的惩罚；还有些人为了一己之私，生产出假冒伪劣产品，给人民的生命健康造成严重危害，最后也受到应有的惩罚，没收财产，并且还锒铛入狱，何苦来哉！还是要有明辨是非之心，能够把自心引向正途，立志要强，立志要正，能够把生活的点滴积累当作自己进步的动力。从业要正，沿着正确的方向去做事情，能够通过自己的努力为自己、为大众造福。坚守初心不易，很多时候我们会受到外境的影响，被眼前的繁华迷住了双眼，被自己隐藏于心的贪欲所驱使，自己管控不了自己，内心迷失了方向，就会让自己陷入危难之中，最终让自身难以保全。贪欲是魔鬼，自私是毒瘤，一个人内心的迷失是人生最大的失败。要学会逃出贪欲的囚笼，参悟人生的本质，找到人生的至美与至乐之境。

自我改造

人要学会自我改造，自我成长。总感觉不管到了什么时候，自己都还有许多不成熟、不完善之处，总是有这样或那样的缺憾，总是有很多的事情做得不好，无论是在安排自己的作息上，抑或是在自我情绪的控制上，都还有许多需要调整的地方。这些问题如果不及时加以修正，就会给自己带来很多的危害。有时候，自己也会宽慰自己：这些问题和错误的存在是一种必然的现象，是很正常的事情，没有必要为此而大惊小怪，还是要学会宽容和安守，毕竟有些习惯是很难改变的。话虽如此，但既已知道自己有如此不足，还是应该努力去改变它。一来能够通过改变让自己有了不同的感受，也增添了许多生活乐趣；二来自己的身心也得到了调节，能够拥有一个全新的自己，岂不是一件非常好的事情。总感觉自己的耐性不足，一旦遇到问题与困扰就会耐不住性子，无名之火就会突然冒出来，看什么都不顺眼，苦恼不已，愤懑不已，也不知道从哪来的那股邪劲儿，简直能把自己压垮。由此看来，自己的内心还是很脆弱的，是没有什么抗压性的。表面上看是刚强无比，实际上是软弱不堪；看似无敌无惧，实则一触即溃，没有什么所谓的坚强，只有那种难以抗击的失落。这种失落之感能够浸满内心，让自己无力奋起。这的确是自己应该检视自己的。

一个人这种情绪的突变，只能说明其处世应物不成熟，不能够客观地看待一切，不能够用心去包容所有，容易失去自信，被情绪所左右，这是不谙世事、不成熟、不老到的表现。要学会坦然接受一切，客观面对一切，要知晓所有存在都有其道理，都不是无缘无故的，都是长期积累的反应，都是能够改变自我的助力，也是自我提升的前提条件，要正确地看待它，既要看到其好的一面，也要看到其不好的一面。不好的一面是一种直接的反馈，那是果的成熟，成熟了也就瓜熟蒂落，就有了处理它的时机。看似危机之处实际上藏着莫大的机遇，这是自己重新认识自己、努力改变自己的机会，要不然自己还会沉湎于自己所营设的温柔乡里，让自己沉沦而不自知。从某种程度上说，问题和困扰的出现就像是病情发作一样，早发现早治疗，病愈之后就会健康起来，这样对自己也是大有裨益的。所以，我们要学会接受问题和困扰，学会辩证地看问题，客观地看世界，而不是就事论事，只看到事情的一面，而不能看到其全部，那样只会让我们情绪失控。从现实角度来讲，的确也是这样的，事情既然已经发生，再去痛苦、悔恨、埋怨又有何用呢？只会加重自己的心理负担，增加自己的压力，让自己的心态和情绪变得更坏，从而影响自己的生活，除此之外，别无他用。我们要有反败为胜的勇气，要有包容万物的胸怀，唯有如此，才能让我们奋起直追，才能让我们不断进步，才能让我们心志成熟，才能让我们提升能力，才能让我们选择新路，才能让我们成就伟大。危难之时见真功，危难之时做锻炼，危难之时成大业。有了这份心志，我们就会无事不成、无坚不摧、无敌不克。

　　近期总有头脑昏沉、身疲力乏之感，究其原因，自己也很清楚，主要是因为不能按时作息，连续熬夜，甚至到凌晨，这样睡眠时间严重不足，第二天就会显得筋疲力尽，没有精神，没有力气，这样工作生活都会受到很大的影响。一回到家里，这种情况就会好很多，因为家里有人管着，有孩子要按时睡觉，自己也没有熬夜的机会，这样就会睡眠充足，第二天精神就会很好，浑身也有劲了，身心都轻松很多。有时候痛恨自己的自制力太差，不能够做到按时休息，不能够为自己负责、为家人负责、为企业负责。的确是应该努力改变自己的习惯，这样才能体力充沛、精神饱满地去做工作，去完成既定的工作目标。所有的这些都要靠自我的改造、自我的提升，没有什么比与自己的固有习惯做斗争更有意义的事情了。

记录生活

　　这世界上唯有记录才能让生命延长，唯有记录才能让记忆永恒，也唯有记录才能让自己重新认识自己，也能让别人了解自己。快节奏的生活中，我们都没有那么多的时间向人诉说，唯有通过文字、语音、视频或是其他的记录方式，才能把自己生活中的所见所闻都记录下来。尤其是文字，是最有感召力的，是最易于记录的方式，也是能够保存久远的记录方式。我们可以把每天的所思所想记录成册，这样就会永志不忘，它能够成为自己永远的记忆，也是性灵的充分展现方式。

　　在现实生活中，我们可能会记起曾做过哪些事，但却很难想起当时的内心想法与分析结果，因此，唯有写作整理才能把我们的经历和思想完整地记录下来。正如释迦牟尼创建佛说，老子洋洋洒洒五千字的《道德经》，从而成就道家之说，还有孔子的四书五经成就了儒家礼说，这一切都是通过文字的记录才能得以传承，才能影响后世，世代传颂。虽经历二千五百多年的风雨，但还是历久弥新，还会对今日人们的思想起到较大的影响。所以，记录是一种永恒，是让我们的生活丰富多彩的基础。有了它，也就有了思想的凝结，就有了人类文明的延续。也可以这样说，正是因为有了记录，才成就了人类文明的延续发展，人类文明的发展就是从记录开始的。如果我们人生没有记录，那该是多么苍白无趣呀！那样就只是为了生存而生存，不知道自己要走向何方，不知道自己的过去与将来，也不知道怎样才能学习他人、成就自己。这一切都来自记录。

记录就在当下，记录是人生展现价值与意义的标志。

我们往往不重视记录，究其原因，无外乎认为记录无用，对自己的现实生活没有什么意义，所以记录又有何用呢？有这样想法的人不在少数。仔细想来，运用记录和总结的方法来指引自己的生活和工作，是一件非常有意义的事情，它能够教会我们反思，能够让我们省悟，让我们把无序的生活与工作变得有序起来，让我们从中总结出很多规律性的东西，从而进一步指导我们的工作和生活，让生活更加充实，让工作更加顺利，这就是记录的好处。还有一些人认为，记录是一件很难的事情，把自己的想法写成文字是非常困难的，它需要有灵感的闪现，需要有生花的妙笔，需要嚼文嚼字、字斟句酌，需要有高深的文采，等等。这就把大家拦在了门外，好像记录是一件痛苦的事情，是自己做不了的，也是不能长期坚持的。这样就像是战士还没有上战场，就一直想着不能够胜利，自己肯定战胜不了敌人，还未上战场就怯了三分，这样仗还怎么打？根本是没法完成任务的。这也是限制我们记录和总结的主要原因。

人的经验与想法是零碎的，如果我们不去记录与总结，那永远是不系统的，也是不完善的。通过记录，我们才能发现更多的东西，才能有更多的感知，也才会有更多的发现。的确，零零碎碎的想法跟系统化的记录与总结是完全不一样的，但那是一种生活，是自我的成就，是对人生最大的创造。

思考生活

　　学会思考和总结生活，它能让我们受益无穷，也可以这样讲，生活的本质就是总结和思考的过程，也是自己感知人生的过程。日复一日，年复一年，如果没有思考和总结，人不就成了行尸走肉了吗？没有思想的引领，没有经验的总结，没有性灵的升华，没有前行的规划，没有理想的指引，那人生还有什么意义呢？尤其是发现与创造，友爱与奉献，更是每个人都应该具备的能力与品质。有了这些对生命的理解和引领，那么我们的人生才会是有意义、有情趣的。我们都不知晓明天将会遇到什么，不知道自己将会有何变化，我们能做的就只有把握好现在，因为其他的我们管不着，也无法预测，唯有现在才是最真实的，才是自己最大的拥有。过去业已过去，无论荣辱得失都已经没有意义了，一味地回忆过去也解决不了现实的问题。唯有立足在现实的土壤之中，客观地看待自己，用真诚、关爱、包容之心去对待别人，我们才会有更大的收获。仔细想来，人生就是一个找到真正自我的过程。有些人活了一辈子，却找不到自我，不知道自己想要什么，不知道什么样的人生才是最有意义的，也不知道什么样的生活才是有趣味的。只是心随境转，意为他迷，没有自己的主见，没有自我的反思，一生浑浑噩噩，不了解自己的真实需求，不知道怎样才能引领自己向前走。青春眨眼即逝，老之将至，也不知道这一生做出了什么。没有方向的指引，也没有人生的坐标，一个人在生活的倏忽之间找到些微的满足，对于地位和财富这些身外之物用心追寻、疲于奔命，这样的人生是非常无聊的，也是非常无趣的。

每天都在想，如何能把今天利用好，如何能够让这一天发光发热，如何能够创造出更大的价值来，如何不把今天这美好的时光虚度。但有时内心定力不足，会被外境和贪欲所牵引，每天都想着如何能够拥有更多、体验更多、得到更多，这种贪求之心是比较强烈的。也可能是自己修养不够所致，内心之中的欲望火苗真是经久不息，有时也成了自己生活的烦恼，不知道如何才能让自己走向大自在之路，拥有无忧无虑、轻松自如的生活。也许越是得到更多，那种自得自满之心就越是会滋长起来。在现实之中，又想去拥有更多，体验更多所谓的人生之乐，又害怕总是这样会把人生的情趣给舍弃掉，所以总是在矛盾之中左右徘徊，找不到真实的自我。我想，正是如此才导致了自己的矛盾心态。还是要静下心来，好好地总结、分析与反思，明确哪些是正确的，哪些是错误的，哪些是应该坚持的，哪些是应该放弃的。思想的问题不解决，人生就难以捉摸与判断，人生之路就会显得越发地迷茫，生活的情趣也就没有了。

总是有一种患得患失之感，不知道哪一个才是真实的自我，也许人生就是在这种矛盾纠结之中度过的吧。我们要学会适应这些，并且要找到破解它的方法，那就是要学会给自己营造一种环境，让自己每天都有一个静心的机会，让自己能够去引领自己。还是要对现实的生活做出充分的总结和分析，对于自己的思想和行为要进行深刻反思，让自己能够透过现象看清本质。了悟生活，就要从分析生活、总结自我做起，除此之外，别无他法。别人的经验再多，如果不能与自己的生活相契合，那也是没有价值的。自己的心结需要自己去解开，人生中的每一个问题都需要自己努力去解答，这样才能让自己重生，找到人生至真至美、轻松自在之境，让福乐与己相随。

健康成长

孩子的天性是率真的、直接的表达，能够做到"爱我所爱"，毫不隐瞒。孩子心里没有"小九九"，要就是要，不要就是不要，甚至为了达到目的而撒泼打滚，时哭时笑，弄得大人真是哭笑不得，不知如何是好，真是又恼又爱、又喜又忧。为了正确引导孩子，让其能够听话懂事、健康成长，大人们真是费尽了心力。养育和教育孩子真是一门大学问，需要我们从现在开始认真地学习，因为这关系到孩子一生的成长，也关系到孩子一生的幸福。某种程度上讲，教育孩子也是教育父母，引领孩子也是引领父母。我们从来没有上过这堂课，没有做父母的经验，那么就应该努力从现在学起，能够用科学的方式来教育孩子。父母是孩子的第一任老师，父母是孩子学习的榜样，也是参照物，父母的行为决定了孩子的行为。要想培养出出色的孩子，首先要做出色的父母。这的确是有道理的。

孩子的天性有一种叛逆性，对于大人所说的话不一定照单全收。在每一个孩子幼小的心灵里都有一种迅速成长的期盼，都有一种对于未来的展望。"人小鬼大"，不要看他们年纪小，什么都不懂，实际上他们懂的一些知识是我们不懂的。我们总是拿自己所谓的无事不通的眼神来看孩子，认为他就是一个孩童，不可能懂那么多，没有我们成年人的思维，也做不到成年人所能达到的程度。是的，某种程度上讲，孩子是达不到的，尤其是在理性的全面分析的能力上，是比不上成年人的，但孩子有成年人所难及的能力，那就是认知。孩子的认知很是清晰明了，没有掺杂任何的自我因素。他不受任何所谓理性思维的干扰，能够用最简洁的方式来面对。越是这样越是能够辨得清、记得牢，能够充分发挥其天性，能够实现成年人所达不到的目标。

近几日春节假期，与孩子在一起，其乐融融。儿子现在还未满四岁，但是辨别力还是超强的。他酷爱海洋动物，每天看电视都要看海洋动物，对于很多外形相似的海洋动物，比如海狮、海豹的区别，他真是张口就来，还有蓝鲸、虎鲸等几种海洋动物的区别，他也能讲得头头是道。这不，今日又给他买了几只海洋鲸类、鲨类动物玩工具，可把儿子高兴坏了，眼睛都闪着兴奋的光芒，那种发自内心的笑声让人很受感染。由此可见，热爱是多么大的力量啊！凡事只要愿意去做，就一定能够做好。送礼只要送对，是多么让人兴奋哪！在兴趣方面，儿子还非常喜欢英文字母，每天一大早起来就看电视或者iPad上的少儿英语字母学习视频，并且边跟读边跳舞，另外还摆英文字母块，把娱乐当作学习，把学习当作娱乐，真是寓教于乐呀。四岁不到的他能够把英文字母背得滚瓜烂熟，能够熟记英文单词近一百个，并且这些英文单词都跟其玩具有关。由此我也真正感知到喜爱的重要性。

教育的本质就是要让孩子产生兴趣，有了兴趣，孩子才能够愿意学、学得快。能够充分地发掘孩子的学习兴趣，比强制传输要强之百倍。教育要革命，要了解孩子的心理，要能够真正俯下身来，倾听孩子的声音，向孩子学习，了解孩子，发挥孩子好动爱学的天性，科学引导，健康成长。

写的意义

原来把写作当作是一天的任务，当作是一项不得不完成的工作，整天是压力重重，不知道写什么、怎么写。一谈到写文章，就好像是多么高不可攀的事情一样，一定要有深厚的文学功底，一定要熟读唐诗三百首，一定要妙笔生花，一定要文思如泉涌，一定要有灵感附身，如若不然就写不出文章来。这的确是一直困扰自己写作的魔咒。有了这样的畏惧之心，就很难把写作坚持下来。其实人人都有写作的能力，只要把自己想说的话写出来即可，没有什么大不了的事情。至于说把写作想象得那么高深，只不过是自己吓自己罢了。还是要有自己的独特风格，能够客观地看待自己和他人，能够把自己的感受与人分享，就已经是一件了不起的事情。

人人都需要沟通交流，需要进行心灵的抚慰，需要有自己倾诉的对象，用写作来表达心声的确是一件非常美的事情。同时能够通过写作来把一些不清晰的事情捋清楚，把那些不明白的事情搞明白，这样就会越写越明晰，越写思路越开阔。可能在写之前还没有什么想法，但是越写越有想法，就像是有时我在开会之前还没有什么可以跟大家分享的事情，但随着了解、学习和提升，自己就有了新的想法，就有了新的感受，就有一种想要一吐为快之感。由此可见，人要想工作有成绩，就要努力让自己融入某种氛围之中，这样人就会受到氛围和环境的影响，就有了新的想法和建议。这样对我们的生活与工作都会起到很大的促进作用。所以，平时还是要多动动笔，这样自己的思维和想法就会更加有条理，就会有新的发现、新的理解、新的进步、新的创造。

　　写与不写是不同的。写是一种创造，是思维的重新规划组合，是自我心性的提升。有了写作，才有了人类文明的传承，才有了社会精神文明的传播。从自己本身来讲，通过这几年坚持写作，不但对自己的文笔更自信了，对于写作不再畏惧了，而且自己的心态也变得更平和了，内心也增添了许多愉悦之感。写作不是一种形式，而是实实在在的思想的升华，是对自我工作与生活的反思，也是自己对事物的认知表达。写作也是对生活的再创造的过程，正如我们用相机去拍照一样，一个看似普通的生活场景，如果布置好背景，选择不同的角度去拍摄，就会有意想不到的效果。拍电影也是同理，可能在拍一些片段之时没有感觉到如何震撼和感动人心，但通过后期制作加上配音特效，一切就会呈现得更加完美，让人感受到心灵的共鸣，从而引起较大的轰动效应。所以说，学会关注日常的工作与生活是非常必要的。写作能让我们把普通的工作与生活记录得不再普通，能让我们用全新的视角去看待工作与生活，能够让普通得不能再普通的生活、平凡得不能再平凡的人们，展现得不再普通、不再平凡。不是说我们如何去修饰和装扮，而是生活本来就是这个样子，只是我们没有静下心来去体验而已。在社会里，在人世间，原本就有很多的奇迹发生，有很多非凡的人物出现，有很多偶然和必然的呈现。

　　仔细想来，我们活着本身就是不平凡的显现，就是一种奇迹，是我们多世以来的修为，是善德的凝聚，是爱的力量，是至真至美的展现。我们千万不能忽略了当下每分每秒的生活，那才是我们最大的财富，是我们用什么也换不来的收获，是今生今世最值得拥有的宝藏。因为这世上最大的拥有就是活着，其他的对于我们来讲也重要也不重要。人们总是把它弄颠倒了，往往是为了那些蝇头小利，为了所谓的名誉与地位，为了所谓的物质的拥有而整日绞尽脑汁，甚至于把自己的身家性命都搭上了，追来追去、争来争去，到头来不过是一场空，真是可悲至极。

　　人生的所有存在皆在于现实的生活，皆在于能够用真心去创造，去奉献，去拥有，能够留下值得感动的瞬间，这才是最为宝贵的，其他都是次要的。对于生命中的每一段演绎，我们都应该充分地展现，都应该认真地描绘与记忆，这是生命交给我们的一份责任。记录生活，描绘人生，让生命绽放耀眼的光彩。

学习之宝

春节假期已经结束，今日就要开启节后第一次公务旅程，去青岛参加合作商大会。回首假日时光，与家人相聚，很是愉悦，尤其是跟孩子们在一起，更是热闹非凡。看着孩子们非常聪慧、迅速成长，我也是看在眼里，乐在心里。与孩子们在一起，总是给我很多的惊喜。无论是孩子们把很多玩具都玩出花样来的创新发明，还是酷爱海洋生物的不到四岁的儿子所表现出来的对海洋生物知识的了解，都让我惊奇万分。他甚至对一些海洋鲸类、鱼类的中英文名字及其生活习惯，都是了如指掌。我惊叹于孩子们的执着与聪慧，从他们身上我也能学到很多。女儿从对学钢琴的退缩、不感兴趣，到能够流利地弹几首曲子，指法灵活，理解乐理和音调的能力增强，真是有了天翻地覆的变化。

学习任何事物都要经历一个逐渐融入和接受的过程，这也是逐渐培养兴趣的过程。千万不能小看孩子的一点点进步，正是有了点滴进步的积累，才有了大的跨越。唯有不断地坚持，才会有成绩的取得。就如女儿刚开始学钢琴时，还是有些兴趣的，但学着学着就感觉有些枯燥无味了，就按捺不住爱玩爱动的天性，一节课下来折腾不已，不能够集中精力，总是四处观望，有时跑到爸妈跟前，就是不愿学，那种抵触劲儿是非常大的，一节课下来也学不到什么东西，有时也让老师很是无奈。我也感到可能孩子真的学不下去了，干脆就甭学了，让孩子放飞天性算了，但还是爱人的坚持起到了一定的效果，通过近半年的学习，孩子的钢琴有了很大的进步。的确，有时候还是要有坚持，坚持去学习，通过学习来让孩子感到有收获，越来越有兴趣，越来越爱学习，要让她知道学习的意义是什么，要让她感知到学习的乐趣。不要说孩子，就连我们这些看似聪明的大人，有时也会耐不下性子去学习某种知识，不能够静心安神地去学习，把学习当作是一件很痛苦的事情，甚至于三分钟热度，学了几天就自动放弃了，结果就会前功尽弃，没有取得任何的成绩，在心里就会留下一个"学不会"的阴影，这样也是对自己自尊心的打击。所以，还是要从培养自己学习的信心和兴趣入手，让自己长期坚持下来，不能蜻蜓点水、浅尝辄止，那样是永远不会有什么成绩的。

学习就是一种习惯养成的过程，培养了一种良好的学习习惯，就有了进步的保障，就能够在生活、工作中不断地提升。即便是在日常的家庭生活之中，也有很多值得我们学习之处，比如如何去教育孩子成长，如何去培养孩子健全的人格和良好的习惯，如何能够让孩子拥有健康的身心，如何能够让孩子学会面对困难，如何教给孩子一个好的学习方法，这些都是我们做父母的所应该学习的。不去学习的父母就是不称职的父母，也培养不出一个好的孩子来。很多家长认为，教育是学校、老师的事情，父母只是做到给孩子一个良好的生活环境而已。这种想法是错误的。父母是孩子的第一任老师，也是孩子终身的良师益友。在孩子的成长过程中，父母起着非常关键的作用。如何做好父母？我们从来没有上过这门课，也不知道怎样才能引导和教育孩子成才，所以我们做父母的更要努力去学习，不断积累，不断成长。虽然我们不可能人人都成为教育家，但我们可以成为一名相对称职的父母，这样孩子的成长就有了保障。

生活之中处处皆是学习的机会，每时每刻以及我们所遇到的每一个人，都是值得我们去学习的。看似细微平凡的事物，都有其蕴含的道理，千万不能低估了我们眼前的生活，也不要低估了我们自己。我们每时每刻都在创造着奇迹，生活本身就是要创造奇迹的过程，要有自我的创新意识与精神内涵的展现。我们不能熟视无睹，不能把自己的眼睛闭上，不能把自己心门关上。唯有睁开双眼、敞开心门，我们才能找到真的自我。时时处处都要做一个有心人，把眼前的生活当作是一生之中难得的相遇。我们有多少福德才能够感受到如此的美好，我们有多少次回眸才能赢得今生的相遇。珍惜自己所遇到的一切，从生活中去感知，从生活中去学习，从生活中去收获，从生活中去提升。要把生活当作是一个过程，当作是学习和提升的最大机遇，当作是人生最大的宝藏。也的确是如此，时光对于我们来讲，是最为珍贵的，没有比它更重要的了，它能伴随我们一生，它能创造人间的奇迹。珍惜时光，创造价值，不断学习，超越自己，活出一个人应有的样子。

追忆感怀

近两日在青岛，开完会留在这里与己相伴，也是一种自我的反省与调节，是一种自我的再规划。青岛是一座很美的城市，是胶东半岛的一颗明珠。1995年，我曾在青岛的团岛轮渡口附近住了将近三个月。时光荏苒，转眼间已经过去了这么久，真是难以想象。当时自己还是二十多岁的小伙子，刚刚大学毕业，少不更事，但正值青春，血气方刚，初生牛犊不怕虎，也是敢想、敢干、敢闯，在短短三个月的时间里，给单位干出了不少成绩。当然也有很多的遗憾，但无论得失，总感觉那是一段非常美好的经历，也留下了非常美好的记忆。也许正是因为那段时光的历练，才让自己不断成长，特别是正值青春的黄金时期，那种激情四射的感觉真是能够自己感动自己。我发现人至中年以后，容易想到过去，容易感慨，容易就自己内心的感知与人交流，也许正是因为如此，才能够让内心更加的畅快。

回顾过去的岁月，虽是平凡多于奇伟，俗务多于壮举，但自己一直没有放弃，一直走在前行的路上，一直让自己能够清醒地认知自己到底是谁，自己有何能力。如若能够让时光倒流，那该有多好哇！那会让生活之路走得更加顺畅，能够更多地做好自己，能够让人生的记忆更加丰富。每时每刻我们都在追忆过去的影子，可越是经历多了，就越是感觉原来那个人可能不是自己，可能是另外一个人。可能我们不再认识过去的自己，但那毕竟是自己人生的过程，是当时特定的时期、特定的环境下的自己，不管自己是一个什么样的面貌呈现出来，那必然是自己。我们既要记忆美好的过往，也要展望美好的明天，更要把当前的事情做好，把当前的自己安顿好，这是我们当前重点要做到的。不能够患得患失，为了某些事没有做好而悔恨不已，对于自己的任何一个埋怨都是对自己的二次伤害，我们要做的就是认可自己、理解自己、包容自己、喜爱自己。可能真正做到此点是很不容易的，生活里充满了变化和遗憾，有很多想完成而没能够完成的事，有很多该珍惜的没有去珍惜，有很多的应该做得更加圆满之事没有去做得圆满，留下了很多的遗憾，让自己忧愤不已，对于自己还有很多不满意的地方，但越是这样想，就越是没有了自信，内心就越是发虚，甚至于变得六神无主，变得找不到真的自己。越是到了这个时期，越是要把握好自己，不能让自己失控，不能迷失了自我。

　　所有的收获就在于自己还在，还有时间去调整，还有能力去调整。尽管说现在的自己与年轻时相比，在体力、精力、同心力、专注力方面都有了下降，但那颗永不服输的心还依然存在，它才是让自己在人生之路上不掉队的最大助力。我们不能指望别人来拯救自己，只能依靠自己、支持自己、提升自己、关怀自己、温暖自己，因为唯有自己才是与自己相伴一生之人，唯有自己才是自己最大的财富。没有了自己，就没有了一切，也就没有了改变的可能。追忆过去是为了让自己获得心安，展望未来是为了让自己充满希望，面对现实是为了让自己能够安守自心。一切都是重生，一切都会过去，在人生之路上，我们要加倍珍惜。

相遇相安

我们都是凡人，都不是神仙，都在过着凡俗的生活，没有那么多的光辉照耀。即便是有过辉煌，也不过是过眼云烟，最终还是要回归平凡。每天我们都在谋划着未来，记挂着过去，也在担心着现在。我们都在寻找着内心的依靠与安乐，害怕失去已有的一切，害怕内心会感到孤单，所以我们极力地向着所谓的目标前行。在追寻的过程中，会遇到各种各样的伤痛与阻碍，也可以这样讲，人生就是一个面对伤痛与阻碍的过程，也是学会去适应生活和解决问题的过程。我们每天都会遇到各种问题，家庭问题、单位问题、他人问题、自身问题，一天下来问题不断，自己绞尽脑汁、废寝忘食地努力去解决，从而让自己不被现实问题所击倒，能够保持一种平和自然的状态。但这种状态是很难长期保持的，因为有很多的问题在短期内自己是无法解决的，这种现实的焦虑与理想中的生活就会相互纠结缠绕，让自己也是苦闷异常。

很多时候，我们很难挣脱世事的羁绊，不知道人生之路在何方，现实的焦虑已经大大地影响了我们的心情和健康，让我们不能自我决策与判断，让我们困在了自我设定的心境之中，东也不是，西也不是，不知何方才是家乡。究其原因还是没能够调节心境所致，也就如哲人所说：既然现实无法改变，那么只有改变自己。改变自己就是要改变自己的思维方式和方法，要把所有的呈现都当作是天地因缘所使，是一种时空的交会，是一种必然的结果。生活的本质就是要尊重这份因缘，认可这种现实，把所有的相遇都当作是必然。生命的本质就是这样，是由无数个偶然所累积起来的必然，没有什么可大惊小怪的。首先要学会接纳它、认可它、尊重它，要把它当作天地给予自己的礼物，这份礼物是非常厚重的。我们要面对现实，把现实的问题和困境当作是人生的试卷一样，要认真地答题，认真地思考，认真地实践，不但不能回避，还要欣然接受，并努力去分析和改变它，最终把它转化为自己进步的源泉。如果有了这样的态度，自己也就真的心安了。

很多时候，我们都在跟自己过不去，认为自己没有能力，没有智慧，没有成长的环境，没有自己生存的空间，没有能够给予助力的人，所以才会遇到了此类问题。殊不知这些所谓的生存空间、成长环境，只是一种自我认知而已。某种程度上来讲，别人是无法左右你的人生的，别人只是在某一条件下必然与你相见的因缘而已。因缘所使，你们就必然相见，也就是所谓的"若相见，必相欠；若不见，不相欠"。所有的存在都不是偶然的，而是必然，是长期的熏染和内心的萌动所致，有时候你是改变不了的，唯一能做的就是让自己安定下来，不要被现实迷住了双眼，不要被表象的东西所迷惑，要让自己沉静再沉静、安然再安然。首先要从改变自己的心境做起，一定要有感恩之心、感谢之意。要感恩所有的相遇，要感谢问题的出现，正是如此，才让自己能够不断成长，才让自己走上真正的觉知之路，才有不断提升的自我。千万不要有埋怨和后悔之心，因为这些只会让事情变得更糟，可谓有百害而无一利。即便是自己真的犯了错，也要正视它，不仅要承认错误，也要接受错误。唯有错误才能把自己不断引向正确，唯有正视自己才能真正得到自己。

我们看待事物的角度和态度，决定了我们的生活，也左右了我们的人生。很多的社会现象和人与人的关系，皆是人的心态改变的结果。唯有把内心调整好了，有了圆融的、客观的、积极的处世态度，我们才会拥有一个好的人生。

环境之妙

近两日在青岛有了很好的感受，感受崂山的自然生态。崂山虽山势不高，但很奇伟，在天海之间形成连接，这是它富有神韵之处，跟其他地方的山还不太一样。有了海，山也就变得更加秀了。在青岛体验最深的还是海，也可以说海是青岛之魂，有了海，城市的美就展现出来了。海边的道路曲折蜿蜒，时高时低，时曲时直，这种变化让人备感新奇，也增添了许多的情趣。一边是山，一边是海，在山海之间穿行，迎着湿湿凉凉的海风，看着路边掩映在树林之间的各式建筑，自然而然让自己也沉醉其中。总感觉环境是可以改变人的，那种改变是潜移默化的，是慢慢浸润其间的，让你在不知不觉间就忘记了原有的自我。

的确，环境与心境是相应的，身处不同的环境就会产生不同的心境，就会有对于生活的不同理解。曾记得儿时在老家之时，农村真是广阔天地、大有可为，我们在田野间有很多的乐子。小伙伴们在庄稼地里穿行嬉戏，有时玩捉迷藏，高粱地里限定范围，那也是很难找到的，有时候你完全不知道走到了哪里。田地就是我们的游乐场，我们可以撒欢，可以打闹，可以唱歌，可以大叫，无拘无束，逍遥自在。在大自然之中，人是非常自由的。小伙伴们玩耍之余，还会挖挖红薯、掰掰玉米，有时也会用土和砖头瓦块垒一个炉灶，捡些枯枝败叶就开始野炊。烤出来的红薯和玉米是非常香的，没等烤熟，小伙伴们就已经迫不及待了，都眼巴巴地围在火旁，静等着美味大餐开席。真的吃上了这些美味后，那可是天大的享受了，每个人都笑得合不拢嘴，不顾黑灰抹到了脸上，各个都成了"花狗脸"，还互相打闹嘲笑。儿时的记忆是如此的深刻，那是一生中最难得的快乐时光，是一段非常美好的记忆。

  一个人的成长环境决定了一个人的心志。儿时的回忆是美好的，在一生中留下了深刻的印记，无论何时回想起来，都是甜美无比的。有时候自己也在想，一定要选一个最佳的环境来调节一下自己的心态，让自己放松心情，收获身心的自由，但现实是俗务缠身，内心的欲念非常旺盛，总想着如何能够得到更大的满足，这样就无法让自己安定下来，无法去享受那样的静乐安然，有时甚至无法掌控自己。的确，还是要让内心平和下来，能够与环境相应，不能够让环境绝对的引领，但毕竟习性的培养需要一个过程，相信一定能让自己有所改变。人的确是受环境影响的，就连我们的内心也需要有一个良好的环境，要学会给心灵营造环境，让乐观、真诚、自信、坦诚充盈内心，无论遇到什么样的问题、困难和波折，都能够淡然处之，能够用喜乐之心去应对。

感恩回望

  总有些不甘心,感觉不能够把文章如期写出来,浪费了很多的时间,难免会有很多的失落。近两日回老家,与父母兄弟团聚,陪二位老人说说话、看看电视,调出老人家们喜欢看的《梨园春》。老父亲是戏迷,尤其喜欢看《梨园春》,看到好的选手就禁不住喝彩,听到熟悉的唱段就免不了跟着唱了起来。能陪父母在一起看电视,是一件非常快乐的事情,能让我把一切的繁杂俗务抛到九霄云外。看到父亲难得一笑的面容,自己也是非常开心。

  父亲是一个非常严肃的人,我小时候非常害怕他,那时自己很调皮,没少挨父亲的打,有时也会有反抗心理,自己势单力薄,很多方面还要由父亲来做主,真是自己左右不了自己的命运哪!现在回想起来,倒觉得蛮有意思的。男孩子总会有一种反抗意识,总是不安分,非要闹出些名堂来不可,好像安静不属于男人一般,那种狂乱做事的犟劲儿不知是从何而来。正因如此,自己在成长的过程中不知跌了多少跟头,哪怕跌破了膝盖也要强忍着疼痛重新站起来,在内心之中有着强烈的不服输的劲头。两代男人在一起好像没什么话讲,总感觉母亲在一旁心里才有了根,才敢于发表自己的观点,说出自己的想法。在我小的时候,对于我的论点,父亲几乎连听都不听,总是马上进行反驳,并用他的经验来对我教育一番。因此,好像是没有什么共同语言一般,自己不敢也不想在父亲面前再发表自己的意见了,那种无奈真是把自己憋得够呛。没办法,谁让他是自己的老爹呢？随着自己慢慢长大，上学、工作、成家立业，老父亲也改变了很多，态度上有了极大的转变。也许在他的心里也很清醒地认识到"时局"的发展变化，不能像孩子小时候那样总是训斥了，需要改变方法了，因为孩子已经长大了，有了自己的主意、自己的生活天地，有了自己的思维方法和处事习惯，再改变是不可能的，在这个时期就要尊重孩子，要发挥孩子的聪明才智了。

现在自己回过头来看，我们这一代儿女，在与父亲相处方面的确是敬畏有加的，父亲就像一家的掌门。老父亲的地位和决策是无法撼动的，有很多地方自己都自愧不如。比如老父亲的勤劳，那真是我应该一辈子来学习的。每天起早贪黑，从早到晚，我从来没有见老父亲停过手，他总要去做些啥，好像不做些啥就是罪过一般。从小到大，看到父母整日操劳的身影，我总会想，父亲母亲难道是机器人吗，难道从来都不知道累吗？像我这所谓的年轻人，干些活、走些路就会气喘吁吁、腿脚酸沉，整日里不是这难受就是那难受，从来没有感觉身子特别松快过，总感到身体僵沉、肌肉酸痛，也可能跟没有去运动有关，整日坐在那里，要么是坐在车上，想事情，去开会，写文章……脑力劳动要多些，当然还有放逸的时候，浪费了很多大好的时光，真是罪过罪过呀。与父母比起来，自己真是安逸得太多了。至于说父亲的严厉，现在想起来也是一种深刻的记忆，也是对自己的另一种教育，让自己从小就有了一种敬畏之感，要学会低调，学会做人。

父亲虽是严厉，但也是很有亲和力的，尤其是在对外交往、办事方面，也有很大的灵活性。有些别人很难办的事情，老父亲都可以轻松拿下。我发现老父亲的观察力还是非常强的，别看他没有读过多少书，文化程度不高，农民出身，但他的情商很高，知道什么事应该怎么办，这一点是有目共睹的，这也跟他丰富的人生经历有关。父亲从小就到外省深山伐木，会做木匠活，也是泥瓦匠，还做过厨师，当过县面粉厂的司务长，做过车间主任，结交广泛，待人真诚，乐于付出，无论大事小情，别人求他帮忙，他都会义无反顾、全力相助，因此，他赢得了好的声誉，也结交了好多的"绿林好汉"。这也是我最为父亲感到骄傲的地方。至今在三里五村一提到老父亲的名字，大家都竖起大拇指，无论是能力还是品行，都是没啥说的。敬畏父亲，学习父亲，父亲身上有很多自己不具备的优秀品质。虽然父亲也有很多的缺点，但那也展现了老父亲的真性情。向老一辈们学习，抽空多陪陪他们，既是一种关爱，也是一种自我的提高。

回归真实

我们的内心隔着一层膜,不想或不敢把自己袒露出来,害怕把自己的不足展现出来,被别人所嘲笑,让自己限于一种被动无助的状态之中,甚至于害怕受到不必要的伤害,因此,我们就学会了伪装自己,把自己真实的一面隐藏起来,不被人所了解,这样就显得安全了很多。正是因为有这么多的顾虑,所以自己就很难真实地展现于人,就会把自己包裹得越来越严实。真实的自己难以展现,真实的内心备受煎熬。外在的展现和内心的真实感受是相悖的,这种矛盾的状态会阻碍自己的发展,影响自己的生活,让自己活得越来越累,内心的痛苦与日俱增。作为经世已久的成年人,我们应该努力把自己虚假的一面去除,还自己以最真实的一面。内心是怎么想的,自己就怎么去做。对于自己,对于社会,对于集体,对于家人,对于朋友,我们都应该用真诚之心去面对,既不能逃避,也不能虚假。越真实越有收获,越真实越能够赢得别人的尊重,越真实越能够与社会融合,能够与外境相应,能够有更大的收获,越真实越能够展现出自己的自信来。所以,真实贯穿于人的一生,真实是一个人回归自我的前提。

仔细想来,不能够袒露自我是一种畏惧的表现。畏惧什么?畏惧自己不被别人所接纳,畏惧被别人所伤害。好像越袒露就越危险,会把自己的一切公之于世,完全没有了自己所谓的"城府"。这样就会畏首畏尾,完全成了一个怀疑别人、与别人隔离的"胆小鬼"。那颗畏惧之心就会永远存在，就会完全没有了自己的生存空间，好像处处充满了危险，人人皆是敌人一般。生活在这样的状态之中，我们是很悲惨的，是完全没有自我的。生活的幸福是建立在勇敢的基础之上，生活本身就是勇敢者的游戏。把别人当作亲人，把外境当作助缘，这样心自然就会开了。另一种自我设限的原因就是自卑。总感觉自己比不上别人，别人做得都比自己好，自己没有什么资本，没有能够跟别人比肩的东西。要么是外在的形象不好，要么是自己的实力不够，要么是收入、地位没有别人高，要么是年纪比别人大，总之，所有的存在都是低人一等的。越是这样想，越是把自己逼入了死角，越是没有勇气与人交流，越是缺少了心灵的依托。

　　自己过去也存在这样的缺乏，尤其是在上学期间，总感觉自己低人一等，因为自己出身农民家庭，没有钱、没有势，没有什么大的依靠，生活过得紧紧张张，这样就会产生自卑心理。唯一好一点的地方就是知道自己要努力，能够用自己的学习成绩来赢得别人的尊重。所以就显得既自卑又自傲，自尊心很强，内心也非常敏感，害怕别人议论自己，害怕受到老师或领导的批评，害怕同学或同事瞧不起自己。这种自卑又脆弱之心在青少年时期一直伴随着自己，让自己的内心变得极为敏感。但面对世事，又不得不坚强勇敢，这种矛盾和纠结之心让自己备受煎熬。一个人如果不能摆正自己的心态，不能用一种客观之心去看待别人，去对待自己，就会让自己的内心变得畸形，这种错误的认知甚至会害了自己的一生。所以，一定要注重对孩子的培养，尤其是在青少年时期，要培养其自信自强的性格，让其能够客观地看待自己和他人，能够自然地融入社会之中，能够拥有健全的人格，能够成为一个真正适应社会之人，能够拥有健康的身心，能够肩负起社会和家庭的责任，这是非常重要的。

　　社会是复杂的，也是简单的，关键要看你是一个什么样的人，用什么样的眼光去看待它。所有外境的反馈皆是内心的映照，如果能够用平和、纯真、善美的眼光来看待世界，那么这个世界就是非常美好的；如果我们用复杂、痛苦、争斗的心态去体察这个世界，那么这个世界就是非常丑恶的。愿我们都能够打开心扉、去除隔膜、健全心智、包容理解，愿我们的人生更加美好。

真诚交流

昨日是美国多明尼克大学博思凯商学院22届开学典礼举办的日子，我也有幸成为其中的一名学员，但因疫情影响，无法去美国参加开学典礼，国内开学仪式就在上海举办，也很遗憾地未能成行。自己前两天也是思虑再三，去吧，疫情不断，加之近期节后公务繁忙；不去吧，又感觉少了些什么。带着这样矛盾的心情，最终还是决定不去上海了。好在线上也可以看到开学的盛况，聊以慰藉，尤其是看到来自全国各地的同学们在开学典礼上侃侃而谈，展现着自己的风采，让同学们能够认识自己、了解自己，能够与老师同学们一起交流互动，的确也是一件非常激动人心的事情。

是呀，人与人之间需要交流互动，唯有不断地交流才能让自己得到提高，才能让思想得以升华。尤其是在这个高速发展的时代里，更需要有思想的沟通、内心的交流、信息的共享、友情的互动，这是人生不断前行的需要，也是能够让我们拥有精彩人生的必要条件。正是因为有了交流，人类社会才得以不断发展，我们的智慧才得以不断增长，我们的生活才变得日益丰富，我们的内心才变得充实而愉悦。人是社会的动物，在这个社会的大背景下，每个人都要找到自己人生的新天地，都要不断地拓展自己的视野，不断地改变自己、激励自己、超越自己，唯有如此，我们才能拥有美好的人生。现实的生活也许是极其平凡的，我们每个人都是社会中极其平凡的一分子，不可能每一个人都成为旷世的英豪和社会的名流，大多数人都生活在自我设定的范围内，可能一生都是寂寂无闻，在家庭和单位之间奔忙着，在日常的烦琐之中循环不已、纠结不清。喜怒哀乐、得失荣辱都在一天天地上演，我们就在这不悲不喜、不凉不热之中慢慢地生活，慢慢地变老。有时候，仔细想想，还是有很多的落寞之处，有很多的纠结之所。一个人还是要努力找到自己，找到自己心安之所，让内心愉悦起来，让生活充实起来，让人生拥有更多的价值。也许这就是我们追求的最佳的结果。

每天的繁碌有时也让自己很是疲惫，日复一日的生活与工作也感觉很是平静淡泊，没有了年轻时的冲劲儿，有的是整日的思虑和无尽的压力。虽没有什么重任需要担当，但人无远虑，必有近忧。谁没有烦恼？谁没有纠结？谁没有让自己进退维谷、犹豫不决的时候呢？每个人都在努力展现着自己最好的一面，都想给别人留下一个美好的印象，但事实是自己的痛苦、烦恼和艰难只有自己才是最为清楚的，别人没能够真正地走入自己的内心之中，没能够整日陪伴于己，有很多很多的事情自己也不可能向任何人诉说，唯有自己才是最了解自己的人，唯有自己才是与己一生相随之人。所以，我们不能只看外表，还要用真心与人交流，能够真正坦诚无碍地进行心与心的交流，才能够对自己有所引领，才能对别人有所补益。学习是伴随一生的喜乐，能够让自己加入集体之中，去与众人进行思想的碰撞，形成思想的共鸣，那自己也就进步了。

平衡心念

　　内心要求得一种平衡，没有平衡，人就会自卑、自轻、自弱，就没有了自己的主张，就失去了生活的勇气，就没有了创造的信心，就没有了对生活的激情，变得整日郁郁寡欢、不合群，对于别人的态度很是敏感。人至中年，慢慢地领悟到了这些，找到了自己不能左右自己的根源，那就是失去了对自己内心的管控，没有对于情绪进行科学化的疏导，这样内心就会失衡，做什么事都提不起精神来，就没有了自己的主张。

　　一个人如果不能客观地看待自己，客观地看待他人，那么人生之路就会走偏，要么会成为特立独行、自以为是的"独行侠"，要么就成了随声附和、畏首畏尾的"小跟班"。没有了自我的客观认知，均是在自我的天地中打转，这是很可悲的，是生活幸福快乐的绊脚石。那怎样才能成为一个客观看待自己、客观看待他人，能够轻松自信生活之人呢？这就要求我们树立自己独立的人格，拥有清醒的认知和判断。首先要明了自己的优势在哪里，自己有哪些别人不具备的地方，在日常生活中要做到扬长避短。现实中很多人只看到自己的不足，看不到自己的优点，总是拿自己的短处与别人的长处相比较，这样就会以偏概全，总是羡慕那些所谓的"大家"，一上来就被他所谓的地位、名气、收入、家庭、出身、学历、经验、学识、谈吐所吓倒，用一种比较的心理来把自己与别人相比较，如果发现某些方面自己比不上别人，就会自怨自艾、自卑起来，总想着自己不行，如果自己能够跟他一样该有多好哇，如果自己也有如此优势那该多好哇，完全把自己的弱点和不足给暴露出来，把自己比得是一无是处。这样在交往之中就产生了不对等之念，就会把自己困在旧有的思维怪圈之中，想象着与人交往是一件多么了不得的事情啊，自己真是高攀不上啊，自己有何德何能与别人交往啊，相比之下，自己是多么地不足轻重啊。这种心理一直充斥在自己的内心之中，被别人的假象或是真实的优势所吓倒，从此在人际交往之中总是会"跪着"，就真的站不起来了。这就是在交往中的症结之所在，完全是突破不了自己。

人最难的就是突破自己，如果自己突破不了自己，那人也就不会有大的建树和美的人生。另外一种情况就是过于自大，好像自己是"金凤凰"一样，能够真正展现出风采来，别人都比不上自己，走到哪儿，自己都要是主角，不甘于当配角，不愿意学习别人、亲近别人、尊重别人，往往是轻视别人，只能听进去说自己好的话，只要是不好的话，哪怕是正确之语也是非常排斥，一切都是自己好，别人什么都不好，在哪里自己都要排第一，别人都要往后靠，任何人都不会入他老人家的"法眼"，这样的人往往是容易吃大亏的。吃了几次大亏之后，他就慢慢明白了，这世界上不只是自己聪明，聪明之人还有很多，伟大之人还有很多。以上这些都是没有能够真正清醒认知自己和他人所致，也都是内心不成熟的表现。这样的人都不是全面之人，也不是具有客观认知心理之人。我们要学会改变，要善于突出自己的优势，也要客观去看待别人的优势。这个世界上，我们都是不完美之人，也都是有自己优势之人，天地孕育众生都是有道理的，那就是不同，我们每个人身上都充满了神秘，都有别人所没有的气质和内涵，都有自己的优点和魅力，我们要学会客观去看待。生活本身就是教会我们为人处世的方法，教会我们如何去培养自己成熟的心志。唯有心志的成熟，才是人的成熟。

要立足简单与真诚。所谓简单，就是对于人、事、物不要看得那么复杂，对于别人不要品头论足、妄自评价。要知晓每个人是不同的，他之所以是那样的人是由其特定的人生经历和独有的生活环境所决定，他必然是他，所以不要给别人贴标签，不要绝对化地看人，再不好的人也有其好的一面，再好的人也有其不足之处。要有简单处世之心态，能够融而不同，客观评价。至于说真诚，那就更容易理解了。千万不要想着去占别人的便宜，一定要想着如何去给予别人，对于别人不要欺瞒，是什么就是什么，不能谎话连篇、虚伪矫饰，要让别人如何看重自己，要适当暴露自己的缺点，让别人也知晓自己不是一个完人，自己有优秀的一面，也有不足的一面。我们在与人交往之时，总是想把自己塑造得非常完美，好像自己是一个完美之人一样，容不得自己有任何的瑕疵之处，容不得自己犯错，容不得别人说自己不好。要知道，这个世界上没有完美，别人说不好是非常正常的，如果说别人都说好，那这个人恰恰是有很多缺点之人。人世间没有人能做到处处完美，那样的完美或许只存在于天界，在神仙居住的地方。所以，不能虚伪矫饰，不能过于虚华，要真诚地表现和表达，给人留下一个最真诚的形象，这就是最好的了。

有序生活

今年开启了学习的旅程,一方面是参加美国多明尼克大学博思凯商学院MBA课程学习,另一方面利用业余时间也选报了英途英语学习班,打算把自己的英文口语提升一下。此外,今年还计划上一些专业课,还要学习太极拳课程。看起来,今年的学习任务还是比较重的。要充分利用自己的业余时间,让它发挥价值,不能总是耗费在应酬上,或是花费在其他无用的地方。要提升自己生命的质量,让人生有目标、有方向、有规划、有意义。这的确是提升智慧、陶冶性情的一种好方法,也是有益身心、调节生活的有意义之举措。

是呀,人至中年,总是有些沧桑之感,总有一种压力,感觉大好的青春时光已经逝去,眨眼之间已经步入中年,再转眼之间就到了老年,真是难以想象啊。尽管如此,自己总有一颗不安分之心,总感觉自己还很年轻,感觉过去的几十年就像是昨日一般,有遗憾,但更多的是希望和梦想。总是希望能够真正抓住现在的时光,做出一些让自己备感骄傲的事情来。可越是这样想,就越是感觉不淡定,就越是有了许多的矛盾和纠结之处。面对日常事务的繁杂,有时也是烦恼异常,不知道如何把工作、生活、家庭、事业安排得恰到好处,把一切都安排得妥妥帖帖,没有任何的遗憾残缺之处。想法是好的,但有时候现实并非如此,我们能够做好某一个方面,却不可能把所有方面都做好,越是想圆满,结果越是难以圆满，总会有这样或那样的缺憾。就像是今天起床后做家务、吃早餐，还要想着上午如何安排。在安排上纠结开来，要么坐下来写一篇文章，发几条微信；要么出去锻炼一下身体，舒展一下腰身，再听一听音频课。可是呢，又考虑到要去办公室与王会长讨论一下工作的安排，并且还要把上午的全体人员线上工作例会开好。会议是雷打不动的，见面交流也是必不可少的，身体锻炼也是很重要的，学习课程也是必需的，好像哪一个都是非常重要的。有时候真的很是纠结，不知道先做什么、后做什么，自己又是一个追求圆满之人，什么都想要做好，什么都不能落下，这就显得很是为难，真是自己给自己找难受。

有时候也在想，自己怎么会是这样一种思维和性格，还不如像有些人整日无忧无虑，不用过于给自己做安排，那样岂不是更好、更轻松吗？何必给自己赶得紧张兮兮呢？仔细想来，也许是性格使然吧。无论做任何事情，如果不能把这件事做好，就会心有不甘，整天都会想着这件事。一旦把事情做好，就会非常地愉悦，就会很有成就感，就像是天下所有皆归于己一样，有一种扬扬得意之感。尤其是自己去把一件看似很难的事情做好以后，那种兴奋劲儿就甭提了。如果在做的过程中，没有把一些事情做完整，就会感觉天之将塌、山之将倒一般，那种失落感充斥于心，让自己内心久久难平，就难免有许多的自责之感。

也许这种太过于执着之念的确是不好的，还是要有做事的内心的控制度，要客观地了知事物，要明白在现实中不可能做到完美，完美是相对的，不存在绝对的完美，苛求完美是一种太过于执着的表现。正如佛家所讲，就是"着相"了。如果一个人太过于执着，而不知道如何变通，那么就会陷入一种恶性循环，就会伤害到自己。这里我所讲的不是说不去做一些事情，不去努力学习，不去珍惜自己的时光，而是说要客观地看待每一件事，不要太过于追求结果，只要自己努力了，前行了，用心了，就一切皆好。不要刻意地去追求所谓的圆满与荣光，把结果看淡，努力去享受过程。如果生活和工作中有矛盾、纠结之处，那就想开、看开，选择其中的一项做好即可。要学会正视不完美，学会接纳不完美，这样我们就懂得了人生，就学会了生活，就会让自己平心静气。全面看自己，客观对万物，人生的自在安乐就一定会到来。

善于学习

　　近几日学习、工作、生活的节奏加快了，间隙还有体育锻炼，的确有一种状态回归之感。也许是春天来了，一切都要有新的样子。这是一个新的起点，也是一次新的突破，自己要为能够重新找到好的状态而欢欣鼓舞。一个人总是要有些精气神，要让自己动起来，脑、手、腿都要动起来，唯有动起来，才能找到新的自己。

　　人至中年，总有一种秋风萧瑟花落去之感，总是为过去的岁月而哀叹，殊不知，与其哀叹连连，不如奋起直追，珍惜当下，把一天当作一个月、一年来过，让每一天都有价值和意义。内心之中总感觉不就是一天吗，没有什么大不了的，今天过去还有明天，明天过去还有后天，不必纠结于今天努力与否，好像今天可有可无的一般，大家都这样过，自己也这样过，何必给自己增添压力呢？何必给自己找不自在呢？反正学与不学，努力与不努力，最终结果也差不多。人生步入中年，生活相对安定，就不要再去折腾了。有了这种思维，就会给自己不努力提前找好了理由，生活的平庸就此形成。生活平庸倒是没什么，关键就在于这样会让生活变得无聊起来，人就会失去了前行的原动力，失去了年轻时的状态，人也就真的变老了。生活无聊，人生无趣，过一天算一天，吃喝玩乐就等死，这样的人生又有什么意义呢？没有了生机与活力，那样的人生也就不叫人生了，而是如同枯枝败叶一般，那是死亡的人生。我们活着还是应该有些精神的。那么，怎样才叫活着呢？我们不能平庸无聊地过生活，而要有创造、有奉献、有爱心、有活力，有了这些，人的精神面貌就完全不一样了，就会活出真的自己，就有了生命活力的展现。

　　学习是一生的工作，也可以说我们人生的每一步都与学习相伴，学习是人与生俱来的本能，是人适应社会发展的基本条件，也是让自己生命绽放异彩的保障。有了不断的学习与进步，就有了生活的意义，就有了生命的活力，就有了战胜艰难困苦的资本，也就有了快乐的相随。表面上看学习是一件枯燥无味的事情，实际上这也是一个与自己的惰性与衰老做斗争的过程。一旦养成了不思进取的习惯，那么生命的活力就会开始减退，人就会沉迷于安逸之中，就会放弃自律，就会不思进取，就会自甘堕落，长此以往，痛苦、无聊、忧烦就会整日与己相伴。失去了生命的原动力，人就会变成了行尸走肉，就会陷入痛苦的深渊里无法自拔。所以，人还是要找到自己精神的依托，要明确自己的人生目标与方向，要保持学习的欲望与动力，不断地调适自己的身心，激发起大脑的活力，每天都有希望，每天都有规划，每天都有创造，每天都有收获，那种信心、勇气与激情能够把自己感动，这样的人生才是最充实的，才是有价值、有意义、有乐趣的人生。不断地学习、总结和创造是我们一生的任务，是调养与提升自我身心的途径，也是提高自我生命质量的重要手段。

　　很多时候，我们苦于找不到生活的方向，对于生活疏于打理，好像自己衣食已安，年纪渐大，该是享受生活之时了，不要再有年轻时的奋进之心了，好像放下一切，专心修身养性，就是现在所应该做的，其他的都没有必要，也不应该再过多地要求自己了。表面上看，这个想法是没有问题的，但如果真的这样做了，自己也不见得能够有多安逸、多快乐、多幸福。因为生命的特点是要有活力，就是要动起来，通过自己的努力给自己增添价值，给社会做出贡献，给他人带来福乐，这才是生命本来的意义。如果一味地追求所谓的享乐，放下一切，吃喝睡养，实质上也没有什么快乐可言，会极其无聊与无趣，就会心无所依、心生烦恼，痛苦就会如影随形。所以，还是要保持年轻的心态，要不断地调整自己、教育自己，通过生活来提升和改变自己，让自己的人生从头开始，能够用极大的热情去规划和呵护自己的生命，能够用最大的努力去为社会、为他人创造价值，这样我们才能创造出人生的辉煌，才能收获人生最大的福乐。

变化人生

　　世事变迁，没有永恒。生命就是在不断变化之中轮转，面对种种变化，我们只有欣然受之，迅速适应，并从中获得快乐与新生。如若不能够适应这种变化，我们就会感到焦虑、痛苦、自卑，感觉自己与这个世界格格不入一样，就会失去了生活的乐趣与希望，失去了面对变化的勇气与信心。这样就会让自己置身于一种非常不安的环境中，内心就像长了草一般，荒芜一片，苍凉无比，没有了生机与活力。一个人如果到了这般田地，生活也就变成了煎熬。

　　有时候，面对这变化的世界，自己也会心生畏惧，不知道如何去适应时空的转换，不知道如何去面对人事的变迁，不知道如何去面对诸多的新的问题与苦恼，不知道如何去解决这些问题，从而能让自己重新找到自我，找回自信与从容，能够胸有成竹、乐观以对、英勇坚韧、豁达大度，这样才是真的生活，才是自己应有的人生。理想是丰满的，但现实是残酷的，有很多的想法都难以实现，有很多的期许都无法达到。如果不能够调节好自己的内心，人就会在落魄与无助之中备受煎熬，没有了心灵的依靠，没有了理想的指引，人就会变成了一个庸俗之物，就会走入自我设定的牢笼之中，自缚手脚，难以解脱。面对任何变化，我们都要冷静看待，不能把这种变化当作是洪水猛兽，不能对于变化心生畏惧。首先要冷静而平和，要欣喜而自得，要兴奋于心，要明了人类因变化而进步，人生因变化而获得。我们每时每刻都在与变化为伍，也可以

427

说，生命的过程就是一个接受变化、创造变化的过程。我们因为外境而改变，外境因为我们而转变。一切都处于变化之中，并在变化中完成其历史使命。我们应该如何去引领这种变化？首先要转变自己的认知，要结合不同的时期来促使自身得以改变，能够不断地摒弃一些东西，还要不断地吸收一些养料，在变化的循环之中找到自己，在不断的变化之中提升自己。

很多时候，我们畏惧变化，是因为害怕失去已有的东西，对于未知的东西虽有期盼，但内心没有十足的把握去实现它、得到它，这样对于已有与未知的担忧就导致自己产生一种畏惧变化的心理，整日都在为得失而纠结不已，为如何才能保护住自己已有的、如何才能不被世事所牵绊、如何才能实现自己的理想而苦恼异常。这样内心就产生了强烈的恐慌不安，自己的身心也就失去了平衡。所以，我们一定要学会彻悟与反思，要明了这个世界上没有永恒不变的东西，一切都在发生着变化，只是我们没有觉察而已，也可能我们察觉到了，只是不愿去触碰它，不愿去相信它而已。事实上，这种变化时时刻刻都在发生。要学会用变化的思维去看问题，面对变化，首先要认可它、了知它、接受它，其次要有主动去改变的意念，要找出改变的办法。与其坐以待毙，不如奋起直追，去追求良性的变化，创造良性的变化，给变化以科学的引领。要保持一颗迎接变化之心，无论在变化中遇到了怎样的问题与困难，都要咬牙坚持住，用乐观、勇气、信心与信念来创造良性的变化。可能在变化的过程中会有种种的阵痛，正如孕育生子一般，会经受撕心裂肺的痛楚，会经历一段黑暗的炼狱般的生活，没有这些就没有了感觉，人生的乐趣也就不存在了。试想一下，如果我们每天只是在简单地重复着生活，没有变化，没有发现，没有乐趣，这样的生活是你想要的吗？这样没有目标、没有理想、没有执着与奋斗的人生，还有什么意义呢？人生在世，喜忧相加，苦乐相伴，所有的感受都是相互依存的，没有哪种感受是孤立存在的。正如我们在田间劳作，大汗淋漓，疲惫不堪，可是一旦看到了丰收的果实，那种喜乐是无法用言语来形容的，那是一种莫大的宽慰，那种激动之情我们将会永久铭记于心。所以，要学会接受变化，创造变化，让我们这变化的人生更加奇妙。

客观以待

在生活中不断地探索新知，能够让内心有更多的承受力，能够让自心更加博大而又坚强。近几天来，自己的学习还是抓得比较紧的，既要每天针对生活的点点滴滴做出记录，做出总结，同时也要从中提炼出有益的东西来。每天都要坚持写作，写出自己的心得体会，把自己的思维理清，无论是成败得失，都要努力找出问题的源头，能够用这一发现来指引自己的生活，让自己心平气和，不会再为一时一事而冲动，能够平和地看待一切，包容一切。

其实，对于生活的总结就是在于引领我们如何去生活，就是要教会我们如何去看待别人、看待自己。面对纷繁复杂的生活，我们应该如何去调整自己的内心，让它回到正确的道路上来，不会在行驶之中跑偏？我认为，对于生活和工作的总结与分析是尤为重要的，它会让我们透过现象看清本质，去伪存真，去繁求简，能够让我们发现自己真实的内心世界，能够让我们更加平和地去看待所有问题的出现。一切事物都存在两面性，有其发展的一面，也有其退缩的一面；有其优秀的一面，也有其落后的一面；有其正的一面，也有其反的一面；有其好的一面，也有其坏的一面。总之，不能单极化地看待人、事、物，而要辩证客观地去看待。一切事物都是客观存在的，都具有其内在属性和特点，我们要尊重它，不能轻视任何一件小事，不能看低任何一名普通之人，要发现这件事情、这个人所存在的闪光之处。对于任何人、任何事都不要无动于衷，要能够认真对待、及时总结，总结写好了，那么一生也就快乐起来了。

现实之中，我们评别人的事往往有非黑即白之感，习惯单极化地去看人、去对事。说一个人好，就会把他看作是一朵艳丽之花，把他当作是偶像明星；说一个人坏，就会觉得他一无是处、丑恶无比，没有任何可取之处。这种与人相处的思维是非常有问题的，这就是在通过自我内心的设限来与人交往。现实之中的某些英雄，在某些方面也会有不足之处。在某一领域优秀之人，必然也有着某些个性，而这种个性特征不见得被人所认同。一些人看见他的不足就会显得很矛盾、很纠结，认为这个"英雄"不应该是这样的人，"英雄"就应该什么地方都好，是人之楷模。这就犯了以偏概全的错误。很多人是用一种单极化的眼光去看人，就像是对待某些明星时，会把他捧成了"神仙"一般，把他当作是自己心中的偶像，认为他是百分百的优秀之人，他的一举一动、一言一行都是那么迷人，这样自己就会陷入一种极端崇拜之中，这是非常有问题的思维，是陷入一种迷茫之中的假象而已，是一种自我思维和内心的设限。

对人、对事也是一样。我们都想遇到好事，都想把事情做得非常圆满，都不想遇到困难与不如意，都会有一种趋利避害的心理。一旦遇到某些问题、不如意、不圆满，就会对于前景失去信心，就会把事情看得很消极，感觉好像是天要塌下来了一般，那种失落之心无以言表，对于自己的做事能力就会产生了怀疑，甚至认为自己一无是处，就会失去了进取之心、向上之志，就会被现实所打倒，眼前像是一片黑暗，在暗夜之中难以看到光明。这是一种做事不成熟的心态。要培养一颗客观认知之心，面对任何的问题、困难和不如意，都要保持平和之心，要把它们当作是自己进步的阶梯，当作是对自我的锻炼与提升。正是因为有了问题、困难、不足的出现，我们才能从中得到警示，才能更加全面地看待它，才能更加深入地分析和了解它，才能不断地自我省悟、自我学习、自我创新，从而让自己更加成熟，收获更大的进步。所以，一切的呈现皆是收获，我们要客观待之，乐观受之，努力改之，从而让人生更加安乐。

安顿生活

　　一杯咖啡，一支笔，在静谧的书店里找到安心的地方，世事的繁碌好像一下子都消失了，留给自己的皆是清新澄明的时光。这种久违的感觉令人沉醉，也让人感到非常惊奇和安适。平日里，自己总是被世事所缠绕，没有了轻松、安适之时，有的是处理不完的琐碎事务，有的是烦恼和无常。那样的生活的确是一种煎熬。我们要学会解放自己，让自心在无碍和清静之中获得欣悦。

　　昨日应酬到较晚，睡得也很晚，今日难免有些头昏脑涨，困意连连。下午上完英语课，就到六楼的书店静坐一下。现代化的书店已具备多种功能，有学习角，有咖啡店，还有玩具屋、饰品店，等等。在这里，不仅可以看书，还可以享受诸多的服务。如此多功能化的书店，真是一个学习的好去处。我平日里很少去书店，这些年来一直忙于工作，难得有机会真正静下心来重新学习，感觉只要努力把工作做好就行了，学习好像是可有可无的，这样时间久了，内心就会变得荒芜，就会被其他的事务所充斥。理想的高地一定要用精神的力量去占领，如果不用美好的、积极的方面去占领，就会被丑恶的、消极的方面所占据。人生还是需要有更多的自悟、自修，还是要有正确的思维去引领。

　　很多时候，我们是被动式地去接受，被动式地去消化，没有自我改变的积极性和主动性，总是被现实推着走，走到哪里算哪里，没有系统化、科学化的规划，这样是容易出问题的，会让自己沦落为时代的弃子。

思想的田地如果没有播撒下善德向上的种子，那么人生也不会有大的收获。总是被现实的欲望所牵制，走不出贪欲的牢笼，时间久了，人也就废了。回望自己过去的人生，总感觉还有很多的遗憾。时至今日，自己还是会管不住自己，有严谨、自律之时，也有松懈、放逸之时。对于自己想要的，总是想方设法也要去得到，甚至于冒着很大的风险也要去尝试，这种行为有时会给自己带来突破，但有时也会给自己带来危害，甚至把自己的"一世英名"都搭了进去，让自己落得个人鬼不是的境地。总感觉自己的自控力还不够强，很多时候自心就像是一匹脱缰的野马，在欲望的旷野中飞奔，找不到归途。内心很是惶恐，害怕自己把自己弄丢了，那样也就再没有希望了。有时候，走得远了，跑得快了，还是要让自己静下来，收一收心，让自己始终走在光明的人生之途上，能够自己左右自己的命运，能够不断提升自己的心性。

　　出现问题并不可怕，可怕的是自己不能够正视问题，不能够做出科学的调整。唯有及时地发现问题，把将倾的危墙扶正、加固，自己才会拥有更加光明的未来。否则，人生之墙就会倒塌，人就会完全没有了自我，没有了自尊，没有了向上的机会，就会永远背负着巨大的压力，这样的生活多么痛苦哇！要知道，自己的存在不仅关系着自己，还关系到单位、家庭和社会。我们每个人都肩负着责任，不仅要引领好自己，还要引领好单位、家庭和社会。所以，在做任何事情之前，一定要想一想后果，想一想该不该去做，该如何去做，怎样才能做得更好，什么才是自己需要的，什么是应该摒弃的。要学会分析利弊得失，辨清好坏善恶，要努力去寻找光明，让自己的人生喜乐圆满。

研究生活

静下心来做些记录是不容易的，专心学习也是不容易的，需要排除琐事的纠缠，抛开外境的引诱，找到心安之所，能够在生活之中进得去、出得来。其实，生活就是一门艺术。如何能够让平凡又普通的生活变得有情调、有意义，能够让自己的内心无比愉悦，这的确需要我们下功夫去学习。生活是千头万绪的，我们总是被现实中的问题所缠绕，认为这些才是自己应该马上去解决的，因此就会把大量的时间花费在"对外"上，好像只有外在好了，自己才能好起来。这种想法是有失偏颇的。外在的好不一定能够引来自己的好，因为所有的存在皆与内心相应，内心的觉知决定了我们对于外境的看法，决定了我们将走向哪里，哪里又能给我们带来光明和指引，能够让我们获得喜乐。内在的喜乐与收获才是永久的，也才是真正的美好。如若我们能让自己的内心真正充盈丰满起来，那么我们的生活才会变得更加美好。所以，美好的实现不完全在于物质与外境，还在于内心的轻松与澄明，在于我们能够留心、用心和安心。

心是一切的主导，内心的丰富决定了人生的福乐。很多时候，我们忽视了这一点，认为让自己静下来是浪费时间，是在延误"战机"，是在浪费生命，只有忙忙碌碌才是真的干事业。这是一种错误的认知。忙不见得都能忙到点子上，如果只是盲目地忙，不加思考，不做规划，这样的忙就是瞎忙，是无序之忙，是机械之忙，是丢失根本之忙。你看"忙"

字是怎么写的，就是竖心加一个"亡"字，就是把"心"给丢掉了，就是让自己没有了精神的引领，人也就变得碌碌无为，忙而无功。与其这样，还不如让自己静下来，静心修性，安然守己，收心敛神，集中一处，乐观从容，这样才能够找到生活的方向，找到工作的突破口，才更容易取得成就。

当我们在处理某一件难事，或是解决某一个难题之时，首先就要让自己的心情平复下来。如果不能静下心来，那就不是急中生智，而是"急而无智"了。与其那样纠结不已、痛苦不堪，还不如静下心来，调整好自己的思维和心境，或是参加一项运动，转移一下自己的注意力，给自己换一个环境，也许环境变了，心态变了，那么办法也就有了。一个人的觉知还是要从静中入手，千万不能盲目，不能过于着急。太过于想得到什么，反而是不会有收获的。要做好充分的思想和心理准备，要有敢于打硬仗、吃大苦的决心。这些特定的时期，也是考验自己心志的大好机会。要相信，所有的磨难都是对自己的考验，是自我提升的良机。最重要的还是要让自己的心情稳定下来，面对任何事情都不能过于急躁，否则就会乱了心志，那样就如同火上浇油，只会让事情越来越乱，最终导致更糟的结果。我们不能害怕困难，不能畏惧危险，要保持愉悦的心情和稳定的情绪，把一切事情看淡、看开。很多事情本身并没有问题，而是我们对事情的看法出了问题。要正确地认识一切人、事、物，不要畏惧困难，要相信我们可以找到解决的办法。

要善于分析自己的优势和特点，通过对生活的观察与总结来找到一些规律性的东西，让自己在生活中不断学习新知，增长智慧。生活的智慧，就是通过对生活的观察和总结而逐渐积累起来的。生活中每分每秒都会有不同的故事发生，再简单的生活也会有着丰富的细节，我们一定要留心观察，认真分析。生活是外境与内心融合的呈现，所有的行为都是心意的表现，都是因缘和合的产物，没有任何的奇怪之处，我们都可以从外在的现象之中找到其内在的规律。找到生活的规律之处，我们才能引领自己的生活，成就自己的人生，才能在人世间活得自在无碍。

心念力量

　　坐下来听一段音乐，音乐是养心的，它能够让自己安静下来，不为世事所烦恼，没有了纠葛与犹豫，没有了争执与忧烦。一个人就这么静静地听一段音乐，不断地唤醒心中的灵光，让它不必走远，不需要去寻找所谓的快乐。其实快乐就在身边，就在手上，就在脚下，就在心里。在那跳动的音节中，找到与心相交之处。那一泓音乐之泉在洗涤着熏染了欲望之心，能够把那些看似五光十色、乐趣无限的污泥冲洗掉，代之以无色无着、无味无欲的一份清净，那样才是长久的，是人心中永远留存的珍宝。那就是一种清静无为、娴雅无忧的状态。人生不就是要追求长久的福乐吗？其实这种长久的福乐就种在自己心里，只需要我们用善德之水经常浇灌，就能让它生根、发芽、开花、结果，带给我们永久的满足。仔细想来，我们每天奔波劳苦是为了什么？是为了衣食丰足，为了地位荣光，为了受人尊敬，等等，这些都是我们所向往的东西，但这些向往也会给自己带来痛苦，让自己产生患得患失之感。得到时会有种种的欣悦，失去了又留下种种的痛苦，这种交替出现的感受会扰乱人的心境，让人不知道什么才是真正的拥有，不知道如何才能让自己获得永久的喜乐，让自己无忧无碍，没有牵挂和奢望，让自己轻松无比，没有那么多的烦恼，让自己内心更安稳，思维更灵活。

　　精神生活的丰富对于人是非常重要的，它是人与其他动物的首要区别，是人类最为宝贵的特质。一定要让自己的内心安定下来，无论处于何种境遇都要学会安心，找到自我心灵的引领，这样人就完全变了样，变得不急不躁，变得平和宁静，变得自在无比。这一切皆来自自悟，来自清醒，来自对自己的尊重和抚慰。一个人最害怕的就是孤单，害怕没有了关爱和亲情，害怕被人所鄙视，那是最难受的，就像是没有了灵魂一样。一个没有灵魂之人，如何能够找到快乐呢？那是不可能的。没有了性灵的指引，人也就成了行尸走肉一般，就会变得极其庸俗与懦弱，没有了向前的信心，没有了向上的勇气。一个人如果失去了对自己的信心，没有了面对困难的勇气，没有了自制力，没有了精神与信仰，那么他就失去了生机与活力，就失去了人生的价值与意义。要学会改变自己，学会用思考来改变，用自己的真心来改变，唯有改变才是自己唯一的出路，才是能够掌握自己命运的唯一途径。

仔细想来，自己是一个善于尝试之人，也是一个一直由着自己性子来的人，什么事情自己都要尝试一下，好像如果不这样做，内心就不能安定下来，就不能平复自己的内心一样。这种尝试有时会给自己带来意想不到的收获，会让自己内心失去了焦灼之感；但如果奢望过多，欲望太盛，就会给自己带来很多的麻烦，会将自己推入危险之境，让自己得不偿失，遗恨万千。这的确是要引起自己重视的。要学会分析事物的利弊得失，把一切事情分析透彻，要有自制力，通过不断地自修、自制、自我提升，让自己真正轻松起来、快乐起来。对于任何事物都要有理性的判断，不能跟着情绪走，跟着感觉走，那样是不理性的，甚至会给自己带来危害。"君子不立于危墙之下"，对于会给自己带来危害的事物，我们一定要避而远之。要客观地看待自己，客观地看待他人，要辨清事物的是非曲直，明了什么事能做、什么事不能做，对于性灵要有敬畏之心。在生活之路上，要善于总结，不断发现生活中光明与美好的一面，把人类的美好和光明加以传播，让内心充满阳光，让自己生活在爱与被爱之中，真正享受到人生之乐。

内心也会有一种担忧，认为自己把人生描绘得如此之好，如果将来遇到挫败了，自己就会难以接受，就会痛苦异常，就会很难适应这个社会，就会无法生存。因此，该俗就俗吧，该放逸就放逸吧。这种想法的出现，还是自己心智不够成熟所致。所有的好与不好都是相伴相生的，如果能够把不好当作好，那人生岂不是更好？那是一种无畏与坚强，是一种无私与无我，那才是人间之大爱，才是人生最大的福乐。

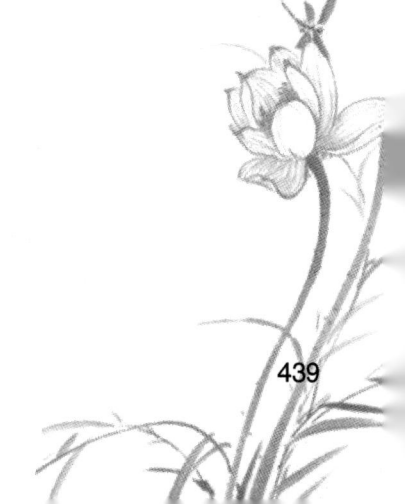

改造人生

　　学习不是一件很容易的事情，重新坐在教室里，一切都是新的开始，内心既感到庆幸又忐忑不安。庆幸的是自己还有机会参加学习，能够在繁杂的工作之余找到不断进步的机会，找到重新认识自我的机会，能够让学习成为自己生活的一部分；不安的是自己还有很多反应不过来的事情，虽然对自己的理解力还是较为自信的，也相信自己能够长期坚持学习，但毕竟学习是需要有领悟力和敏锐度的，需要对老师提出的问题应答自如。这的确是我们需要具备的基本潜质。学习还是要有基础功做保障。当然，学习也不是准备好一切才开始的。正因为自己不会，才需要去学习。在老师讲课之前，我们应该提前预习，课后也要努力复习，这样才能够适应老师上课的节奏。否则就会跟不上节奏，就会出现这样或那样的问题，就会给自己的学习增加难度。

　　对于自己这样的中年人来讲，在记忆力和应变力上不如年轻人，学习中肯定会遇到更多的困难。所以，还是要在提高记忆力上下功夫，在听说读写的能力上下功夫，要把握一切时间和机会来学习和巩固，这样才能有较大的进步，才会有较大的提升。要把上学时期的真功夫和硬功夫拿出来，学习不能敷衍了事，不能认为自己有能力掌握就马虎大意，也不能"死读书""死学习"，这样不但不会有大的提高，还会把自己搞得筋疲力尽。学习也要有方法，要善于发现规律，寻找记忆点，结合自己的特点来找到适合自己的学习方法。要学会学习，掌握学习的技巧，不能为学而学。学习的目的就是要学以致用，要以应用为先，把用放在首位，以用代学，以用代练，这样深入其中才能达到事半功倍的效果。也就是说，自己要来一场学习的革命，摸索出一套适合自己的行之有效的学习方法，唯有如此，我们才能真正有收获。要在学习中不断地总结方法，把学习当作一种乐趣，当作一种自我管理的途径。有了科学的学习方法，有了自我管理的技能，我们才能够真正进步，否则只是为学而学，不能领悟学习的方法，那就是"死学"，即便学会了也是没有用的，也不会有大的成就。所以，学习的革命就是要从心态上、方法上来加以改进，要了知学习不是一种被动的灌输，而是一种自发的创造和促进，是一种心灵的提升，是一种自我的觉悟。一个人只有把自己归零，才能够不断地成长；只有明了人生的意义，才能知道如何去生活。

　　学习是一场革命，是对自我的改造；学习也是一种责任，是对生命的重新认知，是对人生的重新规划。我原来总是忙于应酬，把大量的时间都用在了无谓的应酬上，这的确是不太值得的。还是要找到自己心灵的归途，每天都要学到一些新知，每天都要有所总结、有所进步，让自己的生活变得更加充实，找到生活的快乐之所。原本认为自己已经人至中年，不需要再去学习了，再学习也没有什么意义了，能够把自己的工作做好，把家庭呵护好，生活在安乐平和之中就已经很好了，何必自找苦吃呢？何必给自己增加那么多压力呢？原来吃的苦还不够多吗？原来的压力还不够重吗？这种想法表面上看是没错的，实际上却是让自己放弃学习，整日为了工作而工作，为了安逸而安逸，这样是不可能获得真正的快乐的。如果一个人没有上进之心，没有奋斗之志，没有前行的目标，没有向上的动力，不能够让自己的生命重新焕发生机与活力，那么又何谈所谓的快乐呢？这样人就会去想一些虚无之事，去做一些无聊之事，就会把自己陷于危机之中。没有了方向，没有了目标，没有了进取之志，人就会变得焦虑，就会把生活当作是走过场，就会无形之中放松了对自己的管理，就没有了安心之所，就会做出一些让自己备感失落之事，内心就没有了定力。因为一个人总归是要去想些事、去做些事的，要么是做好事、做善事，要么是做坏事、做恶事。如果我们不用善德与美好来充实自己的内心，那么内心就会被邪恶与丑陋所占据。对此，我们一定要学会选择，学会做出正确的决断。如果我们不能做出英明的抉择，那么人生的苦难就会翩然而至。

总结自己近两年的生活，还是在自我管理上有所欠缺，没能充分地把时间利用起来，浪费了很多的时光与精力，整日把应酬当作生活，把一些无聊之事当作乐趣，在思想上降低了对自己的要求，在学习上有了放弃之念，无论是在身体的锻炼上，还是在学习新知上，都有所松懈，这也是自己需要好好反思的地方。生命是短暂的，时光是有限的，我们一定要抓紧时间，在修身修心的道路上努力前行，让自己的生活阳光无限。